扶
摇
皇
后

부요황후 5

ⓒ천하귀원 2020

| 초판1쇄 인쇄 | 2020년 7월 24일 |
| 초판1쇄 발행 | 2020년 8월 11일 |

| 지은이 | 천하귀원 天下歸元 |
| 옮긴이 | 김지혜 |

펴낸이	박대일
편집	이문영 · 박지해 · 임유리 · 신지연 · 곽현주
마케팅	임유미 · 손태석
일러스트	리마
디자인	박현주

| 펴낸곳 | 파란미디어 |
| 출판등록 | 2004년 9월 14일 제313-2004-00214호 |

주소	03992 서울시 마포구 동교로23길 14 국제빌딩 6층
전화	02.3141.5589 영업부 070.4616.2012 편집부
팩스	02.3141.5590
전자우편	paranbook@gmail.com
카페	http://cafe.naver.com/paranmedia
페이스북	http://www.facebook.com/paranbook

| ISBN | 978-89-6371-789-0(04820) |
| | 978-89-6371-770-8(전13권) |

부요황후

천하귀원天下歸元 지음 | 김지혜 옮김

파란

차례

사모의 마음 깊어라

"어어."

손으로 눈 주변을 덮은 채 나른하게 대꾸한 맹부요가 한참을 조용히 있다가 늘어지는 목소리로 물었다.

"무슨…… 구경?"

"그 왜, 불련……."

무심결에 눈길을 돌린 운흔은 이미 반쯤 곯아떨어진 맹부요를 발견했다. 납치당했다가 탈출해 나오고, 연살과 결전을 치르고, 거기에 부상까지 입었으니 고단할 법도 했다. 지금 상황에 한담 따위나 듣고 있을 기력이 어디 있겠는가. 피식 웃어 버린 운흔은 맹부요에게 이불을 덮어 준 뒤 등불을 껐다.

등불이 꺼지자 실내는 곧장 어두운 적막에 잠겼다. 운흔은 자리를 뜨는 대신 아무런 말 없이 방 안에 서 있었다. 창문을 통해 물결처럼 느릿느릿 흘러든 달빛이 맹부요를 조용히 내려 다보는 그의 눈동자를 비췄다. 맑고, 또렷하고, 반짝이는 불티를 품었으되 옥처럼 서늘하고도 물처럼 깊은.

부요, 이제 곧 널 위한 바람이 일겠지. 아마도 나는 기껏해야 너의 휘날리는 꽁지깃이나 붙잡고 있는 게 고작이겠지만, 그래도 너무 멀리 내쳐지지는 않았음에 감사할 거다. 시간이 흘러 언젠가는 나 역시 하늘 높이 비상해 너와 날개를 나란히 할 수 있기를 바라며.

❀

이틀의 요양 기간 내내 맹부요는 돌팔이 의원에게 철저히 유린당했다.

종월 입장에서 볼 때 그녀는 꽤씸죄였다. 연경진을 조심하라고 그렇게 일렀음에도 기어코 걸려들더니, 덕분에 너덜너덜한 몸으로 시합에 나서게 되지 않았나.

암, 다 자업자득이지!

이리 빈정거리고 저리 빈정거리면서 밤낮없이 치료랍시고 괴롭혀 대는 종월을 향해, 맹부요가 울부짖었다.

"싸우러 나갈 사람인데, 좀 쉬게 해 줘야 하는 거 아니에요?"

그러나 종월은 귓등으로도 안 듣고 싸늘하게 쏘아붙였다.

"세상 어느 의원이 내상을 고작 이틀 만에 완치시킨다던가? 지금은 증세를 억눌러 두는 것뿐, 비무에서 순음純陰의 내공을 가진 상대나 안 만나길 기도하시오. 재발하면 우승은 고사하고 3차전 통과도 어려울 테니!"

핏기도, 표정 변화도 없는 얼굴. 그날 기루에서 맹부요를 찾아낸 이후로 종월은 내내 저 모양새였다.

덕분에 원보 대인도 요 며칠 방귀 한 번을 마음 놓고 못 뀌는 중이었다. 공기 더럽힌다는 죄목으로 뒷간에 처박힐까 봐서.

맹부요 역시 눈치 보느라 말대꾸조차 제대로 못 하는 신세이기는 마찬가지였다. 그저 헌원윤이 미울 따름이었다.

그 자식은 사주에 종월하고 원진살이라도 끼었나. 나중에 마주치기만 해 봐라, 늘씬하게 두들겨 패 줄 테다.

3차전은 예정대로 사흘 후에 진행됐다. 연무대 아래에는 아침 일찍부터 새카만 머리통들이 드글드글했으니, 무武를 숭상하는 오주대륙에서 이런 대회에 사람이 몰리는 거야 당연한 일이었다.

현장에 도착한 맹부요는 인파 사이를 비집고 가까스로 안쪽으로 들어가면서 연신 한숨을 푹푹 내쉬었다.

천살국 이 멍청이들, 이럴 때 입장료 안 받고 뭐 하냐, 진짜.

대진 상대는 제비뽑기로 정하는 게 규칙이었다. 제비는 빨간색과 검은색 두 종류, 색은 다르되 숫자는 같은 제비를 뽑은 사람들끼리 한 조가 되는 식이었다.

제비뽑기가 시작되기 직전, 진행을 맡은 전북항이 결승전 규칙 변경을 알렸다. 3차전에서 선발된 열 사람이 제비뽑기로 비무를 벌인 뒤, 거기서 패배한 다섯 명은 대회 6위에서 10위까지로 밀리고, 5인의 승자는 이른바 '자유 도전제'로 순위를 결정짓는다는 내용이었다. 누구든 1위를 차지할 자신이 있다면 연무대에 올라 도전장을 내면 되고, 우승의 영예는 그 위에서 마지막까지 버티는 사람에게 돌아간다는 설명이 이어졌다.

규정이 발표되자 거센 웅성거림이 무대 아래를 휩쓸었다.

결국은 차륜전이라는 소리 아닌가? 제일 먼저 연무대에 올라간 사람은 나머지 고수 넷의 공격을 차례로 받다가 중간에 나가떨어질 게 뻔한데, 형평성은 완전히 내다 버리겠다고?

격앙된 대중을 앞에 두고, 전북항은 미소 띤 얼굴로 손을 들어 무대 아래쪽을 다독이는 동작을 해 보였다.

"형평성에 문제가 있다고 생각할지 몰라도 사실 형평과 더 거리가 먼 건 제비뽑기 쪽이 아니겠습니까? 10위권 이내 고수들 사이에도 현격한 실력 차는 존재합니다. 가령 실력 6위의 인물이 1위와 한 조가 됐다고 해봅시다. 결과는 논란의 여지없는 패배일 것입니다. 하지만 그가 만약 5위를 상대로 뽑았다면, 승패가 어떻게 갈릴지 누가 알겠습니까? 진무대회 1위에서 5위까지는 순위 한 단계 차이만으로도 천양지차의 대우를 누리게 됩니다. 대회에서 최고로 여기는 가치가 강함이라면, 우승은 당연히 가장 실력 있는 고수의 차지여야 할 것입니다. 운과 관계없이 오로지 실력으로 자신을 증명해 낼 무인 말입니다!"

전북항이 고개를 틀어 곽평용, 고능풍, 헌원윤, 아란주, 운흔, 연경진 등을 쳐다보며 빙긋이 웃었다.

"여기 계신 참가자분들의 생각은 어떠하신지요?"

곽평융은 무표정한 얼굴로 자기 검만 손질하고 있었다. 맹부요가 그를 직접 대면하기는 과거 장군부에서의 싸움 이후로 이번이 처음이었다. 딱히 무공이 퇴보한 것 같지는 않은데 어딘지 정신 빠진 놈 같다는 느낌이 들었다. 초점 없는 눈으로 멍하니 검만 닦고 앉아 있는 것이, 대체 장손무극한테 무슨 짓을 당했길래 멀쩡하던 사람이 저 꼴이 났는지 모를 일이었다.

생각에 빠져 있던 맹부요는 자기도 모르게 입꼬리를 비틀어 올렸다. 모르긴 몰라도 아마 태연국 밀림에서 제심의의 수하들에게 썼던 것과 같은 수법이리라. 참으로 장손무극스러운 처사였다. 점잖고 우아하되, 그런 모습으로 눈 하나 깜짝 안 하고 악독한 짓을 벌이는 인간다운.

그런가 하면 고능풍은 개최국 대표로서 체면이 있는 만큼, 전북항의 질문에 짐짓 호탕하게 웃어 젖혔다.

"맞습니다. 무인이라면 실력으로 말해야지요!"

한편, 나이만 놀랍도록 어린 게 아니라 보기 드물게 참한 분위기에 청아한 용모까지 갖춘 헌원국의 헌원윤 공자는 비무장에 들어선 직후부터 내내 눈으로 누군가를 찾고 있었다.

전북항이 질문을 던진 건 주위를 몇 바퀴나 둘러보던 공자가 끝끝내 실망한 기색을 내비쳤을 즈음이었다. 헌원윤은 입을 열기도 전에 얼굴부터 빨개져서는, 개미만 한 목소리로 대꾸를 내놓았다.

"왕야의 분부를 따르겠습니다."

아란주의 경우는 땋은 머리를 만지작거리며 심드렁하게 답했다.

"어차피 나야 놀러 온 참이라, 떠들썩할수록 재밌죠."

운흔은 묵묵히 고개를 까딱했고, 연경진은 미소와 함께 읍하면서 품위 있게 말했다.

"영명하십니다."

맹부요의 시선이 연경진의 얼굴에 짧게 머물렀다. 전체적인 안색도 별로고 눈 밑 그림자도 지난번보다 훨씬 짙어진 모습이었다.

그날 양편에서 가해진 힘 사이에 끼긴 했어도 공격을 정통으로 맞은 건 아니니 이쪽보다는 형편이 나아야 옳건만, 산송장 뺨치는 저 꼴은 대체 뭔가. 맹부요가 악의 섞어 내린 결론은 '너무 질펀하게 놀아서'였다.

우승 후보자들도 불만이 없다는데 나머지가 무슨 말을 하리. 고개를 끄덕인 전북항이 사환에게 손짓을 보내자 제비뽑기용 상자가 옮겨져 왔다.

맹부요는 고능풍에게 눈을 고정한 채로 제발 저놈이 뽑혀서 이번 기회에 끝장을 볼 수 있기를 기원하고 있었다. 비무는 적정선까지, 불필요한 살상은 금한다는 게 대회 규정이니만큼 그녀는 딱 적정선에서 놈의 황천행을 배웅해 줄 생각이었다.

옮겨져 온 상자는 크기가 만만치 않았다. 그 커다란 상자 양쪽에는 참가자 전원이 동시에 손을 넣을 수 있도록 길게 구멍이 만들어져 있었으니, 설명으로는 공정성을 위한 조처라고 했다.

맹부요는 그 구멍을 응시하며 생각했다.

뭐 하자는 거지? 이 대목에서 무슨 공정성을 찾아? 어차피 다들 눈 감고 뽑을 거 차례대로 하면 또 어때서?

그리고 상자는 뭐 하러 저렇게 크고 길게 만든 거야? 제비라고 달랑 스무 개 들어갈 거 저만한 공간에서 찾으려면 한참 걸리지 않겠느냐고.

시간 끌기용인가? 의도가 뭐지?

의구심을 느낀 그녀는 신중해지기로 하고, 최대한 천천히 걸음을 옮기면서 참가자들의 손을 살폈다. 뭔가 수작을 부렸다면 분명 손에다 부렸을 터였다. 손이야 상자 안에 들어가고 나서부터는 군중의 눈길에서 완전히 자유로울 수 있지 않은가.

맹부요의 눈에 고능풍의 손이 들어왔다.

전체적으로 짤막한 손마디와 살짝 붉은 기가 도는 손톱. 독장毒掌을 익힌 게 분명한 손일뿐더러, 그보다 더 결정적인 건 중지에 끼고 있는 검은색 반지였다.

얼핏 보기에는 알이 큼지막한 흑요석 반지일 뿐 특별한 점은 없어 보였지만, 맹부요는 잠시 뒤 저 반지 안에서 나올 게 그다지 아리따운 물건은 아니리라 확신했다. 보아하니 진무대회 1위 자리를 놓고 이미 전북항과 사전 교류가 있었던 모양이었다.

맹부요의 위치에서 보자면 고능풍은 대각선 맞은편에 서 있었다. 그의 좌측은 헌원윤, 우측은 곽평융, 정면 맞은편은 운흔이었다. 팔을 아래로 내려 운흔의 옷소매를 슬쩍 잡아당긴 맹부요가 고능풍의 손을 조심하라는 신호를 줬다. 운흔은 눈을 반짝 빛낸 뒤 남들이 눈치채지 못하도록 아주 천천히 고개를 끄덕였다.

곧이어 스무 명이 동시에 상자 안으로 손을 집어넣었다. 맹부요는 손을 상자 안으로 넣자마자 소매부터 툭 떨쳤다. 그 시각 소맷부리 안에 들어앉아 계셨던 모 대인으로 말할 것 같으면, 비무에는 안 데려가 주겠다는 맹부요를 상대로 바닥에서 구르기, 생떼 쓰기, 죽은 척하기, 목매달기 등을 시전한 끝에 기어이 따라붙기에 성공한 분이셨다.

원래 제비뽑기가 끝나는 대로 녀석을 무대 아래 철성에게 던져 줄 요량이었던 맹부요는 어쩌면 원보 대인을 데리고 온 게 잘한 일이었는지도 모르겠다는 생각을 하고 있었다.

쥐도 새도 모르게 상자 안에 잠입한 원보 대인은 어둠 속에서 품에 안은 열매를 아삭아삭 갉아 먹는 한편, 안광이 형형한 눈으로 고능풍의 손을 감시했다. 그리고 잠시 후, 맹부요의 손가락을 잡고 살금살금 고능풍 쪽으로 접근하기 시작했다.

그즈음 고능풍의 손은 왼편 헌원윤에게로 다가가고 있었다. 월백의 제자는 까다로운 상대로, 지금껏 치른 경기에서 누구보다 뛰어난 역량을 보여 줬다. 그런고로 고능풍은 헌원윤을 제일 먼저 처리하기로 마음먹은 참이었다.

원보 대인이 새끼손가락을 왼쪽으로 끌어당기는 걸 느낀 맹부요는 고개를 들어 헌원윤에게 눈길을 줬다. 살짝 망설이던 찰나, 사흘 전 밤에 봤던 눈물이 뇌리를 스쳤다. 순간적으로 마음이 약해진 맹부요는 천천히 그쪽으로 손을 뻗었다.

14

어둠에 잠긴 스무 쌍의 손. 개중 따로 계산이 있는 세 쌍을 제외한 나머지는 각자 제비를 더듬어 찾느라 바빴다.

이때, 번개처럼 손을 뻗은 맹부요가 손가락을 튕겨 세찬 바람 한 줄기를 쏘아 냈다. 벼락이 치듯 날아간 경풍勁風이 향한 곳은 고능풍의 맥소!

고능풍이 낌새를 채고 팔을 움츠리나 싶더니 곧장 일 장을 내질렀다. 하지만 바로 다음 순간, 그는 퇴로에서 미리 기다리고 있던 맹부요의 강철 갈고리 같은 손에 붙잡히고 말았다.

고능풍이 손가락을 세워 연속으로 찌르기 동작을 펼치자 맹부요는 제비 하나를 집어 휘둘렀고, 그 기세에 밀려 일순 물러났던 고능풍은 금방 손끝을 세워 맹부요의 손바닥을 노리고 달려들었다. 그러자 맹부요는 펼쳐져 있던 손을 집게손가락 두 번째 마디가 돌출되도록 감아쥐고는 인정사정없이 상대를 후려쳤다.

어두운 상자 속에서 눈 깜짝할 사이에 세 수가 오간 상황!

마디가 뾰족하게 선 맹부요의 주먹이 미세한 타격음과 함께 고능풍의 맥소에 꽂혔다.

상대가 암흑 속에서 이토록 정확하게 혈 자리를 짚어 낼 줄이야. 고능풍으로서는 생각지도 못했던 전개였다.

다섯 손가락이 힘을 잃고 축 늘어진 틈에 그는 급기야 손목을 맹부요에게 단단히 움켜잡히고 말았다. 고능풍은 질겁해서 얼른 다른 쪽 손을 동원해 맞서려 했지만, 미리 대기 중이던 운흔의 손이 바람처럼 끼어들어 나머지 손목마저 틀어쥐었다.

양쪽 손을 전부 제압당한 고능풍은 사색이 됐다. 대체 누구
짓인지 알아내고자 옆쪽을 살피던 그의 눈이 무심결에 맹부요
의 눈빛과 맞부닥쳤다.

싸늘한 조소를 머금은, 기묘하게도 불꽃의 열기와 얼음의 냉
기를 동시에 가진 눈빛.

그 눈을 마주한 고능풍은 돌이 되어 버리고 말았다. 차가운
물속에 처박힌 양 온몸에 한기가 들면서, 어느 비 내리던 밤 깊
은 산중에서 있었던 일이 떠올랐다. 자신의 화살이 시위를 떠
나는 동시에 비의 장막 너머 맞은편 산봉우리에서 고개를 돌리
던 흐릿한 그림자. 그 그림자가 쏘아 보낸 눈빛이 딱 저렇게 강
철처럼 단단하지 않았던가.

고능풍은 맞은편에서 자신과 눈을 맞추고 있는 자의 정체를
퍼뜩 알아챘지만, 이미 늦은 뒤였다. 소리 없이 웃어 보인 맹부
요가 그의 손바닥을 꺾고 비틀다가, 아예 접어 버렸으므로.

"끄아악!"

고능풍의 처절한 비명이 뭇시선으로 가득 찬 비무장을 뒤흔
들었다. 무대 위와 아래를 막론하고 현장에 있던 모두가 소스
라친 순간이었다.

맹부요는 태연하게 웃는 표정으로 고능풍을 놓아줬다. 그의
한쪽 팔뚝은 이제 경맥이 완전히 망가진 상태. 더하여 맹부요
는 상행하는 기의 흐름을 따라 심맥에까지 수를 써 두었다.

독장을 익힌 손은 오늘부로 누구도 해칠 수 없는 무용지물이
됐고, 아마 앞으로는 명줄 보전하기도 쉽지 않을 터였다.

고능풍은 계속해서 비명을 질러 대고 있었다. 운흔이 똑같은 방법으로 나머지 한쪽 손까지 끝장을 낸 탓이었다.

뒤이어서는 원보 대인이 얼씨구나 달려가서 양손을 한 번씩 호되게 물어뜯고는, '퉤, 퉤!' 하고 핏물을 뱉어 냈다. 목적을 달성한 원보 대인은 날듯이 맹부요의 소맷부리 속을 파고들었다.

맹부요는 빙긋이 웃으며 대충 걸리는 대로 잡은 제비 하나를 챙겨 상자에서 손을 빼냈다.

일련의 과정이 벌어지는 데 걸린 시간은 찰나에 불과했다. 사람들이 본 것이라고는 상자에 뚫린 기다란 구멍 속으로 손을 집어넣은 스무 명의 참가자가 열심히 제비를 찾는가 싶더니, 갑자기 고능풍이 비명을 질러 대고, 이어서 피로 시뻘겋게 물들어 벌벌 떨리는 손이 밖으로 나오는 장면이 전부였다.

벌떡 자리를 박차고 일어난 전북항이 소리쳤다.

"어떻게 된 일이냐?"

제비뽑기를 마친 나머지 열아홉 명이 영문을 모르겠다는 얼굴로 상자 옆에서 물러난 직후, 허둥지둥 달려온 심판이 고능풍의 손을 확인하고는 눈을 휘둥그렇게 떴다. 손에서 이빨 자국이 발견되었던 것이다. 딱 봐도 동물에게 물어뜯긴 흔적이었다.

보고를 전해 듣고 난 전북항 역시 당황했다.

다른 참가자가 벌인 짓이겠거니 했건만, 짐승한테 물려?

그는 도저히 못 믿겠다며 직접 확인에 나섰으나 결국은 찍소리도 못 하고 침중하게 자리로 돌아가야만 했다.

천살의 기대주가 고작 3차전에서, 싸움은 시작조차 못 해 보고 탈락하다니!

관중석에서도 수군수군 의론이 분분한 가운데, 격분한 일부 천살국 백성들이 자리를 박차고 일어나 외쳤다.

"왕야, 분명 뭔가 음모가 있습니다! 참가자들을 철저히 조사해 주십시오!"

전북항이 표정을 굳히고 있는 사이 아란주가 생글생글 웃으며 대꾸했다.

"그러게, 우리 다 너무 수상쩍지 않나? 아까 다들 손만 집어넣은 게 아니라 주둥이까지 들이밀고 고 통령을 콱 깨물었으니 말이지."

무대 아래에서 한바탕 요란한 웃음이 터져 나왔다. 그 웃음소리 속에서, 운흔이 냉랭하게 말했다.

"상자 한번 용하게도 만드셨습니다. 재주를 과하게 부리다가 도리어 제 발등을 찍은 모양이긴 하지만."

전북항은 낯빛이 붉으락푸르락했지만, 아무래도 찔리는 구석이 있는지라 참가자들을 더 추궁하기는 여의치가 않았다. 그는 수하들에게 명해 일단 고능풍부터 퇴장시켰고, 그 후에 싸늘한 목소리로 말했다.

"비무를 재개하라!"

맹부요는 씩 웃으면서 한 걸음 물러나 자신이 뽑은 제비를 확인했다.

처음에 고능풍을 공격하는 데 썼던 제비는 그때 바로 떨궜고, 지금 손에 있는 건 대충 다시 골라잡은 놈이었다.

흑색, 7번!

✿

　심판이 참가자들의 제비를 쭉 확인한 결과, 곽평융과 연경진, 선기국 성안군왕成安郡王 화언과 운흔이 각각 한 조였고, 적색 5번을 뽑은 아란주는 끝내 상대를 찾지 못했다. 흑색 5번이 고능풍의 몫으로 상자 안에 남겨져 있던 탓이었다. 그리하여 아란주는 운 좋게도 부전승으로 다음 경기에 진출하게 됐다.

　어지간히 이름 있는 고수들은 모두 상대가 정해진 상황. 이제 남은 건 2차전에서 순위가 살짝 밀렸던 참가자들, 그리고 앞선 두 경기에서 발군의 실력으로 대중의 관심을 한 몸에 받았던 헌원윤뿐이었다.

　관중의 눈길이 나머지 참가자들을 쭉 훑었다. 과연 저 중에 어느 재수 옴 붙은 자가 대회 최강의 실력을 보유한 소년과 맞붙게 될 것인가.

　쏟아지는 눈길 속에서 조심스럽게 자기가 뽑은 제비를 제출한 헌원윤이 작은 소리로 말했다.

　"적색, 7번입니다."

　심판이 몇 남지 않은 참가자들을 쳐다봤다. 긴장이 탁 풀려 배시시 웃음 짓는 얼굴들이 눈에 들어왔다.

　그가 제비를 높이 들어 보이며 물었다.

　"흑색 7번은 누굽니까?"

두리번거리는 사람들 틈에서 맹부요가 싱긋 웃으며 앞으로 나와 자기 얼굴을 가리켰다.

"전데요."

또 한바탕 소란이 일었다. 흥분한 관중들 사이에 왁자지껄한 토론이 오가길 잠시, 누군가 큰 소리로 말했다.

"에휴, 그냥 안 하는 게 낫지!"

"일찌감치 백기 들고 선수 바꿔라! 바꿔!"

"뭐야, 김빠지게. 최정상급 사이의 대결을 기대했더니만."

그러자 맹부요가 눈웃음을 치며 돌아서서 팔을 휘휘 내저었다.

"어휴, 그렇다고 쫓아내기예요? 참가에 의의를 두는 거지, 참가에!"

박장대소하는 관중들을 뒤로하고 성큼성큼 무대를 내려온 맹부요는 자기 차례인 일곱 번째가 올 때까지 대기에 들어갔다. 의자에 궁둥이를 붙인 지 얼마 지나지 않아 측면에 사람 그림자가 스치는가 싶더니 어느새 나타난 종월이 옆자리에 앉았다. 그러자 지금껏 멀쩡하게 잘 있던 맹부요가 갑자기 귀밑을 긁적이기 시작했다.

옆에서 종월이 무심히 말했다.

"왜, 이라도 생겼나?"

그 소리에 맹부요가 픽 웃었다.

"사람 눈길도 이만큼 간지러운 거 알아요? 이리 힐끔, 저리 힐끔, 보는 사람이 다 짠해 죽겠네. 덕분에 중간에 끼어 있는 나만 송구스러워서 몸 둘 바를 모르겠다고요. 돌팔이 선생, 차라리 나랑 자리 바꿀래요?"

눈 한 번 들지 않고 오로지 맹부요의 맥상을 살피는 데만 집중하던 종월이 말했다.

"그 헛소리라도 줄이면 조금이나마 더 오래 살 수 있을 거요."

그러고는 한마디를 덧붙였다.

"입이나 벌리시오."

맹부요가 얌전히 입을 벌리자 종월이 그 안으로 환약 한 알을 던져 넣었다.

"본래는 올 생각이 없었는데 어느 운 없는 분께서 상대를 잘못 뽑았다기에 하는 수 없이 들렀소. 알아서 조심하라는 말밖에는 해 줄 게 없군."

말을 마친 종월은 자리에서 일어나 뒤도 안 돌아보고 멀어져 갔다. 티끌 하나 없이 새하얀 뒷모습, 느리지만 흔들림 없는 발걸음. 멀찍이서 바라보고 있자니 아득히 하얀 산봉우리에 흩날리는 눈발을 보는 듯, 어쩐지 싸늘한 거리감이 느껴졌다.

무의식적으로 고개를 돌리자 아니나 다를까, 그 수줍은 헌원 공자께서 또 토깽이처럼 눈가가 새빨개져 계신 게 눈에 들어왔다.

"하아……."

괴로운 표정으로 머리통을 부여잡은 맹부요가 원보 대인과 눈을 맞추며 한숨을 내쉬었다.

"역시 인생이란 인연의 지뢰밭이로구나. 잘못 밟았다 하면

환장하는 거지…….”

세 번째 차례로 무대에 오른 것은 곽평융과 연경진이었다. 참 묘한 우연이라 해야 할지, 둘 다 형편이 그리 이상적이지는 못했다.

곽평융의 경우 내력은 예전 그대로였지만, 상황 대처를 담당하는 부분이 망가진 탓에 순발력이라든지 임기응변 능력이 전성기에 비하면 한참 떨어져 있었다.

연경진은 가벼운 부상을 입은 상태로, 그나마 지난 사흘간 몸을 많이 추스르고 나온 뒤이긴 했다. 기본기가 탄탄하기로 따지자면 둘 중 곽평융이 우세했으나 연경진에게는 천부적인 자질이란 것이 있었다.

현란한 상승과 하강, 불규칙한 간격을 두고 이어지는 연속 공격, 주위를 아련하게 감도는 안개로 이루어진 그의 날렵한 검법은 세속을 초월한 미감을 발했고, 이는 곽평융의 둔한 움직임과 대비를 이뤄 한층 더 극대화되었다.

아슬아슬하게 균형을 이루던 두 사람 사이에 승패가 갈린 것은 삼백 번째 수를 겨루던 때. 근소한 차이로 연경진의 승이었다.

연경진이 비무를 이어 가는 동안 배원은 무대 아래에 앉아 있었다. 아무리 ‘쌍벽’이라 불리는 한 쌍이라지만 이런 종류의

개인전에까지 쌍으로 출전할 수는 없는 일이었다. 단정하게 앉아 무릎 위에 손을 포갠 배원 군주의 자태는 앉으면 앉은 대로, 서면 선 대로 항상 나태하게 퍼져 있는 누군가와 비교할 때 실로 수천수만 배 이상 품격이 있어 보였다.

그 시각, '누군가'께서는 주전부리를 쩝쩝거리면서 배원을 힐끔힐끔 훔쳐보는 중이었다. 옆구리 쪽도 힐끔, 면사도 힐끔, 허리도 힐끔. 비실비실 웃는 입꼬리 위쪽으로 눈동자가 참 바쁘게도 돌아가는 것이, 무슨 꿍꿍이인지 모를 노릇이었다.

여섯 번째로 운흔과 대전을 치를 상대는 선기국의 소년 군왕 화언이었다. 화언은 개인적 배경이 전혀 알려진 바가 없는 인물로, 운흔, 성휘, 월백, 연살 등 이름난 고수들의 제자인 고능풍, 곽평융, 헌원윤, 연경진과는 다른 부류였지만, 나름의 심후한 공력과 귀신 같은 창술을 자랑했다.

그 위풍당당한 소년이 무대 위에서 운흔과 마주 서자, 마치 미끈하게 뻗은 나무 두 그루가 나란히 서 있는 양 훤칠한 모습에 관중들이 환호성을 터뜨렸다.

맹부요는 아예 의자 위로 뛰어 올라가서 열정적으로 팔을 흔들며 소리를 질러 댔다.

"우리 흔이 힘내라! 우리 흔이 잘한다!"

그 덕에 소맷부리 안에서 눈이 뱅글뱅글 돌던 원보 대인이 분개해 뛰쳐 나와 송곳니를 세우자, 맹부요는 그제야 부랴부랴 녀석을 손바닥 위에 올려 줌으로써 유감을 표했다.

그런 그녀를 못 말리겠다는 듯 흘끗 쳐다보며 손을 흔들어 준 운흔이 선수를 양보하는 동작을 취하며 입을 열었다.

"시작하시지요."

"시작하십시다."

'시작'이라는 말의 여음이 미처 가시기도 전, 화언이 벽력처럼 짓쳐들어오면서 창을 내질렀다. 연속적인 파공음과 함께 주변 기류가 요동쳤다. 공기 중에서 무언가 폭발하는 듯한 소리가 이어지면서 운흔의 머리카락이 한꺼번에 뒤쪽으로 쏠렸다.

흠칫 어깨를 굳힌 맹부요가 손을 꽉 쥐었다.

"저 자식 저거, 무시무시하잖아……."

긴장한 손에 힘이 들어가고 또 들어갔다. 그 안에 찌부러져 있는 원보 대인의 존재는 어느덧 까맣게 잊어버렸다.

같은 시각 무대 위, 당사자인 운흔은 정작 표정 하나 변하지 않은 모습이었다.

"쓸 만하군!"

나지막하게 외치며 몸을 날린 운흔이 상대와 한데 뒤엉켰다. 이번 판이야말로 진정한 용호상박의 대결이었다.

둔한 곽평용을 상대로 본인의 민첩성을 십분 활용해 약빠르게 승리를 낚아챘던 연경진과 달리, 운흔과 화언은 요령 따위와는 거리가 먼 진짜배기 실력 싸움을 벌이고 있었다.

초식, 내력, 기본기, 기교…… 어느 모로 보나 오주대륙 전역에서 집결한 귀족 출신 무인들을 일제히 전율시킬 만큼 화려하고도 전격적인 무예의 경지가 펼쳐졌다.

화언의 창풍은 숲을 뚫고 나오는 맹호와도 같고, 운흔의 검기는 창천에 비상하는 용과도 같았다. 금빛 창풍과 담청색 검광이 뒤얽혀 가르고, 찌르고, 내리치고, 뚫기를 반복하는 동안 현란한 광채가 주위를 휘돌고 강력한 힘이 비무대 위를 난무했다. 지켜보는 이들 사이에서는 연신 감탄이 터져 나왔다.

떠들썩한 군중 틈바구니에서 말을 잃은 사람은 오로지 걱정에 휩싸인 맹부요 하나였다. 내력을 과도하게 소모 중인 화언이 멀쩡하게 버틸 수 있는 한도는 아마 오백 수 가량일 것이었다. 그 이후로는 급격히 힘이 빠질 게 눈에 보이기는 했다.

그러나 문제는 운흔이 최근 새로 익힌 검법에 아직 익숙하지 않은 데다가 기초가 단단하지 못한 게 티가 난다는 점이었다. 화언의 심후한 내력과 비교해 운흔은 근본적인 한계를 가지고 있는 셈이었다. 지금은 얼추 대등한 경기를 펼치는 중일지 몰라도 오백 수 이후까지 현 상태를 그대로 끌고 가기는 힘들어 보였다.

손마디를 꽉 틀어쥔 채로, 맹부요는 조만간 지고 돌아올 운흔을 어떻게 위로해 줘야 할지를 고민하고 있었다.

그러는 사이 대결은 어느덧 사백 초식을 넘어섰다.

운흔은 얼굴에서 핏기가 살짝 가시고 입술이 파르스름하게 질렸을 뿐 아직 패할 기색이 없었다. 검기는 여전히 날카로웠으며 예의 뜨거운 투지 또한 그대로였고, 파도가 몰아닥치듯 구름이 소용돌이치듯 비무대를 종횡무진 가르는 검광은 처음과 마찬가지로 경이로웠다.

그는 발밑에 밟고 선 무대 한 귀퉁이를 절대 빼앗길 수 없는 본인 소유의 전장으로 삼고서, 적에게 한 치의 양보도 허용치 않았다.

운흔은 물러설 수 없었다. 여기서 물러서면 생의 존엄과 신념을 송두리째 포기하는 것이 되기에.

몸은 이미 기진맥진이었다. 시야는 가물가물하고 귓가에는 심장 소리가 북 치는 것처럼 울렸다. 북두칠성 자리를 거꾸로 밟아 가는 상대의 보법은 또 얼마나 현란한지, 덕분에 진짜로 눈앞에 별이 보일 지경이었다.

어지러이 덤벼드는 창풍 탓에 호흡도 여의치 않았을뿐더러, 이제는 혈행마저 차츰차츰 마비되어 가는 느낌이었다. 이렇게 움직이다가는 뻣뻣하게 굳어 버린 핏덩이가 몸에서 조각조각 떨어져 나가는 게 아닌가, 검을 휘두를 때마다 그런 기분이 들었다.

그래서 운흔은 혀를 깨물어 입 속에 피를 머금었다. 예리한 통증과 들큼한 피비린내 속에서, 금빛으로 번뜩이는 창끝은 과거 현원산에서 처음 만난 날 맹부요가 내지른 검광으로 화했다.

소용돌이치며 내리꽂혀 동풍을 꿰뚫을 검광. 그날 산봉우리 청량한 바람 사이에 서 있던 소녀의 새카만 눈동자는 찬란하게 빛나는 빙설이었고, 고독한 광야에 꼿꼿이 홀로 피어나 속된 세상사에 고개 숙이길 거부하는 한 떨기 꽃이었다.

태연 황궁에서 재회했을 때는 상황이 너무나도 다급해 한눈에 알아보지 못했으나, 후에 가만히 돌이켜 보니 그 눈빛은 오솔길에서 눈에 밟히는 풀꽃처럼, 물에 비친 달그림자처럼, 그의 뇌리를 한시도 떠난 적이 없었다.

비수가 꽂힌 허벅지에서 흘러내리던 선혈, 교묘한 말솜씨와 번뜩이는 기지, 보통 사람과는 차원이 다른 침착함, 그토록 긍지 높은 한편 자유분방하며, 영악한 동시에 고결한 여인의 모습은 이미 운흔의 머릿속에 또렷이 각인된 뒤였다.

부요! 너한테 지는 건 괜찮지만, 네 앞에서 다른 사람한테 지는 건 나 스스로가 절대로 용납 못 한다!

오백 초식째!

화언의 숨이 미세하게 가빠지기 시작했다. 그의 창은 무게가 많이 나가는 만큼 위력도 압도적이었다.

하지만 그런 물건을 체력의 한계를 넘기면서까지 휘두르는 건 제 몸을 깎아 먹는 짓이었다. 사실 그는 출전에 앞서 스승님으로부터 전략을 지시받고 나왔다.

무흔검, 아란주, 연경진을 상대로는 힘으로 밀고 나가 볼 만하지만, 이쪽과 마찬가지로 공력이 심후한 고능풍이나 곽평용이 걸리거든 반드시 다른 방법을 찾으라는 명이었다.

제비뽑기 결과 운흔이 나왔을 때 그는 내심 쾌재를 불렀고, 다 믿는 구석이 있었기에 대담한 전술로 승부수를 던졌다. 그런데 가벼운 검술의 소유자이자 따로 기연이 닿아 자기처럼 심후한 내공을 얻은 것도 아닌 운흔이 설마하니 오백 수를 버텨 낼 줄이야.

그의 창에서 힘이 빠지자 창술의 위력도 급격히 사그라들었다. 폐부가 찢기는 고통을 참으며 숨을 깊게 들이쉰 운흔은 즉시 맹공을 개시했다.

오백팔십칠 수째에 이르러 운흔의 검이 금빛 장창 위에 나비처럼 내려앉은 순간, 창이 화언의 손아귀를 벗어나 날아갔다.

화언 역시 사나이 대장부, 무기를 놓친 그는 깔끔하게 패배를 인정했다. 밝은 눈빛으로 한 걸음 앞으로 나선 화언이 진심을 담아 운흔에게 허리를 숙였다.

"탄복했습니다."

그것은 굳건한 의지와 절대 물러서지 않겠다는 결심, 역경에 굴하지 않는 패기, 그리고 진정한 대장부로서의 용기와 불멸의 기개에 보내는 찬사였다.

흐트러짐 없는 자세로 마주 읍한 운흔은 좌중이 보내는 찬탄의 눈빛 속에서 무대를 내려와 맹부요를 향해 차분한 걸음을 옮겼다. 그러고는 그녀를 지긋이 바라보며 씩 웃음 지었다.

무릎을 끌어안고서 그를 쳐다보던 맹부요가 한숨을 폭 내쉬더니 아무 말 없이 손수건을 건넸다.

운흔이 받아 든 수건으로 입을 가리고 기침을 뱉자 맹부요가 뚱한 투로 말했다.

"보는 데서 피도 못 토할 거면, 나 같은 거 차라리 평생 네 앞에 얼씬도 안 하는 게 낫겠다."

피식 웃은 운흔이 똑바른 자세로 의자에 앉았다. 품 안에서 꺼낸 환약을 그의 손에 쥐여 주고 일어난 맹부요가 목을 이쪽저쪽 꺾고 다리를 가볍게 풀면서 미소 지었다.

"슬슬 내 차례인가."

문득 옷자락을 붙잡는 운흔의 손길에 뒤를 돌아본 맹부요는 서늘한 소년의 눈동자 안에서 휘도는 불티를, 그리고 부침하는 시름을 읽어 냈다.

　수천수만 마디의 말이 오롯이 담긴 눈동자. 눈빛이 얽히는 찰나 맹부요는 일순 흠칫했지만, 이내 편안한 표정으로 웃어 보였다.

　"너처럼은 안 하니까 걱정 마. 지면 그냥 지고 말지, 난 몰래 피나 삼키고 안 그래."

　그녀는 호의와 조롱이 애매하게 섞인 좌중의 눈길을 한 몸에 받으며 연무대를 향해 걸음을 내디뎠다.

　그녀가 앉아 있던 자리에서 연무대로 이동하려면 첫째 줄에 있는 연경진 부부 앞을 지나쳐야만 했다. 물론, 멀찍이 돌아가는 방법도 있었으나 맹부요는 그러지 않았다. 공간이 협소한 탓에 앉아 있던 사람이 일어나서 길을 터 줘야만 하는 상황, 맹부요가 다가오는 걸 발견하고 온몸을 뻣뻣하게 굳힌 연경진이 나무토막 같은 모양새로 의자에서 일어섰다.

　방긋방긋 웃는 얼굴로 걸어온 맹부요는 제대로 된 눈길 한 번 주지 않고서 그를 지나치더니, 배원 앞을 가로지르다 말고 갑자기 비틀대는 척하면서 그녀에게 다리를 걸었다.

　맹부요를 의식하지 않고 있던 배원은 느닷없이 발밑을 덮쳐 온 힘에 기우뚱 뒤로 넘어가면서 본능적으로 뭐든 의지할 것을 찾아 손을 뻗었다.

　그러자 씩 웃은 맹부요가 잽싸게 자기 팔을 내밀면서 외쳤다.

"부인, 괜찮으신지요?"

쩌렁쩌렁한 외침과 함께 배원의 손을 낚아챈 그녀가 팔목에 회전력을 주자 배원의 몸이 휘청하며 반 바퀴 돌아 뒤쪽에 펼쳐진 관중석을 향했다. 그리고 그 기습적인 회전의 결과로 얼굴을 가리고 있던 면사가 펄럭 날아올랐다.

의미심장한 탄성이 장내를 휩쓸었다. 살짝 들려 올라간 음절 말미에서 경악이 묻어나는 소리였다.

"어어……."

배원의 입에서 새된 비명이 터져 나왔다.

그녀는 대체 무슨 일이 일어난 건지 아직 명확히 인지조차 못 한 상태였다. 그저 눈앞이 돌연 환해지는가 싶더니 면사가 날아올랐고, 그 긴 시간 가족에게도 보여 준 적 없는 얼굴이 온 천하의 무인들 앞에 고스란히 드러나고 말았다는 것만이 그녀가 아는 사실이었다.

횡십자 상처는 아물었지만, 그 자리에는 지렁이처럼 붉그스름하게 튀어나온 흉터가 남아 있었다. 따지고 보면 비위가 상할 정도로 끔찍한 형상까지는 아님에도 상흔이 유달리 흉측한 느낌을 주는 데는 타고나길 빼어난 이목구비와 고운 살결이 이루는 대비도 한몫했다.

곁에서는 연경진이 멍하니 배원을 쳐다보고 있었다.

지금껏 그녀는 항상 면사를 쓰고 다녔다. 무공 수련에 필요하다 설명한 적도 있었고, 피부병 때문이라고 한 적도 있었다. 남편인 그가 배원의 면사 너머를 한 번도 본 적이 없었던 건 둘이 허울뿐인 부부 사이로 각방을 쓰고 있기 때문이기도 했다.

그랬던가, 실은 얼굴이 망가졌던 것이었나…….

연경진이 지그시 감았다가 뜬 눈을 맹부요에게로 돌렸다. 소년 모양새로 차려입은 여인의 눈동자는 신비롭게 어른거리는 광채를 품고 있었다.

검은 부분은 먹물처럼 검고, 흰 부분은 옥돌처럼 하얀 눈. 역용을 하여 연한 벌꿀색을 띠는 살갗 아래에서는 진주 같은 광택이 배어 나오고, 조막만 한 얼굴이 그리는 윤곽은 가슴이 덜컥 내려앉을 만큼 수려했다.

연경진은 천천히 손을 들어 올렸다. 부인을 부축해 주기 위해서는 아니었다. 사실 부인 따위는 잊은 지 오래였다. 그는 들어 올린 손으로 자기 가슴을 눌렀다. 뾰족하게 각이 선 돌덩이들이 불에 벌겋게 달궈진 채로 가슴속에서 저들끼리 부대껴 갈리고 있는 것 같았다. 돌덩이가 닿은 자리마다 '치익' 하고 연기가 피어오르면서 선혈이 낭자하고, 살이 시커멓게 타들어 갔다.

어리고 무지하여, 은밀한 탐욕으로 인하여 놓쳐 버리고 만 사랑이여.

철모르고 제 손으로 심은 비극이여.

반복되는 어긋남 끝에 결국은 지옥에 갇히고 만 상처여.

연경진은 그 자리에 붙박인 채로 '부인'이 내지르는 비명을 듣지도, 그녀가 얼굴을 감싸 쥐고 뛰쳐나가는 모습을 보지도 못했다.

그저 꼭두각시 인형처럼 넋을 잃고 서 있는 사이, 그는 삽시간에 10년을 늙어 버렸다.

❋

맹부요가 비무대에 올라섰을 때 그 위에서는 먼저 온 헌원윤
이 기다리고 있었다. 청아한 소년의 손에 들린 무기는 창을 변
형해 만든 월아구月牙鉤였다. 창끝의 갈고리 모양에 휘광이 눈
부셨다.

월백의 제자라는 소년을 바라보던 맹부요는 월백에게서 받
은 선물을 이번 대결에 등판시키지 않기로 마음먹었다.

에효, 그걸 썼다가는 애가 배신감에 거품 물지 않겠나.

비무대 아래에서는 관중들이 심드렁하게 해바라기 씨를 까
먹기 시작했다. 결과가 불 보듯 빤한 대결이 세 초식 이내에 종
료되길 기다리며.

두 참가자가 마주 서서 점잖게 읍을 했다.

"시작하시지요."

말을 끝맺기도 전에 맹부요가 지면을 박차고 튀어 나갔다.
맹렬한 돌풍에 주변 공기가 휩쓸리는가 싶더니, '꽝' 소리와 함
께 무대 위 병기 거치대가 엎어지면서 미늘창이며 구와 같은 무
기가 와장창 바닥으로 쏟아졌다.

이를 본 관중석에서 '쯧쯧' 소리가 났다. 어떻게든 이겨 보려
고 발악하는 심정은 알겠는데 저렇게 급할 것까지야.

사실 맹부요는 세 수 이내에 헌원윤을 처리할 요량일 뿐이었

다. 내상을 안고서 싸움을 오래 끄는 건 곤란하므로.

맞은편에서 수줍게 웃고 있던 헌원윤의 손에서 빛이 번쩍하면서 비단 끈 같은 월광이 온 사방으로 뻗쳐 나오더니, 맹부요의 공세를 눈 깜짝할 사이에 완벽 봉쇄했다.

그러나 맹부요는 근접 타격을 시도하지 않았다. 그녀는 한 마리 매처럼 날렵하게 도약해 헌원윤의 머리 위를 뛰어넘었다. 그 자세에서 뒤도 돌아보지 않고서 상대의 어깨 부위를 향해 칼을 내질렀다.

맹부요의 손아귀 안에서 번갯불처럼 칼날의 빛이 번뜩하는 찰나, 헌원윤은 즉각 몸을 틀어 공격을 피했다. 물 흐르듯 소리 없이 움직이는 그의 몸놀림은 과연 달빛을 연상시켰다.

월백색 그림자가 무대 위를 달빛처럼 나풀나풀 넘노는 모습, 거기에는 초연한 운치에 겸하여 어떠한 우레와 광풍도 흔들지 못할 영속적 굳건함이 배어 있었다.

그런가 하면 맹부요의 풍격은 또 완전히 달랐다. 그녀는 천둥 번개를 거느리고 도래해 폭풍을 휘몰고서 하늘 꼭대기를 격파하는 힘이었다!

맹부요의 주먹이 우리를 뚫고 나가는 맹호와도 같은 기세로 상대를 향해 뻗어 갔다. 산중왕의 포효와 함께 공간을 가로지르는 주먹 앞에 만물이 머리를 숙였다.

권풍이 휩쓸고 지나는 궤적을 따라 비무대 바닥에 깔린 나무 판자가 일제히 떠들려 비스듬히 치솟았다. '파바밧' 소리를 내며 뱃머리가 만들어지듯 순서대로 한쪽 끝이 들린 판자들은 이

내 충격과 탄성을 이기지 못하고 차례차례 튕겨 나갔고, 그 과정에서 서로 충돌하면서 드높이 솟구쳐 올랐다가 무시무시한 바람 소리를 내며 허공에서 빙글빙글 돌기 시작했다.

그리고 허공에 무질서하게 널린 거대한 판자 무리의 바로 아래쪽에는 헌원윤이 있었다!

'헉' 하고 소스라친 수천 명의 관중이 동시에 해바라기 씨를 떨궜다.

거대한 판자들의 시커먼 그림자가 헌원윤의 월아구가 발하던 은빛 광채를 완전히 가려 버렸다. 그 순간 위쪽으로 훌쩍 날아오른 맹부요가 나무판자 사이를 스치면서 허공을 가로질렀다.

검푸른 옷자락을 휘날리며 나는 그녀의 자태는 구중천에서 구름을 딛고 내려온 번개의 신과도 같았다. 어디 하나 지지대로 삼을 곳이 없는 공중에서도 그녀는 자유롭게 자세를 바꿔 가며 도약해 나무판자를 차고, 밟고, 쏘아 보냈으니 그 발끝에서 생명력을 얻은 듯한 판자들은 상하좌우에서 물샐틈없는 포위망을 펼쳐 헌원윤을 순식간에 에워쌌다.

상대가 완전히 포위당하고 나서도 맹부요는 공세를 늦추지 않고 곧장 급강하했다. 그녀의 팔꿈치 바깥쪽에서 시천이 새카만 반사광을 발했다.

칼날을 팔에 붙이고 짓쳐 들어가는 건 종월에게서 배운 방법이었다. 가장 빠르고, 매섭고, 유연한, 일격필살의 검법!

그 칼날은 이제 곧 헌원윤의 목에 겨눠질 테고, 그로써 대결은 막을 내릴 것이다. 내리꽂히듯 하강하는 그녀는 하늘 가장 높은 곳에서 춤추는 봉황이었다. 압도적으로 강하며, 빙설처럼 차가운.

비무대 아래의 잡음은 세찬 돌풍에 휩쓸려 저 멀리 밀려났고, 맹부요는 오로지 목표물을 향해 거침없이 돌진했다.

헌원윤은 나무판자로 이루어진 포위진을 부숴 버리는 중이었다. 월아구에서 호를 그리며 뻗어 나온 은빛 광채는 마치 태생적으로 파괴의 역량을 타고난 양 근처까지 접근하는 것만으로도 아무런 소리 없이 나무를 박살 냈지만, 그 잠깐의 시간 사이 맹부요는 벌써 그의 머리 위에 당도해 있었다.

먹장구름처럼 덮쳐 오는 그녀를 막을 방도 따위는 없었다. 비수가 뿜는 서늘한 반사광이 헌원윤의 동공 안에 맺혔다.

놀란 관중들이 내뱉은 경탄이 무대 아래를 휩쓰는 찰나, 헌원윤이 홀연 입꼬리를 당겨 올렸다. 청아한 소년의 손에 들린 월아구가 덜컹, 진동하는가 싶더니 '촤앗' 하는 소리와 함께 무기 양쪽으로 날개가 돋쳤다. 그것은 번쩍이는 날개 형태의 작은 칼날이었다. 얼음장 같은 한기를 발하는 칼날의 출현은 장내 온도마저 급격하게 떨어뜨렸다.

달빛이 날개를 달았으니, 그 얼마나 눈부신 화려함이겠는가?

여전히 수줍은 미소를 머금은 채로, 헌원윤이 손목에 힘을 넣자 날개 돋친 월광이 아까보다 배는 빠른 속도로 미끄러졌다. 현빙玄氷의 싸늘함을 품은 병기가 면전까지 치고 들어오는 데 걸린 시간은 불과 찰나, 엄습해 오는 한기에 맹부요는 혈행마저 얼어붙을 지경이었다.

그녀는 자신이 적의 계략에 걸려들었음을 깨달았다. 상대도 자신과 마찬가지로 진면모를 감추고 있었던 것이다! 이제 보니 다른 것도 아니고 현음진기玄陰眞氣를 수련한 자였다.

그걸 감쪽같이 감추고서 그녀가 속전속결을 노리고 진력을 일거에 발출하도록 유도한 것이다. 이미 끌어올린 힘은 막바지에 다다랐고 새로이 기력을 동원하기에는 시간이 촉박한 이 시점에 기습을 가한다는 건 그녀의 내상을 헤집어 놓고야 말겠다는 뜻이었다!

어쩐지 종월이 내키지 않는 기색으로도 굳이 경기장까지 와서 약을 주고 가더라니, 헌원윤이 마음에 걸려서였던가.

현음진기의 싸늘한 냉기가 왈칵 밀려오는 와중에, 진력을 과도하게 끌어올린 맹부요는 내상 부위에 퍼지기 시작한 통증을 느끼고 있었다. 그사이 월아구의 광채가 날아들었다.

중천에 교교하게 빛나는 달만큼이나 찬란한 빛이었다. 현란한 빛살에 눈을 제대로 뜨지 못하던 관중들이 어떻게든 시야를 확보하고자 손으로 눈썹 앞에 차양을 만들었다.

기대를 완전히 뛰어넘은 판이 벌어지고 있지 않은가. 한 치 앞을 예측할 수 없는, 정상급 고수들 사이의 화려하기 이를 데 없는 싸움을 이대로 놓칠 수야 없는 일이었다.

빛에 파묻힌 무대 위, 맹부요를 향해 짓쳐 들어가던 월아구의 광채가 결정적인 순간에 멈칫하는가 싶더니, 그녀 곁으로 몸을 날린 헌원윤이 빠른 속도로 말했다.

"그를 만나게 해 준다면, 져 줄게요."

움찔, 맹부요는 사레가 들릴 뻔한 위기를 겨우 넘겼다.

애 봐라, 종월 한번 만나자고 진무대회 우승을 포기하겠다고? 독설남, 당신이란 남자의 마성은 대체…….

대답을 기다리는 헌원윤의 월아구를 코앞에 두고서, 맹부요가 픽 웃더니 상대만큼 빠르게 대꾸했다.

"그건 종월이 알아서 할 일이지, 내가 간여할 문제는 아니라서. 그리고 말이지……. 져 주고 말고 할 것도 없을 텐데."

'없을 텐데'가 맹부요의 혀끝에서 완전히 떨어지기도 전에, 헌원윤이 황급히 뒤로 몸을 물렸다. 하지만 한발 늦어 버린 뒤였다. 아니, 어쩌면 그는 공격을 일시 중지한 그 시점에 이미 맹부요를 제압할 최적의 기회를 놓쳐 버렸는지도 몰랐다.

맹부요가 나지막한 기합과 함께 다섯 손가락을 펼쳤다. 그녀의 손바닥에서 극도로 눈부신 광휘가 뿜어져 나왔다.

처음에는 작게 빛나던 순백의 강기 덩어리가 급속도로 몸집을 키우면서, 은백색으로 흐드러진 달빛보다도 훨씬 더 강렬한 광채를 발했다.

광채의 중심부는 맹렬하게 타오르고 있었고, 그 가장자리는 불길처럼 이글거렸다. 광채가 사방으로 거침없이 뻗쳐 나가자 무대 바닥에 남아 있던 나무판자들이 즉각 위치를 이탈해 무언가에 끌려가듯 지면에 바짝 붙은 채 빠르게 무대 바깥쪽으로 밀려났다.

관객석에 앉아 있던 사람들이 자리를 버리고 달아나는 가운데, 개중 동작이 굼뜬 누군가는 다리에 판자가 꽂히는 재앙을 당했고, 불운한 그자의 다리는 날카로운 칼에 꿰뚫린 양 피를 뿜어냈다.

항왕과 심판이 자리한 관람대 역시 나무로 만들어진 구조물이었다. 분명 철근으로 단단히 고정되어 있었건만, 목재의 이음매가 예고도 없이 허물어지는 바람에 항왕은 하마터면 밑으로 곤두박질칠 뻔했다.

그와 동시에, 관람대에 드리워져 있던 휘장이 한 마리 거대한 용처럼 펄럭 위쪽으로 쳐들렸다가 한데 뭉치는가 싶더니, 찬연한 광채 속에서 '펑' 하고 분해되어 버렸다.

파구소 6성, '일승日升'.

태양이 솟구쳐 오를 제, 창해에 아침노을 비치고 광명이 운산을 가르는 모습을 그대로 옮겨 놓은 경지!

해가 떠오른 마당에 달빛이 발붙일 자리가 어디 있으리?

헌원윤의 눈빛이 딴판으로 달라졌다. 똑같이 빛의 강기를 쓰는 입장, 상대의 무공이 가진 위력을 알아볼 안목 정도는 그에게도 있었다. 무턱대고 받아 내서 될 성질의 힘이 아니라 판단한 헌원윤은 번개처럼 뒤로 물러났다. 아까 공중에서 급강하하던 맹부요와 비교해도 손색이 없는 속도였다.

그러나 정신을 차렸을 때 그는 이미 상대에게 목줄기를 사뿐히 붙들린 뒤였다.

얼음장 같은 냉기를 품은 그의 월광과는 정반대로 상대의 손은 마치 화염이 뿜는 듯한 열기로 타오르고 있었다. 목을 뻣뻣하게 경직시킨 헌원윤은 자신의 살갗이 홧홧한 열기를 못 이기고 파르르 경련하는 걸 느꼈다.

적막한 바람이 난장판이 된 경기장을 휩쓸고 지났다. 바람결에 옷자락을 휘날리는 맹부요의 뒷모습은 가냘프되 강인했다. 적의 목을 틀어쥔 그녀의 손가락 위로 한 줄기 엷은 햇빛이 내려앉았다.

조금 전의 눈부시던 광채는 서서히 압축된 끝에 작은 백색 발광체가 되어 맹부요의 손가락 끄트머리에 맺혀 있었다. 헌원윤의 급소 바로 앞에서 넘실거리며 반짝이는 백색광의 모습에 장내 관중 수천 명이 숨을 죽였다.

심판은 몇 번이나 허망하게 입만 뻐끔거리고 나서야 가까스로 꺼슬꺼슬하게 갈라진 목소리를 토해 냈다.

"맹부요, 승!"

다들 결과를 인지하고 있었음에도 새삼스레 '헉' 하고 밭은 숨을 들이켰다. 광활한 비무장 상공을 바람처럼 휩쓰는 수천 명의 숨소리는 마치 거인의 딸꾹질처럼 들렸다.

헌원윤은 눈도 마음대로 깜빡이지 못하고 상대가 손을 거둬주기만을 기다렸지만, 맹부요는 그를 놓아주지 않았다. 백색 섬광의 기세에 질려 곧 울음을 터뜨리게 생긴 그가 맹부요를 쳐다보면서 서러운 양 눈시울을 붉혔다.

맹부요는 속으로 내뱉었다.

토깽이 놈 같으니!

사실상 그녀는 상대를 '안' 놔주는 게 아니라 '못' 놔주는 중이었다.

폭발적으로 끌어올린 진기를 기반으로 무리하게 파구소 6성의 경지에 도전한 결과, 현재 그녀는 헌원윤보다 훨씬 참담한 처지에 내몰려 있었다.

온몸의 뼈마디란 뼈마디는 모조리 뒤틀리는 것 같고, 오장 육부는 격렬하게 들끓었으며, 진기는 통제를 벗어나 제멋대로 날뛰어 댔다. 여기서 손가락 하나만 더 까딱했다가는 헌원윤의 얼굴에다 피를 토하는 동시에 배 속 내장까지 통째로 뿜어내겠구나 싶었다.

무대 위에 꼿꼿하게 서 있는 그녀의 모습이 남들 눈에는 승리를 뼈기느라 한사코 상대를 붙들고 있는 자기 과시로 보였으나, 거기에 대해서 감히 이러쿵저러쿵하는 사람은 없었다.

저자가 바로 복병이었구나! 초대형 복병이었어! 태양처럼 찬란한 단 한 수, 딱 그 한 수로 강력한 우승 후보였던 헌원윤을 10위권 밖으로 밀어내 버리다니.

본래 이변 따위는 없으리라 예측됐던 경기. 세 초식 안에 정리될 거라던 모두의 예상이 그대로 들어맞긴 했으나, 승자와 패자는 처음 전망과 정반대였다.

입을 헤벌리고 눈을 휘둥그렇게 뜬 관중들은 무대 위에 위풍당당하게 선 맹부요를 그저 멍하니 쳐다보고 있을 뿐, 비무의 승자에게 설마하니 구원의 손길이 필요하리라고는 상상도 하지 못했다.

그녀의 뒷모습을 넋 놓고 바라보고 있기는 연경진 역시 마찬가지였다.

연경진은 아까 길을 비켜 준 이후로 줄곧 그 자리에 우두커니 선 채였다. 맹부요가 첫 초식을 펼치는 동시에 눈앞이 아찔해지고 만 그는 무시무시한 기세로 날아온 나무판자가 다리를 후려쳤을 때도 그저 뻣뻣하게 굳어 아무것도 느끼지 못했다.

그리고 승리를 결정지은 최후의 일격이 비무장 전체를 찬연한 태양의 광채로 채웠을 때는 다른 이들의 탄성 속에서 홀로 '아.' 하고 짧은 신음을 흘렸다. 그 짧은 신음은 연경진이 자기 안에 남아 있던 마지막 기력 한 줌을 가까스로 짜내어 뱉은 것이었다.

남들은 몰라도, 뇌동결을 수련한 그는 한눈에 알아볼 수 있었다.

파구소, 뇌동결 따위로는 범접 불가한 천하제일의 대무상심법. 뇌동결보다 백배는 가치 있는 무공!

부요……. 부요…….

연경진은 지금 자기 입에서 누구 이름이 나오는지도 알지 못했다. 격통과 함께 내려앉은 심장이 심연 깊숙이로 침몰하고 있었다. 오장육부를 찢어발기고 뼛속을 파고드는 고통에 하늘이 빙빙 돌고 숨이 콱 틀어막혔다.

자만심에 기인한 선택, 그 잘못된 선택으로 인해 꼬이고 꼬여 버린 운명, 그때부터 이미 운명에 각인되었을 형벌…….

'연경진 너, 머지않아 쓰라리게 아플 날이 올 거야!'

푸욱!

연경진이 뿜어낸 선혈이 흙먼지로 뒤덮인 지면 위에 찬연하게 흐드러졌다.

❀

연경진이 피를 토할 때, 맹부요는 식은땀으로 등을 적시고
있었다.

주화입마 직전까지 와 있다는 게 느껴졌다. 심연이 눈앞에
버젓이 보이건만 할 수 있는 일은 아무것도 없다는 무력감. 눈
앞이 캄캄했다.

그녀는 눈을 들어 자기 손아귀에 붙잡혀 있는 패자에게 구원
을 요청하는 눈빛을 보냈다. 그러나 둔해 빠진 헌원윤은 눈을
끔뻑거리면서 질질 짜기만 할 뿐이었다.

좀 살려 줘라. 보기에는 멋들어진 자세일지 몰라도 이대로
가다가는 사람 죽어 나가게 생겼단 말이다…….

이때 뒤쪽에서 누군가가 접근해 왔다. 얼음 가루가 섞인 듯
청량한 향기가 코끝을 스치는가 싶더니 다소 서늘한 손이 그녀
의 손을 맞잡았고, 남자의 차분한 목소리가 들려왔다.

"힘들지? 내려가자."

그녀의 손을 힘 있게 감싸 쥔 손바닥을 통해 빙설처럼 싸늘
한 진기가 흘러 들어왔다. 빠른 속도로 경맥을 타고 올라온 진
기는 체내의 열을 식히고 끓어오르던 피를 잠재웠다.

그러자 무차별적으로 폭주하던 그녀 본연의 진기가 차츰차
츰 안정되면서 개울물이 바다로 흘러들듯 제자리를 찾았고, 경

직됐던 몸이 풀리는 게 느껴졌다.

살았구나!

안도의 한숨을 내쉰 맹부요가 고마움에 눈물이 그렁그렁 차오른 눈으로 뒤를 돌아봤다.

"운흔……."

저 멀리 무대 아래, 표정도 제대로 읽히지 않을 거리에 앉아 있던 운흔이 결정적인 순간에 그녀의 위험을 알아챈 것이다.

강제적으로 6성에 진입하는 바람에 맞이한 가장 험난한 관문을, 운흔이 시의적절하게 불어 넣어 준 진기 덕분에 무사히 넘길 수 있었다.

그 순간에 잡아 준 손이 아니었더라면 그녀는 아마 이기고도 비무대 위에서 생을 마친 자로 기록되었을 것이다. 과도한 흥분으로 인한 급사라는 꼬리표까지 달고서.

그녀의 부름에 운흔은 엷은 미소로 대답을 대신했다. 불티가 촘촘히 박힌 눈동자가 은하수처럼 찬란한 빛을 발하고 있었다. 그녀가 승리했다는 사실에 느끼는 기쁨과 난관을 이겨 내고 한 단계 더 성장한 모습에 느끼는 뿌듯함이 오롯이 담긴 눈빛이었다.

아득한 산꼭대기에 누워 물 흐르는 소리에 귀 기울이는 선인, 운흔은 딱 그런 사내였다.

초연하고도 단단한, 손가락으로 두드리면 옥석처럼 청아한 소리가 날 것 같은.

그가 맹부요를 무대 우측 아래로 천천히 이끌며 말했다.

"꽉 잡고 따라와. 네 앞길에 액운이 닥친다면 내가 널 그 반대편으로 데려갈 테니."

❀

그날 운흔에게 이끌려 대회장을 빠져나온 맹부요는 며칠 사이 반도에서 가장 주목받는 인물 반열에 오르고야 말았다.

이번 대회 최대의 복병이자 대반전의 주인공인 그녀를 두고 반도성 전체가 떠들썩했으니, 참가자 중 최강으로 평가받던 헌원윤을 순위권 밖으로 밀어냈을뿐더러 경기가 끝난 후에도 승리에 취해 한사코 무대에서 내려오려 하지 않더라는 게 화제의 핵심이었다.

소문은 돌고 돌아 급기야는 철성을 따라 저잣거리 구경을 나섰던 원보 대인의 귀에까지 들어갔고, 숙소에 돌아온 원보 대인은 배꼽을 잡고 미친 듯이 낄낄거렸다.

녀석의 말을 알아들을 수 있는 사람이 아무도 없는 상황에서 맹부요가 도의상 비실비실 마주 웃어 주자 쥐 새끼는 더욱 신이 나서는, 이번 일을 주인님께도 알려 드리기로 마음먹었다.

며칠 쉬었다고는 해도 부상은 아직 회복 전이었건만, 팔자 사나우신 대회 최대의 복병께서는 금방 또 싸움터로 끌려 나가야만 했다.

마지막 비무가 거행될 장소는 황궁 정의대전. 맹부요를 포함한 3인이 당도했을 때 정의대전 안은 그다지 붐비는 모습이 아니었다.

그보다는 전각 한쪽에 둥글게 둘러쳐진 병풍이 눈에 띄었다. 진주와 비취로 만든 장신구가 차랑차랑 부딪치는 소리며, 바람결에 그윽하게 실려 오는 향내며, 멀찍이서 느껴지는 간드러진 분위기만으로도 반투명한 병풍 너머에 미인들이 떼로 포진해 있다는 걸 알 수 있었다.

곧이어 여인들이 소곤거리는 소리가 희미하게 들려왔다.

"이제 오겠다, 오겠어."

"봐봐, 저기!"

"밀지 좀 마……."

"어우, 남의 발은 왜 밟고……."

맹부요의 입장과 동시에 미인들 사이에서 한바탕 소란이 일었다. 같은 방향으로 일제히 고개를 쭉 뺀 여인들 중에는 고귀한 신분이 무색하게도 자리에서 벌떡 일어나 부채로 얼굴을 가리고서 '꺅!' 소리를 내지르는 이도 있었다.

맹부요는 상황을 즐기는 중이었다.

내가 그새 이름이 나기는 났구나!

입이 귀에 걸린 그녀가 성큼성큼 전각을 가로지르며 자신의 추종자들을 향해 손을 흔들어 주던 그때였다.

그녀에게 쓱 한 번 눈길을 주나 싶던 '추종자'들이 다 같이 고개를 딴 방향으로 돌렸다.

"……."

당혹한 나머지 그 자리에 멍청히 굳어 버린 맹부요의 귓가에 태감의 외침이 들려왔다.

"황제 폐하 납시오!"

장엄한 규모의 의장과 함께, 내전 쪽에서 한 무리의 인원이 등장했다.

태감의 외침이 귀에 꽂히자마자 잽싸게 그쪽을 외면한 맹부요는 한 가지 심각한 문제를 상기해 냈다.

이거 아무래도 전남성한테 예를 올려야 할 상황 같은데. 번뇌로다…….

삐딱하게 고개를 튼 채로, 맹부요는 전남성한테 인사를 안 하고 넘어갈 구실을 찾기 시작했다.

허리 나갔다고 해? 아니면 팔이 부러져서? 꼬리뼈 다쳤다고 해 볼까?

힐끔 눈동자를 굴리자 천천히 이동해 온 행렬이 주객 각각으로 나뉘어 자리를 찾아 앉는 모습이 시야 끄트머리에 걸렸다. 그 와중에 서로 허리를 숙이고 예의를 차려 가며 온갖 고상한 척은 다 하고 있었다.

한편, 병풍 뒤쪽에서는 격렬한 소란이 벌어진 참이었다. 여인들이 한데 뒤얽혀 서로 치맛자락이 발에 엉키고 버선 대님이 끊어지고, 난장판이 따로 없었다.

병풍 뒤에서 헐떡거리는 숨소리들을 들으며, 맹부요는 괘씸함을 넘어 분개했다.

저까짓 겉으로만 고상한 체하는 놈들한테 홀려서는, 정신 못 차리긴!

이때 문득, 뭔가 싸한 느낌이 들었다. 장내 분위기가 어째 예사롭지가 않았다.

이 범상치 않은 기운은 대체?

그리고 방금 오른편에서 얼핏 본 그거, 연보라색 바탕에 은실로 자수가 놓인 옷자락, 그건 뭐였지?

뻣뻣하게 고개를 돌리는 그녀의 동작에 맞춰 경직된 목이 '우두둑우두둑' 비명을 질렀다.

전방, 대전 층계 위, 금옥으로 황야의 창룡 문양이 장식된 옥좌 병풍 앞, 한 남자가 상체를 살짝 기울이고 전남성과 대화 중이었다.

자금관紫金冠, 푸른색 비단 허리띠, 은룡이 수놓인 연보라색 용포, 먹물 같은 흑발, 백옥 같은 피부.

정교한 무늬가 새겨진 동제 가면으로 유려한 얼굴 윤곽의 절반을 가렸으나 나머지 반쪽 용모만으로도 그는 천신처럼 황홀한 광휘를 발하고 있었다.

눈빛을 느낀 그가 엷은 웃음기를 머금고서 고개를 돌리더니 맹부요를 눈으로 한 바퀴 훑었다.

맹부요는 그의 눈길 안에 들어앉은 작은 갈고리가 머리 꼭대기에서부터 발끝에 이르기까지 자신의 온몸 안팎을, 속옷과 속옷 끈마저 포함해 모조리 한 번씩 들춰 보는 느낌을 받았다.

탐색을 마친 그는 거기에 그치지 않고 아주 우아하게, 은근하게, 눈부시게, 기품 넘치게, 밉고 괘씸한데도 헤어나올 수 없도록…… 그녀를 향해 미소 지었다.

웃음기 묻은 음성이 웅장한 대전을 가로질러 와 그녀 한 사람
의 귓가로만 은밀히 스며들었다.

　　"부요, 애타게 그리워했소."

복잡한 마음

맹부요는 그 자리에서 폭발할 뻔했다.

어디서 뻔뻔하게 거짓부렁을! 하여튼 시간 장소 안 가리고 입만 열었다 하면 거짓말이지?

제일 처음 든 생각은 밖에서 쇠스랑이라도 하나 주워다가 들입다 면상을 뭉개 주고 싶다는 것이었다.

두 번째로 든 생각은 이성을 잃은 행위는 도리어 상대에게 반격의 틈을 내줄 수 있으니 폭력 없이 제압할 방법을 찾아야겠다는 것이었다.

그러다가 세 번째로 든 생각은 침묵이야말로 가장 노골적인 경멸이므로, 그냥 무시해 버리자는 것이었다.

하여 맹부요는 얼굴은 외면, 눈은 딴 데 고정, 표정은 엄숙하게 유지한 채로 나머지 참가자들과 함께 상석을 향해 절을 올렸다. 전남성한테 무릎 꿇기가 싫고 어쩌고 하는 문제는 까맣게 잊고서.

전남성의 안색이 어두웠다.

천살국 출신 중 우승에 가장 가까이 있다고 여겼던 고능풍이 석연치 않은 이유로 탈락했다. 나머지 출전자들도 10위권에 진입한 딱 한 명을 제외하고는 별 볼 일이 없는 상황이었다. 우승자 배출의 희망이 완전히 꺾이고 만 것이다.

그래도 전남성은 대국의 황제답게 품위를 잃지 않았다.

바닥에 무릎 꿇은 참가자들에게 미소를 보내며 일어나라 명한 데 이어 본인이 직접 장손무극을 장내에 소개했다.

"무극국 소후 태자께서 천 리 길을 마다치 않고 걸음해 이곳에서 치러질 마지막 비무의 심판을 맡아 주셨으니, 우리 천살의 영광이라 할 것이오!"

그러자 장손무극이 가볍게 허리를 굽히면서 미소 지었다.

"과분한 소임을 맡게 되었으나 폐하의 기대를 저버리지 않도록 힘써 보겠습니다."

전남성이 말을 이었다.

"태자께서 고생이 많구려! 천살은 이번이 초행일 터인데 환영회도 없이 곧장 대회장으로 들게 했으니, 우리 측의 불찰이오."

장손무극의 답변은 이번에도 지극히 정중했다.

"응당한 일에 어찌 그리 예를 차리십니까."

두 사람이 웃음을 교환했을 즈음, 병풍 뒤쪽은 난리도 그런 난리가 없었다. 꽃같이 단장한 여인들이 떼로 모여 연신 재잘

재잘 밀치락달치락하는 모습. 이쯤 되면 비무장이라기보다는 기루에서나 볼 법한 광경이었다.

전남성의 얼굴에 탐탁지 않은 기색이 드러났다.

전남성이라고 어디 멀쩡한 무공 대회를 이 꼴로 만들고 싶었겠는가. 이게 다 너무 젊은 나이에 큰 명망을 얻어 버린 장손무극 탓이었다.

그는 각국 황족들 사이에서도 신격화된 인물이었다. 야사로 전해지는 그의 활약상을 칭송하는 문인과 시객들이야 이미 한참 전부터 있었고, 적적한 규방에 갇혀 사는 황족 처녀 중에는 그의 일화를 엮은 서책을 끌어안고 백일몽을 꾸는 걸 낙으로 삼아 지루한 세월을 버텨 가는 이들이 대다수였다.

바로 그 장손무극이 마침내 천살에 온다고 하자 여인들은 어떻게든 연줄을 대 보겠다고 밤낮없이 황궁을 들락거리며 야단법석을 떨었다. 오로지 얼굴 한번 보자는 일념으로.

여인들이 벌인 난장판으로 인해 입장이 다소 난처해진 전남성이 가볍게 목청을 가다듬고는 화제를 다른 쪽으로 돌렸다.

"무극국 맹 장군은 어린 나이에도 호걸이라는 말이 아깝지 않더구려. 사흘 전 대결로 반도 전체가 들썩였다오. 땅의 기운이 빼어나면 걸출한 인물도 많이 난다더니 무극국이 바로 그렇소. 우리로서는 부러울 따름이오!"

무표정한 얼굴로 눈만 희번덕거리고 있는 맹부요를 눈으로 쓱 훑은 장손무극이 잠시 간격을 두고 답했다.

"무극의 홍복이지요."

맹부요는 피부에 돋은 닭살을 털어 내듯 팔뚝을 문질렀다.

홍복 좋아하시네. 나는 지금 그쪽 얼굴 보면서 내 인생, 참 박복하다라는 생각밖에 안 들거든?

피식 웃은 장손무극이 저만치 멀리서 슬쩍 손을 놀려 그녀가 털어 낸 닭살을 주워 담는 시늉을 했다. 맹부요는 도끼눈을 치떴다.

역시 저 작자는 악의 축이다. 속이 시커메서는 낯은 또 엄청 두껍고, 살인강도는 기본이요, 3천 리 밖에서 던진 칼로도 남의 목을 칠 인간.

악의 축을 더 이상 상대해 줄 생각이 없어진 맹부요는 운흔의 등 뒤로 한 걸음 물러나 코를 쓱 훔쳤다.

그녀 쪽으로 고개를 살짝 틀었던 운흔이 뭔가 눈치챈듯 충계 위 장손무극을 얼른 쳐다봤다. 둘이 어떻게 얽힌 사이인지 잘 알지 못하는 운흔이었지만, 전각에 들어오고부터 맹부요가 어째 이상하다는 건 느끼고 있었다.

그렇게나 겁 없고 기세등등하던 여자가 안절부절못하는 모습을 다 보게 될 줄이야. 무극 태자 때문인가?

일순 눈빛이 어둡게 가라앉았던 운흔은 맹부요가 자기 뒤로 숨고 나서야 다시 눈을 빛내면서 엷은 웃음기를 머금었다.

❀

마지막 시합 역시 진행은 전북항이 맡았다.

비무 개시 전 그가 읽은 최후 10인의 명단은 맹부요, 운흔, 연경진, 아란주, 헌원국의 상도常濤, 상연의 위산서韋山瑞, 태연의 담대우澹臺宇, 천살의 심명沈銘, 선기의 당이중唐易中, 부풍의 파고巴占였다.

전북항이 이상한 점을 깨달은 건 명단을 다 부르고 나서였다.

그러고 보니 연경진은 왜 안 왔지?

쟁쟁한 적수들을 제치고 황궁 비무까지 진출하기란 결코 쉬운 일이 아니거늘. 진무대회 결승전에서 불참자가 나온다는 게 말이 되는 상황인가?

눈썹을 살짝 찌푸린 전북항이 곁에 있던 환관에게 나지막이 몇 마디 지시를 내렸다. 연경진을 호출하라는 명을 받고 총총히 계단을 내려간 환관은 전각 입구 부근에서 급히 전할 소식을 갖고 들어오던 태감과 호되게 맞부닥쳤다.

상대 태감이 허겁지겁 외쳤다.

"폐하, 태연국 연 부인이 뵙기를 청하고 있사옵나이다."

배원? 배원이 여길 왜?

맹부요의 미간에 주름이 잡혔다.

지난번에 당한 망신으로는 부족했나?

멈칫하던 전남성이 이내 대꾸했다.

"들라 하라."

태감이 목청을 길게 뽑아 명을 전하자 좌중의 눈길이 햇빛을 받아 새하얀 배꽃처럼 빛나는 대전 앞 한백옥 계단으로 향했다.

해그림자를 밟으며 고개를 꼿꼿이 세우고 등장한 여인은 언제나처럼 눈이 시린 붉은빛 그 자체였다.

큼지막한 구리 못이 박힌 진홍색 출입문 위에 여인의 기다란 그림자가 차츰차츰 덧씌워졌다. 다소 여위었으되 곧은 허리만은 당당한 모습이었다.

하지만 면사 위로 드러난 그녀의 눈동자를 보는 순간, 맹부요는 소름이 쫙 끼치는 걸 느꼈다. 생기라고는 한 점도 찾아볼 수 없는 눈. 배원의 눈빛은 호수처럼 고요했으나, 그것은 피를 진득하게 풀어 놓은 물의 기괴한 고요함이었다.

누구에게도 눈길을 주지 않고 곧장 전각을 가로질러 들어온 배원이 전남성에게 절을 올린 후 바닥에 엎드린 자세 그대로 또랑또랑하게 말했다.

"아뢰옵기 황공하오나 소인의 부군 연경진은 밤새 몸이 편치 않아 오늘 이 성대한 자리에 함께하지 못하였사옵니다. 저희 부부라고 천살까지 먼 길을 와서 이대로 돌아가는 것이 어찌 아쉽지 않겠나이까. 하여, 부군과 한 몸인 소인이 대신 비무대에 오르기를 청하옵나이다!"

"황당무계한 소리!"

전남성은 딱 잘라 퇴짜를 놓았다.

"황궁 비무에 진출한 사람은 연경진이지 부인인 그대가 아니다. 만약 그대를 대신 비무대에 세운다면 결승전에 오르지 못한 다른 참가자들 앞에서 어찌 공정성을 논하겠는가?"

"소인이 비록 우승을 놓고 경쟁에 참여하지는 않았사오나……."

배원이 고개를 들었다.

"부군에게 주어진 자격을 똑같이 얻어 낼 능력쯤이야 얼마든지 있습니다!"

움찔한 전남성이 아우를 쳐다보자 전북항이 말했다.

"아내가 남편을 대신해 싸운 전례가 있기는 합니다. 따지고 보면 비무에 참여할 기회를 허망하게 날린 연경진도 억울한 입장이기는 하겠지요."

잠깐 주저하는 사이 어느덧 표정이 풀어진 전남성이 빙긋이 웃으면서 장손무극을 향해 물었다.

"아무래도 결정은 심판께서 내리시는 편이 좋겠소."

지켜보던 맹부요가 인상을 구겼다.

여우 같은 놈들, 딱 봐도 이미 결정했구먼. 이 상황에 장손무극이 무슨 말을 하겠냐?

장손무극이 배원을 무심히 쳐다보며 입을 열었다.

"본인이 그만한 실력이 있다는데야 이쪽에서 허물을 잡기도 곤란한 일이나, 단순히 말뿐이어서는 아니 될 것이오. 천하의 영웅들을 승복시키고자 한다면 실력으로 자신을 증명해야 할 터."

배원이 즉답했다.

"열 명 중 누구라도 좋으니 태자 전하께서 상대를 지목해 주시옵소서. 만약 패한다면 어전을 어지럽힌 죄를 달게 받겠나이다!"

"좋소."

입가에 미소를 머금은 장손무극이 참가자들을 쭉 둘러보는

가 싶더니 맹부요를 향해 싱긋 웃음을 보냈다.

그가 자신을 지목하겠거니 생각한 맹부요는 당장에 배원을 두드려 패 내쫓을 작정으로 옷소매를 걷어붙였다.

그런데 이게 웬일, 눈길은 그녀를 그대로 지나쳐 갔고, 장손무극은 곧이어 아란주를 보며 입을 뗐다.

"공주께서 수고해 주시겠소?"

아란주는 순간적으로 흠칫하는 기색이었으나, 이내 입가에 미소를 띠었다.

"그러죠. 지난번에 부전승으로 한 판을 쉬었으니 이참에 몸 좀 풀어야겠네요."

느긋하게 앞으로 걸어 나가며 주먹에다 대고 후 바람을 분 아란주가 생글생글한 표정으로 배원에게 손짓을 보냈다.

"덤비시지."

맹부요의 위치에서는 배원의 뒷모습밖에 보이지 않았기에 그녀가 지금 어떤 표정을 하고 있는지는 알 길이 없었다.

대신 맞은편에 선 아란주의 얼굴은 똑똑히 볼 수 있었다. 아란주는 언뜻 평소처럼 밝고 천진한 모습이었지만 딱 하나, 눈빛만은 전혀 딴판이었다.

맹부요는 상대를 유심히 뜯어보는 아란주의 까만 눈동자 안에서 심상치 않은 빛을 포착해 냈다.

배원한테…… 뭔가 이상한 점이라도 있는 건가?

문득 배원을 압박해 도전장을 내게 만들고 그 상대로 아란주를 지목했던 장손무극의 행동에 깊은 뜻이 숨겨져 있지는 않았나 하는 생각이 들었다.

그 역시 배원에게서 뭔가를 읽어 냈던 것일까?

그녀가 의혹의 눈빛을 보내는 사이, 전각 한가운데서는 낭랑한 기합 소리와 함께 알록달록한 신형과 붉은빛 신형이 현란하게 뒤엉켰다.

배원과 아란주가 대결에 돌입한 것이다.

배원이 첫 초식을 전개하자마자, 맹부요는 그녀가 허튼소리를 한 게 아니라는 걸 알 수 있었다.

공력 자체는 연경진보다 한 수 아래였으나 뇌동결을 펼치는 데 있어서만큼은 그녀 쪽이 연경진보다 숙련된 모습이었고, 검법도 남편에 비해 절대 뒤지지 않았다.

고작 1년 사이에 무슨 수로 이 정도까지 실력을 끌어올렸는지는 몰라도, 하나 확실한 건 연경진과 매한가지로 그녀의 진력에서도 연살의 가르침을 받은 티가 난다는 것이었다.

부부가 쌍으로 수수께끼덩어리였다.

어떻게 둘의 혼인이 가능했을까?

배원의 진기는 연살의 지도로 만들어진 걸까, 아니면 연경진이 수련법을 전수한 걸까?

아무리 봐도 이상한 조합인데, 혼인 이면에 뭔가 계약이 오고 간 건 아닐까?

연경진이 부인을 들이는 걸 연살이 보고만 있었다는 것도 이상하지 않은가?

생각에 잠긴 와중에도 맹부요는 아란주와 배원의 대결에서 눈을 떼지 않고 있었다.

아란주는 부풍 왕족 출신이었다. 부풍 자체가 워낙에 비술이 성행하는 땅이기도 하지만, 아란주는 거기에 더해 기초가 대단히 탄탄한 무공 실력까지 보유하고 있었다.

특히 수년간 전북야를 쫓아다니면서 단련한 경공술은 실로 무지막지한 수준이어서, 그녀가 화려한 무지개처럼 허공을 종횡무진 누비고 다니노라면 보는 사람은 눈앞이 다 빙빙 돌기 일쑤였다.

아란주는 무기 또한 아주 독특하고도 앙증맞은 물건을 썼다. 얼핏 보기에는 뚜껑 덮인 놋쇠 잔 같은 물건 한 쌍으로 평범해 보였다. 그 두 개가 맞부딪치면 때로는 맑고 은은한 소리가, 때로는 몹시 거슬리는 소음이 났다.

그 정신없는 소리에 총천연색 옷차림까지, 아란주가 가는 곳이면 어디든 현기증을 일으키는 이들이 속출했다.

그런 아란주와 판이하게 배원은 딱 정석대로 검을 쓰고 있었다. 묵직하게 힘이 실린 그녀의 검이 연무와 뇌성을 몰고 뻗어 나가노라면 주변 기류가 뭉텅이로 요동쳤다. 묵중한 진력을 무기로 삼아 아란주가 날쌔게 도망 다니며 펼치는 교란 작전을 제압하겠다는 의도였다.

그 의도는 정확히 먹혀들었다.

나비처럼 사뿐하던 아란주의 움직임이 점차 느려지기 시작하면서 배원과 정면 대결을 펼칠 수밖에 없는 국면이 만들어진 것이다. 두 사람의 무기가 서로 맞부닥칠 때마다 날카로운 금속음이 장내를 울렸다.

착실히 이어져 가나 싶던 싸움에 전환점이 온 것은 그때까지 총 일백이십육 수를 교환하고 난 둘이 다음 공격을 개시한 직후였다.

여전히 쌩쌩한 아란주와 달리 배원은 그즈음에 이르자 뒷심이 달리는 것처럼 보였다. 이미 한 번 무공을 잃었던 몸으로 기본기가 극히 탄탄한 아란주를 따라가기 역부족이었던 것이다.

무지개처럼 나부끼는 상대의 색동 소매를 쳐다보던 배원이 갑자기 눈빛을 싸늘하게 굳혔다. 동시에 그녀의 손에 잡힌 검신이 부르르 진동했다.

그러자 검광 주위의 옅은 회색 안개가 돌연 거무스름하게 변하면서 희미한 비린내를 풍기기 시작했다.

다음 순간, 입가에 냉소를 머금은 배원이 아란주의 얼굴을 향해 검을 내질렀다. 배원은 아까부터 오로지 아란주의 얼굴만을 노려 공격을 퍼붓고 있었다.

아란주가 줄곧 그래 왔듯 이번에도 몸을 틀어 피하려던 때였다. 칼끝이 느닷없이 폭발을 일으키더니, 안개 속에서 아주 작은 검은색 구슬이 튀어나와서는 마침 옆쪽으로 고개를 튼 상태인 아란주의 귓구멍을 향해 날아들었다.

너무나도 절묘한 각도에 맹부요는 가슴이 덜컥 내려앉는 걸 느꼈다. 상황이 잘못되어 가고 있었다.

곧이어 맹부요가 보고 있는 가운데 동그랗게 말려 있던 검은 구슬의 형태가 스르르 풀어지더니 잘 보이지도 않을 정도로 작은 발톱이 모습을 드러냈다.

살아 있어? 대체 뭐지?

별똥별이 내리꽂히듯 맹렬한 속도에, 거리까지 너무 가까웠다. 저게 귓속으로 들어가면 아란주는 어떻게 되는 걸까.

맹부요가 펄쩍 뛰기 직전, 반쯤 돌아가 있던 아란주의 몸이 순식간에 원래 자세로 복귀하는 모습이 눈에 들어왔다. 아란주가 자세를 바꾸자 허공을 가르던 검은색 생명체도 쌩하니 방향을 틀어 뒤를 따라붙었다.

그런데 이때, 아란주가 놀랍도록 유연한 동작으로 그 자리에서 360도를 돌아 다시금 배원을 정면에 두고 서더니, 자신의 무기인 '놋쇠 잔'을 쳐들었다. 바로 뒤이어 '잔'에 가느다랗게 틈이 생기면서 그 사이로 새빨간 광채가 번쩍 새어 나왔다.

허공을 가로지르던 검은색 생명체는 푸드득 한 번 몸을 떤 걸 마지막으로 마치 모종의 흡인력에 붙들린 양 천천히 틈 사이로 끌려 들어갔다.

맹부요의 예리한 눈에는 검은 생명체가 흡인력을 떨쳐 내기 위해 사력을 다해 발버둥 치는 모습이 고스란히 보였다. 그러나 아무리 발악을 한들 생명체는 아란주의 기묘한 무기 속 붉은 무언가를 당해 낼 수 없었고, 결국은 틈 사이로 완전히 모습을 감췄다.

이와 동시에 배원의 검세에서 힘이 **빠졌다**. 고작 자그마한 구슬 하나 잃었을 뿐이거늘, 배원은 그새 핏기가 싹 가신 얼굴이었다.

아란주가 깔깔거리며 말했다.

"번데기 앞에서 주름잡는 것도 아니고 내 앞에서 '고술'을 써? 이 언니 귀엽네."

그러더니 '잔' 두 개를 톡 치면서 신이 난 투로 재잘거렸다.

"예쁜 내 새끼, 간식 생겼구나?"

맹부요는 그제야 아란주가 무기로 쓰는 물건의 정체를 깨달았다.

괴상하게 생겼다 싶으면서도 어딘지 눈에 익은 느낌이더라니, 독충을 기르는 용기였던 것이다!

장손무극이 부풍국 왕족 출신인 아란주를 배원의 상대로 지목한 이유도 알 것 같았다. 배원에게서 수상한 낌새를 채고 혹여 그녀가 시합 중에 농간을 부리지는 않을까 저어했던 것이리라.

사특한 고술을 제압하는 데 부풍 삼대 부족 출신 아란주보다 더 능수능란한 사람이 또 어디 있겠는가?

배원이 검을 지팡이 삼아 뒤로 물러서자 아란주도 잔을 손안에 갈무리해 넣고 돌아서서 걸음을 옮겼다.

그런데 다음 순간, 배원이 돌연 앞쪽으로 미끄러져 나오면서 아란주의 등을 향해 다짜고짜 검을 내찔렀다!

걸음을 옮기다 말고 등 뒤에서 몰아닥치는 바람 소리를 들은 아란주는 고개를 들었다가 이미 자신의 머리 위에 드리운 배원의 그림자를 발견했다. 그녀가 팔을 방패 삼아 황급히 들어 올리는 동시에 '챙강' 소리가 나면서 놋쇠 잔이 손아귀를 빠져나가 저만치 날아갔다.

배원의 검이 그녀의 두개골을 쪼개 버릴 기세로 덮쳐 오는 상황!

순간, 연보라색 그림자가 허공을 스쳤다.

조금 전까지만 해도 층계 위쪽에 있던 사람이 구름처럼, 빛처럼, 바람처럼, 한 줌의 숨결처럼 가벼이, 혹은 영산 꼭대기에 날아내리는 기러기의 깃털이나 하늘 꼭대기에서 나부끼는 부운이 찰나에 공중에 올라 홍진을 가로지르듯 홀연히, 대전 한복판에 출현했다.

허공에 희미하게 번진 채로 쏘아져 온 그림자는 목표 지점에 정지해 미끈한 연보라색 몸으로 완성되었다. 그가 배원의 검을 받아 내는 데 들인 수고라고는 손가락을 살며시 뻗은 게 전부였다.

배원은 검을 아래로 내리치려야 내리칠 수도, 그렇다고 뒤로 빼려야 뺄 수도 없는 처지가 됐다.

입가에 미소를 건 장손무극이 온화하되 절대 거역할 수 없는 태도로 배원의 검을 수거하며 말했다.

"부인, 이쯤 했으면 되었소."

말투는 담담할지언정 그 안에 담긴 것은 절대적 위엄이었다. 악에 받쳐 눈이 새빨개진 배원은 몇 번 입을 뻐끔거리다가 결국은 아무런 말도 내뱉지 못했다.

한편, 병풍 뒤쪽에서는 황홀함을 못 이긴 미인들이 밭은 숨을 들이켜는 소리에 이어 재잘재잘 찬탄이 쏟아졌다.

"더는 무리야. 나 기절할 것 같아……."

"아아……. 아까까지만 해도 그리 점잖으시더니 갑자기 폭풍처럼……. 저런 게 천신의 자태라는 걸까……."

이때, 배원 때문에 열이 뻗칠 대로 뻗친 맹부요가 눈썹을 치켜세우고 구시렁거렸다.

"몸이 달아서 나대기는!"

그 결과, 어느 분께서 그녀를 돌아보며 싱긋 웃더니 그윽한 전음을 보내왔다.

— 부요, 그대는 질투할 때가 가장 아리땁소.

'쓰읍' 하고 숨을 들이마신 맹부요는 그길로 입을 딱 닫고 세 걸음 뒤로 물러섰다.

저 두꺼운 낯짝에다 대고 욕은 해서 무엇하리.

어차피 속으로 들입다 퍼부어 줄 거, 입으로는 뱉으나 마나 그것이 그것일지어다.

그사이 전북항이 대전 한복판으로 나와 잽싸게 선언했다.

"아란주 공주는 무기를 떨어뜨렸으니 연 부인의 승입니다!"

펑, 맹부요가 폭발하는 소리였다.

저게 진짜, 파렴치한 짓도 정도껏 해야지!

성큼 앞으로 나선 그녀가 짐짓 눈을 동그랗게 뜨고는 전북항을 향해 말했다.

"왕야, 천살국은 참으로 고상하고 절개 있는 나라인 것 같습니다. 게다가 희생적이기까지요. 그저 탄복할 따름입니다!"

경계의 눈초리를 세운 전북항이 되물었다.

"맹 장군, 그게 무슨 뜻이오?"

"아득히 먼 타국까지 서신을 보내 태자 전하를 진무대회 결 승전 심판으로 모시고도 행여 전하께서 고되실까 염려하여 번 번이 먼저 나서서 노고를 대신하니, 그 갸륵한 정성에 눈물이 앞을 가리는지라……."

그녀가 장손무극을 올려다보며 천연덕스럽게 물었다.

"태자 전하, 눈물 나지 않으십니까?"

기다란 속눈썹 아래, 그녀를 지긋이 바라보는 장손무극의 눈 동자 속에 웃음기 비슷한 것이 스쳤다.

잠시 후, 궁지에 몰린 전북항에게는 눈길도 주지 않은 그가 차분히 답했다.

"역시 맹 장군은 내 마음을 잘 아는구려."

알기는 개뿔!

속으로는 쌍욕을 퍼부을지언정 얼굴에는 꽃 같은 웃음을 피 워 낸 맹부요가 겸손하게 말했다.

"우연이었습니다, 우연."

전북항은 웃는다고 보기에도, 그렇다고 찡그린 거라고 보기 에도 애매하게 입꼬리를 비틀고서 제자리에 어정쩡하니 굳어 있었다. 그 모습을 보고 안 되겠다 싶었는지, 전남성이 급히 수 습에 나섰다.

"북항, 그 무슨 무례냐! 심판 일은 응당 태자께 일임해야 하 거늘!"

"괜찮습니다."

장손무극이 유유히 자리로 돌아가며 말했다.

"항왕의 영명함이야 오주대륙 전체가 아는 일, 잘못된 판단을 내릴 리 있겠습니까."

배원이 옳다구나 하고 고개를 쳐든 찰나, 장손무극의 말이 이어졌다.

"패배를 인정하지 않은 상태에서 다시금 공격을 행한 것이니 비록 도의에는 어긋나도 원칙적으로는 문제가 되지 않겠지요. 다만, 그 전에 연 부인 역시 상대의 공격에 무기를 잃은 바가 있습니다. 그렇다면 비긴 것으로 쳐야겠군요!"

배원의 낯빛이 새하얗게 질렸다. 다른 상황도 아닌, 진무대회 우승을 놓고 거행된 황궁 비무 중에 '도의에 어긋났다'라는 평을 받다니.

장손무극의 태도는 얼핏 관대해 보이나 그가 무심히 뱉은 한마디는 조만간 온 천하에 전해질 터였다. 강호인으로서는 사형선고나 다름없는 일이었다.

이 결말이 영 마뜩잖은 사람으로서, 맹부요는 당장 배원을 걷어차 쫓아내고 싶은 마음이 굴뚝같았다.

그런데 그때, 자신을 살벌하게 노려보는 배원과 그런 배원을 향해 껍질을 벗겨 씹어 먹어도 시원치 않다는 눈빛을 보내고 있는 아란주가 차례로 눈에 들어왔고, 그제야 깨달음이 맹부요의 뒤통수를 탁 쳤다.

이렇게 되면 막판 혼전에서 아란주는 우승이고 뭐고 다 필요 없이 오로지 배원만 물고 늘어질 테고, 배원은 아란주를 상대하느라 자신에게 술수를 쓸 여력이 없으리라. 그러면 자신은 은근슬쩍 경쟁자 두 명을 제치게 되는 것이다.

와, 열 길 물속은 알아도 한 길 장손무극 속은 모른다더니. 생판 남도 아닌 아란주까지 이렇게 보내 버리나. 파렴치한지고!

이전 시합과 마찬가지로 제비뽑기를 진행한 결과 맹부요와 당이중, 운흔과 아란주, 배원과 심명, 위산서와 담대우, 상도와 파고가 각각 한 조가 됐다.

아란주나 운흔과 맞닥뜨리면 어쩌나 고뇌하던 맹부요는 추첨 결과에 안도의 한숨을 내쉬었다.

그나마 아란주야 놀이 삼아 나왔으니 제치고 올라가도 양심의 가책이 클 것 같지는 않았다. 그저 장손무극의 수고를 허사로 만드는 게 살짝 찜찜한 정도?

하지만 운흔의 경우는 달랐다. 사내대장부가 포부를 펼칠 기회를 중간에서 홀랑 가로채기는 좀 그렇지 않은가.

운흔과 아란주가 맞붙는다면 결과는 십중팔구 아란주의 패배일 터. 운흔의 절박함과 달리 아란주는 매사가 장난일뿐더러, 실전 경험으로 따져도 이름을 날린 세월이 꽤 긴 운흔과는 상대가 안 됐다. 아까 배원의 기습에 속수무책으로 당한 것도 결국은 경험 부족이 연유 아니었겠는가.

한숨을 폭 내쉰 맹부요가 은근슬쩍 장손무극 쪽을 흘겨봤다.

수작을 부리면 뭐 하나, 아란주는 최종 5위에 끼지도 못하겠는데.

장손무극은 그녀의 가시 돋친 눈빛을 완전히 무시하고서 유유히 웃으며 차를 홀짝이고 있었다. 이따금 전남성과 담소까지 주거니 받거니 하며.

맹부요는 분개했다.

그래, 어딜 가나 저런 인간이 꼭 있지. 양심이라는 글자가 어떻게 생겨 먹었는지도 모르는 인간!

펄럭, 옷자락을 날리며 걸음을 내디딘 그녀가 성큼성큼 전각 중앙으로 향했다. 이번에는 그녀가 첫 순서였다.

운 나쁘게 그녀와 짝이 된 당이중 역시 쓴웃음을 머금고 앞으로 나오면서 쌍검을 뽑아 들었다. 그러더니 경기는 시작도 전인데 맹부요를 향해 덥석 허리를 굽혔다.

"선기국 당이중이 비무를 청합니다."

그의 깍듯한 자세를 본 맹부요도 맞인사를 하려던 때였다. 문득, 상대의 나지막한 목소리가 들려왔다.

"장군께서 힘을 허비하지 않도록 일찌감치 패배를 인정할 테니 부디 너그러이 봐주십시오."

희미하게 입꼬리를 끌어 올린 맹부요가 상대를 훑어봤다. 약삭빠른 자였다. 한창 열이 뻗친 그녀가 화풀이할 대상을 찾고 있는 것도, 자기 실력으로는 그녀를 절대 이길 수 없다는 것도 알고서, 미리미리 비위를 맞춰 두겠다는 것이다.

그녀가 허리를 굽히면서 조용히 답했다.

"걱정 마시오. 난 맞을 짓을 한 놈만 패니까."

저 위쪽 상석에 앉아 있는 놈 말이다.

두 사람이 현란하게 공격을 주고받기 시작했다.

꽃처럼 춤추는 쌍검, 무지개 같은 잔영을 끄는 칼. 보기에는 퍽 그럴싸하나 그 이상은 없는 대결이 이어지길 잠시, 채 일백 수를 교환하기도 전에 당이중이 홀연 석 장 높이로 도약하더니 아무런 방어책 없이 과감한 기세로 맹부요를 덮쳤다.

공중을 날던 매가 토끼를 덮치는 형세로, 실력 차이가 현저한 상황에서 강자가 약자를 상대로만 펼칠 수 있는 공격이었다. 당이중이 맹부요 앞에서 그 흉내를 내는 건 완전히 '나 잡아 잡수쇼' 하는 짓이었지만, 맹부요 입장에서야 떠먹여 주는 걸 거절할 이유가 없었다.

그녀는 한 방에 당이중을 걷어차 날려 버렸다.

공중제비를 세 바퀴나 돌며 과하게 튕겨 나간 당이중은 격하게 땅바닥에 내동댕이쳐진 사람치고는 참 멀쩡한 낯빛과 안정된 호흡을 바탕으로 '수치스러운 표정'을 지어 보이며 항복을 선언했다.

"탄복했습니다!"

웃음을 삼킨 맹부요가 짐짓 천연덕스럽게 대꾸했다.

"봐주신 덕이오."

자기도 모르게 상대를 한 번 더 눈여겨보게 된 맹부요는 생각했다.

겉모습은 별거 없어도 속은 완전히 딴판이잖아? 영특하고 통도 크고, 꽤 재미있어. 훗날 선기국에 가게 되거든 가까이 지내도 나쁘지 않겠는데.

이때 상석에 있던 전남성한테서 박수가 나왔다.

"훌륭한 대결이로다!"

웃음기 섞인 찬탄을 뱉은 그가 장손무극에게 물었다.

"태자께서는 어찌 보셨소?"

무공에 정통한 오주대륙 황족 중에 설마 이번 비무가 장난질이었다는 걸 못 알아볼 이가 있으랴.

장손무극이 엷은 미소와 함께 답했다.

"절묘하였습니다! 다만, 당이중 정도의 실력이라면 본디 이백 수는 넘길 수 있었을 터인데, 드물게 욕심 없는 인품을 타고난 듯합니다."

"음…… . 참으로 덕이 있으시오. 맹 장군을 칭찬하는 말이 나올 줄 알았건만."

"영명하신 폐하 앞에서 설마 제가 눈 가리고 아웅을 하겠습니까."

찻잔 속 파르스름한 찻물을 물끄러미 들여다보며, 장손무극이 가볍게 웃었다.

"태자께서 맹 장군을 지극히 아끼신다 들었소만."

전남성이 넌지시 던진 물음에 장손무극은 약간의 간격을 두고서야 대답을 내놨다.

"빼어난 인재인 것이 사실이지요. 무릇 윗사람 된 자라면 누구라도 아끼지 않고는 못 배길 것입니다."

"흐음…… . 하면, 맹 장군이 이번 진무대회 우승을 차지하거든 무극국에서는 어떠한 상을 내릴 작정인지?"

"곽 장군이 10위 안에 들지 못한 것이 유감입니다."

장손무극이 은근슬쩍 화제를 돌렸다.

"그간 무수한 공훈을 세운 백전노장일뿐더러 조정에 대한 충심으로 보나, 세간의 평가로 보나 나무랄 데가 없으니 세 손가락 안에만 들었어도 금오대장군金吾大將軍 자리는 떼어 놓은 당상이었을 터인데."

바꿔 말하자면, 무극국 조정에서는 이렇다 할 전공을 세운 적도 없고 대단한 이력을 가지지도 못한 맹 장군을 그럴싸한 자리에 올려 줄 생각이 없다는 뜻이었다.

전남성이 눈을 반짝 빛냈다.

무극 태자가 맹 장군을 총애함은 사실이나, 장수로서라기보다는 남총男寵 취급을 받는 것 같다는 소문이 있더니. 그래, 어딜 다니든 남의 눈을 의식하지 않고 항상 대동한다던가.

그러고 보면 직위 자체도 퍽 의미심장한 것이, 성을 지켜 내고 적을 격파하는 큰 공을 세웠음에도 실질 권한 없이 허울만 좋은 직함에 그치지 않았나.

사실 그 공이라는 것도 듣자 하니 황당무계한 소리였지.

혈혈단신으로 적진에 뛰어들어 장수 일곱을 베? 그러고도 성문 앞에서 자결을 강요당하고, 나중에는 덕왕 진영에까지 잠입했다?

껄렁껄렁한 애송이 놈이 그리도 장렬한 사적의 주인공이라는 게 말이 되는 소리인가? 십중팔구는 장손무극이 녀석을 곁에 두기 위해 만들어 낸 이야기일 테지.

오늘 대전 안에서 두 사람 사이에 오고 가던 눈빛 역시 심상치 않기는 마찬가지였다.

남총이라는 단어를 떠올린 전남성이 다시금 눈을 빛냈다. 보면 볼수록 그쪽이 맞는 말이지 싶었다.

어지간해서는 본인과 무관한 일에 나서지 않는 장손무극이 대회 심판을 맡아 달라는 요청을 수락한 것도 어쩌면 맹 장군 때문이 아닐지?

태자의 저 표정을 보라. 태연한 듯하면서도 언뜻언뜻 불편한 심사가 드러나는 저 얼굴, 저게 어디 억지로 지어서 나올 표정인가.

만약 작위적으로 선을 긋는 모습을 보였다면 오히려 꿍꿍이가 의심스러웠을 것이다. 장손무극이 얼마나 능구렁이인지야 온 세상이 아는 일, 그의 입에서 나오는 말 중 믿을 수 있는 건 기껏해야 3할 정도나 될까.

하지만 저 미묘한 표정은…….

전남성은 자기도 모르게 상상의 나래를 펼칠 수밖에 없었다.

그의 눈이 자연스럽게 맹부요에게로 향했다. 언뜻 천연스러운 표정 사이로 장손무극에 대한 불만이 엿보였다. 작위성이 느껴지지 않기는 장손무극과 매한가지다.

그렇다면 정말 둘 사이가 틀어졌단 말인가? 남총 신분에 불만을 품은 맹부요가 입신양명을 꾀하고자 천살로 넘어왔다는 소문이 사실인 것인가?

무릎을 슬슬 쓰다듬으며, 전남성은 속으로 탄식을 뱉었다.

지금 천살에는 쓸 만한 무장이 없었다. 북기는 장한산맥에서 비명횡사했고, 몸을 쓰기는커녕 말 한마디 못 하게 된 고능풍은 송장 칠 일만 남았다. 전북야가 아직 밖에서 날뛰고 있는 상황에 가장 뛰어난 장수 둘을 한꺼번에 잃다니.

전북야라는 존재는 천살 황족들의 가슴을 짓누르는 먹구름이었다. 위기가 시시각각 가까워지는 것이 느껴지건만, 전남성의 곁에는 쓸 만한 자가 전무했다. 그게 바로 그가 타국 무장들에게까지 눈을 돌리게 된 이유였다.

허벅지에 손을 올리고 있다가 아래쪽에서 희미하게 올라오는 통증을 느낀 전남성이 즉각 전북항을 쏘아봤다.

서화궁에서 사건이 터졌던 그날 밤, 바늘 박힌 안장이 그에게 남긴 후유증은 결코 가볍지 않았다. 지금까지도 매일같이 치료를 받으면서, 전남성은 이러다 정말 사내구실을 못하는 건 아닐까 두려움에 떨어야만 했다.

위대한 천살국의 황제가 불능이라니, 그 무슨 애꿎은 운명이란 말인가.

생각만으로도 울화가 치밀어 온몸이 부들거렸다.

그날 밤 검은 옷을 입고 있던 어린놈, 조만간 덜미만 잡히면 네놈은 능지처참이다!

상석에 앉은 두 사람이 서로를 정탐하며 주판을 튕기는 사이, 아래쪽에서는 열띤 비무가 이어지고 있었다.

배원과 심명의 대결에서는 이미 배원이 승, 이번 차례는 운흔과 아란주였다.

열 가닥 이상으로 땋아 내린 머리채를 주렁주렁 흔들며 뛰어나온 아란주가 운흔을 향해 손가락을 까딱까딱 굽히며 웃어 보였다.

"똑바로 해. 이 누님은 봐줄 생각 없으니까."

피식 입꼬리를 올리며 자리에서 일어나던 운흔이 문득 맹부요에게 눈길을 던졌다.

그의 눈 안에서 아주 묘한 무언가를 읽어 낸 맹부요는 그게 뭔지 명확히 알지 못하면서도 순간적으로 가슴이 덜컥 내려앉았다. 그녀가 운흔의 눈빛에 담겨 있던 의미를 깨달은 것은 경기가 시작되고 제법 시간이 흐른 뒤였다.

오색찬란한 빛무리가 되어 경기장을 휩쓸고 있는 아란주는 절묘한 경공술과 초식 운용을 자랑했지만, 내공만큼은 운흔보다 한 수 아래였다. 게다가 근래 함께 지내며 안면을 튼 사이에 독충이 담긴 무기를 꺼낼 수도 없는 노릇이었다. 운흔은 경공과 검법 모두 그녀에게 밀리지 않는 데다가 결정적으로 내공이 더 심후했다. 아란주가 이길 확률은 전무했다.

하지만 실제 비무의 양상은 그렇게 흘러가지 않았다.

일곱 빛깔 나비 같은 아란주가 주위를 빙빙 돌며 그리는 궤적이 운흔을 서서히 옭아매는 중이었다. 운흔의 검기라면 분명 단숨에 포위를 뚫을 수 있을 터인데, 어째 평소보다 어두워 보이는 검기는 오색찬란한 잔영에 갇혀 좌충우돌하는 사이 점차 설 자리를 잃어 가고 있었다. 바깥쪽에서 보자면 원형의 무지갯빛 광채가 청백색 섬광을 가운데 두고 시시각각 포위망을 좁혀 가는 모습이었다.

이게 대체? 지난 3차전에서 내상을 입었다고는 해도 부상 자체가 심각하지 않았을뿐더러 종월의 치료 덕에 거의 회복을 마친 상태였을 텐데, 저토록 급격히 약해진 모습이라니?

무엇보다 투지가 지난번과는 하늘과 땅 차이였다.

그 패기와 끈기는 다 어디로 갔단 말인가? 진무대회 3위권 달성이라는 확고한 목표가 있었기에 머나먼 이곳 천살 땅까지 온 게 아니었던가?

삼백팔 수째에 접어든 직후, 무지갯빛이 범위를 급속히 좁히자 청백색 섬광이 홀연 빛을 잃었다.

그리고 다음 순간, 짤막한 창끝을 운흔의 목에 겨눈 아란주가 낭랑한 목소리로 말했다.

"내가 이겼어."

운흔은 투명하고도 담담한 웃음을 끝으로 검을 거두고 물러나 아란주에게 허리를 굽히더니, 미련 없이 뒤돌아섰다.

경기장 중앙에 선 채로 그 뒷모습을 바라보는 아란주의 눈동자에 이채가 스쳤다. 정확히 말하자면 그것은 감탄의 빛이었다. 맹부요에게로 눈길을 돌린 그녀의 입가가 슬쩍 말려 올라갔다. 이번 표정에 담긴 감정은 부러움이었다.

정작 맹부요는 말을 잃었다.

운흔의 눈빛이 의미하던 것은 다름 아닌 포기와 희생이었다. 웅대한 포부를 품고 이곳에 왔을 소년이 그녀를 위해 택한 희생.

아란주를 최후까지 남겨 두려는 장손무극의 의도를 운흔도 알아챈 것이다. 본인이 아란주를 이길 경우 마지막 싸움에서 배원의 악랄한 고술을 견제할 사람이 없으리라는 생각에, 제왕급

독충을 보유한 아란주에게 최종 5인의 자리를 양보했음이었다.

5위권 진입이 확실시됐던 태연국의 기대주가, 천하의 무인들 앞에서 자신의 가치를 명확히 증명해 보일 수 있었던 소년이, 단지 그녀의 안위를 이유로 꿈을 포기한 것이다.

그가 얼마나 오랜 세월 이날을 준비해 왔는지, 그리고 이번 기회를 포기함으로써 어떠한 현실과 마주하게 될지, 그건 아마 하늘만이 알리라.

맹부요는 터져 나오려는 눈물을 막고자 손가락으로 미간을 힘껏 짓눌렀다.

그때 왜 배원에게 자비를 베풀었을까. 진작 죽여 버렸어야 했던 것을!

❦

이제 남은 건 최후의 결전뿐.

속 시끄러운 김에 제일 먼저 무대로 나가 칼부림을 내려던 맹부요의 귀에, 상석에 있는 장손무극이 전남성과 나누는 말소리가 들렸다.

"폐하, 최종 결전은 내일로 미룸이 어떠하겠습니까?"

전남성이 미간을 찌푸렸다.

"어찌 그러시오?"

"오늘은 다들 지쳤지 싶습니다. 이 상태에서 또 싸움을 치르는 것은 무리일 듯하여."

장손무극이 손가락을 까딱까딱 움직이며 미소 섞어 말했다.

"특히 아란주 공주와 연 부인은 벌써 두 차례나 비무를 치르지 않았습니까. 지금 당장 순위 결정전을 거행한다면 저 두 사람에게도 불공평한 일이 될 것입니다."

전남성이 고민에 잠기자 장손무극이 미소를 보냈다.

"이번 진무대회가 얼마나 공명정대하게 치러지고 있는지는 천살까지 오는 내내 익히 들었습니다. 제비뽑기용 상자에까지 공을 들이셨다지요. 하여, 그 정신을 해쳐서는 아니 되겠다는 생각이 드는지라……."

전남성이 재깍 대꾸했다.

"그리합시다."

맹부요는 소매 안에 손을 모은 채로 천장을 향해 고개를 젖혔다.

오냐, 오늘이면 어떻고 내일이면 또 어떠하리. 어차피 내 손에 죽을 목숨은 똑같이 죽을 것을.

배원이 힐끔힐끔 살기 어린 눈빛을 보내는 게 느껴졌다. 배원과 그녀는 절대로 한 하늘을 이고 살 수 없는 운명이었다.

그나저나 한 가지 납득이 안 되는 일이 있었다. 연경진 내외가 그녀의 진짜 성별을 알면서도 전남성이나 전북항에게 입을 딱 닫고 있다는 사실이었다.

연경진이야 그럴 수 있다지만, 배원은 대체 왜? 그까짓 비밀 따위에 기대지 않아도 그녀쯤은 자기 힘으로 얼마든지 처치할 수 있다는 자신감의 발현인 걸까?

'흥' 하고 콧방귀를 뀐 맹부요는 등 뒤를 은근하게 따라붙는 눈길을 완전히 무시하고서 성큼성큼 대전 밖으로 향했다.

장손무극, 네놈도 뱃일 있다면 설마 오늘 밤에 저택까지 쫓아오지는 않겠지!

그러나 애석하게도 그녀가 생각하는 배알과 상대가 생각하는 배알은 전혀 다른 개념이었으니…….

※

이날 밤, 저녁 식탁 앞에 앉은 맹부요는 운흔에게 반찬을 집어 주느라 바빴다.

"자! 먹어, 많이 먹어!"

양심의 가책을 각종 육류와 생선 살로 보상할 요량인 양, 그녀는 쉴 틈 없이 운흔의 그릇으로 음식을 실어 나르고 있었다.

운흔은 맹부요가 음식을 집어 주는 족족 얌전히 받아먹었고, 그렇게 한참이 지나 맹부요가 문득 젓가락질을 멈췄다. 운흔이 고기반찬을 좋아하지 않는다는 사실이 뒤늦게야 떠오른 탓이었다.

평소 먹는 양 자체도 새 모이만큼밖에 안 되는 운흔이 그 기름 번지르르한 반찬을 다 해치웠다는 건 애초에 부자연스러운 일이었다.

아마도 성의를 거절하기가 미안해서 아무 말 없이 참았던 것이리라.

젓가락을 내려놓은 맹부요가 평소와 크게 다를 바 없는 모습의 운흔을 바라봤다.

언제나 그래 왔듯 맑고도 서늘한 느낌을 주는 소년은 예리하게 착 가라앉은 특유의 분위기 그대로였다. 추풍 불어닥치는 벌판에 홀로 바람을 안고 서서도 세상 풍파에 제 빛깔을 잃지 않고 오로지 한 방향으로만 가지를 뻗는 청죽처럼, 푸르른 잎은 바람에 흔들려 떨어질지언정 그 마음은 맑은 못처럼 고요하듯이, 운흔 또한 그러했다.

그는 낙담하지도, 맹부요를 위해 대단한 일을 해냈다고 여기지도 않았으며, 자신의 결정을 희생이라고 생각하지도 않았다.

물론 맹부요의 마음을 편하게 해 주려는 시도도 없었다. 어쭙잖은 말로 분위기를 띄우려 해 봐야 그녀의 가책이 더 깊어지기만 하리라는 걸 아는 탓이었다.

그런 운흔 앞에서 지금 맹부요가 표하는 성의는 무의미하게 빛바래 보일 뿐이었다.

식탁 분위기가 갈수록 무거워지는 도중, 아란주가 '탁' 하고 젓가락을 내려놓고는 꿍얼거렸다.

"아, 그래, 내가 어쩌다가 이겼어! 그냥 싸우다 보니 그렇게 된 건데……."

피식 웃어 버린 맹부요가 동파육 한 점을 집어 주며 말했다.

"알아, 너한테 뭐라고 하는 거 아니야. 자, 고기 좀 먹어."

"비계 뭐야, 토 나와."

아란주가 거절했다.

"잘됐네. 내일 배원한테 대고 해."

아란주 쪽은 쳐다보지도 않고 대꾸한 맹부요의 눈에 원보 대인이 들어왔다.

빵빵하게 부른 배를 안고 한쪽에 앉아서 눈동자를 연신 요리조리 굴려 대는 녀석을 지켜보길 잠시, 맹부요가 무슨 일인가 싶어 물었다.

"쥐 새끼, 왜 그래? 그날이냐?"

그러자 고개를 든 원보 대인이 몹시도 의뭉스러운 미소를 보냈다.

순간 불길한 예감이 맹부요를 덮쳐 왔다. 머리털이 쭈뼛 곤두선 찰나, 식사를 먼저 끝내고 밖에 나가 있던 철성이 분노에 차 일갈하는 소리가 들리더니 '좌앗' 하고 칼날이 맹렬하게 공기를 가르는 음향이 귀에 꽂혔다.

적의 기습인가!

모두가 화들짝 놀라는 사이 종월의 소매 끝자락에서는 벌써 백색 섬광이 쏘아져 나간 뒤였다.

그러나 밖으로 날아간 섬광은 그대로 감감무소식이었다. 철성의 목소리마저도 더는 들려오지 않았다. 이에 종월은 눈썹을 꿈틀했고, 운흔과 맹부요는 두말없이 자리를 박차고 일어나 문 쪽으로 달려 나갔다.

둘 중 빨랐던 쪽은 맹부요였다. 출입구 근처에 앉아 있던 그녀는 몸을 한 바퀴 틀자마자 곧바로 문지방께에 당도했다.

그런데 고개를 쭉 빼고 문밖을 살피던 그녀가 다음 순간 느닷없이 뒷걸음질 치면서 뒤에 오던 운흔을 등으로 들이받더니, 문을 '쾅' 닫고 빗장을 채운 데 이어 걸상까지 하나 들어다가 문 짝 앞에 받쳐 놨다. 그러더니 하나로는 아무래도 부족하다 싶었는지 걸상을 또 하나, 또 하나, 나르다가 동작을 멈췄다. 어느새 걸상 위에 사람이 올라앉아 있었다.

연보라색 옷자락, 희미한 은빛 자수.

손을 뻗은 자세 그대로 얼어붙은 맹부요가 천천히 눈길을 위쪽으로 옮겼다. 그 빌어먹을 작자가 느긋하게 앉아 그녀를 내려다보며 미소 짓고 있었다.

"부요, 다정하기도 하구려. 힘든 줄 알고서 의자까지 끌어다 주고."

상대의 눈을 들여다보길 0.5초. 맹부요가 다짜고짜 칼을 뽑았다!

궁창 신산 꼭대기의 백설만큼이나 희고, 장청 신전 위를 가로지르는 유성만큼이나 빠른 칼날이 다리를 썩둑 잘랐다. 그러니까, 걸상 다리를.

다리 네 개가 반듯이 잘려 나가고 난 걸상에 남은 부분이라고는 상판이 전부. 맹부요가 칼을 거두며 껄껄 웃어 젖혔다.

어디 재주 있으면 계속 앉아 있어 보시지!

그러나 그 웃음은 곧바로 '켁' 하고 목구멍에 걸리고 말았다.

걸상 다리가 잘려 나가는 찰나 하얀 잔영이 번쩍 스치더니, 편평한 통나무 토막을 밀면서 굴려 온 원보 대인이 다리 잃은 걸상 아래에 절묘하게 나무토막을 끼워 넣었던 것이다.

"……"

변절자와 그 앞잡이. 지구상에서 당장 사라져야 할 족속들!

이를 악물고 칼을 갈무리해 넣은 맹부요가 주변을 슬그머니 살폈다. 묘한 표정의 종월, 그리고 묵묵히 그녀 쪽을 응시하고 있는 운흔이 눈에 들어왔다.

두 남자 앞에서 저 능구렁이 끝판왕과 실랑이를 벌이는 건 도저히 못 할 짓이었다. 맹부요는 문짝을 걷어차고 자기 방으로 뛰쳐 가면서 소리쳤다.

"장손무극, 배알이 있거든 따라오지 말……"

"배알이 있으니 따라가는 게 아니겠소?"

원보를 달랑 집어 든 장손무극이 유유한 걸음으로 그녀 뒤를 쫓았다.

"부요……"

"닥쳐요!"

"찍찍!"

"그만 못 짖냐!"

원보 대인은 억울했다.

내가 똥개냐. 쥐는 짖는 게 아니라 우는 건데!

자기 방문을 걷어차 열어젖히려던 맹부요는 순간 아차 했다.

나 지금 뭐 하니. 늑대한테 어서 오십쇼, 문 열어 주기?

쌩하니 돌아서서 문짝에 등을 붙인 그녀가 말했다.

"할 말 있으면 여기서 해요!"

"정녕 그래도 괜찮겠소?"

장손무극이 미소 띤 얼굴로 주위를 둘러봤다.

"진심인가?"

미심쩍은 표정으로 고개를 들었던 맹부요가 이내 창턱에서 화분을 집어 들어 저만치 내던졌다.

"죽고 싶으면 계속 훔쳐보든가!"

화분이 '퍽' 하고 정원 꽃나무 뒤쪽 그늘에 명중하자 사람 여럿이 혼비백산해 달아나는 소리가 났다.

화분 투척을 마친 후, 맹부요가 탁탁 손을 털면서 말했다.

"태자 전하, 가서 자야겠으니까 할 말 있으면 후딱 하시죠. 그리고 왜 화났느냐고는 물어보지 맙시다. 물론 그쪽에서야 묻고 싶겠지만, 경고하는데 그럴수록 더 열받거든요!"

"물으면 화낼 줄이야 알고 있소."

원보를 품에 안은 장손무극이 나무에 등을 기댔다.

"부요, 그대가 속내를 못 숨기는 성격이어서 얼마나 기쁜지 모르오."

하던 말을 멈춘 그가 의미심장한 미소를 머금었다.

"덕분에 어느 정도는 알게 되었지. 영원히 등만 봐야 할 줄 알았던 그대와의 술래잡기가, 그래도 완전히 희망이 없는 것만은 아님을."

맹부요는 코웃음을 쳤다.

"태자 전하. 예, 화난 건 인정합니다. 앞에서는 괜찮다고 해 놓고 뒤로는 혼자 서글피 피 토하고 그런 짓, 나는 안 하니까. 하지만 그쪽을 좋아해서 화가 났다고 착각하면 곤란해요. 그냥 친구 사이에도 구린 데는 싹 감추고 입으로만 온갖 지극 정성을 줄줄 읊으면서 환심이나 사려 드는 건 심각한 인격적 결함이라고요! 열받는다고!"

"역시나, 인정할 리가 없지."

유감이라는 듯 한숨을 뱉은 장손무극이 자기 쪽으로 다가오려 하자 맹부요가 뒤로 펄쩍 물러나며 외쳤다.

"가까이 오지 말아요!"

하지만 태자 전하께서는 귓등으로도 들을 계획이 없으셨다.

맹부요가 또 한 번 펄쩍 뛰었다.

"한 걸음만 더 오면 당신이랑 완전히 끝……."

턱!

문지방에 걸려 몸이 뒤로 넘어가는 순간, 맹부요는 속으로 아뿔싸를 외쳤다.

뒤통수와 지면의 친밀한 접촉이 문제가 아니었다. 그보다는 이 상황을 십분 활용할, 다른 누군가의 친밀한 접촉이 우려되어서였다.

맹부요는 불리한 형세를 타파하고자 잽싸게 회전을 시도했지만, 애석하게도 상대는 언제나 그녀보다 한발 빨랐다.

몸이 공중에서 덜컥 멈추면서 등에 상대의 손길이 느껴졌다. 적군 진지 점령에 성공한 상대가 지체 없이 손을 미끄러뜨려 대혈 일곱 곳을 순식간에 제압했다.

맹부요는 억울함이 그렁그렁하게 맺힌 눈으로 하늘을 올려다봤다.

무슨 하늘이 맨날 나쁜 놈 편이야!

이때 그녀를 안아 든 장손무극이 속삭였다.

"어찌 더 가벼워졌소? 이러니 차라리 곁에 붙들어 매 놨으면 싶지……."

몇몇 염탐의 눈빛 속에서 그녀를 안고 거리낌 없이 방 안으로 들어간 장손무극이 마찬가지로 거리낌 없이 방문을 닫았다.

방 안은 캄캄했지만, 장손무극은 등불을 켜지 않았다. 맹부요를 가만가만 침상에 눕히고서 물을 떠 온 그는 달빛과 별빛에 의지해 그녀의 변장한 얼굴을 세심하게 닦아 내기 시작했다. 명주실 눅진히 늘어지듯 은근한 눈빛 아래로 연보라색 비단 소매가 봄바람처럼 사르르 그녀의 뺨을 스쳤다. 그의 손에 들린 수건이 이마를 지나 눈꺼풀, 뺨, 콧등을 거쳐 마지막으로 입술에 다다랐다.

그 자리에 멈춘 손끝이 윗입술 한 지점을 살며시 눌렀다. 혹여 아프기라도 할까, 극도로 조심스러운 동작이었다.

긴 한숨을 뱉은 장손무극이 말했다.

"부요, 도무지 마음을 놓게 두질 않는군……."

몸을 움직이지 못하는 맹부요가 할 수 있는 일은 그를 잡아 죽일 기세로 노려보는 것뿐이었다.

위선자!

그 눈빛에 전혀 개의치 않고 얼굴을 다 닦아 낸 장손무극은 이어서 손으로 내려가 그녀가 일부러 묻혀 놓은 검댕을 천천히 지웠다.

그러다가 살짝 변형된 오른손 새끼손가락이 만져지자 일순 멈칫하는가 싶더니, 수건 위로 손가락을 가만히 그러쥐었다.

고개를 비스듬히 위로 든 그는 맹부요의 새끼손가락을 감아 쥔 채로 한참을 움직일 줄 몰랐다. 마치 미세하게 튀어나온 관절의 윤곽을 자신의 가슴속에 깊숙이 새겨 넣는 데 시간을 들이듯.

달빛이 희미하게 비쳐 드는 가운데, 어둠에 잠긴 그의 모습은 고요함이요, 서늘함이었다.

잠시 후, 수건을 내려놓은 그가 다른 쪽 손으로 맹부요의 맥을 잡았다. 맹부요는 순간 온몸의 기운이 요동치는 걸 느꼈다. 그러자 심후한 진기가 맥소를 통해 물밀듯 끊임없이 흘러들어 전신을 한 바퀴 돌고는 내상 부위로 몰리기 시작했다.

너무나도 익숙한 궤적을 그리며 흐르는 그 힘은 다름 아닌 장손무극의 내가진력內家眞力이었다. 반사적으로 힘을 밀어내려는 순간, 돌연 눈앞이 캄캄해졌다. 어느 양심 없는 작자가 또 그녀를 재워 버린 것이다.

한참 뒤 자비로우신 그분의 은혜를 입어 겨우 눈을 뜬 맹부요는 침상에 기대 달을 바라보고 있는 장손무극의 뒷모습을 발견했다.

나른한 자세로 긴 머리카락을 늘어뜨리고 있던 그는 맹부요가 일어나 앉는 소리를 듣고도 뒤를 돌아보지 않고, 그저 나지막하게 입을 열었다.

"부요."

맹부요는 얼굴을 굳힌 채 대답을 주지 않았다.

"불련은 내 정혼자가 아니오."

원수는 외나무다리에서 만난다

흠칫한 맹부요가 이내 코웃음을 쳤다.

"이보세요. 책임 회피를 해도 어느 정도 성의는 있게 해야죠. 여기는 오주대륙이고 당신은 일국의 태자, 그쪽은 공주라고요. 공주씩이나 되는 여자가 설마 처음 보는 사람 앞에서 있지도 않은 이야기를 진짜처럼 지껄였겠어요?"

생각할수록 기가 찼다.

송곳니가 드러나도록 입꼬리를 비틀어 올리던 그녀가 갑자기 장손무극의 팔목을 턱 붙잡아 입가로 가져가서는 인정사정없이 깨물었다.

"말끝마다 허튼소리에 속은 시커매서는……. 다들 그냥 의뭉스러운 줄만 알지, 오주대륙에서 제일가는 사기꾼이라는 것까지는 모르지, 어디 오늘 내 이빨에 죽어 봐라……."

장손무극이 팔을 내맡긴 채로 미소 지었다.

"어이쿠, 아야얏!"

아야는 무슨!

맹부요는 무는 시늉만 하다 말았지 힘은 채 써 보지도 못한 처지였다. 장손무극의 살갗은 전북야처럼 철판 느낌은 아니었지만, 대신 표면을 따라 진기가 빈틈없이 흐르고 있었다.

그것도 모르고 이를 박아 넣으려다가 진기 보호막에 도리어 한 방 먹은 맹부요가 시큰시큰한 잇몸을 만지작거리며 장손무극의 팔을 홱 뿌리쳤다.

"불련 공주가 그 대단하신 체면도 버리고 지위도 불고하고서, 애먼 사내의 정혼자를 자처하고 다닐 만큼 정신이 나갔다는 말이 하고 싶은 거예요?"

"맞소, 정신이 나갔지."

장손무극은 담담하게 뱉은 말이었으나 듣던 맹부요는 벼락 맞은 사람보다 더하게 소스라쳤다. 그녀가 아까와는 사뭇 달라진 목소리로 물었다.

"뭐라고요?"

장손무극이 그녀를 돌아봤다.

고작 한 시진 정도 지났을 뿐이건만, 그는 아까보다 눈에 띄게 수척해진 모습이었다. 다소 창백한 옆모습이 달빛을 받아 옥석처럼 반투명하게 빛나고 있었다.

그가 차분히 말을 이었다.

"불련은 정상인이 아니오."

맹부요는 눈을 부릅뜨고 장손무극을 노려보면서도 그의 안색에는 미처 주의를 기울이지 못했다. 조금 전 들은 말로 인해 머릿속이 마비된 채로, 그녀가 멍하니 물었다.

"무슨 소리예요?"

"설명을 하자면, 불련은 오주대륙 여느 평범한 여인의 심성과 행실을 기준으로 정의 내릴 수 있는 존재가 아니오. 언뜻 온화해 보이나 실은 극단적으로 고집스럽지. 부처를 믿는 것도 상당 부분은 그 심성을 다스리기 위함이오."

장손무극의 미간에 주름이 잡혔다.

"불련보다는 봉정범이라 칭하고 싶군. 봉정범과 나 사이에 혼약이 있었던 것은 사실이고, 과거 직접 그린 선기도를 예물로 주기도 했지만, 그 혼약은 이후 파기했소."

"뭐요?"

"그 과정에서 적지 않은 우여곡절을 겪었지. 부황의 병환이 깊었던 당시, 나라 안은 뒤숭숭하고 신료들은 불안에 떠는데, 아직 국사를 맡아 보기 전이었던 나는 모두가 믿고 따를 만한 존재가 못 되는 상태였소. 그 와중에 곁에서는 부풍국이 우릴 호시탐탐 노리고 있었지. 나는 내우외환 중 외환부터 해결하고자 부풍행을 계획 중이었고, 부황께서는 선기와의 관계가 틀어질 경우 그들이 부풍과 손을 잡고 우리를 치지 않을까 우려하셨소. 하지만 어떻게든 혼약을 파기하고 싶었던 나는 약간의 수단을 동원해 선기국주에게서 결국 동의를 받아 냈소. 단, 조건이 하나 따라붙었지."

"음?"

"어려서부터 심성이 남들과 달랐던 데다 오로지 내게 정이 깊어 다른 사내와의 혼인은 생각도 안 하는 봉정범에게 공개 파혼은 너무 큰 충격일 것이라 하더군. 까딱했다가는 목숨을 버리겠다 나올지도 모르니 혼약을 물리더라도 비밀로 물리자는 것이 선기국주의 제안이었소. 봉정범이 나이를 먹으면서 건강도 좋아지고 따로 마음 가는 이도 생기고 나면 그때 본인에게 알리고 다른 나라에도 밝히자 하더군. 그전까지는 선기 황실의 체면과 공주의 생명을 생각해서라도 외부에 발설하지 말아 달라는 부탁을 받았소."

"그래서 수락했어요?"

"첫째로는 당시 나라 사정이 불안정해 선기국을 더는 자극할 수가 없었고, 둘째로는 나도 어린 나이였기에 나 때문에 피해를 볼 공주가 가련하다고 생각했소. 여인이 감당하기에는 너무 큰 짐, 내가 지는 것이 도리라 여기고 조건을 받아들일 테니 선기도만 돌려 달라 했지."

"돌려받았어요?"

"아니."

장손무극의 입가에 다소 차가운 미소가 어렸다.

"핑곗거리가 많기도 하더군. 처음에는 공주가 보관하고 있다면서, 아끼는 물건을 다짜고짜 빼앗아 왔다가는 죽겠다고 할지도 모른다 구실을 대더니, 나중에는 그림이 궁에서 사라졌다며 어떻게든 찾아 주겠다고 약조했소. 하지만 수년이 흐른 지금까지도 선기도라고는 그림자도 못 봤지."

반신반의하는 표정으로 손가락을 깨물고 있던 맹부요가 물었다.

"봉정범은 정말로 파혼 사실을 모른다고요?"

"내 보기에는 꼭 그럴 것 같지만은 않소."

장손무극이 대답했다.

"은연중에 떠본 적이 있었소만, 반응을 보아 하니 어느 정도는 알면서도 시치미를 떼는 듯하더군."

맹부요가 중얼거렸다.

"당신은 스물여섯이나 되도록 아직 혼자고, 그쪽도 나이가 찼잖아요. 시간 끌면서 마음이 바뀔길 기다리고 있는 건 아니고요?"

장손무극은 웃음으로 답을 대신했다. 긍정인 셈이었다.

맹부요는 얼굴을 긁적이며 생각했다.

어떻게 일언반구도 안 꺼냈나 했더니, 애초에 정혼자라는 개념 자체가 마음속에 없었군.

또 다른 의문 하나가 떠올랐다.

"그러고 보니 혼약 파기한 이유는 말 안 했잖아요?"

잠시 침묵 끝에, 장손무극이 답했다.

"상대를 잘못 찾았기에."

"허튼소리 말아요!"

맹부요의 대응은 항상 그렇듯 즉각적이었다.

"나에 대한 감정을 핑곗거리 삼을 생각일랑 관두시죠. 그때는 내 코빼기도 보기 전이었으면서!"

"혼약 자체가 실수였소."

장손무극이 그녀를 지긋이 바라봤다.

"실수인 것을 안 이상 어떻게든 바로잡음이 응당할 터."

맹부요가 픽 웃음을 뱉었다.

"나 만난 건 실수 아닐 것 같고요? 됐어요, 그 얘기는 관둡시다. 아, 당신이 심판인 줄은 몰랐는데 운흔한테 듣자니 천살국 국경 지대에서 꽤 볼만한 광경을 벌였다면서요? 운흔한테 물어보나 지금 당신한테 물어보나 그게 그거일 것 같아서 말인데, 무슨 일이 있었던 거예요?"

"그대를 질투의 화신으로 만든 원흉을 쫓아 보냈지."

싱긋 웃은 장손무극이 맹부요의 머리카락을 끌어다가 천천히 자기 손가락에 감았다.

"천살에서 성스러운 불자가 난다는 걸 내 극구 아니라 우겼소. 나라 없애는 일이야 꽤 품이 드는지 몰라도 '성스러운 불자' 하나 없애는 것쯤은 그리 어렵지 않더군."

"질투는 무슨 놈의 질투를 했다고! 장손무극, 당신의 제일 큰 병은 바로 그 자아도취예요."

잠시 머리를 굴리다가 한숨을 폭 내쉰 그녀가 침상 머리맡에 기대앉아 무릎을 끌어안았다.

"그쪽 말도 들어 보니 일리가 있긴 합디다. 좋아요, 거짓말 한 건 봐줄게요."

그녀의 명쾌한 어조가 장손무극의 입가에 엷은 미소를 피워 냈다. 그 미소는 어스름한 달빛 속에서 꽃망울을 터뜨린 만다라화처럼, 가슴 떨리도록 난만한 아름다움이었다.

맹부요는 속으로 구시렁거렸다.

하여튼 사람 홀리는 미색이라니까…….

이때 장손무극이 비스듬히 몸을 틀어 자기 이마를 그녀의 이마에 붙였다. 맹부요는 따스한 숨결이 뺨에 닿는 걸 느꼈다.

손아귀 안에 그녀의 얼굴을 살며시 감아쥔 장손무극이 웃음기 섞어 말했다.

"부요, 나는 그대의 명쾌함이 참으로 좋소. 그 선명한 성정이 세파에 닳지 않도록, 내가 지키고 싶소."

고즈넉한 밤이었다. 여름밤 서늘한 바람 속에는 묘한 향내가 떠돌았고, 창 아래에서는 가냘픈 풀벌레 소리가 이어지고 있었다. 맞닿은 살갗, 섞여 드는 숨결. 가슴 뛰는 소리가 밤의 주명곡을 묻어 버릴 만큼 컸다.

잠시 후, 어색한 동작으로 장손무극의 손을 쳐 내고서 고개를 반대쪽으로 튼 맹부요가 다소 잠긴 목소리로 말했다.

"호색한 같으니, 수작 부리지 말고 떨어져요!"

장손무극은 개의치 않았다.

"말 끝나기도 전부터 감동할 것 없소. 마저 하려던 이야기는, 다만 신용이 없는 점은 불만이라는 것이오."

"엥?"

맹부요의 눈썹이 곤추섰다.

내가? 신용이 없어? 내가?

손가락을 뻗어 그녀의 뺨을 살짝살짝 간질이며, 장손무극이 나지막이 말했다.

"언젠가 약속했던 듯한데. 무슨 일이 생기더라도 전적으로 나를 믿고, 이해하고, 사건의 겉껍질에 현혹되거나 동요하지 않겠노라고."

그가 속삭이듯 뱉은 음성의 절반은 짓궂은 농, 나머지 절반은 다감한 온기였다. 기다란 손가락이 그녀의 머리카락 사이를 살며시 가로질렀다.

"결과적으로…… 그 말을 지켰던가?"

윽……. 치사하게! 한 걸음 양보했기로서니 기다렸다는 듯이 역습이냐.

장손무극에게는 애석한 일이지만, 맹부요는 다른 건 다 봐도 손해만큼은 못 보는 성격이었다.

침상에 웅크리고 앉아 당초 화주 객잔에서 오갔던 대화를 더듬어 보던 그녀가 의미심장한 미소를 지었다. 그러더니 또박또박 반박하기 시작했다.

"또 얼렁뚱땅 몰고 가는데, 난 그런다고 한 기억이 없는 것 같거든요?"

장손무극이 그저 빙긋 웃자 맹부요는 득의양양해졌다.

"번번이 당신만 이겼으니까 한 번쯤 질 때도 됐잖아요."

"부요, 틀렸소."

맹부요 곁에 누운 장손무극이 자느라 헝클어진 그녀의 머리카락을 손가락으로 천천히 빗어 내리며 말했다.

"언뜻 보기에는 지금껏 내가 매번 이긴 듯해도 실상은……
그대 앞에서 나는 항상 지는 쪽이오."

본래 더 많이 사랑하는 이가 지는 법이라던가.

그토록 오롯이 바친 마음, 그토록 한결같은 정, 그토록 전전
반측하며 근심하던 시간들……. 그러한 사랑 속에서 차마 입
밖으로 꺼내지 못한 쓰라린 고통. 마음에 담지 않았다면 아플
일도 없었으련만.

맹부요는 조용히 숨을 들이마셨다. 홀연 몸속에서 통증이 꿈
틀대기 시작한 탓이었다.

오랫동안 잊고 지냈음에도 결코 낯설지 않은 통각이 사나운
불길처럼 경맥을 불사르고 있었다. 눈썹을 찌푸리면서 살짝 몸
을 뒤로 물린 그녀는 남모를 한숨과 함께 자신을 다잡았다.

쇄정을 기억하자, 쇄정을!

장손무극 역시 눈치를 챈 기색이었다. 맹부요를 한 번 쓱 훑
어본 그는 아무 말 없이 팔을 뻗어 그녀를 품으로 끌어당기고
이불을 덮어 줬다.

"천살국은 기후가 냉한 편이오. 여름이라고는 하나 풍한을
피하려면 밤에는 이불을 덮는 것이 좋소."

얇은 옷가지로는 살갗이 맞닿는 걸 피하기가 힘든 상황, 맹
부요는 이불이 있는 것도 좋겠다고 생각했다.

그런데 잠자리 단속을 해 주는가 싶던 장손무극이 이불 절반
을 냉큼 자기 쪽으로 끌어가며 천연덕스레 말하는 게 아닌가.

"물론 풍한은 나도 조심해야지."

맹부요가 졸도하게 생긴 사이 장손무극이 유유히 덧붙였다.

"그대가 나를 챙겨 줄 리는 없기에 내 직접 챙기는 중인데, 안 된다 하겠소?"

어느 파렴치하신 태자분께서는 언제나처럼 심후한 내공으로 맹부요의 미미한 양심을 귀신같이 후벼 팠다. 맹부요는 차마 안 된다고 할 수가 없었다.

그때 침상 맞은편 탁자 위에서 원보 대인의 모습이 포착됐다. 무언가를 등에 잔뜩 짊어지고 등장한 녀석은 이내 두 사람 앞에 '쿵' 하고 짐을 내려놨다.

어리둥절한 표정의 맹부요 곁에서 장손무극이 입을 열었다.

"원보가 재미있는 것을 보여 준다 하더군."

그가 맹부요를 끌어당기면서 인심 쓰듯 베개 절반을 내어 줬다.

"이리 오시오, 같이 보게."

궁금한 건 못 참는 맹부요는 편안한 자세로 관람을 시작했고…… 얼마 못 가 머리끝까지 화딱지가 났다.

오냐, 퍽도 재미있구나!

탁자 위를 여유롭게 걸어와 두 사람 앞에 멈춰 선 원보 대인은 일단 짧은 앞다리를 흐느적거려 가며 근본 없는 뱀 춤을 추더니, 곧이어 누군가를 찰싹 때리는 시늉을 했다. 그러고는 다시금 춤을 추다가 갑자기 펄쩍 뛰면서 욕질하는 시늉을 해 댔다. 뒤이은 세 번째 춤사위 말미에는 앞발을 휘둘러 무언가를 좁은 데 쑤셔 박는 흉내를 냈으니…….

맹부요는 금방 감을 잡았다.

저건 고자질이다!

그날 밤 쌍두애사가 연못가로 접근해 왔을 때 기껏 위험을 경고해 주고서도 그녀에게 모함당했던 일을 재연하고 있는 것이다.

밴댕이 소갈딱지에 뒤끝 작렬하는 쥐 새끼 같으니, 그래서 미안하다고 사과했잖아!

미소 띤 표정으로 원보를 지켜보던 장손무극이 말했다.

"원보야, 옛말에 사람 안목이 쥐 세 치 보기[1]라 하였다. 그러니 세인들이 어찌 너의 영민함을 알아보겠느냐."

맹부요는 할 말을 잃었다.

저게 지금 쥐 욕이야, 사람 욕이야?

연신 고개를 주억거리던 원보 대인이 뒤로 돌아서서 푸짐한 엉덩이를 내놓고 잡동사니 더미를 한참 뒤지더니, 자그마한 찻주전자를 탁자에 턱 내려놓고는 바늘 하나를 집어 들었다.

싸늘하게 번뜩이는 바늘을 찻주전자에다 대고 몇 차례 휘둘러 댄 뒤, 다음 행동은 바늘을 내던지고 뛰어가 주전자 뚜껑을 앞발로 틀어잡는 것이었다.

그러고는 동작 정지, 고개는 묵묵히 하늘로. 원보 대인은 그대로 움직일 줄을 몰랐으니……

---

1 쥐가 세 치 앞 밖에 내다보지 못한다고 하여 앞을 내다볼 줄 모르는 경우를 비유하는 말.

맹부요는 하마터면 피를 토할 뻔했다.

저건 파구소의 경지를 무리하게 끌어올리다가 진기가 역류하는 통에 헌원윤의 목을 틀어잡은 채로 옴짝달싹 못 하던 자신의 모습이 아닌가?

바깥세상에는 '이겼다고 기고만장해 무대에서 내려오려고 하질 않더라'로 알려진 그 헛소문의 쥐 새끼 버전?

시건방지게 고개를 쳐들고서 꼼짝 안 하는 원보 대인을 보며 마찬가지로 고개를 쳐든 맹부요가 포효와 동시에 쥐 새끼를 납작하게 짓이겨 버리고자 팔을 뻗었다.

그런데 이때 장손무극이 그녀를 막아 세우더니 눈을 반짝이며 미소 지었다.

"부요, 사람이 원보 녀석과 같은 수준으로 놀아서야 되겠소."

맹부요는 주인이 돌아왔다고 겁을 상실한 원보 대인을 노려봤다.

저걸 어떻게 응징해 준다…….

그러거나 말거나 간땡이가 부은 원보 대인은 계속해서 재연을 이어 갔다.

주전자와 바늘을 내팽개치고 잡동사니 더미로 돌아가 엉덩이를 삐죽 내밀고서 물건을 뒤적거리던 녀석이 다음으로 골라 잡은 것은 벼루였다.

녀석은 벼루 앞에 달라붙어 아가씨가 치장하는 모양새로 앞발을 바삐 놀렸다. 그리고 잠시 후, 또 무슨 꿍꿍이인가 의혹에 휩싸인 맹부요를 향해 돌연 미소를 보냈다.

새하얀 앞니 반쪽에 먹물을 까맣게 칠해 놓은 모습. 어둠 속에서 보자니 영락없이 앞니 부러진 사람 꼴이었다.

그녀의 꼬락서니를 그대로 옮겨 놓은 게 아닌가!

인내심에도 한계가 있는 법. 단순한 흉내면 몰라도 망신 주기는 절대 용납 불가였다.

괴성을 지르며 침상에서 벌떡 일어난 맹부요가 일갈했다.

"건방진 쥐 새끼 요괴 같으니! 탁탑천왕의 권능으로 네놈을 제압하겠다!"

그러고는 몰염치한 원보 대인을 향해 베개를 집어 던졌다.

그러나 원보 대인은 베개를 가볍게 피하고서 그녀를 향해 반쪽짜리 이빨을 드러내고 씩 웃어 보였다.

옆에서 미소 짓고 있던 장손무극이 감탄하며 말했다.

"오, 지금 보니 앞니 빠진 모양새란 것도 퍽 어여쁘오."

그러면서 팔을 뻗어 맹부요를 눌러 눕혔다.

"내일 비무를 생각해 일찌감치 쉬시오."

맹부요는 억지로 자리에 누우면서 울상을 했다.

감쪽같이 이를 해 넣었으면 뭐 하나, 쥐 새끼가 저리 현실감 있게 재현해 버린 것을. 어쩜 비스듬히 잘린 면까지 똑같이!

그녀가 툴툴거렸다.

"내 언젠가 네놈 가죽을 벗겨서 십자수를 놓고야 말리라……."

그러고는 무거운 눈꺼풀을 내렸다. 조금 전까지 자다 일어났는데도 이상하게 더 피곤한 기분이었다.

몸속에서 무언가가 간헐적으로 단전을 때리는 감각이 그녀를 나른하게 만들고 있었다.

몽롱한 상태에서 베개에 머리를 묻은 그녀가 불분명한 발음으로 중얼댔다.

"내일 둘 다 가만 안 둘 테니까! 장손무극, 당신은 여기서 자는 거 금지야……."

말끄트머리가 입가를 떠나기도 전에 그녀는 스르르 잠에 빠졌다.

빙긋이 웃으며 이불을 끌어 올려 주던 장손무극의 눈길이 다소 야윈 그녀의 뺨에 머물렀다.

그는 대자로 널브러져 있는 그녀의 팔다리를 잘 챙겨서 이불 속으로 넣어 주고 난 뒤 원보를 향해 손짓을 보냈다. 새카만 눈망울을 빛내며 쪼르르 달려온 녀석은 장손무극에게 열심히 몸을 비비적거렸다.

비비적비비적, 비비적…….

"잘하였다."

장손무극이 원보 대인의 하얗고 보드라운 털을 쓰다듬으며 말했다.

"앞으로도 이대로만 하라."

앞으로도? 앞으로가 있어?

원보 대인이 눈을 부릅떴다.

말도 안 돼.

이 개고생이 아직 끝난 게 아니라고? 앞으로도 맹부요랑 계속 옥신각신해야 해?

그럼 진작 말을 하셨어야지!

미리 알았으면 아까 그렇게 목숨 내놓고 까부는 게 아니었는데. 망했네! 아이고…….

"저리 진득하지 못한 성정의 소유자를 마음에 품게 되면 하루도 속 편히 지낼 날이 없는 게야."

장손무극이 유유히 미소 지었다.

"내가 항상 따라다닐 수도 없는 노릇이니 대신 네게 맡겨야겠구나."

원보 대인은 비통함을 금치 못했다.

왜 하필 자신은 호위병 신세고 맹부요는 보호받는 역할인가. 정녕 그 반대일 수는 없는 것인가. 연인 지키는 데 본인 하나로도 모자라 애완동물까지 동원하겠다는 주인님의 그 사랑은 왜 자신의 차지가 아니란 말인가.

아아, 주인님. 옥골선풍의 미남자가 여기 있건만, 당신은 어찌하여 몰라주시나요?

그러나 침상 머리맡에 기대 그대로 잠들어 버린 주인님에게 원보 대인을 알아줄 짬 따위가 있을 리 없었다.

잠든 얼굴 반쪽이 달빛에 젖어 있었다. 낮에는 범접 못 할 존엄으로 빛나던 이목구비가 밤의 어둠 속에서는 한결 유하게 풀어져 보였다.

푸르른 물빛 가장자리에 희고도 싱그럽게 피어나는 층층 잔물결과도 같은 유함.

그 잔물결은 아마 거센 파랑 휘몰아치는 마음 깊숙이에서 영

겁의 시간을 보낸들 결코 시들지 않으리라.

✦

다음 날, 맹부요는 가뿐하다 못해 날아갈 것 같은 몸으로 잠에서 깼다. 영양제라도 맞은 것처럼 기운이 펄펄 넘쳤다. 강제로 달성한 파구소 6성 '일승'도 고비를 넘긴 뒤였다.

결국은 해낸 것이다!

내상은 아직 완전히 회복되기 전이었지만, 종월이 약을 기막히게 쓴 덕분인지 대단한 돌발 사태가 벌어지지 않는 이상에야 비무는 전혀 문제없으리라는 확신이 들었다.

한껏 들뜬 맹부요는 흥분한 기세를 몰아 옆쪽으로 팔을 뻗었다. 장손무극이 됐든 원보가 됐든 누구라도 잡아다가 연습 삼아 주먹 한번 꽂아 줄 요량으로.

그런데 손에 잡히는 게 없었다. 그제야 눈을 뜬 맹부요는 태자 전하가 이미 자리를 떴음을 깨달았다.

잘됐지, 뭐. 웬일로 점잖게 그냥 가셨대.

가만, 아니지. 어젯밤 혈도 찍혀 기절한 사이에 무슨 짓을 했을지 누가 알아?

다행히도 원보 대인은 아직 방에 남아 있었다. 맞은편 탁자 위, 본인 소유 침상 앞에 웅크리고 앉아 고개를 떨군 채로 백기를 살랑살랑 흔들고 있었다.

'풉' 하고 웃음을 터뜨린 맹부요는 녀석을 잡아다가 벌로 꿀

밤을 한 대 먹이고서 기분 좋게 밖으로 나갔다.

화원을 가로지르다가 묘목을 심고 있는 종월을 발견한 그녀는 곧바로 헌원윤을 떠올렸다.

헌원윤은 비무에서 패하고도 천살국에 머무르면서 날마다 그녀가 나타날 만한 길목을 지키고 있었다. 그러다가 미행을 시도했지만, 안타깝게도 맹부요는 철성이 이끄는 호위대만이 아니라 장손무극이 붙여 준 은위까지 줄줄이 끌고 다니는 몸이셨다.

이미 두 차례 실패를 맛본 바 있는 헌원윤이 그나마 최고 성적을 기록한 건 맹부요의 처소에서 큰길 두 개만큼 떨어진 지점까지 따라붙은 날이었다. 그러나 신바람이 나서 쫓아오던 그가 종국에 마주한 것은 막다른 골목이었고, 골목 끄트머리 벽면에는 조롱의 표시로 작은 거북이[2]가 그려져 있었다. 소년은 그 거북이를 보면서 또 한 번 눈시울이 붉어지고야 말았다.

그날 밤 헌원윤은 벽 아래에서 잠을 청했다. 귀하게만 자랐을 도련님이 허름한 담장 밑에 웅크린 채 노숙이라니.

그는 이따금 몸을 일으켜 거북이 그림을 멍하니 쳐다보다가, 또 한 번씩은 담장 꼭대기에 올라가 주변에서 빛나는 등불을 둘러보기도 했다. 별 무리처럼 총총히 빛나는 등불 사이에서 종월의 것을 찾아보려는 듯이.

근처에 숨어 그 모습을 은밀히 지켜본 인물이 있었다. 바로

---

2 중국에서 거북이의 다른 이름으로 쓰이는 '왕바王八'는 욕설로 쓰이기도 한다.

맹부요의 경호 담당 철성이었다.

간만에 측은지심이 발동한 철성이 소년의 형편을 맹부요에게 고했다. 그녀 역시 탄식을 금치 못하면서 이불이라도 가져다주라 명했고, 담장 꼭대기에서 이불을 휙 던지고 몸을 숨긴 철성은 소년이 그걸 끌어안고 중얼거리는 소리를 들을 수 있었다.

"맞지? 왔다 간 거 맞지⋯⋯."

투박한 사나이 눈에서마저 눈물을 쏙 뺄 뻔했을 정도로 애끊는 목소리였더랬다.

❀

그런 사연이 있었던 고로, 화원에서 종월이 눈에 들어오자 울컥한 맹부요가 겁도 없이 물었다.

"돌팔이 선생, 헌원 공자는 진짜 안 만나 줄 거예요? 그쪽 얼굴 한 번 보겠다고 결승 진출권까지 양보했다고요."

"빚진 기분이거든 그 진출권, 고이 돌려주면 될 게 아니오."

종월이 무심히 대꾸했다.

"애먼 사람 성가시게 하지 말고."

그를 향해 혀를 쏙 내밀어 보이고서 의기소침하게 밖으로 향하던 맹부요는 대문 앞에서 운흔을 발견했다. 그는 뒷짐을 진 채로 넋 놓고 나무 위를 올려다보고 있었다. 누가 보면 나무에 대단한 무공서라도 걸려 있는 줄 알겠지만, 실상 거기에는 시끄럽게 울어 대는 매미 몇 마리가 붙어 있을 뿐이었다.

맹부요는 운흔의 뒷모습을 보며 입을 앙다물었다. 상대를 무슨 말로 어떻게 대해야 할지 알 길이 없어 고민하던 그녀가 결국에는 조용히 자리를 뜨려는데, 등판에도 눈이 달렸음이 분명한 운흔이 홀연 말을 건넸다.

"부요, 배원을 조심해. 꿍꿍이가 있어."

콧잔등이 시큰해진 맹부요가 '응.' 하고 답하자 운흔이 돌아서서 그녀를 향해 해맑은 미소를 보냈다. 운흔 특유의 맑고도 그윽한 기질은 어떠한 시련과 풍파에도 꺾이지 않을 터였다.

그가 덧붙였다.

"이기고 돌아오길 기다릴게."

다시 한번 '응.' 하고 대꾸한 맹부요는 도망치듯 집 밖으로 향했다.

그런데 대문을 밀어젖히는 찰나, 어째 '턱' 하고 뭐에 걸리는 느낌이 드는 것이었다. 다시 힘을 줘 봤지만, 더는 움직이질 않는 게 아마도 바깥쪽에 있는 뭔가에 가로막힌 모양이었다.

기분이 꿀꿀한 참이던 맹부요는 '에라!' 하고 문짝을 걷어찼고, 문이 요란한 소리를 내며 열리는 동시에 바깥에서 뭔가가 때굴때굴 저만치 굴러갔다. 순간 '으윽.' 하는 신음이 들린 듯도 했다.

활짝 열린 대문 밖, 흙바닥에 나동그라져 있던 인물이 고개를 들었다. 쭈뼛쭈뼛 눈부터 비빈 인물은 이어서 조금 전에 호되게 부딪힌 엉덩이를 문질렀다.

흙강아지 꼴을 한 얼굴을 요리조리 뜯어보던 맹부요는 뒤늦게야 상대가 헌원윤, 그 꼬맹이란 걸 알아차렸다.

여길 어떻게 찾아냈지? 저 꼬락서니는 또 뭐야, 어젯밤에 이 앞에서 잔 건가?

한데서 자느라 몸이 굳었는지 헌원윤은 바닥을 짚고 일어나면서도 영 비틀거리는 모습이었다. 곧이어 문설주를 붙잡고 선 그가 맹부요를 보며 통사정을 했다.

"맹 장군……. 저…… 여기 정말 힘들게 찾아냈어요. 그 사람 한 번만 보게 해 주세요. 한 번만……. 딱 한 번만……."

그 꼴을 보고 있자니 또 가슴속 어딘가가 시큰해지질 않겠는가. 맹부요는 차마 떨어지지 않는 입을 겨우 뗐다.

"몇 번을 말했는데 아직도 못 알아들어. 종월 같은 고집불통은 엉겨 붙을수록 역효과라니까. 나한테 계속 졸라 봤자 종월 성질만 돋울 뿐인데 뭐 하러 이 고생을 해?"

"저……, 저 이제 돌아가야 해요……. 다시 밖에 나오기는 힘들 텐데……."

헌원 공자의 눈가가 또다시 붉어졌다.

맹부요는 그 토깽이 같은 눈을 볼 때마다 머리가 지끈거렸다.

얘는 무슨 눈물이 이렇게 많아? 온실 속 화초 주제에 겁도 없이 바깥세상은 왜 기웃거리냐고.

게다가 붙잡고 늘어진다는 게 하필 종월이야! 종월, 그게 어디 인간인가? 너 같은 건 그 작자한테 한 입 거리도 안 될걸!

문득 상대가 무슨 성씨를 쓰는지를 떠올린 맹부요가 짚이는 바가 있기에 물었다.

"헌원씨랬지. 그럼 황족이야?"

"헌원국 섭정왕 헌원성軒轅晟의 여식으로 본명은 헌원운軒轅韻이오."

갑자기 날아든 싸늘한 목소리에 뒤를 돌아본 맹부요는 초여름 햇살 아래, 물빛보다도 투명하게 서 있는 인물을 발견했다. 머리 위에서 뜨겁게 내리쬐는 햇볕에도 그는 언제나처럼 서늘한 분위기였고, 보는 이의 가슴속에도 한 줌 눈이 들어앉은 양 시린 감각을 불러일으켰다.

그를 본 헌원운이 반가운 나머지 자기도 모르게 중얼거렸다.

"아월[3] 오라버니……."

그녀가 황급히 입을 다문 건 종월과 눈이 마주친 직후였다.

헌원운을 바라보는 종월은 형용할 수 없이 복잡한 눈을 하고 있었다. 어스름한 황혼, 세찬 바람, 아득한 설원, 깎아지른 외봉우리, 기나긴 여정을 밟아 온 나그네의 피로, 타향살이의 우울…….

눈빛 속에 담겨 있던 그 모든 것들은 종국에 이르러 백설처럼 샛말간 싸늘함으로 화했고, 묵묵히 상대를 응시하던 종월은 이내 말없이 돌아서서 집 안으로 들어갔다.

헌원운이 멍청히 제자리에 서서 움직일 줄을 모르자 맹부요가 잽싸게 그녀를 떠밀었다.

"안 따라가고 뭐 해!"

---

3 종월을 친근히 부르는 표현.

그제야 화들짝 놀란 소녀는 우선 맹부요에게 고마움의 눈길을 보낸 뒤, 옷에 묻은 흙먼지를 털어 내는 것조차 잊은 채 비척비척 종월의 뒤를 따라붙었다.

중문 너머로 사라지는 두 사람의 뒷모습을 보며, 맹부요는 입가에 희미한 미소를 머금었다. 헌원운의 정성이 마침내 종월의 꽉 닫힌 마음에 조금이나마 틈새를 만들어 낸 듯했다. 그 틈을 계속 넓혀 나갈 수 있을지는 더 지켜봐야 할 것이다.

하지만 언뜻 순해 보여도 생각보다 강단 있는 헌원운의 성정을 생각하면 입만 까칠했지, 마음은 약한 종월이 함락당할 가능성은 얼마든지 있었다.

피식 웃음 지은 맹부요는 헌원운이 나긋하게도 부르던 '아월 오라버니'를 떠올렸다.

어린 시절의 순수함이 그토록 고스란히 묻어나는 호칭이라니……. 그 호칭 안에 담긴 종월의 지난날은 과연 어떤 모습을 하고 있을는지.

⚜

마지막 경기는 순위 결정전이었다. 비무 장소는 지난번과 마찬가지로 황궁 정의대전.

전각에 입장하자마자 맹부요의 눈에 들어온 것은 화기애애하게 담소 중인 장손무극과 전남성의 모습이었다. 저 정도면 의좋은 형제 사이래도 믿길 그림이다.

그녀가 등장하자 장손무극이 슬쩍 고개를 틀어 촉촉하니 의미심장한 눈빛을 보냈다. 누가 능구렁이 아니랄까 봐 눈빛 또한 의뭉스럽게 사람을 홀리는 구석이 있었다.

그러나 맹부요는 눈빛 수신용 안테나를 세우는 대신 얼굴을 반대편으로 돌렸다.

대전 한복판에서 '사내 둘'이 끈적하게 눈빛 교환이라니. 당신은 뻔뻔해서 괜찮을지 몰라도 나는 망신당하기 싫다고!

애써 마음을 가라앉힌 그녀는 호흡 조절에 들어갔다. 여기까지 왔으면 자기 자신에게도, 운흔과 종월에게도 부끄럽지 않을 만한 성적을 내야 했다.

또 하나, 해치우기로 마음먹은 인물도 해치워야 하고.

오늘도 관람객 구성은 어제와 비슷했다. 비록 3차전처럼 관객석이 인산인해를 이룬 건 아니었지만, 모인 이들의 신분만큼은 그때와 비교할 수 없이 고귀했으니 천살국 황족, 조정 무관 전원, 각국 유명 문파의 장문인들이 바로 그 주인공이었다. 그 밖에 아직 자리가 다 차지 않았다 뿐, 타국 황족들을 위한 관람석 역시 마련되어 있었다.

대전 내부 공간은 무기 거치대만 남기고 나머지 기물은 모두 치워 버린 덕에 드넓게 탁 트여 있었다.

천살인들은 본래가 호방한 기상을 추구하는 민족으로, 화려한 치장보다는 수수하면서도 무게감 있는 풍격을 선호했고, 그러한 국풍은 보통 정전보다 몇 배는 더 큰 정의대전의 규모에서도 고스란히 드러났다.

황제의 옥좌와 심판석으로부터 멀찍이 떨어진 일반 관전석은 탁자에 씌운 비단 빛깔을 붉은 기운 섞인 황색으로 통일해 놓은 모습이었다.

어느덧 빈자리가 거의 눈에 띄지 않게 되었다. 관객 대부분은 호기심 어린 눈빛으로 맹부요를 주시하고 있었다.

좌중이 맹부요에 관해 들어 본 평가는 두 가지로 갈렸다.

하나는 감쪽같이 숨어 있다가 혜성처럼 두각을 드러낸 능력자라는 것이고, 다른 하나는 헌원윤에게 승리한 뒤 무대에서 한사코 내려오지 않으려 했을 만큼 경박하다는 것이었다.

장손무극은 진홍색 탁자에 비스듬히 기대 웃는 듯 마는 듯 한 표정으로 아래를 내려다보고 있었다. 대전 양측에 앉은 사람들은 그의 존재 탓에 한층 더 분주한 참이었다. 대다수가 맹부요만 뜯어보는 게 아니라 장손무극까지 동시에 살피고 있으니, 왜 아니 바쁘겠는가.

떠들썩한 자리를 싫어해서 공개 석상에는 좀처럼 얼굴을 내미는 법이 없다는 인물이 왜 이번에는 천살국의 초청을 선뜻 받아들였을까?

심보 시커먼 추남이라는 말도 있던데 역시 저 가면 아래에는 차마 남들에게 보여 줄 수 없는 얼굴을 숨기고 있는 걸까?

급이 이 정도 되는 비무라면 심판이 여럿 있는 게 보통이겠거늘, 전남성은 사공이 많으면 배가 산으로 갈 게 걱정이었는지 아니면 장손무극에 대한 존중의 의미였는지 몰라도 딱 한 명의 심판만을 청하고 전북항을 부심으로 삼았다. 하기야 대륙 정상급 무인들이 총집결한 결승전에서 잔꾀를 쓴다는 게 불가능한 일이기는 하지만.

진시가 되자 몇몇 비어 있던 자리의 주인들이 하나둘 등장했다. 천살국 황족과 각국 귀빈들이 차례로 자리에 앉는 사이 타국 황족을 위해 마련된 좌석을 세어 본 맹부요는 탁자가 두 개 남는다는 걸 눈치챘다.

비무 시작을 예고하는 종이 세 차례 울렸을 즈음, 드디어 마지막 두 탁자의 임자들이 모습을 드러냈다.

제일 앞쪽에서 걸어 들어온 인물은 사십 대 언저리의 중년 사내였다. 온화한 인상과 점잖은 태도, 거동에서 묻어나는 학자풍 분위기만 봐서는 시골 마을 서당 훈장쯤 되나 싶었지만, 화려함의 극치를 달리는 의관은 분명 왕공의 것이었다. 허리춤의 짙은 자색 비단 끈에 청옥으로 만든 기린이 매달려 있는 걸 보니, 헌원국에서 장기 집권 중인 섭정왕 헌원성인 듯했다.

일행 맨 끝에서 모습을 드러낸 건 남매 사이로 짐작되는 한 쌍의 남녀였다. 남자 쪽은 어찌나 창백하고 왜소한지 사치스러운 의관을 지탱하고 서 있을 힘조차 없어 보이는 게, 너무 부실해서 바람 한 번만 불어도 속절없이 날려 가지 않을까 싶을 정도였다. 그런가 하면 여자 쪽은…….

맹부요의 동공이 가늘게 좁혀졌다.

인생 두 번째 만남.

불련이었다.

아름답고, 정숙하며, 고결한 불련 공주. 연꽃을 머금고 태어났다 오주대륙 전역에 명성이 자자한, 자애롭고도 너그러운 연꽃의 화신.

그녀는 여전히 월백색 의복을 걸쳤으되, 옷자락 가장자리에는 농담 표현이 유려한 이중 자수 기법으로 금빛 연화가 수놓인 모습이었다. 이슬 맺힌 겹겹 꽃잎만 진짜인가 싶을 만큼 생생한 게 아니라 그 주변으로 엷은 녹색이 도는 연잎까지 풍성하게 구현된 자수가 발걸음을 내디딜 때마다 살짝살짝 들리는 치맛자락 위에서 청아하고도 존귀한 분위기를 자아냈다.

불련은 적당한 각도로 턱을 들어 올리고서 미소 짓고 있었다. 느릿느릿 걸음을 옮기는 그녀의 고귀한 자태에서는 요란하게 드러내지 않더라도 충분히 존재감 넘치는 광채가 뿜어져 나왔다.

장내에 나지막한 술렁임이 번졌다. 지체 높은 귀빈들이 평범한 무인 집단처럼 요란하게 떠들어 댈 리야 없었지만, 서로서로 귀에 대고 수군거림을 나누는 것까지 자제하기는 힘이 드는 모양이었다.

무극국과 선기국 사이의 혼약은 무릇 황족이라면 어느 나라에서든 다 아는 일이었다. 다만 각자 나랏일을 돌보느라 바빠 장손무극과 봉정범의 혼례 여부에까지는 신경 쓸 겨를이 없었을 뿐. 그러다가 10여 년 만에 처음으로 공개 석상에 함께 나타난 두 사람을 보자 문득 그 당시의 혼약이 떠오른 것이다.

장손무극은 벌써 스물여섯, 봉정범도 아마 스물은 되었을 것이다. 둘의 신분을 생각해도 그렇고, 지금껏 흐른 세월을 생각해도 그렇고, 여태 국혼을 치르지 않은 건 이상한 일이 아닌가?

눈을 다소곳이 내리깐 불련 공주가 좌중의 눈길에 개의치 않고 제 오라버니 곁에 자리를 잡은 직후, 옆쪽에 있던 헌원성이 미소 띤 얼굴로 인사를 건넸다.

"선기국 사황자와 불련 공주 아닙니까? 7국에 두루 이름을 떨치고 있는 불련 공주를 비로소 만나게 되니 참으로 기쁘기 한량없습니다! 한데, 일심으로 불도를 닦는다는 공주가 이 같은 무공 대회에도 관심이 있는 것입니까?"

"과찬이십니다."

우아하게 답한 불련이 웃음 지었다.

"본 궁은 무공에 관해 아는 바가 없으나 오라버니가 즐깁니다. 여정 중에 우연찮게 오라버니를 만나게 되어 동행한 참인데……."

그녀의 미소 어린 눈길이 맹부요를 향했다.

"마침 지인을 발견하여 오기를 잘했구나 하고 있었지요. 무공에는 문외한이어도 지인에게 기운을 실어 줄 수는 있을 테니까요."

두 사람의 목소리는 지극히 낮았지만, 파구소 6성을 달성해 눈과 귀가 극도로 예민해진 맹부요에게는 대화 내용이 고스란히 전달됐다.

빠드득.

그녀는 말없이 이를 갈면서 뒷목을 젖혔다.

얼씨구, 지인 좋아한다. 저 정도면 불련 공주가 아니라 거머리 공주라고 불러야 맞는 거 아니야?

장손무극이 뭐랬더라, '고집스럽다'라고 했었나? 표현이 너무 점잖았네. 내가 볼 때 저건 빼박 변태다.

이를 빠드득거리길 한참, 맹부요는 '내 이럴 줄 알았다'는 눈으로 장손무극을 쳐다봤다.

저거 보이지? 아무리 떼어 내려고 해 봤자 부질없지?

저쪽은 다른 상대 물색할 생각이 아예 없다니까? 봐, 몸이 달아서 죽자고 들러붙는 거!

장손무극이 한 방 먹은 게 고소하면서도 한편으로는 심기가 영 불편했다. 본인 심기가 왜 불편한지 굳이 살펴볼 뜻이 없는 맹부요는 미련 없이 고개를 반대편으로 틀어 버렸다.

한편, 조금 전의 웃음기가 이미 지워진 장손무극의 얼굴은 무표정했다. 옆쪽에 앉은 전북항과 대화 중인 그는 좌중의 눈길은 물론이요, 불련의 존재 역시 본체만체였다.

불련도 그의 태도에 크게 개의치 않는 모습이긴 마찬가지였다. 그녀는 차분한 미소를 머금은 채 오라버니 쪽으로 고개를 기울이고서 연신 재잘재잘 말을 건네고 있었다. 비실비실한 오라버니 쪽은 그다지 기분이 좋지 않아 보였다. 틈만 났다 하면 장손무극을 향해 도끼눈을 치뜨는 중이었다.

귀빈들이 모두 당도하자 종과 북이 울리는 동시에 의장이 펼쳐졌다.

이때 옥좌에 앉은 전남성이 불련 공주를 발견하고는 움찔하나 싶더니, 이내 장손무극을 향해 웃는 얼굴로 말했다.

"공주의 자리를 위쪽으로 옮기는 것이 좋겠소?"

장손무극은 불련에게 눈길을 주지 않고 건조하게 답했다.

"호의에는 감사드리오나 그럴 필요까지는 없습니다."

대전은 드넓고, 그의 목소리는 크지 않았다. 마침 전북항이 발언 중이기도 했다. 그 때문에 그가 거절 의사를 표하는 걸 들은 이는 많지 않았다.

하지만 그 순간 불련 공주가 소맷자락을 홱 떨쳤다. 사황자가 어리둥절한 눈으로 돌아보자 불련이 방긋 웃으며 말했다.

"탁자에 개미 한 마리가 기어 다니기에 내려 주었어요. 아무리 미물일지언정 저도 살고 싶을 테니까요."

"중생을 긍휼히 여기는 마음이 갸륵하구나."

칭찬의 의미로 고개를 끄덕인 사황자가 다시 눈을 돌렸다.

미소 띤 표정의 불련이 소매 아래로 손톱을 내밀어서는 벽돌 바닥을 지그시 짓눌렀다. 칼날처럼 예리하게 다듬어진 그녀의 손톱 아래에서 하찮은 미물 한 마리가 정확히 세 토막으로 동강 났다.

더듬이, 머리, 몸통…….

❀

대전 한복판에서는 조용히 귀를 기울이고 있는 좌중을 상대로 전북항이 다시 한번 규칙을 설명 중이었다.

최후의 결전은 자유 도전제!

맹부요, 아란주, 배원, 담대우, 파고. 이렇게 5인이 바로 그 주인공이었다.

경기가 혼전 양상을 띠게 되리라는 것은 곧 일찍 무대에 오를수록 손해라는 뜻이었다. 5인의 참가자는 침묵했고 그들의 심사를 빤히 아는 관객들은 차를 홀짝이기 시작했다. 비무 개시까지는 시간이 꽤 걸리리라 생각하며.

그러나 전북항의 말이 끝나기 무섭게 오색찬란한 색채를 휘몰고 무대로 뛰어나온 인물이 있었다. 땋은 머리를 어지럽게 흩날리며 등장해 비무대 위에 떡 버티고 선 인물이 배원을 향해 손가락을 까딱까딱 굽혀 보였다.

"당장 튀어나와라, 늙은 요녀! 오늘이 네 제삿날이다!"

면사 위로 드러난 배원의 눈에서 불꽃이 튀었다. 냉소와 함께 성큼 앞으로 나선 그녀가 말했다.

"그렇게나 죽고 싶다면야 원대로 해 주마!"

그 말이 떨어지자마자 자리에서 일어난 맹부요가 뻔뻔스럽게도 냉큼 한 걸음을 내디뎠다.

"저기, 나도 네 제삿날 지정에 힘쓰고 싶은데 2 대 1은 어떻게 안 되나?"

관객 전원이 기함했다.

염치가 없어도 유분수지! 제일 강력한 우승 후보라는 작자가 저렇게 자중할 줄을 몰라서야.

이때 전북항이 말했다.

"2 대 2, 또는 차례대로 도전하면 몰라도 여러 사람이 동시에 한 명을 상대하는 것은 불가하오."

그러자 맹부요가 어깨를 으쓱했다.

"어차피 나온 거 다시 들어가기는 싫은데, 그럼 아란주 네가 먼저 해. 난 한쪽에 쭈그려 앉아 있을 테니까."

"맹 장군, 거기서 허송세월할 필요가 무에 있습니까? 그사이 저희가 한 판 청하지요."

뒤쪽에서 담대우와 파고가 나란히 걸어 나왔다.

담대우가 미소를 보냈다.

"여인들은 여인들끼리 싸우게 두고 우리 사내들은 사내끼리 붙어 봅시다."

맹부요의 눈썹이 꿈틀 곤추섰다. 딱 보아하니 제일 까다로운 상대인 자신부터 제거하고 난 후, 그즈음 초주검이 되어 있을 배원과 아란주를 가뿐히 제치겠다는 계획인 듯했다.

맹부요는 그저 피식 웃었다.

"좋지! 그럼 둘 중에 누가 먼저?"

담대우가 앞으로 나서면서 두 손을 가슴 앞에서 맞잡아 예를 표했다. 그러나 정작 맹부요가 눈여겨본 것은 뒤쪽에 선 파고의 얼굴이었다.

좀처럼 입을 여는 법이 없는 사내. 짧은 머리, 까만 피부, 뚜렷한 윤곽에서는 어렴풋이 산악 부족의 특징이 드러나 보였고, 체형은 살집이 있는 편이 아님에도 사람 자체가 '묵직한' 느낌을 풍겼다. 분위기가 진중하다는 게 아니라, 무언가 기이한 무공에서 뿜어져 나오는 압도적 위압감이 느껴진다는 말이었다.

그러고 보면 저자는 대회 초반 내내 이렇다 할 두각을 드러내지 않고서도 어느새 최후의 결전까지 올라와 있었다.

분위기가 좀 괴이쩍은 자라는 생각에 빠져 있는 찰나, 맞은편에서 담대우가 그녀를 향해 덤벼들었다.

키가 훤칠한 청년 담대우가 쓰는 무기는 자기 신장을 넘어서는 길이의 금속 재질 섞인 채찍이었다.

세 마디로 나뉜 삼색 채찍은 마디와 마디 사이가 고리로 연결된 형태로, 일반 채찍만큼 미끈한 움직임이 나오지는 않아도 제각기 다른 각도로 꺾이는 연결부 덕에 허를 찌르는 공격이 가능했다. 가운데 마디는 아직 좌측에 있는데 앞마디는 어느덧 우측에 와 있다든지, 왼쪽인가 싶으면 오른쪽에서, 앞편인가 싶으면 뒤편에서 공격을 가할 수 있었다.

번번이 교묘한 각을 파고드는 채찍의 현란한 움직임은 강인하면서도 유연한 뱀의 모습을 연상시켰다. 더욱 무서운 점은 삼절곤 비슷하게 생긴 무기 대부분의 약점이 연결부인 것과 달리, 담대우가 쓰는 채찍은 연결 고리가 정체불명의 금속으로 대단히 정교하게 설계되어 어지간해서는 공략이 쉽지 않아 보인다는 사실이었다.

눈썹을 치켜세우며 싱긋 웃은 담대우가 손에 쥔 자루를 휘두르자 세 변으로 나뉜 채찍이 도무지 방향을 예측할 수 없는 기세로 뻗어 나갔다. 천하제일의 명인이 세상 무엇으로도 파괴할 수 없을 만큼 견고하다 자신하며 내놓았던 무기. 담대우는 자신이 쓰는 채찍에 대단한 자부심을 가지고 있었다.

새삼 흥미를 느낀 맹부요가 외쳤다.

"재미있는데?"

곧장 응전에 나선 그녀 역시 변칙적인 기습 공격의 달인이기는 마찬가지였다.

파구소는 내공, 권법, 도법이라는 세 가지 체계가 완벽하게 갖추어진 무공이었고, 맹부요는 거기에 오랜 세월 강호를 구르면서 몸에 밴 실전 경험을 접목했다.

기존에 망할 도사 영감이 전수해 준 도법을 집요하게 파고드는 한편, 개선도 망설이지 않았다. 그간의 경험을 통해 끊임없는 연구와 보완을 거친 도법은 마침내 실전에 투입될 시기를 맞은 참이었다.

칼날이 칼집을 벗어나자 구중천의 번개가 창공을 찢고 내리꽂혔다. 고산 정상에서부터 질주해 내려온 칠흑의 섬광이 모래폭풍 휘몰아치는 사막을 삽시간에 관통해 대지의 등줄기를 갈랐다. 그 궤적을 따라 진흙과 모래가 솟구치고 돌덩이가 날아다녔다.

그러나 번개의 예기에 베어져 나간 단면에는 한 치의 비뚤어짐도, 일말의 잡음도 존재하지 않았다. 민첩하게 찌르고, 깊숙이 침투하고, 횡으로 베고, 수직으로 내리치는 동작 전부가 채찍 연결 부위에 꽂히거나, 혹은 채찍 끄트머리를 받아쳤다.

그녀가 초식을 전개할 때면 따라붙곤 하던 폭풍우의 굉음은 이제 사라져 버렸다. 대풍의 공력이 완벽하게 흡수되어 드디어 그녀 본연의 진력과 일체를 이뤘기 때문이었다.

밖으로 뻗쳐 나가던 힘은 말끔히 갈무리되어 그녀가 자유자재로 부릴 수 있는 한 단계 위의 공력으로 화한 뒤였다. 그녀의 도법은 더 이상 바람을 몰고 다니지 않았지만, 대신 맹렬하면서도 사뿐하고, 날카로우면서도 차분했으며, 그 차분함 속에 깃든 무궁한 힘은 그녀의 부름에 따라 때로는 파도를 일으키고 때로는 구름을 휘몰았다.

챙, 챙, 챙, 챙, 챙, 챙, 챙!

일백십 번째 초식에 이르러 맹부요와 담대우의 무기가 연속 일곱 차례 맞부딪쳤다.

맹부요의 칼끝이 꽂힌 지점은 모조리 채찍 중간의 연결부였다. 맹부요는 매번 수법과 강도를 미묘하게 조절하면서 뒤로 갈수록 거센 공세를 펼쳤고, 채찍에 힘이 실렸다가 빠지는 순간만을 절묘하게 노린 그녀의 공격은 소용돌이치는 회전력을 형성했다.

'빠직' 소리가 울리더니 견고해 보이던 연결부에 균열이 생기면서 채찍 전체가 마치 급소를 제압당한 뱀처럼 힘없이 축 늘어졌다.

천하의 맹부요가 그 결정적인 기회를 놓칠 턱이 있겠는가. 앞쪽으로 쏘아져 나간 그녀가 칼끝에 채찍을 걸어 잡아당기는 즉시 연결부에서 끊어져 나온 토막 하나가 '땅' 소리와 함께 벽돌 바닥에 처박히면서 불꽃을 튀겼다.

얼굴에서 핏기가 싹 가신 담대우가 주춤 뒤로 물러났다.

그의 채찍은 결코 예사 물건이 아니었다. 특히 연결 고리 부분에 숨겨진 비밀 장치를 그가 제어하고 있는 이상, 그 어떤 칼로 내리친들 채찍이 망가질 일은 절대로 없었다.

무리하게 덤벼들었다가 도리어 큰코다친 자들이 지금껏 어디 한둘이던가. 가보로 전해 오는 무기를 그에게 물려주던 날, 아버지께서는 긍지에 찬 음성으로 말씀하셨었다.

세상에 이 채찍을 끊을 자는 없노라고.

덕분에 그는 지난날 본국에서 수많은 싸움을 치르는 내내 이렇다 할 적수를 만나지 못했었다.

그런데 오늘, 채찍을 망가뜨린 자가 나타나고야 만 것이다.

맹부요는 이미 잡은 승기를 그냥 날릴 생각이 없었다. 담대우가 한 걸음 뒤로 물러나자 그녀는 한 걸음 앞으로 나섰다. 그대로 전방을 향해 돌진한 그녀의 손에서 또다시 7연속 공격이 작렬하는 동시에 채찍 중간 토막이 '쩡' 하고 바닥에 나동그라졌다.

그 '쩡' 소리가 울리는 찰나, 맹부요는 순간적으로 심장이 움찔 경련하는 느낌을 받았다. 누군가 심장 아랫부분을 움켜쥐고 흔드는 듯한 감각이었다. 이어서 온몸의 힘이 쭉 빠지는 것 같다가 급작스럽게 정상 상태로 돌아왔다.

맹부요는 크게 신경 쓰지 않고 싱긋 웃으며 담대우를 향해 칼끝을 겨눴다.

"계속할까?"

그러자 사색이 된 담대우가 세 조각으로 동강 난 채찍을 주섬주섬 챙기며 답했다.

"제가 졌습니다."

그는 채찍을 질질 끌며 비무대에서 내려갔고, 무기에 대해 좀 안다 하는 관객들은 저들끼리 수군거리다가 채찍을 손으로 가리키며 애석하다는 표정을 지었다.

통쾌함에 젖어 한바탕 웃어 젖힌 맹부요가 말했다.

"파 선생."

"파고."

눈을 게슴츠레하게 반쯤 감은 사내는 기괴한 목소리를 가지고 있었다.

맹부요는 미간을 찌푸렸다. 볼수록 괴상야릇한 게, 영 마음에 안 드는 작자였다. 그녀가 코웃음을 치며 말했다.

"알았수다, 파고. 그럼 바로 시작?"

눈을 든 파고가 건조하게 대꾸했다.

"나는 벌써 시작했다."

순간적으로 흠칫한 맹부요는 바로 뒤이어 명치가 욱신 죄어 드는 걸 느꼈다. 보이지 않는 망치에 가슴을 얻어맞은 것 같은 통각, 미처 아물지 못한 내상 부위가 다시 터지는 줄 알았다.

맹부요는 조금 전 담대우와 싸울 때도 심장이 경련하는 느낌을 받았던 걸 떠올렸다. 그제야 파고의 벌써 시작했다는 말이 무슨 의미인지를 깨달았다. 묵직해 보이는 겉모습과는 다르게, 이 작자는 그녀가 담대우를 상대하는 동안 뒤에서 몰래 공격을 가했던 것이다.

격분한 맹부요가 검광을 번뜩이며 상대를 향해 달려들었다.

감히 이 몸을 상대로 잔수작을 부려? 네놈이 오줌 질질 싸가면서 흙장난이나 하고 있을 때부터 이 몸은 이미 수작이란 것에 통달했던 분이시다!

그녀가 몸을 날리는 동시에 칠흑의 검광이 검은 강물처럼 쏟아졌다. 명주 필과도 같이 펼쳐진 검광의 심층부는 눈부신 순백, 파구소 6성 '일승' 특유의 색채였다. 거기에 더해 칼의 겉면을 몽롱하게 감싼 미백색 기운은 월백의 구슬에서 기인한 색이었다.

허공을 가르는 칼의 궤적을 따라 공기층이 소용돌이치면서 저들끼리 거칠게 맞부닥쳤다.

화가 단단히 난 맹부요가 파구소만이 아니라 대풍과 월백의 진기까지 한꺼번에 꺼내 든 것이다!

담대우를 상대할 때의 사뿐한 도법과는 딴판으로, 지금 맹부요가 휘두르는 칼에서는 숨 막히는 광휘와 살기가 뿜어져 나오고 있었다. 칼끝이 파고의 가슴팍까지 들이닥치는 데 걸린 시간은 찰나에 불과했다!

지금껏 아무런 움직임도 없이 서 있던 파고가 홀연 기괴한 웃음을 지으면서 맹부요를 겨냥해 한쪽 손바닥을 펼쳤다.

그의 손바닥에는 눈이 그려져 있었다. 치켜 올라간 눈꼬리, 새카만 동공, 기묘한 눈빛.

그 '눈'이 내면 가장 깊숙한 밑바닥까지 뒤질 기세로 맹부요를 빤히 응시했다. 압도적인 광채에 휩싸인 채 짓쳐들어오는 맹부요를 보면서도 파고는 여전히 제자리에서 꿈쩍도 하지 않았다. 그가 가볍게 주먹을 쥐었다가 펴자 '눈'이 눈꺼풀을 깜빡였다.

홀연, 화려한 부채꼴 빛살이 펼쳐졌다. 그 빛 속에서 불쑥 나타난 것은 맹부요에게는 너무나 익숙하면서도, 한편으로는 낯선 광경이었다.

새하얀 벽면, 역시 새하얀 침구, 번호가 붙은 침대 옆 수납장과 그 위에 놓인 꽃, 분홍색 유니폼을 입고 바삐 돌아다니는 간호사, 약품이 가득 실린 의료용 카트, 철제 스탠드에 걸린 링거병……. 그리고 침대 위, 푸른색 줄무늬가 있는 병원복 차림의, 수척하게 여윈…… 엄마!

빛살 속의 엄마는 그보다 더 현실적일 수는 없을 만큼 생생한 모습이었다. 심지어는 간호사가 친절한 목소리로 건네는 질문과 엄마의 웃음기 섞인 대답, 링거 병이 스탠드에 부딪히면서 나는 맑은 울림, 문병 온 다른 환자 가족들의 발소리까지 들을 수 있었다.

다음 순간, 맹부요는 자신의 칼이 곧장 어머니의 가슴을 향해 쇄도하고 있음을 깨달았다.

억장이 무너지고 하늘이 내려앉았다.

엄마가 고개를 들더니 칼을 들고 달려드는 딸을 향해 힘없는 미소를 보냈다.

"부요……."

엄마!

맹부요는 황급히 진력을 거둬들였다. 무지막지한 반발력을 견디지 못하고 전신의 혈액이 거꾸로 솟구쳤다.

울컥, 핏물이 목구멍까지 치받쳐 올라왔다.

✿

맹부요가 다른 시공에 있는 어머니를 만나 이성을 완전히 놓칠 위기에 내몰린 그때, 전남성과 장손무극은 미소 띤 얼굴로 의례적인 인사말을 주고받는 중이었다.

앞서 담대우의 채찍을 절묘하게 처리해 낸 맹부요는 쭉 월등한 기량을 자랑했던 인물이었다. 그런 인물과 지금껏 이렇다 할 활약이 없었던 파고의 대결은 관객들에게 큰 흥미를 불러일으키지 못했다.

집중력을 잃은 관객 일부는 각자 잡담을 하거나, 차를 홀짝이거나, 인맥 쌓기에 열을 올렸고, 그 외에 남의 말 하기 좋아하는 대다수는 화제의 예비부부에게 촉각을 곤두세우고 있었다.

전남성이 장손무극에게 물었다.

"실례가 되는 질문일지 모르겠으나, 듣자 하니 태자와 불련 공주가 혼약을 맺은 지도 꽤 세월이 흘렀다던데, 어찌하여 아직껏 국혼을 올리지 않은 것이오? 경사스러운 날 술 한잔 얻어 마시기만을 기대하고 있소만."

그가 껄껄거리는 소리를 들은 각국 황족 대다수가 일제히 귀를 쫑긋 세웠다.

찻잔을 천천히 내려놓은 불련 공주가 허리를 꼿꼿하게 펴고 눈을 내리깔았다. 그러고는 무릎 위에서 두 손을 꽉 맞잡았다.

전투 중인 네 명의 참가자를 제외한 장내의 눈길 전부가 장손무극에게 쏠렸고, 다소 소란스럽던 대전 안은 삽시간에 기묘하리만치 조용해졌다.

쏟아지는 눈길 속에서, 장손무극의 침묵이 길게 이어졌다.

내 마음 간절하여

맹부요가 위기를 맞은 줄은 전혀 모른 채, 좌중의 눈길은 오로지 장손무극에게 집중되어 있었다.

물론 사람들의 관심은 어디까지나 호기심 차원일 뿐이었다. 대단히 의외의 대답이 나오리라 기대하는 이는 없었다. 예외가 있다면 불련 한 명 정도일까.

탁자 앞에 꿇어앉은 그녀는 아까부터 미동도 없었지만, 손등 위에 덮인 소맷부리만은 바람도 안 부는데 바들바들 떨리고 있었다.

쏟아지는 눈길 속에서 무언가 생각에 잠긴 양 침묵하던 장손무극이 이내 싱긋 웃으며 목소리를 키웠다.

"공주와 저는 이미……."

느닷없이 말을 끊은 그가 비무대 쪽으로 고개를 홱 틀더니 즉각 자리를 박차고 몸을 날렸다.

　대답을 기다리고 있던 사람들은 당혹했다. 시종일관 극도로 차분한 모습이던 태자가 저토록 급박한 표정으로, 말까지 중간에 끊고 튀어 나가다니.

　불련의 소맷부리에서 떨림이 막 가신 찰나, 사황자가 피식하며 그녀 쪽으로 고개를 틀었다.

　"성질이 어째 저 모양인지…….."

　그제야 불련의 낯빛을 확인한 그가 깜짝 놀라 말했다.

　"아니, 무슨 일이야? 얼굴색이 어찌 그리 안 좋아?"

　불련이 그를 향해 미소를 보냈다.

　"심려할 것 없어요, 오라버니. 어려서부터 부처님의 가호가 함께하는 몸인걸요. 위기가 닥친들 항상 무사히 넘겼으니까요."

　어째 아리송한 대답이 돌아왔다 싶었지만, 사황자는 크게 신경 쓰지 않고 다시 비무대를 향해 눈길을 돌렸다. 곁에서는 단정하게 앉은 불련이 한기가 배어나는 미소를 짓고 있었다.

　적의 코앞에서 급작스럽게 칼을 거둔 맹부요는 무지막지한 반발력을 온몸으로 견뎌 내야만 했다.

　가슴에서 쿵 소리가 나는 동시에 귓가에 이명이 울렸다. 전신이 거대한 힘에 짓눌리면서 핏물이 목구멍으로 치받쳐 올라 맹부요는 뒤쪽을 향해 공중제비를 돌며 나가떨어졌다.

맞은편에서 기회를 보고 있던 파고가 행동을 개시했다. 그가 성큼 앞으로 나서며 뻗은 손에는 어느새 검푸른 도깨비 형상 갈퀴가 들려 있었다. 갈퀴는 맥없이 날아가는 중인 맹부요의 앞가슴을 정확히 노리고 돌진했다.

뒤늦게야 경기장 쪽으로 눈길을 돌린 관객들은 맹부요의 승리가 확실시되던 전세가 잠깐 사이에 완전히 뒤집혔음을 깨달았다.

기세 좋게 칼을 내지르던 맹부요는 어찌 된 일인지 적의 가슴팍 바로 앞에서 공격을 철회했고, 막대한 반발력을 이기지 못한 결과 거꾸로 뒤집힌 자세로 나가떨어지는 중이었다.

파고의 도깨비 형상 갈퀴는 그사이 벌써 맹부요의 가슴께까지 들이닥쳐 있었다. 맹부요가 기존에 전개하던 초식은 이미 힘을 잃은 뒤, 거기에 치명적인 부상까지 더해져 상대의 공격을 피할 여력이 없어 보였다. 관중들은 그 모습을 보며 저도 모르게 '아앗!' 하고 외마디 소리를 질렀다.

파고의 얼굴 근육이 일그러진 웃음을 만들어 냈다. 맹부요는 급소나마 보호하고자 공중에서 자세를 바꾸려 애썼지만, 경맥이 뒤엉켜 버린 탓에 손가락 하나 까딱할 수가 없었다.

절망한 그녀가 눈을 질끈 감는 순간, 속눈썹 아래 가느다란 틈새로 보랏빛 그림자가 스쳐 지나가는 게 보였다.

장손무극의 등장이었다.

비무대로 날아드는 그의 자태는 수면에 떠도는 부평초와 같이 가벼웠으나, 곧이어 그가 발휘한 힘은 우뚝 솟은 산맥과 광활한 바다만큼이나 웅대했다.

펄럭, 소맷자락을 휘날리며 뻗어 나간 팔이 허공을 가르는 동시에 파고의 공격은 맥이 뚝 끊겼다. 세찬 바람은 이내 잦아들고 그 공백을 나부끼는 옷자락이 채웠다.

장손무극은 한 팔로 뒷짐을 지고 서서 나머지 한쪽 손은 느른하게 앞으로 뻗은 자세였다. 소맷부리 밖으로 나온 그의 손가락은 갈퀴에 붙은 도깨비 얼굴의 눈에 꽂혀 있었다.

눈알이 뚫린 도깨비 갈퀴를 쳐다보는 사이, 파고의 낯빛이 서서히 어두워졌다. 살벌한 표정으로 고개를 든 그가 장손무극을 응시하면서 한 자 한 자 짓씹듯 말을 뱉었다.

"소후 태자, 심판씩이나 되는 신분으로 분별없이 비무에 개입해 자국 참가자를 감싸고돌다니. 과했다는 생각, 안 드십니까?"

장손무극이 무심한 눈길을 던지며 답했다.

"내가 감싸고돈 사람은 그쪽이라고 생각하오만."

그러자 파고가 음침한 목소리로 대꾸했다.

"그걸 지금 농이라고 하십니까!"

"나도 그쪽과 농담이나 할 마음은 없소."

느릿느릿 손을 거둬들인 장손무극이 빙긋이 웃었다.

"하나만 묻지. 정녕 부풍국 사람이 맞기는 하오?"

웅성거림이 장내를 휩쓸고 지났다. 관객 모두가 아연실색해 눈을 커다랗게 떴다.

진무대회 참가자들은 절대로 국적을 속일 수 없었다. 신청서를 허위로 기재한 사실이 발각될 경우 즉각 참가 자격을 박탈

하고 엄벌로 다스린다는 게 대회 규정이었다. 만약 사전에 알린 신분이 거짓이었다면 파고는 지금 이 자리에 서 있어서는 안 될 죄인이었다.

얼굴색이 급변한 파고가 재깍 받아쳤다.

"당연한 일 아닙니까!"

"흠? 하면, 내가 잘못 안 것이다?"

싱긋 웃은 장손무극이 파고의 정수리를 쳐다보며 눈썹을 까딱 치켜세웠다.

"가발 한쪽이 벗겨졌소만. 호오, 이마에는 웬 인장이 있소?"

파고는 기겁해서 머리를 더듬었지만, 가발은 멀쩡히 제자리에 잘 있었다.

그대로 굳어 있길 잠시, 눈을 틀어 주변 관중들의 표정을 확인한 그는 그제야 장손무극의 술수에 놀아났음을 깨닫고 얼굴색이 파리하게 질렸다.

뒷짐을 진 채 자리로 돌아가며 웃음 짓던 장손무극이 담담히 말했다.

"가발은 스스로 벗는 편이 좋겠소. 폐하의 천살금위天煞金衛가 나서면 모양새가 그리 보기 좋지는 못할 테니."

관객 중에서도 어디서 보고 들은 것이 좀 많다 하는 이들은 벌써 파고를 쳐다보며 자기들끼리 수군수군 귓속말을 나누고 있었다.

민머리에, 앞이마에는 인장이 찍힌 인물이라면 오주대륙 내에서도 상당히 특별한 존재였다. 오직 궁창의 고행자들에게서

만 볼 수 있는 모습이기 때문이었다.

고된 수행에 일생을 오롯이 바쳐야 하는 궁창 고행자들은 좀처럼 속세에 모습을 드러내는 법이 없었기에 그 존재를 아는 이들도 소문으로만 접해 본 게 전부였다.

자칭 부풍인이라던 파고가 실은 신비의 땅에서 온 고행자라고? 그보다 가발도 멀쩡히 씌워져 있고 인장은 더더욱 밖으로 노출되지 않은 상황에서 장손무극은 대체 어떻게 그의 정체를 알아챈 거지?

장손무극은 뒤도 안 돌아보고 심판석을 향해 걸음을 옮겼고, 파고는 멍청히 제자리에 얼어붙어 있었다.

이때 홀연, 파고의 귓속으로 나지막한 전음이 흘러들었다.

— 그쪽은 진무대회 규정만 어긴 것이 아니오. 수행자가 속세에 간여하는 행위를 금하는 궁창의 율법까지 어겼지. 내가 이 사실을 궁창에 알리면 신탁이 떨어질 터인데, 정녕 그 이후가 두렵지 않소?

부르르 진저리를 친 파고가 경악에 찬 눈으로 장손무극을 노려봤다.

무극국의 태자, 과연 듣던 대로 무서운 인물이 아닌가.

최후의 결전에 오르기까지 정체를 들키지 않기 위해 일거수일투족에 극도로 신중을 기해 왔다. 궁창의 술법을 살짝이나마 쓴 것은 오늘 이 자리가 처음이었다. 그것도 부풍국 주술과 비슷한 외양을 씌워 눈속임까지 꾀했건만, 기어이 실체를 간파해 낼 줄이야.

무의식중에 배원을 흘깃 쳐다본 파고는 얼른 눈길을 거뒀다. 남의 속을 환히 꿰뚫어 보는 장손무극, 그자에게 또 꼬투리를 잡힐까 무서워서였다.

끝까지 자신은 궁창과 관계가 없다고 우겨 볼까도 싶었지만, 그러자니 장손무극이 마지막에 한 말이 두려웠다. 그는 제자리에 우두커니 선 채 이러지도 저러지도 못하고 갈등에 빠졌다.

그런 파고를 굳은 얼굴로 지켜보던 전남성이 장손무극을 향해 물었다.

"어찌 처분하는 것이 좋겠소?"

"저는 심판으로서의 소임을 다하였습니다."

장손무극이 담담히 답했다.

"엄밀히 따지자면 조금 전 파고가 쓴 것은 이미 무공의 범주가 아니었습니다. 금지된 술법을 동원하는 행위 역시 대회 취지에 어긋난 것이지요. 처분은 폐하의 뜻에 따라 내려 주십시오."

"알겠소."

고개를 끄덕인 전남성이 말했다.

"당장 파고의 참가 자격을⋯⋯."

"잠깐만요!"

외침의 주인공은 맹부요였다.

그녀는 조금 전 장손무극이 비무를 중단시킨 뒤로 지금껏 바닥에 한쪽 무릎을 꿇고 앉아 칼로 몸을 지탱한 채 숨을 헐떡이고 있었다.

막 자리에 앉으려던 장손무극이 그녀의 목소리에 흠칫 몸을 굳혔다. 곧이어 고개를 돌린 그는 평소와 다름없는 얼굴이었지만, 눈빛에만큼은 짙은 유감이 드러나 있었다.

금세 속눈썹을 내리깔아 눈동자 안에 떠도는 감정을 감춘 장손무극이 차분한 말투로 물었다.

"맹 장군, 하고 싶은 말이라도 있소이까?"

맹부요는 칼에 체중을 싣고서 고개를 들어 올렸다. 그러고는 목구멍까지 올라온 핏물을 억지로 삼킨 다음 쩌렁쩌렁한 소리로 답했다.

"당하기만 하고 그냥 관둘 수는 없습니다! 끝장을 보게 해 주십시오!"

경기장 전체가 경악에 휩싸였다. 다들 천하의 백치를 구경하는 눈으로 맹부요를 쳐다보고 있었다.

파고는 참가 자격을 박탈당했다. 아직 결판을 내지 못한 채 탈진하다시피 한 배원과 아란주는 둘 중 어느 쪽이 이기든지 간에 그때쯤에는 초주검이 되어 있을 터였다. 그렇다면 아무리 맹부요가 부상을 입었다 한들 우승은 떼어 놓은 당상이었다.

그런데도 떠먹여 주는 우승을 마다하고 굳이 파고의 손에 황천길 가기를 택하겠다?

아직 체력도 건재하고 기묘한 술법까지 쓰는 파고를 지금 자기 꼴로 어떻게 당해 내려고?

지금 파고와 싸워 봤자 그건 개인적인 앙갚음에 불과하지 정식 경기가 아니었다. 이는 곧 참가자 보호를 위한 대회 규칙이 적용되지 않는다는 뜻. 중간에 무슨 사태가 벌어질지는 완전히 예측 불허였다.

저거 진짜 미친놈일세!

남들이야 당황하든 말든, 바닥에 한쪽 무릎을 꿇고 앉은 맹부요는 오로지 파고만을 노려보고 있었다.

그녀는 미친 것도 아니요, 그까짓 수모 좀 당했다고 눈이 뒤집혀서 앞뒤 안 가리고 날뛸 얼간이도 아니었다.

재대결을 청한 이유는 단 하나, 그 순간 정말로 엄마를 봤기 때문이었다!

환영이 아니었다. 허구가 아니었다. 그때 본 것은 실재하는 풍경이 분명했다!

병원 내부도 그렇고 엄마의 모습도 그렇고, 결코 과거 기억의 재생이 아니라고 확신할 수 있었다. 순간적이었지만, 그녀는 침대 옆 수납장 위에 놓인 꽃을 똑똑히 봤다.

진홍색 매화……. 매화였다.

맹부요의 손가락이 바닥재 틈새를 파고들었다. 어디에라도 안간힘을 쓰지 않으면 금방 눈물이 터질 것 같았다. 물기 어려 부옇게 번진 시야에 지난 생의 기억이 화폭처럼 펼쳐졌다.

반짝, 빛이 비쳐 듦과 동시에 문틈이 가느다랗게 열렸다.

✿

문이 열리고, 여자가 경쾌한 걸음으로 병실에 들어섰다. 재스민꽃을 화병에 꽂아 넣은 여자는 미소 띤 얼굴로 침대 위 환자에게 입을 맞춘 뒤, 화병의 흰색 꽃송이를 다시 자세히 들여다보며 불퉁하게 투덜거렸다.

'어휴, 색깔이 영 덤덤해. 집 정원에 매화 피면 최고 예쁜 가지로 꺾어 올게, 색깔 제일 선명한 거로!'

'딸, 괜찮으니까 얼른 가 봐.'

침대 위 어머니가 웃음 지었다.

'운남은 후텁지근하잖니. 더위 먹고 장염이라도 앓으면 큰일이니까 약 챙기고.'

'거참!'

손을 휘휘 내저은 그녀가 문밖으로 나서다가 말고 고개를 안쪽으로 빼꼼히 빼고는 말했다.

'얼마나 걸릴지 잘 모르겠어. 혹시 매화 피도록 못 오면 옆집 강자强子한테 매일 꽃 갈아 주라고 시킬게.'

'얘는, 지금 여름이야. 설마 겨울까지 못 오려고?'

어머니의 입가에 희미한 미소가 어렸다…….

그게 바로 맹부요가 마지막으로 본 엄마의 얼굴이었다. 지금으로부터 18년 전의 일.

그해, 그 시공에서, 매화를 두고 했던 약속은 지금껏 맹부요의 가슴에 아픔으로 남아 있었다. 도통 잠을 이룰 수 없었던 수많은 밤마다 그녀는 말똥한 눈으로 일어나 앉아 생각했다.

엄마는 아직도 날 기다리고 있을까?

이 손으로는 영영 꽃병에 꽂아 주지 못할 매화를 여전히 기다릴까?

깊은 밤 희미한 달빛 아래서, 돌아오지 않는 딸을 손꼽아 기다리는 엄마는 어떤 심정일까?

새 직함이 생기고 월급이 올라서 비로소 엄마를 병원으로 모실 수 있게 된 그해 여름, 그녀는 엄마에게 겨울이 오면 가장 예쁜 매화를 꺾어다 주겠노라 약속했고, 그 약속은 운명의 손에 덧없이 스러지고 말았다.

그리고 오늘에 이르러 또 다른 세계에서, 지난 생의 그녀였다면 감히 상상조차 못 해 봤을 결투의 현장에서, 기묘한 적수가 눈 달린 손바닥을 들이민 찰나 그때 약속했던 매화가, 엄마가 눈앞에 나타났다.

그녀는 침대 머리맡에 기대 눈썹을 찌푸리며 한숨짓는 엄마를 똑똑히 목격했다. 엄마의 귀밑머리는 떠나오던 당시와는 비교도 안 될 만큼 색이 바래 있었다.

매화, 그리고 엄마의 외양. 그 두 가지를 보고서 맹부요는 확신했다. 파고의 눈이 열어젖힌 세계는 결코 자신의 기억을 기반으로 한 것이 아님을. 그것은 또 다른 시공에서 펼쳐지고 있는 현실이었다.

맹부요는 한 걸음 더 나아가, 오주대륙에서의 18년이 꼭 저쪽 세계에서도 18년은 아니라는 결론 또한 얻었다.

엄마가 그 병을 앓으면서 장장 18년 세월을 버텨 낸다는 건 불가능한 일. 게다가 파고의 눈을 통해서 만난 엄마는 예전보다 나이가 들어 보이기는 했어도 열여덟 해를 건너뛴 모습까지는 아니었다.

맹부요는 눈물을 머금고서 안도의 한숨을 내쉬었다. 두 손 모아 하늘에 감사 기도라도 올리고 싶었다.

양쪽 시간의 흐름이 서로 다른 데다가 엄마가 아직 살아 있다니!

지금껏 고집스럽게 지켜 왔으나 어느덧 절망의 가장자리를 바라보고 있던 신념이, 결국은 옳았음을 확인받는 순간이었다.

그러하기에 파고를 놓칠 수가 없었다. 파고는 그녀의 유일한 동아줄이었고, 그녀는 엄마에 관한 더 실질적인 정보를 알아내야 했다.

맹부요는 칼에 의지해 다소 거친 호흡을 내쉬며 몸을 일으켰다. 그러고는 주저 없이 파고를 향해 시천을 겨눴다. 장손무극 쪽은 쳐다보지 않았다. 그가 무슨 말을 하든 그녀의 칼을 막을 수는 없을 것이다.

장손무극은 그녀를 지긋이 바라보고 있었다.

눈물 맺힌 눈, 고집스러운 표정, 비틀거리면서도 절대 물러서지 않겠다는 의지를 내뿜는 자세, 온몸이 잘게 떨리는 가운데서도 홀로 심연처럼 고요한 칼끝.

그는 눈빛으로 희미하게 탄식했다. 짧은 순간, 아픔이 그의 눈동자를 스쳐 지났다.

그의 눈에 비친 맹부요는 사막 한가운데서 만난 녹지와도 같앉다. 눈앞에 있지만 닿지는 못할, 일찰나 지척에서 마주했나 싶다가도 이내 머나먼 거리를 실감하게 되는.

하지만 진정 사랑한다면 설령 언제 닥칠지 모르는 추락에 가슴 졸일지언정 그녀에게 날갯짓할 창공을 주어야 하리라.

정적에 잠긴 대전 안, 다들 그가 줄 답변을 기다리고 있었다. 그리고 마침내, 장손무극의 차분한 목소리가 울려 퍼졌다.

"맹 장군 본인이 도전을 원한다면야, 뜻대로 하시오."

맹부요는 숨을 깊게 들이쉬었다. 문득 눈물이 날 것 같았다.

저 말을 하는 게 장손무극에게 어디 쉬운 일이었겠는가.

번번이 그를 괴롭히는 기분이었다. 쉴 새 없이 선택지를 던지고, 그녀를 보호해야 할지 아니면 날려 보내야 할지 갈등하게 만들고, 그 자신의 의사와 그녀의 바람 사이에서 진퇴양난에 빠뜨리고.

때로는 붙잡고 있기보다 놓아주기가 더 힘겹기도 한 법.

맹부요는 입 안에 들어 있던 환약을 표시 나지 않게 삼켰다. 조금 전, 경기장으로 날아 내려오면서 소매를 펄럭 떨쳐 바람을 일으킨 장손무극이 그 바람이 잦아들기 직전 뒷짐 진 손으로 그녀의 품을 향해 튕겨 보낸 약이었다. 줄곧 무릎을 꿇고 있었던 것도 실은 그 자세가 약을 입에 넣기 편해서였다.

우승을 목전에 두고서 장손무극의 배려를 허사로 만들어 버린 상황. 맹부요는 싱긋 웃음 지었다.

나란 인간은 왜 이 모양인지 몰라.

미소와 동시에 숨을 깊숙이 들이켜 오장육부에서 솟구쳐 오르는 핏물을 억누른 그녀가 시천의 날을 살짝 매만졌다. 서슬 퍼런 칼날 위를 미끄러져 지나는 손가락에 가느다랗게 상처가 새겨졌다.

칠흑의 칼날이 번뜩 빛나는가 싶더니 희미한 붉은색을 발하기 시작했다. 영성을 가진 무기에 주인의 피를 먹이면 어떠한 사술도 파할 수 있다고 했다.

붉은 광채가 점점 더 찬란해졌다. 그간 적의 피는 원 없이 마셔 보았을지 몰라도 시천이 주인의 선혈을 영접한 것은 이번이 처음이었다. 선명한 적색 휘광이 계속해서 기세를 더해 가고 있었다.

파고의 눈빛이 미묘하게 변했다. 평범해 보이기만 하던 칼이 갑자기 강렬한 광휘를 발산하는 모습을 앞에 두고, 그는 새삼 무언가를 상기해 낸 듯한 표정이었다.

그의 주의력이 흐트러진 찰나, 맹부요가 움직임을 개시했다. 드높이 들어 올려졌던 칼이 지면을 내리쳤다. 흑과 적이 혼재하는 검광이 구중천에서 떨어진 우레와도 같이 무시무시한 기세로 땅에 꽂혔다.

쾅!

제아무리 단단하기 그지없는 벽돌이라도 맹부요가 온 힘을 쏟아부은 일격을 견뎌 내기에는 역부족이었다.

벽돌이 쪼개지면서 바닥 면을 따라 길고도 가느다란 균열이 파였다. 돌가루가 거세게 흩날리며 백색의 광채가 폭포처럼 분출되었다.

빛이 바닥을 파고들어 간 칼끝을 통해 밖으로 뿜어져 나왔다. 곧이어 바닥의 갈라진 틈을 타고 순식간에 파고의 발밑에 이르렀다.

무공을 수련하면서 대체 누가 발 밑바닥을 염두에 둘까. 일반적으로는 상상할 수도 없는 각도에서 들어간 공격이었다.

맹부요가 서슬 퍼런 공격을 펼치리라 일찌감치 예상한 파고는 온몸을 바짝 긴장시킨 상태였다. 그런데 전력을 다해 내뻗은 칼로 설마하니 바닥을 내리찍을 줄은 예상치 못했다.

그가 흠칫하는 사이 차마 똑바로 바라볼 수 없을 정도로 눈부신 하얀빛이 벌써 발아래까지 와 있었다. 파구소 6성의 압도적인 위력은 누구도 정면으로 대적할 수 없는 것이었다.

파고는 괴성을 지르며 본능적으로 바닥을 박차고 뛰어올랐다. 놀라운 순발력이었다.

그의 도약과 동시에 도깨비 형상 갈퀴가 펼쳐졌다. 장손무극이 도깨비의 눈동자를 파내기는 했지만, 사실 그 입 부분 깊숙한 곳에 섬뜩하게 생긴 눈 한 쌍이 더 숨어 있었다.

그러나 맹부요는 이미 그의 맞은편에서 사라진 뒤였다. 그녀가 한발 빨리 향한 곳은 파고가 도약한 지점 바로 위쪽이었다.

칼을 내리꽂자마자 제비처럼 날렵하게 날아오른 그녀는 다음 순간 정확히 파고의 머리 위에 도달했다. 물구나무선 자세로 허공에 뜬 그녀와 아래쪽에서부터 불화살처럼 솟구쳐 오른 파고.

두 사람은 충돌 직전이었다!

머리 꼭대기에 있는 나를 어쩔 테냐. 아무리 네놈이라고 해도 정수리에까지 눈알이 달리지는 않았을 터! 어디 누구 머리통이 더 튼튼한지 보자꾸나!

맹부요의 입꼬리가 싸늘하게 말려 올라갔다.

시천의 날이 주변을 휩쓸었다!

마치 바람 한가운데에 안긴 깃발처럼, 맹부요의 온몸이 격렬한 돌풍에 휩싸였다. 그것은 뚜렷한 형체를 가지고 태풍처럼 회전하는 바람이었다. 중심부는 눈부신 광채 그 자체요, 가장자리는 엷은 백색을 띠고 있었다. 각각 '일승'과 월백이 준 '구슬'의 힘이었다.

맹부요가 팔다리를 펼치자 두 가지 농도의 색채가 제각기 부채꼴로 넓게 펼쳐지다가 삽시간에 하나로 합쳐져 우유처럼 뽀얀 백색을 이루었다. 그러고는 노도와 같이 날뛰는 광풍 속에서 오로라처럼 찬연한 빛을 발했다.

빛의 밝기가 최고조에 이르렀다가 곧 사그라들자 이번에는 바람이 아까보다 몇 배는 더 맹렬하게 휘몰아치기 시작했다! 맹부요가 절체절명의 위기를 맞아 전력을 쏟아 낸 끝에, '일승', '월백', '대풍'의 절정 진력이 마침내 완벽한 융합을 달성한 것이다!

극치의 신공 셋이 합일을 이루거든 해와 달 아래 맹풍이 천하를 휩쓸지니.

'펄럭' 소리가 나자, 한데 뒤엉켜 지지부진한 싸움을 이어 가고 있던 배원과 아란주가 동시에 저만치 나가떨어졌다.

'쏴아' 소리와 함께, 정전 붉은 층계 아래에 만 근은 될 법한 풍채로 위풍당당하게 서 있던 황동 용머리 세발솥이 슬금슬금 뒤로 밀리면서 바닥에 뚜렷한 마찰흔을 남겼다.

'휘잉' 소리에 이어 탁자마다 덮여 있던 황색 비단이 일제히 공중으로 날아올랐다. 비단 폭이 허공을 선회하며 춤추는 모습은 창천에서 꽃비를 뿌리는 천녀의 자태만큼이나 황홀했다.

유감스러운 부분을 꼽자면 그 통에 탁자 위에 놓여 있던 다과가 와장창 바닥으로 쏟아지면서 옥돌 조각 같은 도자기 파편이 사방을 나뒹굴었다는 점이었다.

마침 차를 마시던 전남성은 기습적인 돌풍에 휩쓸린 찻물이 잔 밖으로 솟구쳐 오르자 뜨거운 물에 데기라도 할까 얼른 찻잔을 놔 버렸다. 하지만 아래로 추락한 것은 잔뿐, 기둥 형태로 허공에 뭉친 찻물은 그의 눈앞까지 솟아올랐다.

피할 시기를 놓친 전남성이 뜨거운 물을 고스란히 뒤집어쓰게 생겼는데, 이때 누군가 쓱 손을 뻗어 허공에서 찻잔을 받아 내더니 그대로 잔을 들어 올려 찻물을 깔끔히 그러담은 뒤 전남성의 손바닥에 올려 줬다.

가까스로 가슴을 쓸어내린 전남성이 마지못해 웃으면서 말했다.

"고맙소, 태자. 바람이…… 하도 괴이쩍어서……."

그러나 장손무극은 전남성의 말을 무시한 채 고개를 틀어 바람의 중심부를 응시했다. 그의 눈빛에 담긴 것은 희미한 우려의 기색이었다.

급작스러운 바람이 휘몰아친 찰나, 여인들은 황급히 치맛자락을 여몄고 사내들은 경악해 위쪽을 쳐다보며 입을 헤벌렸다.

장내를 발칵 뒤집어 놓은 광풍의 중심부는 지극히 평온하고도 정적인 상태였다.

앞서 한 모든 번잡한 동작은 마지막에 이르러 단 하나의 간결한 몸짓으로 귀결되었다. 파고의 머리 위에 거꾸로 선 맹부요가 그의 정수리에 칼날을 꽂은 것이다.

머리통을 따라서 흘러내리는 핏줄기는 가늘디가늘었다. 칼날이 꽂힌 깊이가 딱 살갗까지였기 때문이었다.

바람이 차츰 잦아들기 시작했다. 맹부요가 가볍게 바닥에 내려서더니 울컥 피를 토했다. 파고가 흘린 것보다 훨씬 많았다.

맹부요는 그 상황에서도 칼을 거두지 않았다. 칼끝을 내려 상대의 미간을 겨눈 그녀가 낮게 잠긴 목소리로 물었다.

"그 눈…… 대체 무슨 술법이지?"

입을 꾹 다문 채 침묵을 지키는 파고를 향해 맹부요가 날 선 투로 말했다.

"조금 전 그 장면만 다시 한번 보여 준다면 죽이지는 않겠어."

파고의 입가가 꿈틀거렸다. 갈등하는 모양이었다.

이때, 층계 위쪽에서 조용히 싸움을 지켜보던 장손무극이 홀연 손을 탁자 위에 올렸다. 그는 표정 없는 얼굴로 파고를 무심히 내려다보면서 손바닥을 탁자 표면 가까이 붙였다.

그 밑에 깔린 것은 아까 도깨비 형상 갈퀴에서 파낸 눈동자. 그의 손바닥에 약간의 압력이 실렸다.

그러자 파고가 경련을 일으켰다. 맹부요의 칼날 앞에서 독약인 견기牽機[4]라도 먹은 것처럼 사지를 기괴하게 꿈틀거렸다. 숨소리가 가빠지고 얼굴이 보랏빛으로 질려 가더니, 갑자기 눈을 번뜩 빛내면서 목구멍 안쪽에서부터 꺽꺽거리는 소리를 냈다. 몸을 느릿느릿 뒤트는 모양새가 꼭 무언가를 찾으러 돌아서려는 것처럼 보였다.

다급해진 맹부요가 칼끝을 미간에 살짝 찔러 넣으며 그를 윽박질렀다.

"뭐 하는 거야?"

그녀는 안 그래도 부상이 심각했던 데다가, 얼마 안 남은 진력마저 파고를 제압하는 데 탈탈 털어 쓰고 난 뒤였다. 그 상태에서 울화가 치밀자 대번에 목구멍에서 핏물이 역류해 파고의 면상을 향해 뿜어져 나갔다. 바닥까지 점점이 흩뿌려진 선혈은 눈이 시릴 만큼 선명한 붉은빛이었다.

계단 위쪽, 장손무극의 손이 멈칫했다. 핏자국 주변을 배회하던 눈길이 이어서 종잇장처럼 창백한 맹부요의 얼굴을 스쳐 지났다.

그의 눈이 일순 고통으로 그늘졌다. 탁자 표면에서 천천히 손을 떼고 동작을 멈춘 그가 파고를 쳐다보더니 다시금 손바닥을 아래로 내리눌렀다. 그러다가 맹부요의 초조한 표정과 흥분한 눈빛이 눈에 들어오자 또다시 손을 멈칫했다.

4　독약의 일종. 복용 시 몸이 기괴한 자세로 경직되어 사망한다.

멈췄다가, 눌렀다가, 다시 멈추기를 반복하는 그 찰나의 시간이 장손무극에게는 흡사 천년처럼 길었다.

손이 오르락내리락하는 폭이라고 해 봐야 워낙에 미세해서 남들한테는 손가락으로 무심히 탁자를 두드리는 동작 정도로밖에 보이지 않았다. 나비가 꽃잎에 내려앉듯, 바람이 수면을 건드리듯, 그토록 사뿐한 움직임 이면에 한 사내의 치열한 내적 갈등이 숨겨져 있다는 사실은 그 누구도 알지 못했다.

마침내 장손무극은 탁자에서 천천히 손을 뗐다. 그가 눈을 감으며 마음속으로 내뱉은 장탄식을 들은 이는 아무도 없었다.

장손무극이 손을 떼자 파고는 곧장 정상으로 돌아왔다. 조금 전에 무슨 일이 있었는지 전혀 기억을 못 하는 모양새로 감았던 눈을 뜬 그가 맹부요를 보며 툭 내뱉었다.

"본다고 해서 뭐? 차라리 안 보는 편이 나을 거다."

"그건 내가 결정할 일이고!"

칼끝을 더 바짝 들이민 맹부요가 자꾸만 넘어오는 핏물을 삼키면서 소리쳤다.

"죽고 싶으면 빨리 대답해!"

그녀는 말이 헛나올 정도로 의식이 흐릿한 상태였다.

거부하려는 양, 목 줄기를 뻣뻣이 세우다가 맹부요의 활활 타오르는 눈빛을 보고 찔끔한 파고가 뜸 들이던 끝에 말했다.

"내 능력으로는 아주 잠깐이 고작이다."

"좋아!"

맹부요는 몸속이 타들어 가는 듯한 작열감에 시달리고 있었다. 거대한 힘이 오장육부를 멋대로 구겨 짓뭉개다가 마구 흔들어 대는 것 같았다. 생살이 찢기는 격통이 엄습해 왔다.

그녀는 의식을 붙잡기 위해 이를 악물었다. 그토록 보고 싶었던 장면이 이제 곧 눈앞에 펼쳐질 텐데, 여기까지 와서 혼절할 수는 없었다.

영문을 통 모르는 관중들은 대치 중인 두 사람을 보면서 맹부요가 헌원윤을 꺾었을 때 보여 줬던 그 병이 또 도진 줄 알고 자기들끼리 우스갯소리를 주고받기 시작했다.

환관이 주워 온 비단 덮개를 건네받아 탁자에 씌운 선기국 사황자가 피식 웃으며 팔꿈치를 괴고서 불련에게 말했다.

"맹부요라는 자도 참, 기세가 대단한걸. 구면이랬지?"

"그때 만났던 사람이 맞을 거예요."

불련의 눈이 맹부요에게 고정됐다.

"지금은 역용한 얼굴이지만, 내가 체취에 얼마나 민감한지 알잖아요. 곁을 지나칠 때 맡은 냄새가 대덕사 근처에서 도적을 처리해 줬던 자와 똑같았어요."

"그럼 경기 끝나고 나서 감사 인사라도 해야겠구나."

사황자가 말했다.

"오늘 시합으로 천하에 이름을 크게 떨칠 인물이야. 짧은 인연에나마 기대 일찌감치 친분을 쌓아 두는 것도 좋겠지."

"옳은 말이에요."

입을 앙다물고 있던 불련이 빙긋이 웃었다.

"저런 인물을 어떻게 그냥 지나칠 수 있겠어요?"

그녀의 서늘한 웃음은 고결한 연꽃의 자태 그대로였다.

그러나 수면을 스치는 미풍에 연꽃가 줄기가 한들거리며 겹겹 푸른 물결 일으킬 적에, 초록 잎사귀 거듭 포개어져 일렁이는 사이로 소리 없이 굴러 내리는 이슬방울을 발견할 이 누가 있으랴.

너무나도 익숙한 체취……. 그것은 저자의 몸에서는 절대로 나서는 안 되는 냄새였다.

✿

비로소 파고가 맹부요를 향해 손바닥을 펼쳐 보였다. '눈'이 깜빡, 한 번 닫혔다가 열리자 아까처럼 은은한 빛이 일었다. 신비의 술법에 의해 시공에 가느다란 균열이 생기면서 저쪽 세상의 화폭이 서서히 펼쳐졌다.

이번에도 장소는 병실이었다.

맹부요는 시간대가 얼추 해 질 녘이라는 걸 알아봤다. 새하얀 침구 위로, 엄마의 희끗희끗한 귀밑머리 위로, 어스름한 저녁 빛이 내려앉아 있었다.

엄마는 손에 들린 책에 정신이 팔린 모습이었다. 오래돼서 가장자리는 말려 올라갔고, 때도 아주 많이 탔고, 알록달록한 겉표지에는 말도 못 하게 조잡한 솜씨로 오리 그림이 그려져 있는 책.

그 옆에는 글자 크기도 제각각인 문구가 삐뚤빼뚤하게 적혀 있었다.

맹부요 거! 훔쳐 가면 죽는다!

맹부요는 결국 울음을 터뜨리고 말았다.

그것은 어린 시절 그녀가 유일하게 가져 본 동화책, 《어린 왕자》였다. 엄마가 한 달 내내 야근을 해서 사 준 그 책은 맹부요의 보물이었다. 매일매일, 하루에도 몇 번씩 펼쳐 봤고, 자기 물건이라고 표시도 해 놨다.

엄마는 용을 그리라고 했다. 그녀가 용띠였으니까. 하지만 그녀는 지렁이처럼 생긴 용보다는 털이 보송보송한 오리가 좋았다. 그래서 앞으로는 오리띠를 하기로 마음먹었다.

혹시 누가 훔쳐 가기라도 할까 경고 문구도 써넣었다. 기억이 정확하다면 지금 엄마 손에 가려진 부분에는 빨간 펜으로 엑스 표시를 쳐 놓은 해골 그림이 있을 것이다. 도둑놈은 확 독살해 버리겠다는 엄포였다.

해골 옆에는 작은 병도 그려 놨다. 'DDVP[5]', '100퍼센트 사망'이라고 설명을 붙여서.

하아……. 어린게 그때부터 잔인했구먼…….

맹부요는 눈가에 물기를 매단 채로 웃음 지었다.

《어린 왕자》는 그녀가 기억하던 것보다 훨씬 더 낡은 모습이

---

5 살충제.

었다. 헤진 모서리를 정성껏 때우기는 했어도 상태가 안 좋기는 매한가지였고, 엄마 손을 많이 타서인지 가장자리에서는 반들반들하게 광이 났다.

엄마가 손가락으로 못난이 오리를 가만가만 매만지는 게 눈에 들어왔다. 앙상한 손은 병자 특유의 창백한 색이었다. 툭툭 불거져 나온 마디와 주삿바늘이 빼곡하게 남긴 멍.

맹부요는 파르르 떨리는 손을 뻗어 지난 18년간 사무치게 그리웠던 손을 잡으려 했다. 그러나 그녀의 손끝이 닿자 장면이 산산이 부서지면서 엄마의 모습이 흐릿하게 일렁이기 시작했다. 허둥지둥 팔을 움츠린 맹부요는 손을 대겠다는 생각을 아예 접었다.

이렇게 가까이에 있으면서도 닿을 수 없다니.

엄마는 아직도 오리를 응시하고 있었다. 젖내 가시지 않은 딸이 무릎 앞에 엎드려 옹알거리며 그림 그리는 모습을 지켜보듯, 사랑이 그득 담긴 눈을 하고서. 오랜 시간이 흘렀음에도 엄마는 그 그림에서 딸의 손길과 향기의 흔적을 느끼는 것 같았다.

오리를 쓰다듬고 있던 엄마가 홀연 손을 앞쪽으로 뻗었다. 유치한 그림을 이루는 선에서 딸의 윤곽이 만져지기라도 하듯이.

그 또한 닿지 못할 손짓, 시공의 벽을 사이에 둔 모녀의 손짓은 허망하게 서로를 비껴갔다.

맹부요의 눈시울 밖으로 넘쳐 나온 눈물이 뺨을 따라 소리 없이 흘러내리다가 입가의 핏자국을 만나 분홍색 개울을 이루더니, 종국에는 옷섶 위로 후드득 떨어졌다.

어린 왕자가 그랬던가. 장미꽃이 소중한 건 그 장미를 위해 공들인 시간이 있기 때문이라고.

이 순간 맹부요의 눈물에 실린 무게는 고단하게 집념을 지켜 온 지난 18년 세월의 소산이었다.

대전 안은 고요했다. 모두가 말을 잃은 채였다. 파고 앞에 우두커니 서서 갑자기 눈물을 떨구기 시작한 맹부요의 모습은 관중의 이해 범위 밖이었다.

다만, 어리둥절한 표정이면서도 다들 감히 입을 뻥긋하지 못하는 건 그녀의 눈빛에서 느껴지는 막대한 설움과 아픔에 저도 모르게 압도당한 탓이었다.

고개를 비스듬히 튼 장손무극은 그답지 않게 손끝을 잘게 떨고 있었다. 손바닥에 받쳐 들고 있던 찻잔을 내려놓은 그는 손을 옷소매 안으로 집어넣었다. 지금 맹부요가 겪는 고통은 분담할 수 있는 성질의 것이 아니었으나 그럼에도 그는 그녀와 함께 아팠다.

문득 맹부요가 울음을 그쳤다. 눈물 맺힌 눈 때문에 엄마의 얼굴이 제대로 보이지 않았다. 어렵사리 얻어 낸 시간을 허투루 보낼 수는 없었다.

애써 눈을 깜빡거려 눈물을 털어 낸 직후, '쾅' 하는 소리가 들렸다. 병실 문이 요란하게 열리면서 우르르 사람들이 들어오는 게 보였다.

제일 먼저 병실에 들어선 인물은 풍채가 유달리 좋았다.

가만, 저건…… 뚱보!

무너져 가는 무덤 안에서 울고불고 난리를 치던, 미적거리다가 엉덩이에 곡괭이가 꽂힐 뻔했던 그 똥보였다!

게다가 뒤쪽에 보이는 건 이李 군, 왕汪 선배, 호구……. 전부 탐사대 동료들이었다. 똥보의 손에는 전골냄비가, 이 군 손에는 비닐봉지에 담긴 식재료가 바리바리 들려 있었다.

히히거리며 쳐들어온 일행 덕에 썰렁하던 병실에도 사람 사는 냄새가 좀 도는 것 같았다. 냄비며 양고기를 넓게 펼쳐 놓은 동료들이 큰 소리로 떠들었다.

"동짓날이잖아요. 다 같이 전골 해 먹어요!"

침대에서 고개를 든 엄마가 웃는 얼굴로 말했다.

"번거롭게 뭘 또 왔어…….".

"어머니, 당연한 건데 왜 그러세요! 맹부요, 그 녀석 없으면 저희가…….".

말을 하다 말고 옆구리를 쿡 찔린 이 군이 얼른 입을 다물었다. 여전히 웃음기를 머금은 표정으로 책을 조심스럽게 닫은 엄마가 표지를 살며시 쓰다듬으며 말했다.

"없기는……. 이 마음속에 있는걸."

엄마…….

맹부요는 자제심을 잃고 엄마에게로 뛰어들었다. 하지만 그토록 그리웠던 저편의 온기에 안기기 직전, 별안간 화면 위로 잔물결 같은 떨림이 번져 나가며 모든 풍경이 급속도로 흐릿해지나 싶더니, 결국에는 새하얀 빛만을 남기고 눈앞에서 사라져 버렸다.

당혹한 맹부요는 급하게 손을 뻗었지만, 그곳에 남은 건 차가운 허공이 전부였다. 간발의 차로 파고의 코를 잡아채지 않은 게 다행이었다.

땀에 흠뻑 젖은 얼굴을 보아 하니 파고도 제 딴에는 한계치까지 시간을 끌었던 듯했다. 그가 손을 거두며 말했다.

"놓아주겠다고 약속했을 텐데."

맹부요는 그를 빤히 응시하며 나름 주판을 튕기는 중이었다. 그녀의 눈빛에서 뭔가를 읽어 냈는지, 파고가 허겁지겁 덧붙였다.

"이건 일생을 통틀어 세 번밖에는 쓸 수 없는 술법이다. 조금 전이 세 번째였으니 쓸데없는 생각일랑 관둬!"

맹부요의 모든 기대는 그 한마디에 와르르 무너져 내리고 말았다.

기대가 무너진 자리를 채운 건 끓어오르는 증오였다. 고개를 홱 쳐든 그녀가 파고를 노려봤다. 보름 굶은 이리와도 같은 그 눈빛에 온몸을 부르르 떤 파고가 소리쳤다.

"설마 약속을 어기겠다는……!"

맹부요가 돌연 그의 가슴팍을 세게 밀쳤다.

"꺼져!"

패악질에 가까운 기세로 상대를 거칠게 떼밀면서, 맹부요는 발음조차 불분명한 소리를 연신 씹어뱉었다.

"꺼져, 꺼져, 꺼져, 꺼져, 꺼져, 꺼져, 꺼지라고!"

핏기 가신 얼굴로 맹부요를 쏘아보던 파고의 주먹에서 까드득 소리가 났다.

온 천하의 무인이 다 보는 앞에서 개망신을 줬겠다…….

그런데 이때 싸늘한 눈빛이 등에 꽂히는 게 느껴졌다.

가시처럼 따가운 눈빛의 출처를 찾아 뒤를 돌아본 그는 층계 위쪽에 점잖게 앉아서 자신을 향해 미소를 보내고 있는 장손무극을 발견했다. 그 미소에 진저리를 친 파고는 보복을 단념하고 고개를 푹 수그린 채 도망치듯 경기장을 빠져나갔다.

이제 비무대 위에 남은 사람은 맹부요와 배원, 둘뿐이었다. 아란주는 아까 맹부요의 초식이 일으킨 바람에 휩쓸려 비무대 밖으로 내팽개쳐졌을뿐더러, 부족한 내공 탓에 이미 혼절한 상태였다.

배원은 바닥에 엎어져 거친 숨을 몰아쉬고 있었다. 피가 묻은 것도 아니건만, 그녀의 손끝은 새빨간색이었다. 색의 정체가 무엇인지는 알 길이 없었다.

꼼짝도 못 하게 생긴 꼴로 엎어져 있는 배원, 웅크리고 앉아 연신 피를 토하는 맹부요. 진무대회 1위 결정전은 바야흐로 참혹한 막바지를 향해 치닫고 있었다.

관중들은 우승이 누구에게 돌아갈지를 놓고 새삼 우왕좌왕하는 기색이었다. 본래는 맹부요가 그 주인공이 되리라 믿어 의심치 않았으나, 지금 그는 누가 가서 툭 건드리기만 해도 무너질 꼬락서니였다.

이제 남은 건 오로지 운이었다.

누구든 마지막 힘을 쥐어짜 상대방을 쓰러뜨리는 쪽이 승자가 되는 것이다!

맹부요는 무릎을 끌어안고서 제가 토해 놓은 핏물에 비친 그림자를 멍하니 들여다보고 있었다.

저건 대체 누굴까? 그 시절 빨강 머리 마녀는 어디로 가 버린 걸까?

정신이 완전히 딴 데 팔린 그녀는 주위 사람들이 '어, 어.' 하는 소리를 전혀 듣지 못했다.

배원이 팔꿈치로 바닥을 짚고 일어서려 애를 쓰고 있었다.

들인 시간에 비해 성과는 지지부진했다. 상체를 반쯤 일으켰다 싶으면 금방 팔이 무너져 내렸다. 그러면 배원은 잠시 숨을 고른 뒤 집요하게 재도전에 나섰다.

그녀는 차 한 잔을 비울 정도의 시간이 흐르고서야 휘청거리며 일어나 설 수 있었다.

그때껏 맹부요는 미동조차 없었다. 얼핏 보자면 자기 그림자를 탐구하다가 무아지경까지 간 모양새였지만, 사실 그녀가 거기서 꼼짝 않는 건 분해서였다. 대전 천장과 사방 벽에 장식된 용은 잘만 비추면서, 정작 보고 싶은 건 보여 주지 않는 웅덩이의 행태가 분해서.

그녀는 멍하니 손가락 끝에 피를 찍어서 바닥에 그림을 그리기 시작했다.

동그라미 하나……. 굽은 선 하나…….

가느다란 목소리가 계속해서 귓가를 떠돌며 위기를 경고하고 있었다. 그이 특유의 고상하고도 온화한 음성이었다.

"부요⋯⋯."

배원이 숨을 몰아쉬면서 접근해 오는 중이었다.

굽은 선 하나 더⋯⋯. 그다음에는 작은 세모 두 개⋯⋯.

"부요!"

배원이 그녀의 등 뒤에 당도했다. 하지만 맹부요는 하던 일에서 주의를 돌리지 않았다.

물갈퀴까지 완성하는 데 이제 한 획⋯⋯.

호화롭게 반짝이는 황궁 정의대전의 바닥재 위, 수많은 눈이 지켜보는 가운데, 적이 시시각각 거리를 좁혀 오는 상황에서 어설프기 짝이 없는 솜씨로 끄적이던 그림이 마침내 완성되었으니⋯⋯ 그건 다름 아닌 오리 한 마리였다.

맹부요가 마지막 획을 그려 넣는 동시에 배원이 손을 들어 올렸다. 다음 순간, 새빨간 손끝이 피를 뿜을 기세로 아래를 향해 내리꽂혔다!

"부요!"

홀연 고개를 드는가 싶던 맹부요가 그대로 몸을 눕혔다. 그녀는 누운 자세로 바닥을 쓸며 뒤로 미끄러져 갔고, 창졸간에 목표물을 잃은 배원은 무게 중심이 어긋나 기우뚱 앞쪽으로 쓰러졌다.

맹부요의 몸과 배원의 앞가슴이 교차하는 찰나, 번뜩 검은 광채가 빛났다. 칠흑의 검광에 뒤이어 비단 끈 같은 선혈이 유유히 허공에 나부끼다가 이내 흐드러지게 만개했다.

뜨겁고도 생기로운 자태.

흡사 화염이 넘실대는 횃불을 떠올리게 하는 모습이었다. 한 인간의 몸속에 깃들어 있던 생명을 모조리 소진하며 타오르는 횃불을.

배원의 목구멍에서 극히 짧은 '아.' 소리가 흘러나왔다. 꿈결처럼 나긋한 소리였으나 그 꿈은 곧 산산이 부서져 차가운 허공에 녹아들었다.

배원은 힘없이 허물어져 내렸다.

갑작스레 피었다가 진 꽃송이가 순식간에 말라붙듯, 아니면 한 오라기 구름이 산바람에 덧없이 밀려가듯, 혹은 어느 해였던가 가없는 하늘 끝으로 날아가 다시는 돌아오지 않았던 기러기처럼.

오늘, 꽃답던 스물한 해의 마지막에 사랑했으나 얻지 못했고, 얻고 나서는 사랑할 수 없었던, 난마처럼 얽히고설킨 은원도 마치 칼날을 만난 실 다발이 그러하듯 썩둑 남김없이 끊어져 나갔다. 그저 기나긴 반향만을 바람 속에 남긴 채.

어쩌면 맹부요를 만나고, 현원검파 뒷산 절벽에서 떠밀었을 때부터 이미 그녀 인생의 추락은 예견되어 있었는지 모른다.

그녀에게는 중요하지만 맹부요에게는 더 이상 그렇지 않은 사내, 그 사내로 인하여 그녀와 맹부요는 오늘까지 적이었다. 그녀는 이로써 중도에 낙오했으나 맹부요는 칼끝의 피를 후 불어 털고서 계속 앞을 향해 나아갈 것이다.

세상이란 넓고도 좁은 곳이더라. 광활한 창해와 가없는 하늘을 품어 줄지언정 옹졸한 타산과 음험한 계산은 품어 주지 않으니.

배원은 바닥에 누운 채로 사방에서 한들한들 불어오는 미풍을 느끼며, 자신을 서산으로 실어 가 줄 바람인가 하였다. 몸이 극도로 더워지다가 반대로 참을 수 없는 한기가 밀려들더니, 그를 처음 만난 해의 흰 눈처럼 차가운 기운이 한 겹 한 겹 그녀의 눈썹 위로 내려앉았다.

꽁꽁 언 손으로 사부님 손을 붙잡고서 낯선 정원을 쭈뼛쭈뼛 쳐다보고 있는 그녀를 향해, 매화나무 앞의 미목수려한 소년이 비질을 하다 말고 고개 돌려 웃음을 보냈다. 눈 녹아내리는 봄날 같은 웃음을.

그러고는 말했다.

사매, 안녕.

그 시절의 그녀는 대답을 잊고서 그저 소년을 바라보기만 했었다.

배원은 희미하게 미소 지었다.

이번에는 대답을 해야지. 생의 마지막 기회인걸.

그녀가 눈을 감으며 속삭였다.

"바람 불고 눈발도 찬데, 사형…… 아프면 안 돼요."

진무대회는 막을 내렸으나 그 결과물은 참혹한 피바다였다.

전남성은 몇 번이나 입을 뻐끔거리고도 축하한다는 말을 내뱉지 못했다.

잠시 침묵이 흐른 뒤, 떨떠름하게 입을 연 사람은 전북항이었다.

"무극국, 맹부요, 승!"

그 즉시 관객석이 시끌벅적하게 끓어올랐다. 사람들은 피와 시체를 눈앞에 두고서도 떠들썩한 즐거움을 연기했다. 인파가 우르르 몰려들어 축하 인사를 건네고, 축하연 운운하는 전남성의 목소리도 어렴풋이 들려왔다.

주절주절 떠들어 대는 입들과 쏟아지는 침방울에 완전히 매몰될 지경인 맹부요는 사람들을 멍하니 쳐다보면서 생각했다.

이 빌어먹을 작자들은 대체 뭐라고 지껄이는 거야. 시끄러워서 골이 다 울리네. 게다가 내 오리까지 밟아 뭉갰잖아!

누군가 인파 사이를 비집고 들어와 그녀의 손을 잡아끌었다. 어렵사리 몸을 추스른 아란주였다.

아란주는 상대가 얼마나 고귀한 신분이든 개의치 않고 사람들을 하나하나 밀치면서 소리를 질러 댔다.

"비켜, 비켜! 우리는 집에 갈 거니까!"

집에 갈 거니까…….

내 집이 어딘데?

맹부요는 그렇게 망연히, 부유하듯, 아란주의 손에 끌려 나갔다. 온기와 아픔이 혼재하는 눈빛이 줄곧 등 뒤를 따라붙는 게 느껴졌지만, 거기까지 관여할 여력이 없었다. 그저 한시라도 빨리 이곳을 벗어나 한숨 푹 자고 싶은 마음만 간절했다. 어쩌면 꿈속에서 아까 그 장면을 다시 볼 수 있을지도 모르니.

인파가 갈라지며 만들어진 길을 지나 전각 밖에 당도했을 때, 눈치 없는 누군가가 앞을 막아섰다. 자수 놓인 월백색 치맛자락을 연꽃처럼 단아하게 나풀거리며 나타난 인물.

연꽃 공주가 퍽 고결한 투로 말했다.

"맹 장군, 우승을 경하드립니다. 지난번에 주신 도움은 정말 감사했습니다. 반도성 취향거醉香居에 조촐하게나마 연회석을 마련하고자 하니……."

"그 입 좀 닥칠 수 없어?"

당혹한 불련이 말을 잃었다.

고개를 든 맹부요의 눈에는 핏발이 시뻘겋게 서 있었다. 눈 자체는 토끼를 연상시키는 색이었으나 그녀가 발하는 눈빛은 늑대의 것이었다.

이를 꽉 깨문 맹부요가 한 자 한 자 아주 또렷하게 말했다.

"썩은 연꽃, 부탁이니까 다른 사람들 상대로 순진한 척하는 건 다 좋은데 제발 내 앞에서만은 하지 마. 특히 지금은 더더욱! 그 가식, 볼 때마다 토할 것 같거든? 오늘 토악질은 할 만큼 했다고!"

쇳덩이에 얻어맞은 양 하얗게 질린 얼굴로 연신 뒷걸음질을 치던 불련은 쓰러지려는 몸을 기둥에 의지해 가까스로 바로 세웠다.

다시금 입을 열었을 때, 그녀의 목소리는 조금 전과 사뭇 달라져 있었다.

"다……, 당신……."

"너 마음에 안 든다고, 됐지?"

맹부요는 그대로 직진해 불련의 어깨를 치고 지나갔다.

"기분 더러운 참에 딱 걸렸으니까 말인데, 상소리 좀 할게."

바로 옆에 있는 불련을 향해 고개를 돌린 맹부요가 송곳니를 드러내 보이며 씩 웃었다. 그러고는 귓가에다 대고 속삭였다.

"가식 떨지 마, 그러다가 벼락 맞는다?"

소리 내 웃어 젖히던 맹부요는 중간에 또 한 번 피를 토했지만, 아무렇지 않게 입가를 문질러 닦고 팔을 쭉 펼치면서 성큼성큼 걸음을 옮겼다.

"속이 다 시원하네!"

빗줄기 속 연꽃처럼 파르르 떨고 있는 불련은 거들떠보지도 않고서, 맹부요는 곧장 전각 앞을 벗어나 겹겹으로 된 궁문을 통과했다.

부러움, 충격, 질투, 혹은 의미심장한 무언가가 담긴 눈빛들이 쏟아지는 가운데, 죽음을 무릅쓰고 피 흘렸던 수라장으로부터 한 걸음 한 걸음 멀어져 갔다.

궁문이 느릿느릿 차례로 열렸다. 선홍빛 융단 같은 노을이 깔린 황혼 녘, 그녀의 눈앞에는 끝이 보이지 않도록 기나긴 길이 쭉 뻗어 있었다.

마침내 발밑에 밟고 선 이 길. 마침내 맞이한 오늘.

그녀는 원하던 것을 얻었으나 하늘은 거기에 덤을 하나 얹어주는 장난을 쳤다. 장난감 상자 속 용수철 인형처럼 툭 튀어나와 기습적으로 가슴 가장 아픈 곳을 건드린 하늘의 장난 덕에, 지금 그녀의 속은 온통 피투성이였다.

황궁을 빠져나와 말에 오른 그녀가 말했다.

"주주, 먼저 가. 잠깐 혼자 조용히 있고 싶어."

그러자 걱정스러운 눈으로 만류하려던 아란주가 갑자기 무슨 생각을 했는지 옆쪽으로 돌아서며 대꾸했다.

"조심해."

고개를 끄덕인 후, 맹부요는 채찍을 휘둘러 말을 달렸다. 인파 사이를 뚫고, 거리와 골목을 지나, 등불의 바다를 건너, 광야로, 하늘과 가장 가까운 곳으로 향했다.

성문에서 10리를 더 가자 작은 구릉이 나왔다. 졸졸 흐르는 시냇물이 밤의 어둠 속에서 자잘한 반짝임을 흩뿌리고 있었다.

맹부요는 말에서 내려 그 광경을 하염없이 바라봤다. 옛집 근처에도 이런 시내가 흘렀다. 맑디맑은 물속에서 물고기를 잡던 어린 시절이 있었다.

느리게 휘도는 밤바람에 꽃잎이 드문드문 흩날렸다.

이토록 쓸쓸한 밤, 어른거리는 촛불 그림자 속에서 길 잃은 자의 앞을 밝게 비춰 주고, 그의 차갑게 얼어붙은 마음에 체온을 나누어 줄 이 뉘 있으랴.

뒤쪽에서 천천히 다가온 누군가가 나지막이 속삭였다.

"부요, 용감한 자는 울기를 두려워하지 않소."

그의 부드러운 음성에는 생의 모진 풍상을 헤쳐 오면서 체득한 녹진함과 묵직함이 배어 있었다.

그리고 오늘 그녀와 아픔을 함께하는 그의 한마디는, 곱게 윤이 나는 옥석이 갈라지면서 그 단면으로부터 더욱 찬란하고도 온유하게 뿜어져 나오는 아름다움 같았다.

맹부요는 돌아서서 그 따스한 품으로 뛰어들었다.

그대가 마음껏 날갯짓할 수 있도록

그녀는 그의 품에 안겨 있었다. 평생에 처음 서 푼어치도 안 되는 흔한 것으로 전락해 버린 눈물이 폭포수처럼 쏟아져 그의 어깨를 적셨다.

연보라색 옷감이 금세 짙은 보라로 변했다. 개울가에 자라난 자색 난초와 같은 색이었다.

맹부요는 장손무극의 품에 얼굴을 묻은 채로 눈물, 콧물, 핏 물을 그의 어깨에 치덕치덕 문질러 닦았다. 언뜻 비현실적으로 보이지만 실은 그 무엇보다도 든든히 존재하는 품에 기대, 그 녀는 18년간 풀 곳 없던 응어리를 모조리 쏟아 낼 요량으로 엉 엉 울어 젖혔다.

"흰머리가 더 늘었어요…….”

"좌우간 겨울까지 병원에서 안 쫓겨났어…….”

"검버섯이 생긴 거 있죠……. 검버섯이……."

"유공자 인정은 받았나 봐요. 그거 아니면 입원비가 어디서 났겠어……."

"그래도 풍보랑 걔들이 양심은 있어요. 문병을 올 줄도 알고……."

"멍텅구리들 같으니! 전골? 아픈데 그게 넘어가겠니?"

"몸 닦아 주고 목욕시켜 주는 건 누가 해요. 그 어설픈 간호사들? 해 봤자 어디까지 하겠어요. 자존심도 센데……. 남들 손에 못 맡길 일도 있을 텐데……."

"아직도 날 기다리고 있었어요……."

마지막 한마디에 장손무극이 흠칫하는 걸 느낀 맹부요는 재깍 입을 다물었다. 한바탕 울고 났더니 묵은 응어리가 씻겨 나간 가슴속이 환해진 것 같기는 했다. 그래도 할 말 안 할 말은 가리는 편이 좋겠다는 생각이 들었다.

저쪽 세계로 돌아가겠다는 집념은 누구 앞에서든 함부로 내보일 게 아니었다. 적에게 알리는 거야 당연히 화를 자초하는 짓이고, 친구에게 알리는 것도 괜히 번거로운 상황으로 이어질 소지가 컸다.

물론 장손무극은 주변인 중에서도 가장 현명하고, 포용력 있고, 열린 사고방식을 가진 게 사실이었다. 그녀를 날려 보낼 줄도, 그녀에게 자유를 줄 줄도 아는 남자니까.

하지만 아무리 그렇다 해도 그녀가 오주대륙 밖 다른 시공으로 날아가 영영 자기 삶에서 사라져 버리는 것은 원치 않을 터였다.

세상에는 오롯이 홀로 짊어져야 할 아픔도 있는 법.

맹부요는 소맷자락을 들어 눈물을 닦아 내다가 다리가 휘청 풀리면서 바닥으로 허물어지고 말았다. 억지로 유지하던 긴장이 바람 빠지듯 새어 나가고 나자 더는 몸을 지탱할 힘이 없어진 것이다.

순간 팔을 뻗어 그녀를 자기 품으로 끌어당긴 장손무극이 그 자세 그대로 바닥에 앉았다. 그렇게 두 사람은 초여름 초원에서 서로를 안은 채 밤 풍경에 조용히 취해 갔다.

살포시 휘어진 눈썹달이 종잇장처럼 얇은 구름 너머에서 백옥 같은 빛을 발하고 있었다. 주위에서 춤추는 반딧불이, 졸졸 시냇물 흐르는 소리, 자초가 발하는 은은한 향내…… 지치지도 않고 이어지는 풀벌레의 낭랑한 울음소리가 마치 옥으로 만든 북채인 양 밤의 고요를 연신 두드려 댔다.

다소 거친 광야의 바람에 옷자락이 펄럭였다. 달빛 아래 두 개의 그림자는 바투 붙어 있으면서도 각자의 윤곽이 뚜렷해 어느 쪽이 누구인지 분명히 구분되어 보였다.

그렇게 서로 그러안고 달을 올려다보는 사이, 두 사람은 어느덧 눈가가 촉촉해져 있었다. 이토록 깊고도 넓은 세상에 잠겨 보니, 혼자가 됐든 둘이 됐든 그들은 세월의 심연 밑바닥에 깔린 작은 돌멩이에 지나지 않았다. 주위에는 끝없는 아득함, 쓸쓸함, 황량함뿐이었다.

장손무극 특유의 은은한 체취가 싸늘한 공기를 만나 한층 짙게 느껴졌다. 저 멀리 어느 사찰에선가 유장한 종소리가 들려왔다. 곁에 앉은 이의 향기에 취한 채로 맑고도 웅대한 종소리를 듣고 있자니 오랜 옛일들이 주마등처럼 가슴속을 스쳐 지났다.

환상과 현실의 경계를 헤매던 맹부요는 어렴풋이 깨달음을 얻었다 생각했으나, 다음 순간 모든 것은 무無로 되돌아갔다.

장손무극이 조용히 운을 뗐다.

"부요."

맹부요가 '음.' 하고 가볍게 답하자 그가 말을 이었다.

"세상 사람들은 저마다 집념에 사로잡혀 목표한 바를 손에 넣고자 앞만 보고 달려가지만, 사실 그것은 생각보다 가까이에 있다오."

고개를 갸웃한 맹부요는 한 박자 늦게 '저게 지금 무슨 소린가.' 생각했다.

"부요, 그대에게도 집념이 있소?"

맹부요가 순순히 대답했다.

"있어요."

"나도 마찬가지요."

장손무극이 달을 올려다보며 낮은 탄식을 뱉었다.

"어려서는 모후께서 나를 볼 때마다 한숨짓는 것을 제발 그만두셨으면, 하고 간절히 바랐지. 항상 나를 좋아하지 않으신다는 느낌을 받았으니까. 조금 더 자라서는 내가 지켜 줄 수 있는 사람이 생기기를 원했소. 나도 누군가에게는 꼭 필요한 존재임을 확인받고 싶었거든. 그러다가 어느 순간 문득 깨달았소. 내가 찾던 것은 사실 가까이에 있었구나. 앞길은 너무나 아득하지만, 나는 그 길을 언제까지고 그녀와 함께 걸어갈 수 있길 바라오."

한참 조용히 있던 끝에, 맹부요가 속삭이듯 말했다.

"세상에는 홀로 걸을 수밖에 없는 길도 있는 법이에요."

상대는 오래도록 말이 없었다. 구름 밖으로 환하게 쏟아지는 달빛 아래, 침묵에 잠긴 그는 무어라 표현하기 어려운 고고함을 발하고 있었다.

탁 트인 초원 저 멀리, 바람결에 휩쓸린 꽃나무가 눈발 같은 꽃잎을 떨구는 모습이 보였다.

맹부요는 지그시 눈을 감았다. 쓰라림인지 씁쓸함인지 모를 감각이 번지기 시작해 가슴속 깊숙이 스며들었다. 복잡한 기분이었다.

운명이란 길들기를 거부한 채 어둠 속에 웅크리고 있는 야수처럼 사나운 존재였다. 자신이야 물어뜯겨 상처투성이가 된들 상관없었지만, 이대로는 아무 죄 없는 이까지 다칠 판이었다. 더는 염치없이 장손무극의 온기를 탐할 수 없었다.

맹부요는 자리를 털고 일어나려 바둥거렸다. 하지만 장손무극은 오히려 그녀를 더 힘줘 껴안았다.

맹부요가 몸을 옆쪽으로 틀어 그를 밀어내려 했다. 하지만 그 틈에 장손무극이 그녀의 어깨를 붙잡아 자기 쪽으로 끌어당겼다.

일순 눈앞에 그림자가 드리우는가 싶더니, 서늘한 입술이 내려앉았다.

그녀의 입술 위로. 감기듯이.

아까 마신 것은 분명 차였을 터인데, 그의 부드러운 입술에서는 어째서인지 황홀한 주향酒香이 그윽하게 배어났다.

처음의 유연함이 또 다른 유연함으로 넘어가고, 처음의 얽혀 듦이 또 다른 얽혀 듦에 가까워져 갔다. 그의 입맞춤은 바람이자 달이요, 구름이자 안개였으며, 만물 가운데서도 가장 순수한 자연이었다. 그 자연이 꿈결처럼, 소리 없이 밀려 들어와 그녀의 세계를 차츰차츰 채웠다. 그는 그녀의 황폐함을 충만하게 메웠고, 그녀의 메마름을 촉촉이 적셨다. 정결하기 그지없으나 동시에 지극히 농밀하게.

그는 온천에서 첫 입맞춤을 나누던 때와 마찬가지로 다정하고 운치로웠다. 빨아 당기고 얽어매는 움직임 하나하나가 꽃무리 한복판에서 문인이 써 내려가는 시구가 그러하듯 나긋했다.

하지만 그 나긋함은 오래가지 않았다. 입맞춤이 강도를 더해가기 시작한 것이다.

아플 만큼 힘이 들어간 접촉에는 좌절과 번민이 실려 있었다. 장손무극은 그 억센 압력을 영원히 그녀의 입술 위에 각인시키려는 것 같았다. 자신의 맛과 오늘의 기억을 오래도록 잊지 못하게.

서로의 입술과 치아가 맞부딪치노라면 번갯불에 데기라도 한 양, 매번 무성의 신음과 전율이 뒤따랐다. 맹부요는 점점 숨이 가빠 왔지만, 장손무극은 조금의 자비도 없이 그녀의 헐떡임을 맞물린 입술 사이에 가둬 버렸다. 그러고는 맹부요의 입가에 남아 있던 핏자국을 자기 입술로 느릿느릿 닦아 낸 뒤 그 짭짜름하고도 달큼한 맛을 그녀와 공유했다.

맹부요가 바둥거리는 걸 느낀 장손무극은 팔에 한층 더 힘을 넣었다. 처음 만난 이후로 지금까지, 그녀를 풀어 줬던 순간이 너무나 많았다. 마음껏 날 수 있도록 놓아주고 나면 그녀의 휘날리는 날개 끄트머리가 마치 칼날처럼 그의 가슴을 그어 피맺힌 상처를 새기곤 했다.

오늘 밤은 그리하지 않으리라. 설사 강압이라 해도 이번 한 번만은.

이번 생이 반복적인 이별로 점철되는 것도, 생의 시간이 그저 덧없이 흘러가 버리는 것도 그는 원치 않았다. 언젠가 이 진심이 벽옥으로 화할 훗날, 그녀의 기억 속에 자신은 없을지 몰라도, 오늘 밤 쓰라린 피의 입맞춤만은 그대로 남아 이 파란만장한 여정의 기록이 되어 줄 것이다.

이토록 거칠고 묵직한 입맞춤이라니.

항상 고상하고 여유롭던 장손무극과 거리가 먼 행위였다. 그 입맞춤이 맹부요의 심장을 짓누르고 지나간 것만은 확실했다.

그녀는 스르르 눈을 감은 채 자신을 온전히 그에게 내맡겼다. 그의 팔에 붙들린 허리가 수양버들 가지 같은 호선을 그리며 뒤로 꺾였다. 눈가로 번져 나온 눈물이 가느다란 물줄기를 이루어 장손무극의 입술 가장자리까지 내려갔다가 핏기를 머금은 그의 입맞춤에 슬며시 지워졌다.

사방에 꽃잎이 눈송이처럼 흩날리는 가운데, 현을 퉁기는 손길과도 같은 밤바람이 시냇가 푸른 버드나무 잔가지를 저 멀리 고요한 봄 산까지 날려 보냈다.

봄 산 정상을 스쳐 내려온 달빛이 여린 풀 파릇한 초원 위에서 물결처럼 굽이쳤다. 그러면서 무릎을 접고 앉아 서로 끌어안은 두 사람을, 그녀의 뺨에 흐르는 눈물과 그의 입술을 물들인 핏자국을, 그의 품 안에서 파르르 떨고 있는 그녀의 가녀린 어깨와 팔을, 비상을 목전에 두고서 지상에 붙들린 한 마리 학 같은 모습으로 비추었다.

길다면 길고 짧다면 짧은 입맞춤.

마침내 그녀를 놓아준 그가 입술을 위쪽으로 옮겨 옥석처럼 매끈한 이마를 가볍게 눌렀다. 그는 그대로 오래도록 움직이지 않았다.

숨결과 숨결이 얽혀 들었다.

맹부요의 가냘픈 헐떡임이 적막한 들판을 떠돌다가 흩어졌다. 창백하던 그녀의 뺨이 술기운에 취한 듯 발그레하게 물들었다. 평소와는 전혀 다르게 흐트러진 눈빛이 봄빛처럼, 아니, 무엇에도 비할 수 없이 요염했다.

그런 그녀를 지긋이 바라보던 장손무극이 나지막이 말했다.

"부요……. 내 그대를 어찌하면 좋겠소……."

침묵을 지키길 한참, 맹부요가 피식 웃었다.

"인연에 맡기자는 그 흔한 말조차 우리 사이에는 쓸 수가 없네요. 애초에 하늘이 인연 같은 건 내려 주지도 않았으니까."

그녀의 뺨에서 홍조가 점차 가셨다. 흐트러졌던 눈빛도 또렷하게 되돌아왔다. 자세를 바로 한 그녀는 헝클어진 머리카락을 천천히 정리하기 시작했다.

그래, 역시 털어놓지 말자. 마음 가는 대로 풀어지지도, 정신 놓고 빠지지도 말자.

한때는 시공의 벽과 현실의 한계 앞에서 지금껏 자신이 그저 헛된 집착에 사로잡혀 있었던 건 아닌가, 흔들린 적도 있었다.

하지만 오늘부터는 앞만 보고 나아갈 것이다.

엄마가 기다리고 있으니까!

그녀에게 가장 큰 공포였던 18년의 세월은 이제 더 이상 모녀를 삶과 죽음 양편으로 갈라놓을 장애물이 아니었다. 그렇다면 집으로 향하는 질주를 망설일 이유가 무엇인가?

장손무극의 손이 느릿느릿 그녀에게서 떨어져 나갔다. 쓸쓸한 체념의 몸짓이 마지막으로 한 번 더 허공을 그러안았으나 팔 안에 안긴 것은 밤이슬 조금이 전부였다.

맞은편에 앉은 이는 차분하고도 단호한 모습이었다. 그 차분함 안에서는 꺾이지 않을 결심이 엿보였고, 그 단호함 안에서는 절대 주저하지 않겠다는 의지가 배어났다.

그는 묵묵히 맹부요를 응시했다. 자신이 손을 놓아 얻은 결과물을 응시했다. 그것이 아무리 쓸쓸한들 그는 단지 꾹 삼킬 수밖에 없었다. 심장으로 향하는 통로가 먹먹히 틀어막히는 것을 느낄 뿐이었다.

잠시 후, 그가 입을 열었다.

"부요, 나는 역시 그대를 놓지 못하겠소."

대답 대신 돌아온 것은 그녀의 기나긴 한숨이었다.

이 상황에서 무슨 말을 할 수 있을까? 설득이랍시고 무엇을, 어찌할 수 있을까?

그가 그녀를 설득하지 못하듯이 그녀 역시 이기심과 위선으로 그를 말리는 짓은 차마 할 수 없었다.

홀연, 장손무극이 미소 지었다.

"간절한 진심은 하늘도 감동시킨다 하지 않소. 설령 세상 모든 자유 의지 위에 군림하는 것이 바로 운명이라 해도, 그 지배를 타파할 방법은 반드시 있으리라 믿소."

그러고는 맹부요를 살며시 끌어당기며 말했다.

"고단한 하루였을 터. 생각이 너무 많아도 좋지 않은 법이니 일단은 다 잊고 눈부터 붙이시오."

미처 반항할 겨를도 주지 않고, 그는 몸에 능숙하게 밴 동작으로 맹부요의 수혈을 짚었다.

맹부요가 씁쓸한 미소를 머금고 잠에 빠져들자 장손무극은 손바닥으로 그녀의 등을 떠받친 채 눈을 감았다. 일 주천을 돈 진기가 맹부요의 몸으로 흘러들어 단전 내에서 빠르게 한 바퀴 회전했다.

한참 후, 손을 떼고서 맹부요의 잠든 얼굴을 내려다보던 그가 살짝 부어오른 입술을 가만가만 매만지며 속삭였다.

"어차피 피할 수 없는 일이라면 더 높이 날 수 있도록 해 주겠소. 일생 집념을 떨치지 못해 고통스러워하는 그대를 보느니 차라리 창천을 뚫고 날아오르도록 돕는 편이 낫겠지."

❀

그날 이후 맹부요는 전북야의 비밀 저택에 머물며 몸을 추슬
렀다.

바깥세상은 진무대회 우승자에 관한 각종 소문으로 시끌벅
적했다. 하지만 거기에 손톱만큼의 흥미도 없는 맹부요는 그저
하루하루 무공 수련과 부상 치료에 전심전력을 쏟았다.

그녀는 파구소 6성 진입에 이어 대풍과 월백의 진력을 자신
의 무공에 융합시키는 일까지 마친 참이었다. 실은 본인이 생각
하기도 조금 이상하기는 했다. 절정 진기 셋이 합일을 이루자면
꽤 시간이 걸리리라 예상했건만, 이렇게 빨리 성공하다니.

역시 망할 도사 영감 말대로 생사를 넘나드는 격전을 겪으면
서 잠재력을 끌어올리다 보면 보통 수련법으로는 범접 못할 속
도도 나오는 모양이었다.

영감이 6성을 달성했다던 나이는 스물넷, 그것만으로도 문
파 전체를 통틀어 전무후무한 기적이라는 소리를 들었다고 했
다. 그러나 지금 보니, '전무'는 맞을지 몰라도 '후무'라는 말은
더 이상 해당되지 않지 싶었다.

6성 달성도 순조롭게 성공했고, 망할 도사 영감 콧대를 납작
하게 눌러 줄 생각에 기분도 좋았다. 그러나 사실 그녀는 부상
이 상당히 심각한 상태였다. 융합된 진기도 아직은 불안정하게

오락가락하는지라 꽤 오랜 기간 요양이 필요했다.

어쨌든, 이제 목표가 확고해졌으니 수련에 매진하는 일만 남았다. 파구소가 완벽에 이르기 전까지는 아무리 마음이 급해도 무작정 궁창에 쳐들어갈 수는 없었다.

기회는 오로지 한 번뿐. 일단 그 땅에 발을 들이게 되면 반드시 원하는 바를 쟁취해 내야만 했다.

그렇다면 요양하는 동안 계획대로 나라나 한번 발칵 뒤집어 볼까.

장손무극은 이미 귀국한 뒤였다. 반도성 밖까지 몸소 귀국 행렬 배웅에 나선 전북항은 작별에 앞서 장손무극에게 화려한 수레 한 대를 넘겨줬다. 그 안에는 천살국 귀족 여인들이 선물한 쌈지며, 옥패며, 배두렁이며, 여의 등등이 그득히 실려 있었다. 장손무극은 사양은커녕 태연하게 선물을 하나하나 접수해 그 수레를 정말로 끌고 떠났다.

물론 그건 어디까지나 보기에 그랬다는 것뿐이지 실상은……. 맹부요의 입에서 한숨이 새어 나왔다.

실상 장손무극은 얼굴을 바꾼 채로 그녀 곁에 머무르고 있었다. 자기 말로는 최근 부황의 건강이 호전되어 국사는 걱정할 필요가 없다고 했다. 그렇지 않았다면 어찌 자리를 비웠겠느냐며, 기왕 먼 길 온 김에 한숨 돌리고 가겠다는 것이었다.

맹부요는 그에게 딱히 휴식이 필요하다고는 생각지 않았다. 하지만 가만 보면 안색이 좀 안 좋은 것 같기도 했다. 그 멀리서 온 사람을 박정하게 쫓아내는 것도 양심 없는 짓이지 싶어 그냥 입을 다물었다.

한편, 헌원운은 반도를 떠났다. 이쪽은 진짜로. 아버지가 간다는데 딸이 안 따라나설 수야 없는 노릇 아닌가. 그녀는 출발 직전에도 예의 그렁그렁한 눈으로 종월을 만나러 왔다.

그날 황궁 비무를 치르고 맹한 상태로 집에 돌아온 맹부요는 둘이서 이야기가 어떻게 됐는지 전혀 모르면서도 어렴히 짝짜꿍이 잘 맞았겠거니 하고 멋대로 상대를 집에 들였다. 그 결과 헌원운은 약초밭에서 종월이 최근 기르고 있는 독벌에게 호되게 쏘여 쫓겨났고, 맹부요는 그날 저녁 색으로 보나 형태로 보나 끔찍한 냄새로 보나 인체 배설물의 일종에 무한히 근접한 탕약을 받아 들었다.

종월은 겉으로만 보자면 평소와 별반 다를 게 없는 모습이었다. '아월 오라버니'라는 부름이 그의 눈동자에 고통 어린 파문을 일으킨 것도 처음뿐, 그 눈빛은 이미 흔적도 찾아볼 수 없었다. 종월의 속내를 살핀다는 것은 깊은 밤 저 멀리 외딴 마을에서 홀로 빛나고 있는 등불을 보는 것과 같은 일이었다. 그런 등불은 언뜻 온기마저 고스란히 전해 올 정도로 또렷해 보이나, 실제는 아득히 멀리 떨어져 소리 없이 빛나고 있기 마련이다.

며칠 쉬고 있던 맹부요에게 전남성의 연회 초대장이 날아들었다. 그녀가 문을 나서기 전, 장손무극은 이렇게 충고했다.

"전남성이 그대를 곁으로 끌어들일 의향을 품은 것은 사실이오. 지금까지 가르쳐 준 병법 지식 등은 최대한 드러내 보이되, 정사에 관해서는 노련한 모습을 보일 필요 없소. 그자가 원하는 것은 구워삶기 좋고 대충 쓸 만한 정도의 지략만 갖춘 맹장이지, 문무를 겸비하고 술책에 능한 호걸이 아니니 기량을 지나치게 뽐내지는 마시오."

그러고는 뭔지 모를 물건을 손에 쥐여 주며 덧붙였다.

"만약 몹시 화가 나는데 반격할 방도가 없는 상황이 생기거든 이것을 열어 보시오."

뭐야, 제갈량의 비단 주머니쯤 되는 건가?

맹부요는 콧방귀를 뀌었다.

"내 인생에 '열받는데 반격은 못 할 상황' 따위가 있을 것 같아요?"

말은 그렇게 하면서도 순순히 물건을 갈무리해 넣었다.

그녀는 초대장을 챙겨 아란주와 함께 연회장으로 향했다. 궁문 바로 앞까지 갔을 때 호화로운 마차 한 대가 두 사람 곁을 스쳐 지나갔다. 마차 옆으로는 천살국 관원이 따르고 있었다.

마차가 멈춰 서더니 창백하고 빼빼 마른 소년이 고개를 내밀고 인사를 건넸다.

"맹 장군이시구려. 연회에 가는 길이오?"

고개를 든 맹부요가 선기국 사황자를 향해 형식적으로 웃어 보였다.

장손무극도 귀국한 마당에 애들 남매는 아직도 여기 붙어 있었어? 약골 녀석이 인사를 건네는 걸 보니 자기 동생 욕 얻어먹은 일은 모르나 보네?

그나저나 썩은 연꽃은? 요 며칠 방구석에 처박혀 질질 짜느라 바빴을 텐데.

호랑이도 제 말 하면 온다고, 마차 창문에 드리운 발이 홀연 걷히더니 한쪽 얼굴만 밖으로 드러낸 불련이 방긋 미소를 보냈다.

"맹 장군, 이런 우연이 다 있군요."

그녀는 여전히 온화하고도 고결한 미소와 너그러운 기품을 뽐내고 있었다. 확실히 껍데기는 장손무극의 존귀한 우아함과 비슷했다. 알맹이는 전혀 딴판이지만.

맹부요는 부릅뜬 눈으로 그녀를 응시하며 '쓰읍' 하고 찬 숨을 들이켰다. 머리끝에서부터 발끝까지 한기가 확 들었다.

웃어? 지금 웃어? 지금 나 보고 웃는 거야?

평생 그 어느 여인을 상대로도 탄복이란 걸 해 본 적이 없는 맹부요였지만, 이 순간 봉정범에게만큼은 탄복하지 않을 수가 없었다.

무슨 여자가 욕을 그렇게 바가지로 처먹고도 얼굴색 하나 안 변해? 심지어는 자기한테 그 난리 친 사람을 앞에 놓고 실실 쪼개? 이 무슨…….

그날 몸 상태가 너무 안 좋아서 사람을 착각했었나? 아니면 쟤 주기적으로 기억 상실이 오나? 그것도 아니면 뇌 기능에 금칙어 자동 삭제 같은 게 탑재되어 있나?

그 모든 망상을 산산이 깨부순 건 썩은 연꽃의 다음 말이었다. 맹부요는 그 말을 듣는 순간 급기야 눈앞이 다 아찔해졌다. 세상에 이렇게 막강한 인간이 존재할 수 있다니…….

불련이 미소 지으며 한 말은 이러했다.

"다친 곳은 많이 나아지셨는지요? 그날은 정말 실례가 많았습니다. 부상이 심한 줄 알면서도 연회에 와 달라 무리한 부탁을 드렸으니, 나무라신 것도 당연하지요."

그러자 사황자가 웃음기 섞어 말했다.

"아마도 둘 사이에 오해가 있었던 모양이구려? 하면, 이따 연회에서 불련이 술 한 잔 올려야겠소. 이제 장군은 천하에 이름을 떨치는 영웅이니, 불련의 잔을 받을 자격이 있소이다."

있다마다, 있다마다! 네 동생이 술 한 잔 따라 주는 게 내 체면에 대단히 도움이라도 될 줄 아는 모양인데, 난 솔직히 그거 마시고 창자 썩을까 봐 무섭다…….

소맷자락을 들어 입가를 가린 맹부요가 쿨럭쿨럭 기침을 뱉었다.

"말씀은 감사하지만, 아직 몸이 성치 못한지라 무리일 듯싶습니다."

두 남매는 몹시 살가운 투로 또 한 번 호의를 베풀려 들었다.

"마차도 넓으니 같이 타고 가는 게 어떻소? 아직 부상에서 회복되기 전이라면 말을 몰기도 힘겨울 듯한데."

"태생이 미천하여 귀한 마차에는 적응을 못합니다. 저런 데 타면 삼혼三魂이 흩어지고, 사지가 말을 듣지 않고, 오장육부가 부대끼고, 일곱 구멍에서 불을 뿜는지라……."

맹부요는 입을 가린 채로 다른 쪽 팔을 공손히 뻗어 궁문을 가리켰다.

"먼저 가시지요!"

두 남매는 나무랄 데 없는 격식을 갖춰 한참 더 인사치례를 한 후에야 자리를 떴다.

잠시 후 목줄기가 뻣뻣이 경직된 맹부요가 입을 가리고 있던 옷소매를 툭 떨구고서 아란주를 향해 말했다.

"주주, 나 한번 꼬집어 봐. 살아 있는지 확인 좀 해 줄래?"

그러자 눈이 흐리멍덩하게 풀린 아란주가 잘 들리지도 않는 소리로 대꾸했다.

"나부터 꼬집어 줘야 될 것 같은데. 아직도 정신이 안 돌아와."

멍하니 고개를 틀어 서로 마주 보길 잠시, 아란주가 말했다.

"물건일세, 물건이야……. 맹부요, 그 여자 몸종 자리도 너한테는 과분할 것 같다."

맹부요가 얼굴을 긁적거리면서 말을 받았다.

"주주, 공주란 바로 저런 게 공주란다! 너는 쟤에 비하면 시장 바닥에서 한 푼 갖고 생난리 치는 아줌마지."

"그러게."

아란주는 자못 느끼는 바가 큰 모양새였다.

"저토록 완벽하게 고귀하고, 관대하고, 온화한 데다가 낯짝 또한 성벽만큼 두꺼운 공주라니. 나 같은 건 수치스러워서 같은 줄에 앉지도 못하겠어……."

"수준 차이가 나도 보통 나는 게 아니지. 안 되겠다, 나란히 앉으면 내가 너무 초라해질 것 같아."

신속히 결단을 내린 맹부요가 말 머리를 틀며 말했다.

"주주, 미안한데 전남성한테 나 배탈 났다고 전해 줘. 집에 가서 뒷간에 좀 처박혀야겠다고."

"이쪽도 마찬가지야. 지금 안 싸면 이따 그 여자 만났을 때 터질 것 같으니까 나도 데려가, 나도!"

아란주도 따라서 말을 돌렸다.

그러나 애석하게도, 너무 늦어 버린 뒤였으니. 두 무리의 인원이 궁문에서 나와 그들을 향해 접근해 오고 있었다.

환관들을 죽 이끌고 나온 예부 관원이 맹부요와 아란주를 발견한 건 이미 한참 전 일이었다. 두 사람이 궁문을 코앞에 두고 말을 돌리는 광경을 목격한 예부 관원은 재빨리 달려와 입술이 닳도록 설득을 거듭했다.

이 상황에서 한사코 고집을 부리자니 괜히 자기 일 열심히 하는 사람 난처하게 만드는 짓 같지 않은가. 결국 맹부요는 마중 행렬을 따라 마지못해 궁 안으로 향했다.

말 등에 앉아 흔들거리던 맹부요가 아란주를 위로했다.

"주주, 그냥 누가 실수로 연회장에다 똥바가지 엎었다고 생각해. 봐도 안 본 셈, 들어도 안 들은 셈 치면 그만이야."

아란주가 한숨을 폭 내쉬었다.

"이럴 줄 알았으면 미리 배라도 채우고 오는 거였는데⋯⋯."

연회 장소인 무덕전武德殿에 들어서자 천살국 황족과 무장들을 비롯해 아직 반도에 체류 중이던 각국 황족과 문파 장문인들이 일찌감치 모여 자리를 빼곡히 채운 게 보였다.

맹부요가 들어오는 걸 발견한 이들이 웃는 얼굴로 인사를 건

네는 가운데, 상석 왼쪽에서 세 번째 자리에 앉은 불련 역시 고개 들어 미소를 보냈다. 그런 그녀를 빤히 쳐다보던 맹부요가 '흡' 하고 숨을 들이마신 뒤에 그녀에게 웃음을 보냈다.

뻔뻔한 것, 욕으로는 안 된다면 다른 방도를 찾아 주마!

이때 예부 관원이 작은 목소리로 우선 내전에 들라는 말을 전했다. 황제가 내전에서 잠시 독대를 원한다는 것이었다.

드디어 올 것이 왔구나.

눈을 데구루루 굴린 맹부요가 얼른 관원을 따라 자리를 옮겼다.

안에 들어서자 전남성이 기다리고 있었다. 곁에 전북항이 보이지 않는다는 건 다소 의아한 점이었다.

절을 받고 나서 한담을 몇 마디 던진 전남성이 말했다.

"무극국에서 퍽 높은 관직을 지내고 있다지. 이토록 젊은 나이에 벌써 큰 뜻을 이루어 오주대륙 전체에 명성을 떨치니, 실로 경탄스러운 일이로다."

찻잔을 받쳐 들고서 잠시 뜸을 들이던 맹부요가 입술 가장자리를 어렴풋이 스치는 쓴웃음을 연출했다.

"과찬의 말씀이십니다. 이름뿐인 직책이 무엇이나 된다고요."

반짝, 눈을 빛낸 전남성이 웃음기 묻은 투로 말했다.

"지체 높되 한가로운 영직影職이야말로 아무나 앉을 수 없는 자리지."

"예, 옳은 말씀이십니다."

맹부요가 찻잔을 받쳐 든 채로 무성의하게 답했다.

"말이 나와서 말이다만……."

전남성이 미소 지었다.

"어린 시절 짐은 글을 읽다가 옛 선현과 영웅들의 공적을 기록한 부분이 나오노라면 번번이 서책을 덮곤 하였다. 무릇 사내대장부로 태어났으면 황금을 돌같이 보고 배짱은 강철같이 가지고서[6], 긴 채찍을 휘둘러 세상을 호령하고 준엄한 형벌로 천하를 떨게 하여야[7] 마땅하거늘. 혹은 광활한 전장을 질주하며 적의 수급을 취한다면 그 얼마나 통쾌한 일일 것인가! 하나, 애석하게도 짐은 일개 천자에 불과하여 종일 괴괴한 구중궁궐 안에나 갇혀 있어야 하니 낙이 없도다, 낙이 없어."

"존귀하신 폐하께서야 휘하에 무수한 맹장을 거느리고 계신 바, 장수 된 자가 아무리 대단한들 그를 거느리는 주인에는 못 미치는 법이지요. 하늘의 선인인들 감히 폐하와 존귀함을 견줄 수 있겠습니까?"

웃음 띤 표정으로 대답한 맹부요가 이어서 한숨을 내쉬었다.

"득의만면해도 모자랄 사람이 어인 탄식인가?"

"폐하의 말씀에 가슴이 울적해져서 그럽니다."

맹부요가 한탄했다.

"어려서부터 서책에는 관심이 없었던 소인은 일찌감치 병법

---

6 중국 청나라 태평천국 운동의 지도자 석달개石達開의 오언율시 〈입천제벽入川題壁〉 중 한 구절이다.

7 중국 한나라 문제 때의 정치가 가의賈誼의 《과진론過秦論》 중 일부 내용을 변형한 것이다.

과 무예에 마음을 빼앗겼습지요. 사내라면 문재가 됐든 무예가 됐든 재주를 갈고닦아 황실에 공헌해야 한다[8], 적의 머리통을 술잔으로 삼고 원수의 피를 마시리라[9], 그리 생각했습니다."

자기 무릎을 탁 때린 맹부요가 형형한 눈빛을 한 채 고개를 들어 장탄식을 뱉었다.

"그리할 수만 있다면 이번 생은 여한이 없으련만!"

"그 무슨 당치 않은 말인가."

전남성이 빙긋 웃었다.

"무극국에서는 이미 3품 무장 반열에 올랐고 큰 공을 세워 이름도 났거늘, 천하에 어느 누가 그대를 우러러보지 않는다고 그런 소리를."

"소인은 이 관직도, 장군의 도포도 차라리 벗어 던지고 싶을 따름입니다. 그 대신 조잡할지언정 갑옷과 전투화를 걸치고 변방 3천 리 전장을 누비고자 하니, 적의 목이 땅에 떨어져 나뒹굴고, 새하얀 칼날이 그 몸뚱이에 박혔다가 붉게 물들어 나오는[10] 광경을 보는 것이야말로 진정 통쾌한 일이 아니겠습니까!"

껄껄 웃다가 다음 순간 '헉' 하고 숨을 들이켠 맹부요가 얼른 자세를 바로 하고 용서를 구했다.

"소인이 결례를 범하였습니다."

---

8 원元나라 시기 작자불명의 잡극 〈방연야주마릉도龐涓夜走馬陵道〉 중에서 따온 구절이다.

9 석달개의 오언율시 〈입천제벽〉 중 한 구절이다.

10 청나라 소설 《홍루몽》 중에서 따온 문장이다.

"무방하다. 대장부답게 호쾌해서 마음에 드는구나."

미소를 머금은 전남성이 맹부요를 손수 일으켜 세웠다.

"속내를 숨길 줄 모르는 성품이로고! 좋은 기개로다!"

지금껏 빙빙 말을 돌리던 그가 드디어 본론으로 들어갔다.

"그나저나 장군, 양미간에 근심이 어린 모습이 자주 보이던데 혹시…… 마음처럼 안 풀리는 일이라도 있는 것인가?"

"안 풀리는 일은요. 그저 갑갑해 죽을 맛이어서 그러지요!"

허벅다리를 탁 치면서 등허리를 곧추세운 맹부요가 말했다.

"폐하 앞이니 솔직히 털어놓는 것이온데, 융군 진영에 쳐들어가 칼질할 때가 통쾌했지, 허울뿐인 장군 자리에 앉은 이후로는 날마다 지장 찍고 붓이나 놀리고…… 한가하게 벼슬아치들과 모여 앉아 술 먹고 한담이나 나누는 게 전부니, 무슨 재미가 있겠느냐는 말입니다!"

"무극 태자의 총애가 각별하니 출세는 시간문제일 터인데, 한없이 밝은 앞길을 두고서 자포자기라니?"

맹부요는 눈썹만 한 번 꿈틀하고는 말을 아꼈다. 그러자 전남성이 집요하게 대답을 종용했다.

버티다 못한 맹부요가 자못 난처한 투로 쭈뼛쭈뼛 말했다.

"바로 태자 전하의 그 총애 탓에…… 더 전장에 못 나가는 것입니다. 사람들 입방아에 오르내리는 것도 견디기 힘들고……. 버젓한 사내로 태어나 이 무슨…….."

상대가 우물쭈물 꺼내 놓은 이야기를 들으며, 전남성은 눈을 번뜩였다. 짐작이 사실이었음을 확인받은 그는 계속 캐묻는 대신 슬그머니 입꼬리를 끌어 올렸다.

한층 더 살가워진 태도로 맹부요를 가까이 불러 앉힌 그가 물었다.

"병법에 정통하다고 들었는데 보병과 기병의 합동 포위 작전에 관하여 장군의 고견을 들어 볼 수 있겠는가?"

"고견이라니요. 얕은 지식에 불과합니다."

전남성 쪽으로 가까이 가서 앉은 맹부요가 미리 준비되어 있던 지형 모형을 가리키며 말했다.

"합동 작전 시 보병은 구릉, 숲, 험로, 수풀을 끼고 배치해야 하며, 지형 조건이 여의치 않을 경우에는 참호를 파야 할 것입니다. 보병과 기병을 각각 보충대와 전투 부대로 나누어 번갈아 출격시키되, 적이 측면을 노린다면 아군은 양쪽에서 협공을 펼치고, 포위를 시도한다면 환형 진법으로 맞섭니다. 또한 궁수는 각 분대의 좌우 날개 외곽에 계단식으로 배치합니다. 그리하면 아군이 다칠 염려가 없을뿐더러 후방에 있던 기병이 내측에서 역습을 가하기도 용이하니⋯⋯."

반 시진 후, 맹부요는 천살국 황제의 수행을 받으며 건들건들 내전을 빠져나왔다.

희색이 만면해 맹부요의 손을 꼭 붙든 전남성은 아예 그녀를 자리까지 데려다줄 기세였다. 정작 맹부요는 손잡은 김에 놈을 저세상까지 바래다주고 싶은 걸 이 악물고 꾹꾹 눌러 참는 중이었다.

두 사람의 등장에 맞춰 연회가 시작됐다. 호화스러운 황실 잔치답게 온갖 산해진미가 차려진 상 앞에서, 맹부요는 대각선 방향의 썩은 연꽃을 결사적으로 외면한 채 오로지 음식을 입에 밀어 넣는 데 열중했다. 그러나 애석하게도 상대는 그녀를 곱게 놔두지 않았다.

연회가 중반쯤 이르렀을 때, 소맷자락이 붙들린 사황자를 대동하고서 다가온 불련이 미소와 함께 술잔을 건네며 말했다.

"천하의 영웅들은 항상 본 궁에게 흠모의 대상이었습니다. 그러니 올해 진무대회의 일인자께 술 한 잔 올림은 응당한 일이겠지요."

좌중의 눈길이 단번에 맹부요에게 집중됐다. 여기저기서 웃음기 섞인 목소리들이 들려왔다.

"맹 장군은 복도 많습니다! 불련 공주가 따라 주는 술은 아무나 마실 수 있는 것이 아니거든요."

그러게, 이거 어디 아무나 마시겠니. 까딱했다가는 창자가 썩어 들어갈 텐데!

몸을 일으켜 술잔을 받아 든 맹부요가 상대보다도 훨씬 더 가식적인 미소를 지어 보였다.

"그러게나 말입니다. 오주 일곱 나라 중 불련 공주의 고결한 명성이 미치지 아니한 곳이 없거늘, 한낱 야인에 불과한 제가 무슨 자격으로 공주께서 따라 주시는 술을 마시겠습니까?"

술잔을 입으로 가져가지 않고 그저 손안에서 굴리기만 하던 그녀가 다른 사람들 쪽으로 몸을 슬쩍 기울이며 말했다.

"공주께서 제게 과분한 잔을 내리신 이유가 정말로 무예를 애호하여서라고는 생각지들 마십시오. 실은 일전에 우연히 인연이 닿아 만난 적이 있는 사이입니다. 절반짜리 지인쯤은 되는 셈이니 제가 참으로 복이 많지요."

그 말에 다들 흥미를 보였다.

"맹 장군과 불련 공주가 면식 있는 사이였을 줄이야. 대체 언제, 어디서 만났었습니까?"

"무극국 첩취산에서였지요."

맹부요가 씩 웃었다.

"공주께서는 도적을 맞닥뜨린 상황이었습니다. 호위들이 힘을 못 쓰고 있는 걸, 마침 지나가던 제가 소소하게 도움을 좀 드렸지요."

퍽 겸허한 미소와 함께 이야기가 이어졌다.

"참으로 강렬한 인상을 남긴 만남이었습니다."

"영웅이 미인을 구했던 것이구려!"

누군가 껄껄 웃으며 말을 받았다.

"뜸 들이지 말고 자세히 좀 말해 보시오. 다들 기다리잖소."

"뭐, 사실 별건 없습니다. 공주마마의 호위대야 당연히 용맹했고, 도적들이야 물론 흉악했습지요. 위험에 빠진 미인이 등장하는 이야기야 전개가 다 거기서 거기 아닙니까. 저를 놀라게 한 것은 상황이 아니라 그 와중에 드러난 인성이었지요."

맹부요가 미소 지었다.

"공주께서는 정말로 침착하시더군요. 불심도 과연 깊으시고요. 사방에서 피가 튀고, 마차는 넘어지고, 호위들은 한 명 한 명 마차 앞에 쓰러져 가는 판국에도 마마께서는 안에 단정히 앉아 실시간으로 그들의 극락왕생을 빌어 주고 계셨습니다. 하나가 죽으면 염불을 읊고, 또 하나가 죽으면 또 읊고⋯⋯."

처음에는 예사롭게 흘려듣던 사람들도 이쯤 되니 어째 들으면 들을수록 묘하게 의미심장하다는 느낌을 받지 않을 수가 없었다. 하나같이 걸출한 인물들로만 꾸려진 초대객 중 고작 몇 마디 말에 숨겨진 속뜻을 못 알아들을 사람은 없었다. 좌중의 얼굴에서는 점차 웃음기가 가시기 시작했고, 불련은 술잔을 받쳐 든 손을 파르르 떨었다.

맹부요는 거기에 그치지 않고 말을 계속 이어 나갔다.

"호위들이 죽어 나자빠지는 것도 즉각적, 공주마마의 독경도 즉각적이었지요. 제가 볼 때 상전에게 충성하다가 죽은 호위들의 원혼은 저승에 도착하기도 전에 공주마마의 절세무쌍 독경 속도에 끌려 올라와 극락으로 보내졌을 겁니다. 어후, 대체 전생에 나라를 몇 번이나 구했기에 공주마마의 호위로 살다가 마마 앞에서 죽었을까요. 최소한 법사 한 판 치르는 데 드는 은자를 아끼지 않았습니까!"

실내는 정적 그 자체였다. 젓가락 부딪치는 소리 하나 들리지 않았다. 오로지 맹부요만이 봉정범의 거룩함, 고귀함, 충성스러운 호위들의 죽음 앞에서도 얼굴색조차 변하지 않는 침착함을 입에 침이 마르게 찬양하고 있었다.

"더 대단한 건 따로 있습지요. 중생 모두를 차별 없이 구제하고자 하는 불교적 박애란 무엇인가, 저는 그 답을 그날에야 비로소 알 수가 있었습니다."

맹부요의 말투가 숙연해졌다.

"당시 마차 앞을 필사적으로 지키던 호위 한 명이 있질 않았겠습니까. 도적들이 혹여 공주마마의 옥체를 범하기라도 할까, 그는 사력을 다해 싸웠습니다. 하지만 결국에는 도적의 칼에 유명을 달리했고, 그 광경을 목격한 저는 천하디천한 피가 고귀하지도, 침착하지도 못하게 끓어오르는 통에 당장 달려가 도적놈의 팔을 썩둑 날렸습니다. 그런데 글쎄, 차별이란 걸 모르는 공주마마께서 자기 앞에 떨어진 팔을 호위의 시체와 나란히 놓고는 함께 극락왕생을 시켜 주시지 않겠습니까……."

"픕……."

먹던 음식을 뿜어낸 아란주가 좌중의 눈길이 자신에게 쏠리는 걸 감지하고는 허겁지겁 손사래를 쳤다.

"계속해, 계속! 훌륭하구먼, 훌륭해. 존경심이 마구 샘솟네! 눈도 못 감고 죽었을 호위는 그 팔뚝이랑 같이 극락에 올라가면서 무슨 심정이었을지 몰라도."

술잔을 틀어쥔 불련은 제자리에 가만히 서서 눈을 내리깐 채로 아무 말도 하지 않고 있었다. 그녀를 유심히 관찰한 사람이 아니고서야 옷소매가 미세하게 떨리고 있음을 아무도 눈치채지 못했을 터.

당혹한 표정으로 여동생을 쳐다보던 사황자가 맹부요 쪽으로 눈길을 돌리더니, 입을 뻐끔거리던 끝에 노성을 터뜨렸다.

"맹부요, 지금 무슨 소리를 지껄이는 게냐?"

"공주마마의 거룩함, 경건함, 침착함, 고귀함을 이야기하고 있었습지요!"

맹부요가 천연덕스러운 표정으로 사황자를 쳐다봤다.

"연꽃을 머금고 태어난 존재로 이미 대륙 전체에 명성을 떨치고 있다고는 하나, 그래도 저희 같은 무지렁이들이 마마를 더욱 공경하려면 좀 더 실질적이고 경험적인 활약상을 널리 알릴 필요가 있지 않겠습니까?"

"네놈이……."

"공주마마의 명예로운 이름을 천하 만방에 알리기 위해서라면 소인, 죽음도 마다하지 않을 것이옵니다!"

맹부요가 사황자에게 미소를 보냈다.

"전하, 제 입에서 나오는 말이 마음에 안 드십니까?"

사황자가 뭐라 대꾸하기도 전에 불련을 향해 돌아서 길게 읍을 한 그녀가 몹시 부끄럽다는 투로 탄식을 흘렸다.

"당시 일을 통해 마마에 비하면 저는 너무나 침착하지 못하다는 것을 깨우쳤습니다. 저란 놈은 왜 그리 오지랖이 넓었을까요! 그래도 마마의 가르침 덕택에 뒤늦게나마 고결과 자비의 참뜻을 깨닫지 않았겠습니까. 선인과 악인을 가릴 필요도, 충심과 악의를 나눌 필요도, 옳고 그름을 따질 필요도 없으니, 무조건 염불하는 게 갑이다."

씩 웃으며 불련의 앞으로 가서 꼿꼿한 자세로 선 그녀가 낭랑하게 말했다.

"그날 헤어진 뒤에도 실로 감개가 무량하여 밤잠을 이루지 못하고 전전반측하던 제가 한밤중에 일어나 끄적여 본 대련[11]이 있는데, 들어 보시겠습니까? 공주마마의 호위병에게 바치는 것이기도 합니다만."

불련은 말없이 눈을 들어 맹부요의 타오르는 눈빛을 똑바로 응시했다. 어둡게 가라앉은 그녀의 눈 속에 점점이 떠도는 광채는 비록 또렷하지는 않았으나, 비 오기 직전의 하늘처럼 짙은 푸른색과 묵직하고도 강렬한 존재감을 띠고 있었다. 그것은 바늘 끝 같은 예리함과 화염 같은 맹렬함을 무기 삼아 맹부요의 눈동자를 파고들었다.

그러나 맹부요는 물러서기는커녕 상대에게 웃음을 보냈다. 불련의 눈빛이 독을 품은 바늘이라면 맹부요의 눈빛은 위엄을 품은 칼날이었다.

눈빛이 맞부딪치는 찰나, 두 사람은 서로의 눈 안에서 섬찟하게 번뜩이는 불꽃을 목도했다.

불련은 대답을 주지 않았고, 맹부요 역시 답이 돌아오길 기다리진 않았다. 술잔을 높이 들어 올린 맹부요가 분명한 발음으로 한 자 한 자 말했다.

"네놈이야 죽든 말든 나는야 모조리 극락왕생시키련다. 내

---

11 대구를 이루는 짧은 글귀. 문 또는 기둥에 붙여 두기 위해 쓴다.

편이고 네 편이고 닥치고 하늘에나 오르려무나. 횡서[12], 연꽃은 고결하도다."

"캬하! 딱 깔끔하게 잘 맞아, 현실 비판 신랄해, 거기에 글자마다 흐르는 자비로움까지. 작품이네!"

손뼉을 친 사람은 아란주 혼자뿐이었다. 방긋방긋 웃는 아란주의 얼굴 주변으로 땋은 머리가 어지럽게 흔들거렸다.

무섭도록 적막하던 실내에 느닷없이 박수 소리가 메아리치자 주변 사람들은 흠칫하는 모양새였다.

"맹 장군도 비범하고, 공주는 더 비범하고!"

모두가 눈길을 떨군 채 자기 앞에 있는 주안상만 뚫어져라 노려보고 있었다.

둘이 무슨 원수를 졌길래 맹부요는 7국 귀족들이 다 모인 자리에서 불련 공주에게 망신을 주고 있는 걸까. 선기국의 보복이 두렵지도 않나?

사람들은 불련의 표정을 살필 수 없었다. 등을 보이고 서 있는 탓이었다. 자애롭기로 이름난 공주는 과연 이 갑작스러운 치욕에 어떻게 대응할 것인가.

물론 맹부요는 불련과 마주하고 있었으므로 그녀의 표정을 볼 수 있었다.

그녀는 웃고 있었다. 평온하고 악의 없는 웃음이었다.

그녀가 두 사람 외에는 들을 수 없을, 작은 목소리로 말했다.

---

12 대련 위쪽에 가로로 써서 붙이는 문구.

"맹부요, 본 궁이 술잔을 들고 여기까지 온 건 네게 모욕당하기 위해서가 아니다."

"날 어떻게 해 볼 요량으로 온 거겠지."

맹부요도 상대와 마찬가지로 웃음을 섞어 나지막이 답했다.

"술에 독을 탈 만큼 멍청하지야 않겠지만, 아무것도 모르는 네 오라비한테 좋은 물건이 있는 것 같던데……."

맹부요의 웃음이 점점 살벌해졌다.

"네가 너무 정중하게 잔을 권하는 데다가 주변 사람들도 다 같이 네 편에서 분위기를 몰아가 버리니, 잔치판 파투 낼 거 아니면 찍소리 않고 받아 마시는 수밖에 없겠더라고. 그런데 아무리 생각해도 내 목숨이 네 체면보다 만 배는 귀한 걸 어째. 서러워도 네가 좀 참아."

한 걸음 뒤로 물러선 맹부요가 술잔을 들어 올리며 목소리를 높였다.

"적의 시체마저 극락왕생시켜 주는 공주마마의 찬란한 덕행을 앞에 두고서 저 따위가 어찌 분수에 넘치는 잘난 척을 할 수 있겠습니까. 그저 마마를 지키다가 죽어 간 호위들을 위해 술이나 한 잔 올리고자 합니다."

맹부요가 숙연한 동작으로 술을 바닥에 쏟아부었다.

모두가 숨을 죽인 가운데, 투명한 액체가 벽돌 바닥 위로 소리 없이 흘러 불련의 치맛자락 아래로 스며들었다. 불련은 미처 피할 생각조차 못 할 만큼 충격이 큰 듯 그 자리에 묵묵히 서 있었다.

곁에서 당혹과 분노가 뒤섞인 눈으로 맹부요와 불련을 번갈아 쳐다보던 사황자가 여동생의 손을 잡아끌며 말했다.

"우리 자리로 가자."

홀연 미소 짓는가 싶던 불련이 오라비의 손을 탁 뿌리치고는 턱을 살짝 치켜들었다. 그러고는 줄곧 그래 왔듯 등을 꼿꼿이 세운 채, 한 손으로 뒷짐을 지고서 천천히 걸음을 옮기기 시작했다.

우아하고도 존귀한 품격을 잃지 않고 자리로 향하던 그녀가 문득 입을 열었다.

"맹 장군의 말씀은 이해하기가 어렵군요. 무공이라고는 배워 본 적도 없는 여인의 몸으로 본 궁이 거친 도적들 앞에서 무얼 할 수 있었을까요. 잔뜩 겁에 질려 부처님의 가호를 빌면서 경을 외우는 것 말고 또 무엇이 가능했겠느냐는 말입니다. 호위들이 목숨을 내걸고 싸우는 모습을 보면서 본 궁은 차라리 지금 내가 저 자리에 있었다면, 하고 원통함을 삼켰습니다. 하지만 그 상황에서 경솔하게 달려 나갔다면 오히려 호위들의 주의력을 흐트러뜨려 더 큰 참상을 불러왔을 것입니다. 그리고 도적의 잘린 팔로 말하자면……."

불련이 물기가 그윽이 어린 눈을 들어 맹부요 쪽을 흘깃 돌아봤다.

"맹 장군께서는 정녕 무공과 연이 없는 여인이 온 사방에 날아다니는 팔다리 중 무엇이 적의 것이고 무엇이 아군의 것인지를 구분할 수 있으리라 생각하시는지요?"

이어서 살포시, 온화하고 너그럽게, 자신은 개의치 않는다는 양 웃어 보인 그녀가 말했다.

"어쨌건 호위들의 희생을 가엾게 여겨 주신 데 대해서는 본 궁이 그들을 대신하여 감사드리겠습니다."

픽 코웃음을 친 맹부요가 뭐라 대꾸하기도 전에 불련이 덧붙였다.

"그나저나 맹 장군께서는 무엇 때문에 그리 화가 나셨는지 모르겠군요. 어차피 장래에는 같은 어전에서 군신 관계로 지내게 될 터인데, 어찌 이리 매몰차게 본 궁을 몰아붙이십니까? 설마하니 소문대로…… 투기라도 부리시는 겁니까?"

마시던 물을 뿜어낸 맹부요가 고개를 팩 쳐들었다.

뭐가 어째? 같은 어전에서 군신 관계? 그 말인즉슨 자기는 무극국 황후가 될 몸이니까 그 나라 장군인 나는 어차피 조만간 자기 신하 신세다?

그건 그렇고, '투기'는 또 무슨 뜻인데?

내가 여자라는 걸 눈치챈 거야? 아니면 '맹 장군과 무극 태자가 실은 그렇고 그런 사이'라는 소문을 두고 하는 소리야?

전자가 됐든 후자가 됐든지 간에 그딴 소리를 다른 데도 아닌 황궁에서, 일곱 나라 귀족이며 유력 인사들이 다 모인 앞에서 지껄여?

저게 나 때문에 열받다 못해 아예 돌아 버렸나?

또 한 번의 충격으로 연회객들 사이에 웅성거림이 번졌다. 갑자기 날카로워진 불련의 말투도 그렇지만, 사람들에게 그보다 더 충격적이었던 건 그녀의 마지막 한마디가 의미하는 바였다. 맹부요가 여자라는 사실을 알 턱이 없는 그들에게 지금 이건 무극 태자의 정혼녀가 그의 은밀한 괴벽을 대중 앞에서 신랄하게 까발린 상황이었다.

그간 국혼이 성사되지 않았던 게 정녕 태자가 남색가였던 탓이란 말인가?

참 당당하게도 떠들어 대는 불련을 멍하니 쳐다보고 있던 맹부요는 장손무극이 말한, '몹시 화가 나는데 반격할 방도가 없는 상황'이 무엇이었는지를 비로소 깨달았다. 그는 자신이 '공식적으로' 천살을 떠나더라도 불련은 단념하지 않을 것이며, 도리어 그 틈에 여론 몰이에 나서고도 남으리란 걸 정확히 내다봤던 것이다.

불련이 7국 대표자들 앞에서 장손무극과의 혼사를 입에 올린들, 지금 맹부요의 신분과 입장에서 감히 그게 거짓말이라 주장할 수 있겠는가?

천천히 품 안으로 손을 넣어 물체의 윤곽을 만지작거리던 맹부요가 이내 싱긋 웃으며 불련을 향해 물었다.

"공주마마, 조금 전에 뭐라 하셨지요? 같은 어전에서 군신 관계?"

불련이 우아하게 미소 지었다.

"온 천하가 다 아는 일을 굳이 입에 못 올릴 것도 없지요."

"제가 깜빡한 모양입니다만."

맹부요가 어깨를 으쓱했다.

"태자비 책봉은 대체 언제랍니까?"

"선을 넘으신 듯싶군요."

못내 수줍은 양 눈을 내리깐 불련이 말했다.

"태자께서 이미 약조하신 일이거늘, 맹 장군이 무슨 자격으로 그런 질문을 하십니까?"

치열한 설정

"그도 그러하군요."

맹부요가 입꼬리를 끌어 올렸다.

"현재까지는 무극국 조정의 관원 신분인 제게 황태자 부부의 혼삿날을 캐물을 자격이 어디 있겠습니까. 다만……."

말을 중간에 끊은 그녀가 불련을 보며 빙긋 웃었다. 하지만 불련은 그런 그녀를 조용히 쳐다보기만 할 뿐 뒤를 캐묻지 않았고, 맹부요는 당혹했다.

무슨 애가 이렇게 의뭉스럽냐, 진짜.

그나마 아란주가 있어서 다행이었다. 깜찍한 주주가 그 커다란 눈망울을 깜빡거리며 사랑스럽게도 질문을 던져 준 것이다.

"다만 뭐?"

역시 척하면 척이로구나!

신바람이 난 맹부요가 잽싸게 말했다.

"다만, 무극 태자와 공주마마의 혼약은 벌써 10년 전에 깨졌다는 말이 있던데, 어찌 된 일일까요?"

"진짜?"

아란주가 좌중을 대표해 기함했다.

"그걸 여기 있는 사람들은 아무도 몰랐다고?"

경악에 찬 좌중의 눈길이 일제히 맹부요에게로 쏠렸다. 지금 껏 조용히 사태를 관망 중이던 전남성마저 상체를 탁자 앞으로 쪽 내밀었을 정도였다.

장손무극과 봉정범의 혼약이 진작에 깨졌다니?

가히 충격적인 소식이 아닐 수 없었지만, 사람들은 믿기지 않는다는 반응이었다.

첫째로, 그런 소문은 완전히 금시초문이기 때문이었고, 둘째 로는 이 자리에서 불련이 보인 태도 때문이었다.

혼약이 정말로 파기되었다면 7국 귀빈들을 죽 앉혀 놓고 그 이야기를 꺼낼 수 있었겠는가? 일국의 공주가 품위고 체면이고 다 집어던지고서?

십중팔구는 공주의 힐문에 말문이 막힌 맹 장군이 급한 김에 아무 소리나 갖다 붙인 것이렷다?

각국 귀빈들이 눈을 빛내는 사이, 창백하던 얼굴이 시뻘겋 게 달아오른 사황자가 참다못해 자리를 박차고 일어나며 소리 쳤다.

"당치도 않은 소리! 무엄한지고! 폐하, 맹부요가 삿된 말로 선기국의 공주를 모욕하고, 날조된 소문으로 중상모략을 가하고 있습니다. 부디 저 오만방자한 자를 존엄한 황궁에서 몰아내소서!"

전남성이 미간을 찌푸리고서 맹부요를 쳐다봤다. 그 역시 맹부요가 지나치게 방자했다는 생각이었다.

아무리 불련 공주와의 사이에 묵은 앙금이 있었다 한들, 이런 자리에서 인신공격은 부적절한 행동이었다.

그렇다고 따끔하게 혼쭐을 내자니······. 조금 전 내전에서 이야기가 너무 잘 풀리지 않았던가.

맹부요가 사실 무극국 출신이 아니라는 걸 알고서 가슴속의 무거운 돌덩이를 내려놓은 그는 상대를 자기 밑으로 포섭하겠노라 이미 작정을 한 참이었다. 하여, 잠시 망설이던 전남성은 이렇게 말했다.

"맹 장군, 술이 과한 듯하니 이만 돌아가도록 하라."

"폐하, 그리 예사로이 넘기실 일은 아니지 싶습니다."

맹부요보다 한발 앞서 대꾸한 사람은 자리에 단정히 앉아 있는 불련이었다. 언뜻 차분하게 미소 짓고 있지만, 그 미소에 평소답지 않은 냉기를 실은 그녀가 나긋한 목소리로 말했다.

"제가 비록 꾸밈새는 사찰 불제자들과 다르나 실상 절반은 출가한 몸, 그간 세상과 다투지 않고 살아왔습니다. 영문도 모른 채 미운털이 박혀 수모를 당한 것은 참는다 쳐도, 맹 장군은 7국 귀빈들 앞에서 저를 염치없는 사기꾼으로 몰아가기까지 했습니다. 참고 넘기는 것도 한 번이지요. 하물며 부처님께서도 대로해 호통을 치실 때가 있는걸요. 항시 주변인들에게 선의를 베풀고자 하는 저나, 오늘 일에는 저 한 사람의 명예만이 아니라 선기국의 존엄까지 걸려 있는 만큼 맹 장군에게 확실히 따져 묻지 않을 수가 없겠습니다. 맹 장군, 양국의 혼약이 파기되었다는 증거라도 있는지요?"

"그래, 증거는 있느냐?"

목청도 좋게 말을 이어받은 사황자가 불길이 활활 타오르는 눈으로 맹부요를 노려봤다.

"만약 증거도 없이 불련을 모욕하고 우리 선기를 욕보인 거라면, 온 나라를 동원해서라도 그 대가를 단단히 치르게 해 줄 테다!"

"아이고야, 저 같은 버러지가 무슨 힘이 있다고 온 나라까지 동원해 짓밟으려 하십니까. 그거야말로 닭 잡는 데 소 잡는 칼 쓰는 격 아닌가요?"

맹부요가 실실 웃으며 고개를 내둘렀다.

"무서워서 오금이 다 저립니다요! 선기국 온 나라라니!"

"맹 장군의 무기라고는 그 잘난 세 치 혀가 전부인가 봅니다?"

불련이 발끈해 일어서는 사황자를 붙잡아 앉히며 엷게 미소 지었다.

"이만 본론으로 돌아가도록 할까요. 증거는요? 있으면 내놓아 보시지요."

"역시 대단하십니다. 절대 한쪽으로 기울어지는 법 없이 중심을 지키시는군요. 열불 난다고 막 이성 잃고 그러실 분이 아니긴 하죠."

슬며시 입꼬리를 끌어 올리며 손바닥을 내놓으려 하던 맹부
요가 쏟아지는 눈길 속에서 심드렁하게 말했다.

"없습니다, 증거."

"뭐가 어째?"

"세상에 함부로 지껄일 소리가 따로 있지!"

"죽고 싶어 환장을 한 겐가! 어전에서 7국 귀빈들을 앞에 두
고 불련 공주를 욕보이다니!"

"공주의 선한 성품을 천하가 익히 알거늘, 제까짓 저열한 놈
이 감히 공주를 모욕해?"

맹렬한 비난이 한꺼번에 터져 나와 맹부요를, 그야말로 파묻
어 버렸다.

불련이 오주대륙에서 누리는 명성은 이제 막 이름을 알리기
시작한 맹부요에 비할 것이 아니었다. 그간 수없이 많은 선행
을 베풀며 맺은 인연과 명산 고찰을 찾아다닌다는 명목으로 대
륙을 유람하는 동안에 안면을 튼 각국 황실 여인들의 숫자만도
어마어마했다. 거기에 더해 갑작스럽게 당한 모욕이 서러울 법
도 하건만 당황하거나 노여워하지 않고 끝까지 품위를 지키는
그녀의 모습을 지켜보며, 오늘 모인 귀족 중 일부는 안타까움
을 넘어 존경심마저 느꼈던 것이었다.

그에 반해 이름도 없이 초야에 묻혀 살다가 장군이랍시고 갓
출세한 맹부요는 어떠한가. 기껏해야 남총급이라는 소문까지 도
는 주제에, 존귀한 공주마마를 상대로 밑도 끝도 없이 시비를 걸

었다. 게다가 아주 사람을 잡아 죽일 기세로 몰아붙이고, 급기야는 중상모략까지 감행하여 공주를 나락으로 떨어뜨리려 들었으니, 실로 해도 너무, 너무, 너무, 너무, 너무 했다 하겠다!

"근거도 없이 공주의 명예를 더럽히다니, 우리 선기국이 네놈을 그냥 둘 것 같으냐!"

목에 핏대를 시퍼렇게 세운 사황자가 탁자를 쾅 내리쳤다.

전남성마저도 표정을 찌푸리고서, 혼세 마왕 맹부요를 일단 여기서 내보내는 방안을 고민 중이었다.

이건 뭐 말썽을 부려도 정도껏 부려야지.

그러나 군중의 들끓는 분노 앞에서도 정작 당사자는 태연자약하기만 했으니. 맹부요는 탁자에 비스듬히 기대 이를 쑤시는 중이었다.

이때, 단정하게 정좌해 있던 불련이 제 오라비 소맷자락을 살며시 당기면서 생긋 미소 지었다.

"오라버니, 노여워하지 말아요. 옳고 그름은 결국 가려지기 마련인걸요. 7국 왕공과 오주 무림의 종사들께서 지켜보고 계시잖아요. 일개 소인이 분별없이 설친들 여기 모인 백부님, 숙부님들께서 현명한 판단으로 조카들의 억울함을 풀어 주실 터, 화낼 필요가 무에 있나요?"

"그러게, 무에 그리 똥줄이 타십니까?"

짝, 짝, 짝, 맹부요가 느릿느릿 손뼉을 쳤다.

"본인 여동생을 좀 보시지요, 얼마나 훌륭합니까! 7국 귀족 전원을 홀딱 싸잡아다가 자기 등에 업는 저 솜씨라니. 오늘 이후로 이 맹부요는 어딜 가나 쳐 죽일 놈 소리를 듣겠지요. 오주 7국을 통틀어 누구 하나 저를 휘하로 받아 주겠다는 사람이 있을까요? 사황자, 탁자만 내리쳐서 되겠나요. 걸상도 걷어차고 아주 길길이 날뛰어 보시지요. 그래 봐야 본인 여동생이 제자리에 가만히 앉아 입 한 번 놀리느니만 못할 테지만. 쯧쯧, 태자 자리 못 꿰찬 데는 다 이유가 있었습니다그려. 술수 쓰는 걸 여동생한테서 많이 배우셔야겠습니다."

"맹 장군, 실없는 소리 관두시지요. 이간질은 왜 하십니까?"

정곡을 찔려 낯빛이 하얗게 질린 사황자를 힐끔 쳐다본 불련이 이내 맹부요 쪽으로 눈길을 돌리고는 차갑게 말했다.

"한낱 소인의 심산으로 군자의 마음을 헤아리겠다는 만용일랑 부리지 마십시오. 본 궁은 맹 장군이 대체 무슨 꿍꿍이속인지 알지도 못하겠고, 알 필요도 못 느끼겠습니다. 대신, 말을 하려거든 바른 도리와 증좌에 기대서 해야 한다는 세상사 이치만은 똑똑히 알지요. 증좌를 내놓지 못한다면 설령 그 세 치 혀로 연꽃을 피워 낸대도[13] 무용한 일일 것입니다."

"연꽃이라. 저는 못 피워 내도 공주마마는 가능하시지요."

맹부요가 빙글빙글 웃으며 말했다.

"어디 혀끝뿐인가요, 온몸 구석구석이 전부 연꽃 아닙니까? 마음 같아서야 머리카락 한 올까지도 연화수에 푹 절이고 싶으

---

13 설찬연화舌燦蓮花. 중국 고승 불도징의 일화에서 유래한 표현으로, 말재간이 뛰어난 사람을 가리킨다.

실 테지요. 털구멍 하나하나가 지극히 고결한 연꽃 향기를 내뿜을 정도는 되어야 본인이 연꽃을 머금고 태어난 성녀임을 온 천하 사람들에게 각인시킬 수 있지 않겠습니까. '연꽃'이라는 단어는 오로지 마마를 위해서만 존재하는 것이니 저한테 갖다 붙이지는 마시지요."

"허튼소리로는 세상에 장군을 따를 자가 없을 듯하군요."

탁자 위에 팔을 올린 불련이 자신의 희고 가느다란 손가락을 여유롭게 훑어보며 말했다.

"다시 한번 말씀드리지만, 만약 증좌를 대지 못한다면 장군은 우리 선기국을 영원히 적으로 두는 한편, 이 자리에 모인 모두의 멸시를 받게 될 것입니다. 지금까지 떠든 말 중에 옳은 소리는 딱 한마디더군요. 앞으로 오주 7국에서 장군을 거둬 줄 사람은 없으리라는 말."

웃음기를 지우고 상체를 살짝 뒤로 젖힌 맹부요가 불련을 노려보며 사뭇 날 선 말투로 내뱉었다.

"제게 없는 증거가 마마께는 있답니까? 어차피 양쪽 다 빈손인 판에 왜 혼자서만 억울한 척이신지?"

"본 궁에게 증좌가 없다고 누가 그러던가요?"

불련이 눈을 드는 찰나, 동공 안에 섬광이 스쳤다.

"있습니까?"

흠칫, 맹부요의 눈동자가 흔들렸다. 그녀의 입에서 같은 질문이 또 한 번 나왔다.

"있다고요?"

"있든 없든, 지금 그게 중요한가요?"

교묘한 말로 답을 비껴간 불련이 맹부요를 빤히 쳐다봤다.

"상황이 이쯤 왔으면 맹 장군께서도 입장 표명이란 걸 하셔야 할 듯합니다만?"

"증거가 있다면 마마께서 무슨 처분을 내리시든 달게 받고말고요."

맹부요가 손을 휘휘 내저으며 심드렁하게 말했다.

"하지만 증거를 보여 주지 못하신다면…… 그때는 제가 나서고 말고 할 것도 없겠지요. 뒷감당은 본인이 알아서 하십시오."

지금껏 그 말이 나오기만을 기다렸던 모양인지 불련의 눈 속에서 맹부요만이 알아볼 수 있는, 예의 그 바늘 끝처럼 예리한 광채가 번뜩였다. 곧이어 불련이 미소 지으며 말했다.

"안됐군요. 증좌가 있거든요."

"있다고요?"

"있다마다요."

눈을 살포시 내리깔아 풋풋하니 아리따운 자태를 연출해 낸 불련이 연회장 중앙을 향해 얼굴을 돌리고는 나긋한 목소리로 입을 열었다.

"어르신들 앞에서 꺼낼 이야기가 아닌지라 지금껏 말을 아꼈으나, 이 지경까지 몰린 이상에야 아무리 부끄러워도 사실을 털어놓을 수밖에는 없을 듯합니다……."

가까스로 용기를 낸 양 고개를 든 그녀가 물기 어린 눈으로 주위를 한 바퀴 빙 둘러보더니 수줍게 운을 뗐다.

"무극국과 선기국이 혼약을 맺을 당시 그 예물이 태자께서 직접 그리신 선기도였다는 사실은 다들 알고 계시리라 믿습니다."

듣던 이들 모두 고개를 끄덕였다. 오주대륙 사람이라면 누구나 아는 일, 오늘날 선기도는 탁본만으로도 소유국의 자랑거리가 아니던가.

태연국 황궁에서 변란이 났을 당시 제심의가 태자의 주의를 끄는 데 동원하기도 했을 만큼, 병법 서른두 항목이 담긴 선기도는 황가에서도 귀한 대접을 받는 물건이었다.

"못난 저는 태자 전하의 재주를 너무나 흠모한 나머지……."

말소리가 뒤로 갈수록 점점 작아졌다. 불련은 목덜미가 발갛게 달아오르도록 수줍어하는 모습이었다.

"선기도를 처음 얻은 그날 이후 한시도…… 곁에서 떼어 놓지 못했습니다……."

좌중의 반응은 '아하, 그러했던가. 충분히 이해가 간다.' 하는 식이었다.

무극 태자를 향한 불련의 마음이야 타국 인사들도 대부분 들어 본 적이 있었던바, 사실 비밀이랄 것도 못 됐다. 하물며 둘은 진작에 혼인을 약조한 사이, 상대에게 연심 좀 품은들 무슨 흠이 되겠는가? 물론 그렇다 쳐도 타고난 성품이 솔직하지 않았다면 자기 입으로 인정하기는 어려웠으리라.

여기까지 생각이 미치자 문득 불련이 가여워지는 게 사람 마음이었다. 여인으로서 무엇보다 숨기고 싶었을 속내를 저 악랄한 놈 때문에 온 천하의 영걸들 앞에서 직접 시인하고야 말았으니, 일국의 공주로서 입장이 보통 난처한 게 아닐 것이다.

차일피일 혼례를 미루는 장손무극 때문에 나이 스물이 되도록 혼자인 것도 모자라, 남색으로 태자의 정신을 쏙 빼놓았다 소문이 파다한 놈한테 면전에서 능욕을 당하기까지 했다. 귀하게만 자랐을 공주가 이토록 혹독한 시련을 무슨 수로 감당해 낸단 말인가?

이때 불련 공주가 품속에서 네모난 황색 비단 천을 끄집어냈다. 비단 폭 위에는 흐린 먹색, 선명한 청록색, 짙은 적색, 밝은 자색, 공히 네 가지 빛깔 색실로 선풍仙風마저 느껴지리만큼 멋스러운 필체가 수놓여 있었다.

당초 무극 태자의 머리에서 나온 선기도가 천하제일의 수예가 온蘊씨 부인의 손끝에서 자수 작품으로 재탄생했다는 것은 오늘 연회에 모인 이들에게도 일부 알려진 사실이었다. 문자 자수에 특히 능했던 온씨 부인은 물 흐르듯 유려한 자획과 거기에서 배어나는 고아한 품격으로 대표되는 장인으로, 원작의 정수를 기가 막히게 구현해 내는 재주가 있었다.

비단 폭에 수놓은 글자가 모습을 드러낸 순간, 좌중은 그것이 진품임을 한눈에 알아봤다. 비록 진품의 운치는 따라잡을 수 없을지언정 본인들 황궁에도 모양새는 같은 탁본이 있으니 진위를 분별하기야 어렵지 않았던 것이다.

또 하나, 무엇보다 결정적인 판단 근거는 온씨 부인이 진작에 요절했다는 점이었다. 그녀가 남긴 작품들은 이미 전설 반열에 올랐고, 복제품을 만들어 낸다는 건 불가능했다.

선기도를 어루만지던 불련의 눈가에 눈물이 그렁그렁하게 차올랐다. 묵묵히 그림을 받쳐 들고 자리에서 일어난 그녀는 연회장 안의 모두가 볼 수 있도록 천천히 반 바퀴를 돌았다. 비록 말은 없었지만, 화려한 자수 위로 어느덧 방울져 떨어지기 시작한 눈물이 색실을 원래보다 한층 더 선명한 빛깔로 물들여 가고 있었다.

이 순간, 침묵보다 절절한 언어가 있을까.

냉소를 머금은 아란주와 찌푸린 표정의 전남성을 제외한 모두가 일제히 맹부요를 향해 적의에 찬 눈초리를 쏘아 보냈다. 불만, 분노, 조롱, 경멸, 혐오……. 눈빛 안에 담긴 감정도 가지각색이었다.

수모를 이기지 못해 파르르 떠는 미인의 자태란 자고로 사내의 정의감과 보호 본능에 불을 댕기기 딱 좋은 소재인 법이었다. 연회장 전체가 분노로 끓어오르는 가운데, 의관을 근사하게 갖춘 소년 하나가 자리를 박차고 일어나 소리쳤다.

"맹부요, 사람을 능멸해도 정도가 있지! 상대가 연약한 여인이라고 하늘 높은 줄 모르고 날뛰는구나. 네놈 눈에는 여기 앉아 있는 왕공과 호걸들이 모두 허수아비로 보이더냐? 이 몸이 공주마마를 대신해 오늘 그 버릇을 고쳐 줘야겠다!"

맹부요는 아무 말 않고 힐끔 눈을 틀어 소년을 훑어봤다.

가만 보자, 천살국 황족 먼 일파 중에 무슨 후侯 집안 도련님이랬나.

황궁 안에서는 무기를 지닐 수 없다는 규칙상 지금 막 그녀를 향해 달려드는 소년은 맨주먹이었다. 이에 다리를 꼬고 앉아 있던 맹부요가 목청 높여 상대를 추어올렸다.

"옳거니, 배짱 한번 좋고! 영웅 나셨구먼!"

그러고는 속 편히 앉아 만면에 미소를 띠고서 마치 포옹을 준비하는 양 두 팔을 활짝 벌렸다.

어서 오너라, 네놈이 직접 판 무덤 안으로.

그러나 아쉽게도 소년의 돌진은 잽싸게 끼어든 중년 사내의 호통에 가로막히고 말았다.

"홍지鴻智! 어전에서 무슨 방자한 짓이냐!"

아마도 집안 어른인 듯한 중년 사내가 소년을 자리로 끌고 가며 말했다.

"설령 무지몰각한 자가 건방을 떤다 한들 여기 너 아니면 처리할 사람이 없을까! 쓸데없이 나서기는 뭘 나서!"

그러면서 사내는 생각했다.

장난하나? 아무리 발칙스러운 파렴치한이어도 일단은 실력으로 진무대회를 평정한 자이거늘, 저 앞에서 설쳐 봐야 죽여 달라는 소리밖에 더 돼?

지켜보던 맹부요의 입에서 '쳇!' 소리가 나왔다. 판을 더 키울 수도 있는 거였는데, 아까웠다.

이즈음 선기도는 이미 좌중에게 고루 선보여진 뒤였고, 그림을 본 사람들은 연신 고개를 끄덕였다.

극상의 기교와 함께 오묘한 깊이가 배어나는 작품, 이것이 말로만 듣던 진품 선기도가 아니라면 또 무엇일 수 있겠는가?

멀찍이 있는 맹부요 쪽으로 돌아선 불련이 그림을 펼쳐 보이며 품위 넘치는 웃음을 지었다.

"맹 장군, 본 궁이 내릴 처분으로 무엇이 적당하겠습니까?"

"마마, 따로 처분이랄 게 필요하겠습니까? 그 전에 수치스러워서라도 자결하겠지요!"

"맹부요, 천살지금의 검이라도 빌려주랴?"

"뻔뻔하게 안 죽고 버틴다고 해도 어차피 송장이나 다름없는 신세일 테지. 어디 가서 사람 구실하겠나!"

"캬악, 퉤!"

아무 소리도 안 들리는 양, 그저 아란주의 소맷자락만 쓸어 내리던 맹부요가 눈물을 떨궜다.

"주주, 야비한 것도 저 정도면 진짜 당해 낼 수가 없다……."

아란주는 미간에 주름을 잔뜩 잡고서 선기도를 노려보는 중이었다. 슬슬 불안해지기 시작한 그녀가 맹부요의 소매를 잡아당기며 소곤거렸다.

"어이, 저거 아무래도 진품 같은데 정말 증거 가진 거 없어? 상황이 여기까지 온 이상 저 망할 계집애가 곱게 넘어가 줄 리는 없을 것 같아서 그래."

맹부요가 소리 내 웃더니 입을 열었다.

"주주, 갑자기 든 생각인데 사람도 사람 나름으로 천차만별이지 싶다."

그녀가 아란주를 보며 떠올린 생각인즉슨, 따지고 보면 아란주도 누구처럼 자신과 '연적' 관계이기는 마찬가지건만, 마음

씀씀이는 어쩜 이렇게 차이가 나는지 모르겠다는 것이었다.

그 시각, 나대지 못해 안달이 난 인물이 하나 있었다. 바로 조금 전 맹부요에게 덤벼들다 자리로 끌려갔던 소년이었다.

재차 자리를 박차고 나온 소년이 호위병 역할로 서 있던 천살지금의 칼을 낚아채 맹부요 앞에다 '철컹' 소리가 나게 집어 던지고는 팔짱을 끼고서 가소롭다는 듯 입꼬리를 비틀었다. 칼집까지 통째로 내던져진 칼이 반들반들한 벽돌 바닥 위를 미끄러지면서 눈부신 불꽃을 튀겼다.

곧이어 '척' 하고 칼을 밟아 멈춘 맹부요가 그걸 발끝으로 가볍게 차올려 손에 쥐었다. 손가락으로 칼집을 튕기자 맑고도 또렷한 음향이 울렸고, 그녀가 고개를 끄덕이며 픽 웃었다.

"됐다가 그쪽이 쓰시면 되겠네."

'그쪽'이 누구인지는 명확히 밝히지 않았지만, 그 순간 맹부요가 흘깃 쳐다본 방향에는 미소 띤 얼굴로 대답을 기다리는 불련 공주가 있었다.

"공주마마께서는 지금 손에 든 선기도가 진품이라 주장하시지만, 과연 누가 그걸 증명해 줄 수 있답니까?"

맹부요의 질문에 연회장 안의 모두가 흠칫했다. 뒤늦게야 자신들의 믿음에 커다란 맹점이 있었음을 깨달은 것이다.

진품 선기도는 지금껏 아무도 본 적이 없는데, 저게 진짜라고 누가 감히 자신할 수 있을까?

"또 허튼소리로 우릴 현혹시키려는 것이냐!"

이번에 나선 인물은 헌원국 출신의 사내였다. 차림새를 보아

하니 장생長生검파 장문인인 듯했다.

수척하게 여윈 얼굴을 격한 분노로 물들인 사내가 소리쳤다.

"과거 궁중에서 본 탁본이 딱 저러했거늘, 각국 황실이 가진 탁본이 모조리 가짜라는 소리라도 할 셈인가?"

"드디어 눈치채셨군요!"

책상다리를 하고 앉은 맹부요가 박수를 보냈다.

"전부 가짜입니다! 여러분이 가지고 계신 그림은 모조리 저기 저 무극국 예비 태자비께서 이 나라 저 나라 기웃거리며 은근슬쩍 남긴 물건일걸요? 저쪽은 짝퉁 공장이고 당신네들은 아무것도 모르고 당한 소비자들이란 말입니다. 저쪽은 멜라민으로 만든 가짜 분유 회사, 여러분은 유통업자라고요."

"맹 장군, 선기도는 가로세로 스물한 글자씩, 도합 441자로 이루어져 있습니다. 가로로, 세로로, 대각선으로, 번갈아 가며, 순방향으로, 역방향으로, 혹은 한 글자씩 밀려 가며 읽거나 중복해서 읽는 글자가 있어도 반드시 말이 만들어지지요. 그렇게 빚어지는 문장은 3언, 4언, 5언, 6언, 7언 등 길이가 다양하며 진법, 지휘술, 용병술, 전략 네 개 장章으로 정리됩니다. 온 천하를 통틀어 본 궁보다 선기도에 대해 잘 아는 사람은 없을 겁니다. 만약, 이게 진품이라는 본 궁의 말을 신뢰할 수 없다면 가짜라 우기는 맹 장군의 말 또한 신뢰하기 어렵기는 마찬가지 아닐는지요? 그렇다면 이쯤에서 할 말은 하나뿐이겠군요. 증좌는 있습니까?"

무슨 허황된 소리를 지껄이든 전혀 신경 쓰이지 않는다는 듯, 불련은 여전히 미소를 머금은 채였다.

"'도궁비현圖窮匕見'[14]이나 '최후의 발악'이야말로 지금 맹 장군의 언행을 두고 하는 말들이 아닐까요?"

"그쪽한테도 똑같이 적용되는 말일 것 같은데요."

코웃음을 치던 맹부요가 품속에서 무언가를 느릿느릿 꺼내 탁자 위에 툭 던졌다.

"제 증거라면 여기 있습니다!"

낡아 빠진 연보라색 천 조각은 똑바른 사각형도 아니었을뿐더러 가장자리는 실밥까지 너덜너덜 풀려 있었다. 후줄근하게 구겨진 천 표면에는 건성으로 휘갈겨 쓴 글씨가 깨알만 하게 박혀 있었는데, 내용 자체는 선기도가 맞았으나 극상의 정교함을 뽐내는 자수는커녕 구간별 색 구분조차 없었다.

온 세상을 떠들썩하게 만든 걸작 선기도라기보다는 어디서 옷 귀퉁이 따위를 찢어다가 내용만 대충 베껴 써놓은 것에 가까워 보였다.

선기도랍시고 내놓기에는 설득력이 떨어져도 너무 떨어지는 물건.

일순 침묵에 잠겼던 연회객들 사이에서 금방 박장대소가 터져 나왔다. 개중에는 그야말로 포복절도하는 사람, 탁자를 쾅쾅 치는 사람, 심지어 눈물을 빼는 사람도 있었다.

---

14 지도를 펼치자 비수가 나타난다는 뜻으로 일이 탄로 난 것을 가리킨다. 전국 시대 연나라 자객 형가가 진나라 왕을 암살하고자 두루마리 지도 안에 비수를 숨겨 가지고 들어간 데서 유래한 고사성어이다.

"맙소사……. 저딴 게 진품 선기도래. 우리가 다 장님으로 보이나?"

"형님, 제가 소매 찢어 드릴 테니 형님도 한 폭 베껴 써 보십시오. 우리도 7국 왕공들 앞에 들고 나가서 '이게 바로 선기도요!' 한번 해 봅시다!"

"저게 선기도면 우리 집 한 달짜리 갓난쟁이가 어젯밤에 오줌 지린 이부자리는 파구소 비급이겠구먼, 껄껄……."

"에라, 이놈아. 사나이 대장부면 시원시원한 맛이 있어야지. 추잡한 꼴 그만 보이고 차라리 자결을 해라! 그게 그나마 덜 무시당하는 길이다!"

"……."

왁자지껄한 소음 속에서, 실은 맹부요도 적잖이 당황하고 있었다. 천 조각을 노려보는 그녀의 얼굴에 먹구름이 짙었다.

젠장맞을! 비단 주머니 안에서 천이 만져지기에 당연히 선기도겠거니 하고 완전 멋지게 내던졌건만, 설득력 하나 없는 넝마 조각이 나올 줄이야.

망할 놈의 장손무극, 장난질할 게 따로 있지!

비단 주머니를 장손무극의 머리통 삼아 마구 짓이기던 그녀의 손끝에 뭔가 이상한 느낌이 전해졌다. 살펴보니 주머니 안에 종이쪽지가 하나 들어 있지 않은가. 쪽지를 꺼내 훑어본 그녀는 즉각 회심의 미소를 지었다.

그녀의 입가가 미소를 머금는 동시에 지금껏 신나게 낄낄거리던 연회객들의 얼굴에서는 웃음기가 싹 사라졌다.

제일 먼저 눈길을 돌린 건 맹부요를 비웃는 사람들을 지켜보면서 미소 짓고 있던 불련이었다. 그녀가 입꼬리를 비틀어 올리며 말했다.

　"마지막으로 시라도 한 수 남기시렵니까? 본 궁도 애도의 뜻으로 대련 하나 써 드리도록 할까요?"

　"대련이라."

　선기도를 집어 들고 일어선 맹부요가 설렁설렁 걸음을 옮기며 말했다.

　"그건 본인 몫으로나 남겨 두시지요."

　그녀가 접근해 오자 불련은 황급히 몸을 뒤로 물렸다. 왕공 귀족들이 자리를 박차고 나오며 호통을 쳤다.

　"무슨 짓을 하려는 게냐? 공주 곁에서 썩 물러서지 못할까!"

　그러자 불련에게서 세 걸음 떨어진 지점에 멈춰 선 맹부요가 어깨를 으쓱했다.

　"이 많은 사람 앞에서 달랑 저 혼자 뭘 할 수 있다고 그러십니까? 저도 천하를 적으로 돌리면서까지 공주마마께 험한 짓을 할 만큼 미련하지는 않습니다. 그저, 이 찬란한 세상에 작별을 고하기에 앞서 문득 세상 모든 아름다운 것들에 비상한 관심이 생겨서 말입니다. 이를테면 공주마마께서 걸치신 의복의 옷감이 참으로 마음에 드는군요. 수의로 쓰게 무슨 옷감인지 이름이라도 알고 싶은데…… . 마마, 죽을 사람 마지막 소원이라 치고 알려 주시겠습니까?"

　풍성하고 화려한 불련의 치마를 향한 선망의 눈길만 놓고 보자면 맹부요는 월백색 바탕에 은은한 하늘색 광택이 도는 그 옷감이 정말로 탐나는 것 같았다.

하지만 불련은 미간을 찌푸렸다. 맹부요 같은 날건달이 난데없이 치마에 관심이 생겼을 리는 절대로 없다 싶은데, 다른 의도를 꼬집어 내자니 그건 또 여의치가 않았다.

그녀가 어찌 답해야 좋을지를 고민하고 있을 때였다. 사황자가 냉큼 끼어들어 냉소와 함께 말했다.

"천하에 파렴치한 놈 같으니, 이제 와서 알랑거려 봤자다. 그래도 우리 선기인들은 본래가 관대한 민족이니 궁금증은 풀고 죽게 해 주마. 저건 선기국의 월화금月華錦이니라. 달처럼 밝게 빛난다는 뜻으로 붙은 이름이지. 우리 선기국에서만 나는 최상급 비단이란 말이다. 알아듣겠느냐? 네놈 따위가 수의로 쓰고 싶다고 해서 살 수 있는 게 아니라고!"

"아하……."

상대의 말투에 담긴 적의를 전혀 읽어 내지 못한 양 고개를 주억거린 맹부요가 몹시 궁금하다는 투로 말을 이었다.

"정말 남다른 비단이구먼요. 움직일 때마다 은은한 광택이 반짝이는 것이, 뭔가 무늬가 들어가 있는 것 같기는 한데 무슨 도안인지를 도통 모르겠으니 원."

사황자는 입을 열기 전 불련에게 저지당했지만, 이번에는 선기국 장공방長空幇 방주가 픽 웃으며 끼어들었다.

"그야 당연히 보름달 무늬지. 월화금이라는 이름이 왜 붙었다고 생각하는 거냐?"

장공방 방주는 공주가 모욕당했다는 사실에 분개한 나머지 어떻게든 한마디라도 더 쏘아붙이고 싶은 모양새였다.

"우리 선기국 월화금은 다른 최고급 비단 두 종류와 마찬가지로 생산량이 극히 적어 타국에는 아예 팔지를 않을뿐더러, 본국에서도 황실 종친들만이 드물게 하사받는 물건이다. 그런 옷감으로 의복을 지어 입을 수 있는 분은 공주마마가 유일하시거늘, 감히 주제도 모르고 캐묻기는 뭘 캐물어?"

"아아……."

길게 탄식을 흘리던 맹부요가 말했다.

"살 수가 없다고요? 진짜 황실에서만 구경할 수 있는 겁니까?"

"그렇대도!"

방주가 딱 잘라 못을 박은 직후, 불련이 문득 웃음 지었다.

"맹 장군께서도 월화금 수의는 희망이 없음을 아셨을 테니 오늘 일은 이쯤에서 끝내도록 하지요. 본 궁은 아무런 처분도 내리지 않을 생각입니다. 앞으로도 그 목숨, 열심히 부지하세요."

불련은 그녀의 너그러움과 기품 있는 태도를 향해 쏟아지는 찬탄 한복판에서도 차분한 미소를 유지하고 있었다.

불련이 마침내 선기도를 정리해 넣으려던 때였다. 맹부요가 나지막이 '흥' 소리를 뱉었다. 단전에서부터 묵직한 힘을 싣고 올라온 음향이 혀끝을 통해 목표물을 노리는 칼날처럼 쏘아져 나간 결과, 다른 사람은 듣지 못했을지언정 불련은 귓가에 벼락이 떨어진 느낌을 받았다.

화들짝 소스라친 그녀의 손에서 선기도가 툭 떨어졌다. 순간적으로 눈빛이 확 변한 불련은 재빨리 그림을 주우려 했지만, 그녀가 아무리 급하게 움직인들 맹부요를 따라잡을 수 있을 리는 없었다.

불련이 팔을 뻗자마자 반대편에서 끼어든 새하얀 손가락이 선기도를 가볍게 집어 들었다.

눈을 치켜뜬 불련이 마주한 것은 웃음기 속에 날 선 살기를 품은 맹부요의 눈빛이었다.

맹부요가 손끝으로 잡고 있던 선기도를 불련의 면전에다 툭 던지는 시늉을 했다. 언뜻 봐서는 그림을 돌려주려는 듯한 모양새였다.

불련은 반사적으로 손을 뻗었으나 비단 폭은 흐르는 물결처럼 그녀의 얼굴을 스쳐 손가락 사이로 빠져나갔다.

그 순간, 월화금의 매끈하고도 서늘한 감촉이 마치 심연에 잠겨 한기를 듬뿍 머금은 달처럼 그녀의 가슴 밑바닥으로 쿵 내려앉았다.

경련이 온 듯한 손 모양으로 허공을 더듬던 불련이 무언가를 떠올린 양 갑자기 새된 비명을 질렀다.

"그림을 망가뜨리려 해요! 이자가 그림을 망가뜨리려 합니다!"

장내가 아수라장이 됐다. 내빈 몇몇이 맹부요를 향해 살벌하게 달려드는 와중에 허둥거리다가 어전 주안상을 엎어 버린 사람도 있었다. 온갖 요리며 탕국이 바닥을 더럽혔지만, 사고를 친 당사자는 분개한 나머지 송구하다는 말도 잊고서 곧장 맹부요 쪽으로 돌진했다.

저 배은망덕한 놈이 보자 보자 하니까! 내 저놈을 찢어 죽이고야 말리라!

맹부요가 한 발짝 뒤로 물러서더니 선기도를 활짝 펼쳐 머리 위로 들어 올리며 외쳤다.

"거기들 서시지요. 가까이 오면 이거 진짜로 찢습니다!"

기겁해 걸음을 멈춘 사람들이 쭈뼛쭈뼛 서로 눈치를 보는 사이에도 불련의 날카로운 비명은 계속 이어지고 있었다. 그녀가 선기도를 목숨처럼 아낀다는 사실이 여실히 드러나는 부분이었다. 저 그림을 훼손하는 건 불련을 죽이는 짓이 아니겠는가.

"맹부요, 패악을 부려도 적당히 부려야지!"

천살국 3품 무관 하나가 노성을 터뜨렸다.

"하다 하다 이제는 비열한 술수로 그림을 탈취해 증거를 인멸하려 들다니!"

"제가 이걸 왜 없앱니까요? 그러면 세상에서 온씨 부인의 걸작이 하나 줄어드는 건데, 그쪽들은 괜찮을지 몰라도 전 아깝다고요."

맹부요가 그림을 높이 든 채로 싱글거렸다.

"자, 자, 앙탈 부리지 마시고. 다들 눈 크게 뜨고 보라고 들고 있는 것뿐입니다. 지금 이게 무슨 천으로 만들어졌는지 잘들 보시라고요!"

움찔, 몸을 굳힌 좌중이 무의식적으로 그림을 향해 고개를 들었다.

맹부요의 손에 들린 황색 비단 폭은 전각 안 촛불과 등롱이 드리운 음영 아래에서 눈부신 반짝임을 발하고 있었다. 특히 조밀하게 적힌 글자 사이로 달무리 같은, 둥그런 만월 문양의 광택이 어른거리는 게 눈에 확 들어왔다.

월화금!

인파 뒤쪽에 서 있던 불련이 일순 휘청하면서 기둥을 붙잡았다. 눈치 빠른 이들은 그새 찌푸린 표정으로 생각에 잠겼다.

하지만 그건 일부일 뿐이었다. 여전히 상황 파악이 안 된 사람들 사이에서 호통이 터져 나왔다.

"그림이 뭐?"

"아까 다 본 걸 뭘 또 보라는 거야!"

"시간 끌 생각하지 말고 빨리 뒈져라!"

"이건 뭐 칠푼이 떼거리구먼."

한숨을 푹 내쉰 맹부요가 목청을 높였다.

"아까 제가 묻는 거 못 들었습니까? 월화금이 어떤 물건이냐고요! 선기국에서만 나는 최고급 비단이고, 외부로는 일절 나가는 물량 없이 황실에서만 쓴단 말입니다! 그런데도 무극국 태자한테서 받은 예물이 월화금일 수가 있겠습니까? 무극국에서 타국 공주한테 예물을 보내면서 무극국 비단 대신 너무 귀해서 다른 나라에는 팔지도 않는다는 선기국 월화금을 썼다?"

미소와 함께 말이 이어졌다.

"다들 부인이 있으시겠지요. 지금은 없어도 언젠가는 생길 거고요. 여러분의 집은 천살이고 혼인할 처녀는 태연국 사람이라고 칩시다. 질 좋은 철로 검을 한 자루 만들어서 예물로 주고자 한다면, 자, 묻겠습니다. 재료로는 천살국 오철을 쓰시겠습니까, 아니면 산 넘고 물 건너 태연국까지 가서 태연 명철을 구해 그걸 또 천살국으로 가져와서 검을 만든 다음 다시 태연국 장인 댁으로 보내시겠습니까?"

듣던 이들 대부분은 침묵에 잠겼지만, 몇몇 사람은 계속해서 큰 소리로 떠들어 댔다.

"선기국주께서 선물했는지 누가 알아! 태자는 공주를 향한 애모와 존중을 표현하고자 일부러 그걸로 선기도를 만든 거고!"

"아이고, 세심도 하셔라. 보아하니 여자 후리는 데 일가견이 있으시겠습니다."

맹부요가 빙글빙글 웃으며 말했다.

"귀하께서야 굳이 태연까지 가서 명철을 구해다가 태연 출신 부인한테 줄 머저리여도 무극 태자는 다르거든요. 그쪽은 머리가 정상인지라 귀하처럼 강력한 논리와 진취적인 사고력을 가지질 못했답니다."

선기도를 탁 털어 회수한 그녀가 이번에는 줄곧 한쪽 손에 쥐고 있던 낡은 천 조각을 펼쳤다. 그러고는 조명을 잘 받도록 천 조각을 들어 올리고는 큰 소리로 말했다.

"이제 정상인의 선택을 보여 드리지요. 오주대륙에서 가장 이름난 비단 세 가지를 꼽자면 선기국의 월화금, 헌원국의 연금烟錦, 무극국의 은금銀錦이 있습니다. 속칭 '황금皇錦'이라 불리는 이들 비단은 기본적으로 생산국 황족만의 전유물이라는 사실, 아마 다들 알고 계실 겁니다. 무극국의 태자가 정혼자에게 예물로 보낼 자수품이라면 자연히 본국을 대표하는 은금이 쓰였을 테지요. 지금 여러분이 보고 계신 이것, 월화금과 비슷하면서도 다른, 바로 이 비단 말입니다!"

환한 불빛 아래, 낡은 비단옷 조각은 더 이상 조금 전의 그 볼품없는 모양새가 아니었다. 연보라색 바탕 위로 은은한 은색 광채가 마치 온 하늘에 가득 흩뿌려진 별빛처럼 촘촘하게 이어져 약동하며 반짝이기 시작한 것이다.

다소 흐릿하다 싶던 옷감의 색을 순식간에 환히 밝힌 광채 덕에 평범하기만 하던 천 조각은 이제 황홀한 기품으로 빛나고 있었다.

무극, 은금.

사람들이 대번에 떠올린 것은 며칠 전 진무대회에 심판으로 참석했던 장손무극의 연보라색 비단 장포였다.

보일 듯 말 듯 한 은빛 광채가 물결처럼 일렁이는 모습이 판박이가 아닌가.

언제 어디서나 달빛 광택을 잃지 않는 월화금과는 달리 그가 걸치고 있던 옷감은 특정 각도에서만 은은한 빛을 내는 듯했었다. 결코 요란하지 않은 아름다움. 지금 눈앞에 있는 비단 폭이 딱 그러했다.

어느덧 잠잠해진 군중, 그중 상당수가 몸을 틀어 불련을 쳐다봤다. 그녀는 눈서리처럼 새하얗게 질린 모습이었다. 한 올 흐트러짐 없이 틀어 올린 머리채 위에서 금보요가 파르르 떨고 있었다.

그럼에도 목을 꼿꼿이 세우고 단정하게 선 자세로, 그녀가 냉소했다.

"그 옷감 쪼가리가 은금인들 무엇이 증명된단 말입니까? 무극 태자의 선기도가 월화금이 아닌 은금으로 만들어졌다는 사실은 대체 누가 증명해 줄 수 있지요? 원체 세상 풍속에 구애됨이 없는 분이시거늘, 타국 비단은 절대 쓰지 않았으리라 누가 감히 장담할 수 있답니까?"

"끝까지 우겨 보시겠다?"

맹부요가 피식 웃으며 고개를 내저었다.

"좋습니다. 태자가 쓴 직물이 선기국주께서 선물하신 월화금이라고 칩시다. 나라 간의 선물 교환 내역 같은 건 분명 양국 예부와 황사관皇史館에 상세한 기록이 남아 있을 테니 어디 한 번 확인해 볼까요? 선기국에서는 공개를 거부하더라도 무극국이라면 흔쾌히 자료를 내어 주겠지요."

맹부요는 대답할 시간을 주지 않고 불련을 한층 더 몰아붙였다.

"에이, 됐습니다. 사료 왔다 갔다 하고 그러는 거 번거롭잖아요. 괜한 인력 낭비, 물자 낭비니까 그냥 이 자리에서 해결을 봅시다. 공주마마, 선기도에 대해서라면 세상 누구보다도 빠삭하다고 하시니 한 가지만 묻겠습니다. 그렇다면 선기도 해석법에는 총 몇 가지가 있습니까?"

"총 네 장, 백십오 개 문장이 나옵니다."

즉각 답을 내놓은 불련이 입꼬리를 비틀어 올렸다.

"본 궁보다 많은 해석을 내놓을 수 있다면 기꺼이 탄복해 드리지요."

"그쪽한테 탄복받는 거 별로 반갑지는 않은데, 그래도 하기는 하셔야 할 것 같습니다그려."

맹부요가 손에 든 선기도를 툭툭 튕기면서 미소 지었다.

"불행하게도 백십육 개 문장이거든요."

"그럴 리가? 10년을 연구했어도 다른 해석은 없었거늘! 이번에도 말도 안 되는 궤변을 늘어놓으시렵니까? 천하의 대학자들이 그리 우스워 보여……."

"또 시작이네!"

맹부요가 골이 지끈거린다는 표정으로 말을 잘랐다.

"이제는 천하의 대학자들까지 끌어다가 저와 대척점에 세우시는데, 피곤하지도 않으십니까? 그리고 방금 그건 제 주장이 아닙니다."

"하면, 누가?"

불련의 목소리가 달라졌다.

"누구일 것 같으신지요……?"

말꼬리를 길게 늘여 내뱉은 맹부요가 상대를 흘겨보며 씩 웃었다.

창백하던 불련의 낯빛이 순식간에 피처럼 새빨갛게 달아올랐다. 밑에서부터 치고 올라온 핏빛 기운은 뺨을 넘어 눈까지 침범했다.

불련은 그 핏발 선 눈으로 맹부요를 노려봤다. 냉혹하고도 표독스럽게.

맹부요는 상대의 눈빛에 아랑곳하지 않고서 연회장 한복판을 향해 그림을 들어 보였다.

"백십육 번째 문장은 첫 번째 행 첫 글자, 열 번째 행 열 번째 글자, 여섯 번째 행 중간 여섯 글자를 비스듬히 연결하면 나옵니다. 무오, 을축, 신미, 계사! 총 여덟 자로 이루어진 이 문장은 병법도 전술도 아닌 특정 인물의 생년월일시입니다!"

맹부요가 싱긋 웃으며 질문했다.

"외람되오나 공주마마의 생년월일시가 어찌 되시는지요?"

그녀가 또 물었다.

"계산상 그림에 명시된 생년월일시는 마마의 나이와 다소 차이가 있는 듯한데, 맞습니까?"

맹부요가 계속해서 말했다.

"선기도를 10년이나 연구하셨다는 분이 하필 가장 중요한 문장을 놓치다니, 어쩌다 이리 안타까운 일이 벌어졌을까요?"

촛농이 녹아 흘러내리는 소리까지 들을 수 있을 정도로 공간 전체가 침묵에 짓눌렸다. 거북스러운 정적이 공기 중을 떠도는 가운데, 맹부요를 잡아 죽이겠다고 제일 먼저 달려 나왔던 이들은 주먹에서 힘을 풀었고, 몇몇은 말없이 뒤로 물러섰으며, 다른 일부는 당혹스러운 기색으로 맹부요와 불련을 번갈아 쳐다봤다.

불련은 제자리에 우두커니 서 있었다. 공주마마께서 지금껏 목숨처럼 지켜 왔던 존귀, 평정, 자애, 고결은 맹부요의 입에서 생년월일시가 나온 순간, 그 여덟 글자가 소리 없이 일으킨 폭풍에 휩쓸려 통째로 날아가고 말았다.

그뿐만이 아니었다. 얼굴에 나타나 있던 표정, 눈동자에 담겨 있던 감정, 온몸의 핏기와 원기까지, 폭풍은 그녀에게서 모든 것을 휩쓸어 갔다.

그 자리에 서 있는 것은 분명 불련이었으되, 창황히 죽어 버린, 굳어 버린, 얼어붙어 버린, 마비되어 버린 송장이었다. 1각 전의 그녀가 다소곳하고 아름다우며 조금의 흠결조차 없는 공주였다면, 지금 그녀는 공주 껍데기를 뒤집어쓴 허수아비에 불과했다.

홀연 그녀의 몸이 뻣뻣하게 굳은 채 뒤로 넘어갔다. 그러자 맹부요가 즉시 일갈했다.

"어딜 감히!"

벽력처럼 터져 나온 '감히!' 소리가 대전 안에 휘몰아치자, 등롱이 우수수 땅에 떨어지고 촛불이 휘청 흔들리다 꺼지면서 실내가 한순간에 어두워졌다. 침침한 구석에 드리워져 있던 겹겹 휘장이 바람에 휘말려 펄럭이는 모습은 셀 수 없이 많은 유령이 그 안에서 꿈틀거리고 있는 광경을 연상케 했다.

천둥소리 같은 맹부요의 목청을 견디지 못한 사람들이 일제히 귀를 틀어막았다. 물론 불련도 예외일 수는 없었기에, 그녀의 혼절 시도는 미수에 그치고 말았다.

그녀가 귀를 막고자 손을 들어 올리기 직전, 홀쩍 곁에 등장한 누군가가 해맑은 미소를 보내며 말했다.

"어이, 연꽃. 나는 벼랑 끝에 몰려서도 여태껏 정신 잘 붙들고 있었는데, 뭐가 그렇게 급해서 벌써 기절이야? 까무러치더라도 얘기는 끝내고 까무러쳐! 사람이 말이야, 정이 있어야지. 본인 추종자들 생각도 좀 해야 할 거 아니냐고. 봐, 이대로 까무러쳐 버리면 추종자들은 얼마나 난감해."

불련은 아주 천천히 손을 아래로 늘어뜨렸다. 맹부요를 죽일 듯이 노려보는 불련의 눈 안에서 뱀 떼가 구불구불 기어 나와 상대를 단단히 옭아맸다.

독기 서려 미끈대는 눈빛으로 맹부요의 온몸을 죄어 짜던 불련은 이내 참담하게 웃음 지었다.

"그래, 더 사랑하는 쪽이 약자이기 마련이니."

짧은 침묵 끝에 맹부요가 말했다.

"아직도 그게 사랑인 줄 안다고? 그건 그냥 소유욕이야! 솔직히 말해서 네가 좀 멀쩡했어 봐, 나라고 뭐 하러 쓸데없이 시간 허비해 가며 시비겠어. 사당 열 개는 엎어도 혼사 하나는 안 엎는다는 말도 있는데, 태자 전하한테 참한 마누라 생기면야 축하할 일이지. 그런데 어쩌냐. 너는 도저히 그냥 봐 넘길 수가 없는걸!"

소매를 홱 떨친 맹부요가 성큼성큼 걸음을 옮겨 불련에게서 떨어진 직후, 층계 위 전남성이 빙그레 웃으며 물었다.

"맹 장군은 선기도 진품을 어디서 손에 넣은 것인가?"

"폐하."

자세를 낮춘 맹부요가 또랑또랑하게 답했다.

"태자가 불현 공주와의 혼약을 파기하고 선기도를 돌려받은 것은 저희 무극국 신료들이라면 누구나 아는 일로서, 그 사실을 한사코 숨기는 공주의 행각에 다들 학을 뗀 지 오래입니다. 금번 천살국을 떠나기에 앞서 태자가 소인에게 이렇게 일렀습니다. 혼약을 파기하던 당시 선기국주의 요청에 따라 공주가 성인이 되기 전에는 사실을 외부에 공개하지 않기로 하였으나, 설마하니 오늘날까지도 공주가 자신의 정혼자 행세를 하고 다닐 줄은 생각지 못하였다고, 이는 태자 본인만 난처한 것이 아니라 공주의 명예 또한 해치는 일이라고 말입니다. 이야기를 듣고 난 소인은 대신 나서서 공주를 설득해 볼 마음을 먹었지만, 하찮은 신분인 소인의 언행이 과연 힘을 발휘할 수 있을지가 못내 우려스러웠습니다. 그때 태자가 이 그림을 주면서, 또다시 7국 왕공 앞에서 혼약 이야기가 나오는 상황이 아니거든 공주의 존엄을 생각해서라도 절대 사람들 앞에 내보이지 말라는 당부를 하였던 것입니다. 폐하, 같은 어천에서 군신 관계라는 말을 듣고서 울분이 치미는 통에 그만 무례를 범하고 말았으나 부디 소인의 심정을 통촉하여 주시옵소서."

한숨만 푹 내쉬고 입을 다물었던 전남성이 잠시 후 난처한 기색으로 조용히 말했다.

"공주 또한 사모하는 마음이 깊은 탓일지니……. 여봐라, 공주를 처소로……."

그의 말을 끊은 것은 비명과도 같은 부르짖음이었다.

검이 칼집을 빠져나오는 소리와 함께 돌연히 솟구쳐 오른 그

핏발 선 부르짖음은 날카로운 얼음 결정처럼 용과 봉황 문양으로 장식된 대전 천장을 꿰뚫고, 이 순간의 어색한 침묵도 꿰뚫었다.

"장손무극, 어쩌면 나한테 이리 잔인해! 죽어서도 용서하지 않겠어!"

사랑의 진짜 의미

외침이 길게 이어지는 와중에 새하얀 검광이 '촤앗' 하고 반원을 그리며 대전의 어둠을 밝혔다. 그러자 기겁한 사람들이 소리를 지르기 시작했다.

사황자가 떨리는 목소리로 외쳤다.

"불편!"

또 다른 누군가도 소리쳤다.

"마마, 아니 되옵니다!"

황급히 앞으로 미끄러져 나간 사람이 칼을 빼앗고자 팔을 뻗었다. 고래고래 내지르는 호통, 질겁해 터진 외마디 외침, 안타까워하는 소리, 도와 달라는 고함이 마구잡이로 뒤섞이는가 싶더니 이내 장검이 쨍하고 바닥에 떨어졌다.

강철이 벽돌 바닥을 때리면서 만들어 낸 높고도 날카로운 울림에 자리에 있던 모두가 부르르 몸을 떨었다. 하지만 불련을 등지고 있던 맹부요는 뒤를 돌아보기는커녕 조소를 머금었을 뿐이었다.

정말 죽을 작정이었다면 과연 이 많은 사람이 보는 앞에서 칼을 들었을까? 자살 시도조차도 보여 주기식 연극이라니, 참으로 대단한 공주마마가 아니신가.

그사이 사황자의 품에 안겨 서글피 울고 있던 불련이 흐느낌 섞인 소리로 물었다.

"왜 알려 주지 않았어요? 왜 나한테는 숨긴 거예요?"

그러자 그녀를 껴안은 채 뜨거운 눈물을 쏟던 사황자가 주절주절 말했다.

"나도 몰랐어……. 아바마마, 어마마마께서도 필시 네 몸이 못 버틸 게 근심이어서 건강을 찾고 나면 천천히 알릴 생각이셨겠지. 이런 사달이 날 줄은 꿈에도 모르고……."

맹부요 쪽으로 홱 고개를 튼 그가 도끼눈을 뜨고 소리쳤다.

"맹부요, 이제 속이 시원한가? 불련이 죽겠다고 제 목을 긋는 꼴을 보니 기분이 좋더냐?"

"제가 좋고 말고 할 게 뭐 있습니까?"

괘씸하다는 표정 일색인 주변인들을 둘러보며, 맹부요가 팔짱을 끼고서 느긋하게 말했다.

"거짓말쟁이 하나 놓고 다 같이 안타까워 죽는 모습에 인생참 불공평하구나, 느끼고 있을 따름입니다. 소인이 자결을 강요당할 때는 어째서 단 한 분도 안타까워하는 기색이 없었을까요? 만약 조금 전 소인이 선기도를 내놓지 못해 정말 자진이라도 했다면, 아마 다들 좋다고 손뼉을 치셨겠지요? 진실을 말하는 이는 손가락질하고, 거짓말로 일관하는 자는 긍휼히 여기시는 것이 바로 7국 왕공분들이셨군요. 이런 게 바로 세상사 참된 이치였습니다그려!"

그녀와 눈이 마주친 사람들이 난처한 기색으로 하나둘 고개를 떨구는 사이, 누군가 작게 중얼거렸다.

"공주도 모르고 있었다지 않나. 그러게 무극 태자는 왜 그걸 꼭꼭 숨겨서는."

"헛소리!"

맹부요가 벌컥 성을 냈다.

"그 머릿속에 들어찬 건 대체가 진흙이랍니까, 아니면 돼지 똥이랍니까? 지금 태자 전하를 탓해요? 당신네 선기국주가 영영 좋아질 리 없는 공주의 몸이 좋아질 날까지 기다려 달라고만 안 했어도 태자 전하가 그걸 함구했겠습니까? 태자 전하께 잘못이 있다면 오직 하나, 위선덩어리인 당신네 나라에 너무 많은 배려를 베푼 것뿐입니다!"

그녀가 송곳니를 드러내고 웃으며 성큼 앞으로 나서자 선기국 출신의 상대방은 기겁해 뒤로 물러섰다.

하지만 맹부요는 그에게 볼일이 없었으니, 불련이 떨어뜨린 검을 바닥에서 주워 들어 목 가까이 가져간 그녀가 허공을 긋는 시늉을 했다.

"어이쿠! 나 자살하렵니다!"

그러자 아란주가 후다닥 달려들며 소리쳤다.

"맹 장군, 아니 되옵니다!"

아란주가 검을 빼앗으려 드는 동시에 냉큼 목에서 칼을 떼놓은 맹부요가 상대를 끌어안고 오열하는 척했다.

"왜 알려 주지 않았어요? 왜 나한테는 숨긴 거예요?"

아란주가 침통한 표정으로 맹부요의 등허리를 쓸어내리며 말하기를.

"사실을 알면 달을 보며 눈물짓고 꽃을 보며 피를 토할까 저어되어……."

그대로 서로 마주 안고 깔깔거리길 잠시, 배꼽을 부여잡고 비틀비틀 걸어가 쓰러지듯 벽에 몸을 기댄 아란주가 외쳤다.

"아이고, 배야! 더는 무리야, 더는……."

맹부요는 장검을 바닥에 툭 던지고는 검신을 단번에 짓밟아 부러뜨렸다. 그리고 같잖다는 투로 말했다.

"보셨습니까? 사람들한테 둘러싸여 목 긋는 건 저도 할 수 있습니다."

그 대단하신 귀족 나리들과 장문인 어르신들을 단체로 경악에 빠뜨린 채, 맹부요는 깔깔거리며 전남성을 향해 허리를 굽혀 보였다. 그러고는 더 이상 누구에게도 눈길을 주지 않고서 아란주와 함께 우뚝 솟은 정전 문지방을 넘어 밖으로 향했다.

두 사람의 뒷모습이 기나긴 한백옥 계단 아래로 점차 멀어져 가는 동안, 걸음을 옮기며 시시덕거리는 소리가 희미하게나마 대전 안까지 날아들었다.

"장손무극, 죽어서도 용서하지 않겠어……."

"맹 장군, 아니 되옵니다!"

"어이쿠! 칼은 왜 뺏는 거야? 죽게 둬, 죽게 놔두라고……."

"자기가 넘겨줘 놓고서……."

"장손무극, 죽어서도 용서하지 않겠어!"

"제발 좀! 안 그래도 잘 안 넘어가는 밤참을 그런 소리나 들으면서 먹자니, 남은 입맛도 싹 가시잖소."

그릇을 챙겨 든 종월이 쌩하니 밖으로 나가 버렸다.

"마마, 아니 되옵……."

원보 대인의 앞발을 떠나 허공을 가로질러 온 닭 뼈가 한창 신나게 떠들고 있던 맹부요의 주둥이에 적중해 윗니와 아랫니 사이에 '척' 하고 끼었다.

맹부요가 신경질적으로 그릇을 탁 내려놨다.

"아니, 무슨 말 한마디를 못 하게 해? 사람이 이러고 어떻게 사나?"

옆에서 운흔이 한숨을 쉬며 말했다.

"벌써 세 번이나 들었으니까."

그러자 의기소침한 맹부요가 입을 삐죽 내밀고서 밥그릇을 한쪽으로 밀쳐놨다.

"안 먹어!"

이어서 식탁 앞을 뜨기까지, 그녀는 시종일관 단 한 번도 '그'에게 눈길을 주지 않았다.

한편, '그'는 무언가 생각에 잠긴 듯한 모양새로 조용히 만둣국을 비우는 중이었다. 국그릇 바로 앞에서는 동그랗게 웅크리고 앉은 원보 대인이 '우리 주인님 이제 어떡해.' 하는 눈으로 짠하다는 양 그를 쳐다보고 있었다.

이내 장손무극이 빙긋이 웃으며 털을 쓰다듬어 주자 금세 헤벌쭉해진 원보 대인이 먹다 남은 열매 반쪽을 내밀며 알랑방귀를 뀌었다.

어차피 사고 친 건 맹부요이고 주인님은 영원한 승자랍니다.

칭찬의 의미로 반쪽짜리 열매를 다시 원보의 입에 쏙 넣어준 장손무극이 녀석을 챙겨 들고서 곧장 어느 분의 규방으로 향했다.

그런 그의 뒷모습을 묵묵히 지켜보던 운흔은 한참 만에야 고개를 돌렸다. 커다랗고 새카만 눈망울로 운흔을 곁눈질하던 아란주가 입에 만둣국이 든 채로 우물우물 물었다.

"운흔, 어떤 기분이야?"

운흔이 그녀를 향해 고개를 틀었다. 맑고도 서늘한 눈동자 안에서 불티가 반짝 명멸했다.

그는 대꾸를 내놓지도, 그렇다고 화를 내지도 않았다. 대신에 의자를 밀고 일어나 창가로 가더니 짙어져 가는 창밖 어둠을 바라보며 뒷짐을 지고 섰다.

밤의 짙푸른 어둠을 배경으로, 청죽처럼 곧은 뒷모습은 고독

하면서도 지극히 선명했다.

하지만 제아무리 굳은 선명함이라도 어둠으로부터 완전히 자유로울 수는 없었으니, 그의 뒷모습에는 엷게 번진 빛무리 같은 우울이 드리워 있었다.

등 뒤, 창가까지 끈질기게 따라와서 고개를 갸웃이 기울인 채 그의 뒷모습을 쳐다보고 있던 아란주가 불쑥 운을 뗐다.

"실은 어떤 기분인지 알아."

운흔이 돌아서자 아란주가 싱긋 웃어 보였다. 온갖 알록달록한 색을 한 몸에 얹고 다니는 소녀는 이 순간 더 이상 현란하지도, 화려하지도, 요란하지도, 쾌활하지도 않았다. 지금 그녀에게서 배어나는 것은 운흔과 닮은, 희미한 우울이었다.

아란주가 말했다.

"난 전북야가 좋아서 5년이나 쫓아다녔거든."

조금의 부끄러움도 없이 편안한 표정인 그녀가 운흔의 눈을 똑바로 마주 봤다.

"5년이야. 열두 살 때부터 열일곱이 되기까지 부풍에서 천살, 거기서 다시 태연, 무극을 거쳐 또 천살까지. 하도 쫓아다니다 보니 나중에는 그게 습관처럼 되었어. 나는 부풍국 전체가 조롱하는 웃음거리가 되어 버렸지. 어마마마, 아바마마한테 번번이 혼나고 궁에 갇히면서도 그럴 때마다 창문을 뚫고, 땅굴을 파고, 목을 매는 척하고, 시녀를 매수해서 기어코 밖으로 나왔어. 급기야 두 분은 나한테 다달이 올라오던 공물과 영지로 받은 전답까지 몰수하셨지. 은자가 없으면 못 나돌아 다니겠거니 하고 말이야. 내가 찾은 방법은 장신구를 내다 팔고, 쟁반에 붙은 황금 장식을 비틀어 떼고, 경대에서 진주알을 파내는 거였어. 하다 하다 옥좌에 박혀 있던 보석도 챙겼을 정도니까. 아란주 공주가 사내한테 미쳐 제정신이 아니라는 건 부풍 사람이라면 다 아는 얘기야. 하지만 말이야, 주변에서 막을수록, 비웃을수록, 오히려 포기하기가 싫어지더라고. 자기들이 뭘 알아? 어머니의 머리를 감겨 드려 본 적은 한 번이라도 있나? 아랫사람을 위해 피 흘려 본 적은? 오로지 백성들이 마음 편히 살 수 있는 땅을 만들겠다는 일념으로 물도 식량도 없는 사막 한복판에서 죽기 직전까지 적군 뒤를 쫓는 거, 자기들은 할 수 있대? 피둥피둥 살찐 몸으로 침상에서 뒹구는 거 말고는 하는 일도 없으면서, 여자가 머리 감겨 주면 거기다 대고 발길질이나 하는 주제에. 세상은 그런 작자들을 진짜 사내라고 부를지 몰라도, 난 인정 못 해."

순간 움찔한 운흔이 아란주를 보며 뭔가 말을 꺼내려나 싶더니, 결국은 조용히 입을 다물었다. 홀연 아란주가 아련한 얼굴로 미소 지었다.

"5년이란 세월을 쫓고 쫓기면서, 나만 습관이 된 게 아니라 전북야도 거기에 익숙해졌거든. 너무너무 지치고 집이 그리운 적도 많았지만, 그럴 때면 속으로 날 타일렀어. 아니야, 조금만 더 기다리자. 조금만 더 힘내자. 지금은 피해 다녀도 언젠가는 나라는 존재를 일상의 일부분으로 받아들이게 될 거야. 그땐 나 없이는 못 산다고 할걸? 무려 5년이야. 처음에는 질색하던 전북야도 그 5년 사이에 어느 정도는 체념한 것 같았고, 자기 뒤꽁무니 따라다니느라 꼴이 말이 아닌 날 보며 웃어 줄 때도 가끔 있었어. 그래서 이제 좋은 날이 머지않았구나 했는데…… 맹부요가 나타나서 첫눈에 전북야의 마음을 가져간 거야."

아란주가 고개를 옆으로 까딱 기울였다. 밤의 어둠 속에서 커다란 눈망울이 까맣게 빛나고 있었다.

그녀가 운흔을 향해 물었다.

"내 기분이 어땠을 것 같아?"

흠칫, 어깨를 굳힌 운흔은 할 말을 찾지 못하다가 약간의 간격을 두고서야 입을 열었다.

"부요도 의도했던 건 아니……."

"이거 봐라, 이거 봐! 다들 무조건 편들기부터 한다니까. 내가 뭐 잡아먹기라도 하는 것처럼."

운흔의 말을 중간에 끊은 아란주가 깔깔 웃어 젖혔다. 웃는 얼굴에서 희미한 체념이 묻어났다.

"고생이야 많지만, 그래도 맹부요는 복받은 인생이야. 주변 사람들 전부 자길 이해해 주고, 사랑해 주고, 보호해 주려 하잖아. 상대적으로 내 인생은 정말 아무것도 없이 척박하구나, 그런 생각 자주 해."

아란주가 바닥에 주저앉더니 알록달록한 치맛자락 위로 다리를 끌어안았다. 그러고는 몸을 까딱까딱 앞뒤로 흔들며 하늘가에서 반짝이는 별을 올려다보다가 느릿한 투로 말했다.

"오늘 대전에서 불련이 제 손으로 판 함정에 빠져 온갖 추태를 보이는데…… 그래, 너도 사랑 때문이겠지, 너무 갖고 싶어 서겠지, 하는 생각이 들더라고. 따지고 보면 나나 그 여자나 다를 게 뭐야. 그런데 그 꼴을 보고 있자니 식은땀이 확 나는 거야. 난 그렇게 되기 싫어, 너무 볼품없잖아! 내가 전북야를 좋아하는 건 정정당당해서야. 그럼 나도 똑같이 정정당당한 사람이 되어야 그 옆에 설 자격이 생기겠지. 만약 그러지 못한다면, 나 자신이 먼저 내가 싫어질 텐데 전북야인들 눈에 차겠어?"

몸을 일으켜 창턱에 기댄 아란주가 창살 위를 기어 다니던 개미 한 마리를 손바닥에 올려놨다. 허둥지둥 달아나려는 녀석을 보며 자기한테 쫓겨 다닐 때의 전북야를 떠올린 아란주는 까르륵 웃음을 터뜨리고 말았다.

"첫 만남에서 맹부요가 해 준 말이 있어. 주주, 가려무나! 성공의 그날까지 달리는 거야! 재미있지 않아? 그 말을 딱 듣는데, 사람 참 마음에 들더라고. 언젠가 화주에서는 객잔에 묵으면서 한 침상에서 잔 적이 있었어. 깨 보니까 바깥방으로 옮겨져 있긴 했지만, 아침까지 이불을 꼭꼭 잘도 덮어 놨더라고. 난원래 이불 차고 자거든? 뭐지, 오늘은 어떻게 멀쩡하지, 이상하다, 그랬어."

그녀가 고개를 틀어 운흔을 쳐다봤다.

"맞춰 봐, 맞춰 봐, 그게 어떻게 멀쩡했게?"

잠시 고민하던 운흔이 대답했다.

"부요가 다시 덮어 준 건가?"

아란주가 콧잔등을 찡그렸다.

"덮어 줘도 걷어찬다니까. 의자를 가져다가 이불 귀퉁이를 꼼짝 못 하게 눌러 놓은 거였어. 어마마마도 상관 안 하는 내 이불에 자기가 신경을 왜 써, 진짜 웃긴다고 생각했지. 어휴, 하여튼 오지랖만 넓어서는. 어쩐지 밤새 덥더라니 맹부요 때문이었던 거야."

그녀를 바라보는 운흔의 눈동자 안에 웃음기가 피어올랐다.

"그러다가 장손무극이 죽었다는 소식이 전해졌어."

개미를 쳐다보며 싱글싱글 웃던 아란주가 코를 가까이 가져가 녀석에게서 나는 흙냄새를 맡았다.

"반응이라 할 만한 걸 전혀 안 보이더라고. 너무 조용해서 오히려 무서울 정도였어. 그런 맹부요 앞에 웅크리고 앉아서 생각해 봤지. 만약 나한테 전북야의 부음이 날아들었다면, 난 어떤 반응이었을까? 맹부요처럼은 못 있을 것 같았어. 분명 웃는 얼굴인데 사람 자체가 텅 비어 보이더라. 나라면 미쳐 발광하다가 칼 들고 뛰쳐 가서 원수 놈 목을 치고, 그다음엔 전북야의 무덤 앞에서 자결했을 거야. 그런데 맹부요는……. 그때 모습을 보면서가 처음이었어, 다른 사람 때문에 눈물이 나려고 했던 건."

일순 비틀거리던 운흔이 손으로 창틀을 짚었다. 입을 꾹 다문 채 말이 없는 그를 히죽거리며 쳐다보던 아란주가 말했다.

"힘들지? 딱 그 기분이야! 나도 사람인데 질투 나고, 샘나고. 전북야가 뒤 졸졸 쫓아다니는 꼴 보면 맹부요를 확 죽여 버리고 싶지, 왜 아니겠어. 하지만 난 알거든. 진짜로 그랬다가는 영영 전북야를 내 사람으로 만들 수 없다는 걸."

그녀의 손톱이 느릿느릿, 나무 창살 위에 영원히 이어질 것처럼 긴 직선을 그렸다.

"맹부요한테서 배운 게 있어. 절대 포기하지 않기."

이어서 개미를 원래 가던 길에 내려놓고 더듬이를 톡 건드려 옳은 방향을 알려 준 그녀가 조용히 말했다.

"이제 집에 가렴."

그러고는 창턱에 올라가 두 팔 벌려 바람을 한가득 안고서 외쳤다.

"난 포기 안 해!"

창턱 위에 오뚝 선 아란주의 날렵한 신형 뒤쪽으로 형형색색의 땋은 머리가 어지러이 휘날리고, 자색과 금색이 반반 섞인 바지통이 바람결에 풍성하게 부풀어 올랐다. 이 순간, 아란주는 바람을 안고 활짝 펼쳐진 채색 돛처럼 보였다.

살짝 한 걸음 물러난 운흔이 고개를 들어 아란주를 올려다봤다. 지금껏 어린애라고만 생각하고 한 번도 주의를 기울이지 않았건만. 강렬한 맹부요의 후광에 비해 그녀와 엇비슷한 기질을 가진 소녀의 광채는 흐릿해 보이기만 했건만.

운흔은 오늘에야 비로소 깨달았다.

그저 놀기 좋아하고, 시끄럽고, 어린애 같은 줄로만 알았던 아란주가 실은 누구와 비교해도 손색없을 정도로 성숙하고 지혜로운 내면의 소유자였음을. 설사 맹부요만큼 많은 것을 이룰 수는 없을지라도 인격에서 나는 광채와 그 넉넉함으로는 맹부요와 동등한 존재임을.

온 천하의 웃음거리가 되어서도 자신의 사랑을 좇는 일을 멈추지 않은 결과 비로소 희망을 보았으나 갑작스레 끼어든 맹부요로 인해 그 희망의 불씨를 잃고 만, 주위의 떠받듦 속에서 호사스럽게만 자랐을 어린 공주. 아란주에게는 맹부요를 증오할 이유가 족히 일만 가지는 있었을 테지만, 그럼에도 그녀는 당당히 고개를 들고 더 먼 곳을 바라보는 쪽을 택한 것이다.

누군가의 이기심에 비해 또 다른 누군가는 이 얼마나 너그러운가.

운흔은 아란주를 보며 겹겹 구름에 무겁게 짓눌린 검은색 하늘 저 멀리, 아주 가느다랗게 비쳐 드는 한 줄기 환한 빛을 보는 듯한 느낌을 받았다. 미약하지만 찬란한, 보는 이를 다시금 일어서게 하는 빛. 굳이 떠벌리지 않아도 그 존재 자체만으로 세상 모든 사람으로 하여금 여명이 머지않았음을 알게 하는.

아란주가 고개를 돌렸다. 한바탕 소리를 지르고 난 그녀는 빨갛게 상기된 얼굴로 가쁜 숨을 몰아쉬고 있었다. 훌쩍 창턱에서 뛰어 내려온 그녀가 운흔을 바깥으로 잡아끌었다.

"재수 옴 붙은 둘이서 멍청히 마주 보고 있으면 뭐 해? 가자, 한잔하러!"

❀

"원보 대인, 경고하는데 계속 따라오면 지지고 찌고 삶고 튀겨서 만한전석 만들어 버린다!"

꺾어 신은 신발을 질질 끌며 걷던 맹부요가 시선을 앞쪽에 고정한 채 소리쳤다.

원보 대인은 억울했다.

누군 따라가고 싶은 줄 아나? 정확히 따지면 너 따라가는 건 내가 아니라 양심 없는 주인님이거든? 난 그냥 주인님 손에 달랑 들린 곁다리고. 그래도 만만한 게 나지?

주인 손에 달랑 들린 원보 대인은 팔짱 낀 자세로 하늘을 원망스럽게 올려다보면서 몹시도 진지한 명제를 고민 중이었다.

나랑 맹부요는 사주팔자가 상극인 건가?

궁창에서 귀한 대접 받던 '천기신서'가 쟤 만나고부터 백날 호위병 취급당하며 내돌려지질 않나, 곁다리로나 전락하질 않나. 나날이 신세가 기우니 앞길이 참으로 암담하도다.

문득 아래를 내려다본 주인이 그의 서러운 속내를 읽어 냈는지 위로의 의미로 정수리를 쓰다듬어 주더니 역시 위로의 의미로 그를…… 다른 쪽 손에 달랑 들었다.

맹부요가 홱 고개를 틀었다. 언제나처럼 느긋하게 웃고 계신 어느 분의 얼굴을 발견한 그녀는 순간 뚜껑이 열려 방이고 뭐고 일단 그 자리에 정지했고, 이내 마음에도 없는 웃음을 지어 보였다.

"태자 전하, 갑자기 든 생각인데 아무래도 사죄드려야 할 것 같네요."

"음?"

장손무극이 환한 달빛처럼 미소했다.

"말해 보시오, 용서할지 말지는 듣고 나서 결정할 테니."

빠드득, 맹부요가 이를 갈며 씩씩거렸다.

"완벽한 혼사가 나 때문에 엎어졌잖아요. 지금 보니까 괜한 짓이었구나 싶어서요. 둘이 너무 잘 어울리는데!"

"오?"

"둘 다 거짓말 늘어놓는 데는 선수니까!"

맹부요는 불련을 떠올리는 것만으로도 속이 메슥거렸다.

"하나는 자기한테 없는 선기도를 있다고 하고, 하나는 있는 선기도를 없다 그러고!"

웃는 듯 마는 듯 한 눈으로 그녀를 바라보던 장손무극이 잠시 후 말했다.

"부요, 천천히 한번 돌이켜 보시오. 처음 만나서부터 지금까지, 내가 설명을 분명히 안 하고 넘어간 일은 있을지 몰라도 그대에게 거짓을 말한 적은 없을 터인데?"

상대를 향해 눈을 부라리며 머릿속을 뒤져 본 맹부요는 깨달았다.

뭐야……. 진짜 없는 것 같잖아.

"이제는 생겼잖아요!"

바득바득 우겨 대는 맹부요를 앞에 두고 피식 웃은 장손무극이 갑자기 그녀의 팔을 확 잡아채면서 위쪽으로 몸을 날렸다.

"우왓, 뭐 하는 거예요!"

소리를 지른 직후, 맹부요는 자신이 어느덧 담장 꼭대기에 앉아 있음을 발견했다.

이곳 저택은 담이 꽤 높은 편이어서, 위에 올라오면 반도성 시가지 골목골목이 한눈에 들어왔다. 간결하면서도 질서 정연하게 놓인 도로, 질박함과 무게감이 동시에 느껴지는 건축물, 빽빽이 늘어선 민가들, 저 멀리서 웅장한 기세를 뽐내는 황궁. 서늘한 밤바람이 늦게까지도 환히 빛나고 있는 도시의 불빛을 싣고 불어와 가슴속을 시원하게 뻥 뚫어 줬다.

"높은 곳에 올라오면 보이는 것이 더 많아지고 복잡해지기에, 사고가 명료해지지."

장손무극의 말에는 뼈가 있었다.

맹부요는 그 말에 일순 흠칫했지만, 곧바로 다시 열불이 올랐다.

"그래서 바람 쐬라고 올라온 것이오. 머리 좀 맑아지도록."

"내 정신은 항상 맑았고요, 머리 비상하기로는 세상에 따를 자가 없거든요?"

맹부요는 고개를 반대쪽으로 틀면서 장손무극을 냅다 밀쳐 냈다.

"내려가요, 내려가! 자리도 좁고 시야에 걸리잖아요."

"그대와 어깨를 나란히 하고 있는 사람은 절대 시야를 방해하지 않소. 대부분의 경우 그대를 방해하는 건 자기 자신이지."

오늘 밤 장손무극은 유독 철학적이었다.

"부요, 내가 거짓말을 한 것이 괘씸하오?"

"당연하죠!"

한 쌍의 묘안석처럼 빛나는 맹부요의 눈동자가 그를 향했다.

"불만 있으면서도 아닌 척 가식 떨고, 난 그런 거 못 해요."

싱긋 입꼬리를 휜 장손무극이 어디서 튀어나왔는지 모를 바람막이를 펼쳐 맹부요의 어깨에 덮어 줬다.

"바람이 세군. 풍한이라도 들라."

그러고는 말을 이었다.

"내가 정혼 예물로 준 선기도는 돌려받지 못한 게 맞소."

"엥?"

"세인들은 선기도가 하나뿐인 줄로 알지만, 실은 한 점이 더 있다오."

장손무극이 미소 지었다.

"같은 바람막이에서 끊어 낸 옷감 두 조각으로 만들어졌지. 두 점이 각각 절반의 내용을 담고 있으니 온전한 선기도는 도합 팔백팔십이 자, 여덟 장으로 이루어졌다 하겠소. 내가 그대에게 준 것은 나머지 절반이오."

"나한테 준 게 당신한테 있던 반쪽이었으면, 당초 선기국에 넘겼던 그림은 왜 불련 손에 없는 거죠?"

맹부요가 의아하다는 듯 물었다.

"은금하고 비슷한 월화금으로 가짜를 만들질 않나, 보아하니 진품은 본 적도 없는 것 같던데요?"

"그것이 바로 내가 혼약을 파기한 이유요."

그녀를 바라보는 장손무극의 입가에 깊은 미소가 새겨졌다.

"상대를 잘못 찾았기에."

"원래 생각해 뒀던 정혼자는 따로 있다는 거예요?"

맹부요가 홱 고개를 틀어 그를 응시했다.

"누군데요?"

"짐작일 뿐이오. 봉정범이 내놓은 가짜 그림은 어쩌면 선기국의 말대로 진품이 정말 유실되어 부득이하게 만든 대체품일 수도 있소."

잠시 생각에 잠긴 장손무극이 웃음기 묻은 눈빛으로 맹부요를 힐긋 쳐다봤다.

"진실이야 때가 되면 밝혀지겠지. 부요, 일단 그대에게 고맙다는 인사부터 해야 할 것 같소. 덕분에 가까스로 그 여인을 해결했으니 말이오."

"아까워해야 하는 거 아니에요?"

맹부요가 장손무극을 보며 히죽거렸다.

"그렇게 아리땁고, 고귀하고, 평판 좋고, 분위기까지 당신 흉내를 기가 막히게 낼 여자가 또 어디 있냐고요. 천생연분 소리 들으려고 누구는 엄청 애를 썼을 텐데 그 판을 홀라당 뒤집어엎었으니, 내가 생각해도 부도덕한 짓이었어요."

"그보다 더 부도덕한 짓도 저지를 작정이오만."

느긋하게 풀줄기를 꺾어 입에 문 장손무극이 담담히 말했다.

"봉정범 남매가 밤을 틈타 천살을 떠났다는 소식을 듣고 국경선에 수하들을 대기시켜 뒀소. 전남성이 내게 하려던 짓을 그대로 돌려줄 생각이오."

"설마 불련을 암살하고……."

그의 말이 의미하는 바를 알아듣고 화들짝 소스라친 맹부요가 눈을 커다랗게 떴다.

"그걸 천살에 뒤집어씌우려고요?"

"천살에 책임을 전가하는 일은 그다지 중요하지 않소. 핵심은 봉정범이 반드시 죽어 줘야 한다는 것이지."

맹부요 쪽으로 고개를 돌린 장손무극이 그녀의 머리카락을 가만가만 어루만졌다.

"그것도 최대한 빠르게."

맹부요는 입술을 잘근 깨물었다. 무슨 말을 해야 좋을지 알 수가 없었다. 직접적인 언급이 없다 해서 장손무극이 불련을 제거하려는 이유를 그녀가 설마 모르겠는가. 자기 때문이었다.

장손무극은 본래 암살처럼 수준 떨어지는 수단을 쓸 사람이 아니었다. 그것도 불련 같은 여자를 상대로.

그가 원칙을 깨면서까지 이렇게 급히 손을 쓴 건 맹부요를 뼛속 깊이 증오하고 있을 불련이 또다시 그녀에게 해가 될 일을 꾸미는 걸 원천 차단하기 위해서였다.

장손무극 정도 되는 수완가라면 혼약을 소리 소문 없이 정리할 방법쯤이야 얼마든지 있었을 것이다. 그럼에도 그는 맹부요가 가장 극단적인 방법을 사용해 불련과의 사이에 돌이킬 수 없는 골을 만들도록 내버려 뒀고, 이제는 그녀가 저질러 놓은 일의 뒷수습을 자처하고 나선 것이다.

그가 평소라면 절대 벌일 리 없었을, 어리석은 짓을 용인한 배경에는 내키는 대로 속 시원히 그녀를 살게 해 주려는 배려가 있었다.

한참을 멍하니 있던 맹부요가 코끝이 빨개진 채 장손무극을 돌아봤다.

"미안해요……. 번번이 당신을 못 믿어서."

"믿음을 주지 못한 데는 내 탓도 있겠지."

어째 그녀의 머리카락에 참 관심이 많은 것 같은 장손무극은 지난번처럼 머리를 땋아 줄 요량으로 손을 놀리고 있었다.

"무엇이든 내 속에만 품고 꺼내 놓을 줄 모르는 성정이 문제인 것을, 누굴 탓하겠소."

"이제 안 그럴게요, 앞으로는 진짜요!"

맹부요는 부끄러워서 차마 고개를 들 수가 없었다.

어쩜 사람이 이렇게 훌륭할까. 오해받은 것도 억울할 텐데 이 와중에 상대편을 감싸 주기까지.

울컥 가슴이 뜨거워지면서 자기 자신이 너무나 파렴치하게 느껴졌다.

참된 군자의 마음 씀씀이로고, 이를 무엇으로 보답할까.

한창 고민 중인데 뒤쪽에서 얼굴을 쑥 들이민 군자께서 그녀의 귓가에다 대고 속살거렸다.

"흐음, 부요. 그 안쪽에 입은 것은 무엇이길래 끈이 두 개나 달려 있소?"

안쪽에 입은, 끈 달린…….

은혜 갚을 생각에 바쁘던 맹부요는 몇 박자 늦게야 퍼뜩 정신이 들었다.

내가 만든 가슴 가리개 얘기잖아!

적삼도 멀쩡히 입었고 그 위에 바람막이까지 걸쳤는데 대체 그걸 어떻게 봤지? 군자 좋아하시네!

맹부요는 성난 기합과 함께 발차기를 내질렀다.

이 철면피 끝판왕, 그냥 불련이랑 잘 먹고 잘 살게 두는 거였는데!

그런데 맹부요가 막 다리를 들어 올린 찰나, 장손무극이 그녀의 허벅지를 꾹 누르며 입술 앞에 손가락을 세웠다.

"쉬잇."

어디서 수작이냐고 한바탕 퍼부으려던 맹부요는 다음 순간 담장 아래 골목길을 걸어오는 누군가의 발소리를 듣고서 그쪽으로 고개를 돌렸다.

밤의 어둠은 희미했고 골목길은 깊었다.

길가 어느 집, 잠도 잊은 서생의 그림자가 또렷이 그려진 창문. 그 틈으로 초승달 같은 빛살이 어스레하게 흘러나오고 있었다. 초승달 모양 빛살이 드리운 골목 안쪽 모호한 그늘로부터 누군가의 윤곽이 차츰 분리되어 나왔다.

골목 끝의 암흑 속에서 느릿느릿 걸어 나온 이는 품에 무언가를 보듬어 안은 모습이었다. 인물이 걸음을 옮기면서 조용히 읊조리는 말소리가 바람결을 타고 어렴풋하게나마 담장 위까지 전해졌다.

"넋이여 돌아오라……."

한밤중, 망자를 위한 초혼招魂.

맹부요는 한숨을 내쉬었다.

윤곽을 보아 하니 젊은 사람인 것 같은데 이 밤에 홀로 나와 초혼이라니, 부모가 돌아가셨는가 보네.

이승과 저승 간의 대화에 행여 방해가 될까, 맹부요가 담장에서 내려갈 요량으로 막 고개를 돌리려던 찰나였다. 마침 초승달 모양 빛살 한가운데로 들어선 인물의 이목구비가 불빛 아래 환하게 드러났다. 수려하고 온화하되, 희미한 우울이 어린 얼굴.

연경진!

맹부요는 자리를 피하려던 것도 잊고 담장 위에서 그대로 굳어 버리고 말았다. 그녀는 장손무극의 옆자리에 앉은 채로 골목 끝에서부터 그 쓸쓸한 형체를 서서히 드러낸 연경진의 그림자를, 그가 안고 있는 매끈한 청옥 항아리를 바라봤다.

그는 느릿느릿, 조용하게 '넋이여 돌아오라.' 하고 읊조리며 손에 든 지전을 조금씩 허공에 흩뿌리고 있었다. 얇은 회백색 종잇조각이 그의 손끝에서 나비처럼 빙빙 돌며 날아올라 소리 없이 담장을 넘어 사라져 갔다.

세상에 살았던 한 사람의 흔적이 줄 끊어진 연처럼 멀리멀리 날아가는 광경.

미련을 채 버리지 못한 듯 한들한들 주변을 맴돌던 지전 한 장이 맹부요의 손안으로 흘러들었다. 손가락을 뻗어 지전을 붙잡자, 얄팍하고도 나긋한 감촉이 순식간에 가슴속까지 밀려 들어와 심장을 쓸고 지나가면서 사붓한 통증을 남겼다.

맹부요는 눈을 들어 망자의 넋을 부르는 데 여념이 없는 연경진을 응시했다.

그러고 보니 오늘이 바로 배원이 간 지 이레째 되는 날이었던가.

태연에는 상을 당한 지 7일째 되는 날에 망자의 가족이 그가 생전 지났던 길을 돌면서 넋을 부르는 풍습이 있었다.

맹부요의 눈길이 자그마한 청옥 항아리로 향했다.

항상 붉은 옷을 차려입고서 모란처럼 화려한 아름다움을 뽐내던, 어디서든 자신의 존재감으로 주변을 압도해야만 직성이 풀리던 여인이 정녕 이제는 소박하니 잠잠한 항아리 안의 한 줌 재로 화하였는가.

울분을 안고 간 그녀의 영혼은 과연 저 비좁은 공간 안에서 순순히 쉬기를 택했을까, 아니면 밖으로 나오고자 발버둥 치고 있을까?

그리고 연경진. 부귀 현달한 귀공자이자 제후 가문의 후계자로서 일생 탄탄대로를 걸어왔으나, 그녀를 만나 내딛는 걸음걸음이 타락과 상실로 점철되기 시작한 남자. 그는 과연 앞으로 남은 길을 어찌 걸어갈 것인가.

세상에는 태생적으로 불공평한 인연이란 것도 있는 법이니, 그녀와 연경진이 바로 그러했다. 현원산에서의 만남은 시작부터 끝까지 모든 과정이 그녀의 앞날에 펼쳐질 기나긴 여정을 위한 발판에 불과했고, 발판이 완성되자마자 그곳을 떠나온 그녀는 단 한 번도 뒤를 돌아보지 않았다.

하지만 연경진은 이미 끝나 버린 인연을 고집스럽게 붙들고서 내내 제자리에서 세월을 허비하고 있었다. 상실감은 그를 번번이 잘못된 선택으로 이끌었고, 그 결과는 또 다른 상실로 이어졌다.

전북항의 별장에서 보고 들은 것들을 떠올린 맹부요는 손끝이 싸늘하게 식는 걸 느꼈다. 운명의 잔인함이 그녀에게서 말을 앗아 간 찰나, 문득 손바닥에 따스한 온기가 찾아들었다.

맹부요의 손을 가볍게 잡았다가 놓아준 이가 그때껏 그녀의 손마디 사이에 끼워져 있던 지전을 빼낸 뒤 다시금 그녀의 손가락을 감아쥐었다. 따뜻한 그의 손바닥에서 전해지는 비단결처럼 매끄러운 감촉이 손끝에서 시작해 그녀의 가슴속까지 번져 왔다. 편안한 부드러움, 폭삭한 솜털 이불을 덮고서 꿈결로 빠져드는 기분이었다.

그는 항상 누구보다 먼저 그녀의 속내를 읽어 내고는 자신만의 방식으로 그녀에게 알려 주곤 했다. 자기가 곁에 있다고.

고개를 들어 그를 바라보며, 맹부요는 본인이 얼마나 운이 좋은지를 새삼 깨달았다.

대가를 요구하지 않고 곁에 있어 주면서 이렇게 따스한 온기를 나누어 주는 사람을 세상 누구나가 가질 수 있는 것은 아닐 것이다. 연경진, 배원, 불련……. 그들 또한 '사랑'을 했겠지만, 누군가는 사랑의 과정이 잘못됐고, 또 누군가는 사랑의 방식이 문제였다.

그런 그들과 달리, 그녀는 과정과 방식 모두 옳은 사람을 만났다. 하지만 운명은 언제나 그녀에게 짓궂었으니, 그를 만난 행운은 주었으되 가질 행운은 주지 않았다.

맹부요는 눈언저리에 고이는 아릿함을 털어 내기 위해 안간 힘을 다해 눈꺼풀을 깜빡거렸다. 등불에 비친 연경진의 쓸쓸한 그림자가 바닥에 길게 늘어져 있는 걸 보며 입을 앙다물었다 가, 장손무극의 손바닥에 글씨를 끄적였다.

'연살을 처리해야겠어요.'

짧은 간격을 둔 후, 장손무극이 답했다.

'그리하시오.'

조용히 숨을 들이켠 맹부요가 씩 웃음 지었다.

연경진. 네 처를 죽인 그 빚, 네 사부의 목숨으로 갚아 주겠어.

정작 연경진은 알지 못했다. 자신이 죽은 아내의 넋을 부르 고 있는 이 순간, 담장 꼭대기에서 그 모습을 지켜보던 이들 사 이에서 자신의 일생을 바꿔 놓을 결정이 내려졌음을. 연경진은 그저 조용히 지전을 뿌리고 있을 뿐이었다.

차갑던 청옥 항아리가 품 안에서 어느덧 미적지근하게 데워 진 게 느껴졌다. 배원을 이렇게 가까이에서 안아 보기는 오늘 이 처음이었다. 그토록 도도하던 여인은 결국 이러한 방식으로 조용히 그의 품 안에 몸을 웅크렸다.

항아리 입구 부분은 아직 빙설처럼 차가웠다. 지난해 겨울, 연경 변두리 외로운 산봉우리에 흩날리던 눈발이 딱 이렇게 차 디찼었다.

그때 그는 눈밭에 빈 단지를 잔뜩 벌여 놓고서 술로 울분을 달래고 있었다. 연살을 만나 '운 좋게' 그의 제자로 들어간 지 얼마 지나지 않은 시절이었다. 처음의 기쁨 이후에는 악몽이 기다리고 있었으니, 무엇보다 끔찍한 건 평소 경쟁 구도에 있던 연경 고관대작의 자제들이 그와 연살의 관계를 눈치챘다는 사실이었다.

그 당시 연경 귀족들 사이에는 차마 대놓고 입에 올리지는 못하여 다들 눈치로만 전하는 우스갯소리가 퍼져 나가고 있었다. 애매한 말투, 점잖지 못한 눈짓, 조롱 섞인 암시, 저속한 몸동작으로 표현되는 우스갯소리가.

그 소문은 곧 무형의 장벽이 되어 연경진의 앞을 가로막고 섰다. 보이지도 만져지지도 않지만 분명 그 자리에 싸늘하게 서 있는 장벽. 이로 인해 연경진은 상처투성이가 됐으나, 그에게는 장벽을 무너뜨릴 힘이 없었다.

세상 가장 음험한 함정은 다름 아닌 세인들의 입이라던가. 사람 하나 죽이는 것쯤은 간단한, 빠져나오려 몸부림칠수록 도리어 상처만 늘어 가는 함정.

바로 그때, 그녀가 나타났다. 태연 황궁의 변과 상연국 건국 이후로 내내 모습을 보이지 않다가 처음으로 그를 찾아온 것이었다.

연경진은 그녀가 자신을 비꼬고 조롱하리라 생각하고 귀찮다는 양 소매로 얼굴을 가렸다. 하지만 그녀는 그의 곁에 자리를 잡고 앉아 술 단지를 집어 들더니, 존귀한 군주 신분으로는 절대 행할 리 없는 동작으로 거칠게 진흙 뚜껑을 따고는 술 한 단지를 단숨에 바닥까지 비워 냈다.

그러고는 텅 빈 단지를 저만치 내던졌다. 운무를 뚫고 골짜기 깊숙이 추락한 푸른빛 단지가 날카로운 파열음을 위쪽으로 올려 보냈을 즈음, 그녀가 비로소 입을 열었다.

'나하고 혼인해요.'

연경진이 고개를 틀었을 때, 그녀는 다른 곳을 보고 있었다. 윤곽이 섬세한 옆모습에서 차분하되 굳은 의지가 느껴졌다.

본인의 인륜대사를 말 한마디로 결정해 버린 그녀가 이내 자리를 털고 일어서며 말했다.

'납폐는 사흘 후에 보내요.'

연경진은 예물을 들고 배씨 가문을 다시 찾아가기가 민망하기도 하고 모욕을 당할 것이 걱정스럽기도 했으나, 연살은 반가운 기색이었다.

'보기 좋은 겉허울이 제 발로 굴러 들어온 게 아니냐. 나야 상관이 없다만, 너는 영 얼굴이 두껍지를 못해 걱정이었다. 배원이 시집오면 네 인생에 더는 부족한 것이 없어질 테지. 내 직접 가서 혼담을 꺼내야겠다.'

그렇게 배씨 저택으로 향했던 연살은 아주 흐뭇한 표정으로 돌아왔다.

'혼례를 준비해야겠구나.'

나중에야 안 사실이지만, 배원이 그에게 사흘이라는 시간을 제시한 것은 그사이에 분노한 아비를 설득하고, 연살과도 이야기를 나누기 위해서였다. 당시 그녀가 혼인을 성사시키는 데

치른 대가가 과연 무엇이었는지, 그 답은 이제 연경진으로서는 영영 알 길이 없는 것이 되고 말았다.

또 하나, 그가 절대 알지 못할 것이 더 있었으니. 허울뿐인 부부로 서로 다른 원락에 기거하는 동안, 휑한 규방을 등잔 하나에 기대 지키면서 매일 밤 그의 원락에 밝혀진 등불을 바라보던 배원의 마음이었다.

귀족들 사이에 돌던 소문은 두 사람의 혼례를 기점으로 깨끗이 정리됐다. 배원이 시집을 갔다는 건 그간의 소문이 억측에 불과했음을 증명하는 가장 확실한 근거였으므로.

그녀는 얼마나 많은 희생을 했던가. 그리고 그는 그런 그녀를 얼마나 잔인하게 저버렸던가.

그녀는 그를 사랑했지만, 그의 마음속에는 다른 여인이 있었고, 그 여인은 또 다른 사내를 사랑했다. 인생사 이토록 우스운 꼬리 잇기는 얼마며 거기에 매인 미련과 그릇된 애정은 또 얼마던가.

청옥 항아리를 느릿느릿 어루만지던 연경진이 항아리 표면에 얼굴을 살며시 가져다 댔다. 싸늘하면서도 조금 불편하게 각진 느낌이 흡사 그녀의 기질 같았다. 가시 돋친 자기 과시와 차가운 오만이 몸에 배어 있던, 온화하지 못한 걸 넘어 독기마저 돌던 여인.

하지만 다른 사람은 몰라도 연경진은 알고 있었다. 그녀가 한평생의 온기 전부를 오롯이 주었던 대상이 바로 자신임을.

위태롭게 너울거리면서도 그의 곁을 온기로 데우던 등불은 이제 음침한 운명이 '후' 하고 분 입김에 꺼져 버리고 없었다.

연경진은 청옥 항아리를 꼭 끌어안고서 천천히, 처량하게 뒤돌아섰다.

그런 그의 뒷모습을 묵묵히 바라보는 담장 위 인물의 눈에도 희미한 서글픔이 어렸다. 장손무극의 소매에서 빠져나와 두 사람 중간에 끼어 있던 원보 대인마저도 연경진이 지전을 뿌리며 멀어져 가는 모습을 지켜보는 사이 동그랗고 까만 눈망울이 살그머니 젖어 들었다. 그 순간 원보 대인은 과거 궁창에서의 기억을, 아리땁던 흑진주를 떠올리고 있었다.

❀

연경진의 기다란 그림자가 밤의 고적한 어둠 속으로 멀어져 가던 그때, 어둠 저편에서 시끄럽게 떠드는 소리가 날아들었다. 취객 둘이 큰 소리로 노래를 불러 젖히다가, 낄낄대다가 하며 비틀비틀 골목길로 접어드는 참이었다.

어디선가 들리는 소녀의 낭랑한 목소리가 구슬픈 적막을 깨뜨렸다.

"오라버니, 더 마셔……. 세 단지만 더 마시자! 나 안 취했어……. 딸꾹, 안 취했다니까! 도망은…… 왜 가! 염병할 자식아……. 꽃 같은 처녀를 왜 피하냐고! 쳇, 퉷이다!"

꽃 같은 처녀께서는 갈지자걸음을 걸으면서 신나게 고성방가 중이었고, 그녀의 운 나쁜 술친구는 덕분에 고생이 이만저만이 아니었다.

지극히 절제된 동작으로 처녀의 팔을 붙잡아 주고 있는 그는 저만치서부터 걸어오는 내내 처녀에게 휘둘려 이리 비틀, 저리 쿵, 하면서 고전 중이었다.

담장 위 맹부요의 낯빛에 먹구름이 드리웠다.

아란주가 운혼이랑 술을 먹었어? 저 모양이 되도록?

이때 아란주가 노래를 부르기 시작했다.

"오라버니, 배짱 좋게 앞으로 나아가요, 나도 앞만 보며 죽자고 쫓아갈 테니까. 오라버니 엉덩이 밑에서 죽어 나간 말이 세 필, 내 엉덩이 밑에서 죽어 나간 소는 아홉 마리……."

아니, 저 노래는!

"어억."

하고 목 막히는 소리를 낸 맹부요가 허겁지겁 장손무극의 어깨에 얼굴을 파묻었다. 웃음소리를 틀어막기 위해서였다.

못산다, 진짜. 가사 고치는 데 소질이 너무 있는 거 아니야? 언젠가 한 번 흥얼거렸을 뿐인데, 어쩌다가 저게 말 죽어 나가고 소 죽어 나가는 노래가 된 거냐.

희미한 어둠 속에서 어깨를 잘게 떨며 웃고 있는 맹부요의 모습은 소리 없이 날개를 팔랑이는 한 마리 나비 같았다. 장손무극은 빙긋이 미소 지으면서 그녀를 품속으로 끌어당겨 안았다.

하늘을 향해 고개를 든 그가 생각했다. 가사가 참으로 순박하면서도 가슴에 와닿는 게, 본인 신세에 대입해도 절묘하게 맞아떨어진다고.

그의 어깨 위에서는 원보 대인이 몹시도 경멸스럽다는 눈으로 맹부요를 째려보고 있었다.

지금 웃음이 나와?

지체 높은 저 귀족네들이 너 아니었으면 누구한테서 저런 품위 떨어지는 짓을 배웠겠냐?

얼큰하게 취해 야밤 귀갓길에 오른 두 술꾼은 담장 위 상황을 까맣게 모른 채 여전히 골목 안을 휘젓고 있었다.

그들과 연경진의 진행 방향은 서로 반대였다. 맞은편에서 오던 연경진이 눈썹을 찌푸렸다. 행여 잘못 부딪혀 품속의 항아리가 상하기라도 할까, 그는 얼른 항아리를 다른 쪽 손으로 옮기고 길 한편으로 비켜서서 취객들이 지나가기를 기다렸다.

잠시 후, 그의 곁을 지나치던 아란주가 갑자기 휘청하며 토하는 시늉을 했다.

그냥 길에다 했으면 차라리 문제가 없었으련만, 입 헹군 물을 반드시 그릇에 뱉는 게 몸에 밴 공주마마께서는 몽롱한 정신으로 요리조리 주변을 살피다가 연경진의 품속에서 양치 그릇 비슷한 물건을 발견해 냅다 손을 뻗었다.

눈썹을 치켜세운 연경진이 그녀를 밀쳐 내려는 찰나, 번개처럼 끼어든 운흔이 아란주를 뒤쪽으로 피신시키면서 팔뚝을 세워 연경진을 막았다.

"술김에 한 행동에 대응이 너무 지나친 거 아닙니까?"

팔뚝과 팔뚝이 맞부딪친 직후, 불빛 아래에서 고개를 들어 서로의 얼굴을 확인한 두 사람이 동시에 '앗' 소리를 뱉고는 말했다.

"그쪽은?"

심기 불편한 표정으로 운흔을 쓱 훑어보고서 팔을 내린 연경진은 한 마디도 더 하지 않고 그길로 돌아서서 걸음을 옮겼다.

운흔이 희미한 광채가 명멸하는 눈동자로 상대를 바라보고 있던 그때, 아란주의 몸이 또다시 균형을 잃고 기우뚱했다. 아란주가 벽에 처박히게 생긴 걸 본 운흔은 하는 수 없이 연경진에게서 눈길을 거두고 그녀를 부축하러 움직였다.

그런데 웬걸, 팔다리를 허우적허우적 휘젓던 아란주가 운흔의 장포 자락을 '좌앗' 하고 큼지막하게 찢어 먹질 않았겠는가. 순간, 무언가가 '챙강' 바닥으로 떨어졌다.

운흔은 인사불성이 된 아란주를 부축하느라 바빠 그 소리를 미처 듣지 못했다. 말이 부축이지 어디를 붙잡아도 부적절한 상황이었다.

고민 끝에 뒷덜미 옷깃을 붙들고서 아란주를 질질 끌고 가던 운흔의 등 뒤로 연경진의 목소리가 울렸다.

"거기 서."

뒤로 돌아선 운흔은 연경진의 손에 들린 청금석 제비를 발견하자마자 표정이 확 굳었다. 그가 아란주를 벽 쪽으로 밀어 놓고서 곧장 연경진을 향해 달려들었다.

잽싸게 팔을 뒤로 물린 연경진이 가라앉은 소리로 물었다.

"어디서 난 물건이지?"

"이리 내!"

"어디서 났냐고 물었다."

"돌려 달라고 했어!"

제비를 자기 품속에 밀어 넣은 연경진이 차갑게 말했다.

"이건 연씨 집안 자제들이 출생과 동시에 얻게 되는 표식이다. 가문의 직계 혈통이 아니고서야 가지고 있을 수가 없지. 어떤 연고로 손에 넣었는지를 밝히지 않는다면 돌려줄 수 없다."

말을 마친 연경진이 항아리를 안고 돌아서자마자 운흔이 그를 향해 돌진했다. 하지만 운흔이 목표 지점에 당도하기에 앞서 몸을 반쯤 튼 연경진이 먼저 번개처럼 검을 내질렀다. 그러자 콧방귀를 뀐 운흔의 손에서도 새하얀 검광이 쏘아져 나갔고, 다음 순간 '쩡' 하고 요란한 충돌음이 폭발했다.

예고 없이 시작된 싸움.

담장 위의 맹부요가 눈을 동그랗게 뜨고는 중얼거렸다.

"난데없이 웬 칼부림이래?"

거리 탓에 두 사람이 무슨 대화를 나누었는지 제대로 듣지 못한 그녀였다. 조금 전에 본 광경이라고는 연경진이 바닥에서 뭔가를 줍는 것 같더니 운흔이 그걸 돌려 달라고 하는 게 전부였건만, 느닷없이 난투가 벌어진 것이다.

그녀의 손을 잡고서 아래쪽을 내려다보고 있던 장손무극이 느긋하게 말했다.

"시간이 제아무리 깊게 묻어 둔 사연인들 운명이 그것을 드러내고자 한다면 당해 낼 수가 없는 법."

좁은 골목 안에 휘몰아치는 바람의 기세는 매서웠을지언정 두 사람의 싸움은 그리 길게 이어지지 않았다. 유골함 탓에 한 손밖에 쓸 수 없는 연경진은 애초에 운흔의 상대가 되지를 못했고, 운흔의 목적은 오로지 한시라도 빨리 물건을 돌려받는 데에 있었기 때문이었다.

운흔의 검광이 한 손으로 싸우는 연경진을 완벽히 압도하기까지 필요했던 건 겨우 십여 초식. 현란한 검광을 흩뿌리면서도 중요한 순간에는 번번이 한 수씩 양보하는 운흔을 보며 입꼬리를 딱딱하게 굳히고 있던 연경진이 일순 의혹에 찬 눈빛을 내보였다.

그가 손에 들고 있던 청옥 항아리를 기습적으로 앞으로 내밀며 외쳤다.

"내 아내의 뼛가루다!"

마침 번개 같은 속도로 뻗어 나가던 운흔의 검이 연경진의 말이 끝나기도 전에 항아리 앞에 당도했다. 뒤늦게야 말소리를 듣고 대경실색한 운흔은 급하게 검을 물리다가 역류한 진력을 이기지 못하고 뒤쪽으로 튕겨 나갔다.

바로 뒤이어, 시퍼렇게 날 선 칼끝이 운흔의 목줄기를 겨누었다.

창졸간에 뒤집힌 전세는 운흔의 승리를 믿어 의심치 않던 담장 위 맹부요를 기겁시켰다.

"비겁하게."

하고 중얼거린 그녀가 아래로 뛰어내리려는 걸 장손무극이 붙잡았다.

다음 순간, 맹부요는 연경진의 눈 안에서 거칠게 몰아치는 파도를 발견했다. 충격, 의문, 혼란, 곤혹이 뒤섞인 눈빛.

그녀의 눈길에 잡힌 연경진의 입 모양은 운흔을 이렇게 부르고 있었다.

"아우야."

나를 위해 그대를 아껴 주길

"아우야."

밤바람 속에 흩어진 그 한마디는 결코 크지 않은 소리였으나 듣는 이의 가슴은 덜컥 내려앉았다.

상대의 부름에 얻어맞아 혼이 빠지기라도 한 양, 운흔은 연경진의 검을 앞에 둔 채 그대로 굳어 버린 모습이었다. 분명 제자리에 꼼짝도 안 하고 서 있건만, 희미한 불빛에 비친 운흔은 마치 한 치 한 치 얼어붙어 가는 것처럼 보였다.

연경진은 살짝 거칠어진 호흡을 몰아쉬면서 운흔을 향해 의혹에 찬 눈빛을 던지고 있었다. 그렇게 눈썹부터 시작해 운흔의 얼굴을 꼼꼼히 훑어본 그는 곧 가벼운 흥분에 휩싸였다.

멀찍이 담장 위에 앉아 있던 맹부요는 그제야 운흔과 연경진이 한 핏줄처럼 닮았음을 깨달았다.

따로따로 놓고 볼 때는 둘을 비교할 생각을 못 했었다. 하지만 저렇게 서로 마주 서 있으니 길고 호리호리한 몸매도, 핏줄이 파르스름하게 비쳐 보이리만치 투명한 피부도, 높게 솟은 콧대가 남들보다 유달리 곧은 것도…….

전부 똑같았다.

지금껏 눈치를 못 챘던 건 아마 둘의 분위기가 워낙 천양지차이기 때문이었으리라.

상대의 눈길이 반갑지 않다는 듯한 기색으로 고개를 틀어 연경진을 외면한 운흔이 목에 겨눠진 칼날이 보이지 않는 것처럼 성큼 걸음을 옮겼다. 충격으로 인해 검을 거둬들일 생각도 못 하고 있던 연경진은 날카로운 검신이 운흔의 목에 핏빛 실금을 긋는 걸 보고서야 화들짝 놀라 칼을 떼어 냈다.

운흔은 제 살갗을 타고 흘러내리는 선혈에도 아랑곳하지 않고 저만치 걸어가더니, 담벼락을 붙들고 웅얼웅얼 노래를 부르고 있던 아란주를 끌고서 자리를 뜨려 했다.

검을 칼집에 갈무리해 넣은 연경진이 그 모습을 보고 황급히 쫓아와 운흔의 소맷자락을 붙들었다.

"운흔, 별방 안安 씨가 낳은 아들, 맞지?"

운흔의 어깨가 부르르 경련했다. 맹부요가 앉아 있는 곳에서는 그의 얼굴이 일순 파리하게 질리는 게 똑똑히 보였다.

곧이어 신경질적으로 고개를 돌린 그가 외쳤다.

"저리 꺼져!"

그의 눈빛에 당혹한 연경진이 흠칫 손을 떨며 저도 모르게 뒷걸음질을 쳤다. 운흔이 손을 아예 뿌리치면서 쏘아붙였다.

"경고하는데 그 호칭, 다시는 입에 올리지 마! 너만이 아니라 너희 연씨 집안 전체를 통틀어 그럴 자격이 있는 사람은 아무도 없으니까!"

"운흔!"

연경진이 급히 앞으로 달려 나갔다.

"당시 사정은 나도 어렴풋이 전해 들은 게 전부지만……. 하지만, 하지만…… 뭔가 오해가 있었던 거 아니야? 같이 돌아가자, 가서 분명하게 확인받자."

"돌아가? 어딜 돌아가자고?"

운흔이 수려한 얼굴을 비스듬히 틀었다. 이 순간 그의 옆모습은 얼음 조각상처럼 차갑게 굳어 있었다. 서리 맺힌 이목구비에서 매서운 한기가 뿜어져 나왔다.

"연 장문, 뭔가 착각하는 것 같은데 당신은 상연국 제후고 나는 태연의 신하야. 내 아버지의 이름은 운치이고 당신 아버지는 연렬이라고. 그런데 내가 왜 당신을 따라가야 하지?"

연경진이 포기하지 않고 다시 설득에 나서려 했다. 그러나 눈빛을 차갑게 식힌 운흔이 검을 휘둘렀다.

목표물은 청옥 유골 항아리. 이번에는 연경진 쪽이 소스라치게 놀라 물러섰다.

성큼성큼 몇 걸음을 내딛던 운흔이 비스듬히 돌아서더니 연경진이 아닌 어두운 담장 모퉁이에 눈길을 고정한 채 싸늘히 말을 내뱉었다.

"연 장문, 오늘 일을 누구한테 발설한다든가 혹은 또다시 아우 운운하거든가 하면 그때는 검에 사정을 두지 않을 테니, 그리 알도록."

운흔의 그림자는 금세 골목 끄트머리 어둠 속으로 사라졌다.

그 자리에 끝까지 우두커니 남아 의문과 체념이 섞인 눈길로 이날의 만남을 송별한 사람은 연경진뿐이었다.

운흔이 행여 불편해할까 싶어서 맹부요는 그가 골목을 지나오기 전에 얼른 담벼락에서 뛰어내렸다. 살짝 멍한 상태로 묵묵히 정원을 지나, 방문을 넘어, 침상 위에 당도한 그녀는 풀썩 자리를 잡고 앉아서야 자신이 내내 혼자가 아니었음을 깨달았다.

정신이 번쩍 든 그녀가 상대를 밖으로 몰아내면서 소리쳤다.

"나가요, 나가! 내 침상에서 잘 수 있는 수컷은 딱 하나밖에 없으니까!"

"흐음?"

장손무극이 미소 띤 표정으로 의문을 표하자, 겁도 없이 눈을 반짝반짝 빛내며 고개를 내민 원보 대인이 앞발로 자기를 가리켰다.

바로 여기 계신 이 옥골선풍의 불초 소생 말입니다요.

그러자 장손무극이 변함없이 미소를 머금은 채 읊조렸다.

"달린 것을 떼어 주랴?"

말이 떨어지기 무섭게 공손히 뒤로 물러나 길을 튼 원보 대인이 앞발을 침상 쪽으로 척 뻗어 주인님을 안내했다.

딱 하나밖에 없는 수컷이라 하면 그야 물론 세상에 둘도 없이 잘나신 주인님이시지요!

맹부요가 손가락을 튕기는 '탄지신통彈指神通'을 펼쳐 원보 대인을 날려 보내며 잔소리를 했다.

"네놈도 오늘부터는 내 침상에 접근 금지인 줄 알아!"

"부요, 여기서 자겠다고 따라온 것은 아니오."

차분하기 그지없는 투로 어느 분의 천박한 자아도취적 망상을 부정한 장손무극이 말을 이었다.

"월백에게서 받은 구슬 반쪽을 잠시 빌렸으면 하오."

곧이어 병에 담긴 구슬을 알아서 찾아낸 그가 문을 열고 나가면서 맹부요를 향해 싱긋 웃어 보였다.

"이미 생쥐 한 마리에, 사람도 둘이나 되는데 거기 끼어서 잘 마음은 없소. 게다가 둘 중 하나는 술고래이기까지 한 것을."

"엥……. 누가 술고래라는 거예요? 그리고 두 사람이라니, 쥐 새끼 하나, 사람 하나구먼."

실컷 씩씩대던 맹부요는 곧이어 아란주를 끌고 안으로 들어오는 운흔을 보고서야 아차 했다. 술이 떡이 된 공주님 뒤치다꺼리할 사람이 여기 그녀 말고 또 누가 있겠는가.

과연 주정뱅이 뒤치다꺼리는 사람이 할 짓이 아니었다. 맹부요는 밤새 한잠도 못 잔 것은 물론.

"오라버니, 배짱 좋게 앞으로 나아가요……."

하는 소리를 귀에 딱지가 앉도록 들어야만 했다.

그러다가 동트기 직전 무렵, 아란주가 느닷없이 돌아누워 그녀를 끌어안더니 불분명한 발음으로 웅얼거렸다.

"우리 절대 맹부요랑 봉정범은 되지 말자!"

밑도 끝도 없는 소리였지만, 맹부요는 단번에 그게 무슨 뜻인지 알아들었다. 아란주를 한 대 쳐서 재우려던 손이 허공에서 멈칫했다가 처음 의도와는 달리 아주 부드럽게 아래로 내려앉았다.

땀에 젖은 아란주의 귀밑머리를 쓸어 넘겨 준 맹부요가 나지막이 대답했다.

"그래, 절대로 맹부요랑 봉정범은 되지 말자."

수건을 틀어쥔 채 맹부요는 그대로 잠이 들었다.

그녀가 깨어났을 때는 이미 해가 중천이었다. 그녀의 배 위에는 아란주가, 아란주의 배 위에는 원보 대인이 엎어져 있었고, 대문 밖에서는 궐에서 온 전령의 외침이 들려왔다. 어원御苑에서 열릴 사냥에 참석하라는 전갈이었다.

지금 맹부요가 지내는 처소는 진무대회 우승 직후 이사해 온 곳이었다. 전북야가 애써 마련한 비밀 거점이 천살 황족들에게 노출되는 것도 곤란하고, 어차피 수중에 돈도 있으니 내린 결정이었다.

그새 사업 성공으로 무극국에서 대부호 반열에 오른 요신도 요신이거니와, 엉겁결에 맹부요에게 붙들려 한배를 타게 된 강북 총독네 이 공자는 특히나 타고난 장사꾼이었다. 둘이 한통

속이 되어 비단부터 장신구, 의복, 신발, 모자, 연지, 물분에 이르기까지 온갖 영역에 걸쳐서 여인들의 주머니를 탈탈 터는 중이었다.

다른 나라에도 맹부요의 고상한 유흥을 보급해 볼 겸, 은자도 갖다 바칠 겸, 요신이 며칠 전에 천살국으로 넘어왔다. 그덕에 돈주머니가 두둑하게 찬 맹부요는 급기야 원보 대인 변기통까지 황금으로 바꿔 준 참이었다.

그녀의 새 저택은 입이 쩍 벌어지는 호화로움을 자랑했다.

대부호의 저택 세 채를 한꺼번에 사들여 하나로 합친 결과 안팎으로 뜰만 족히 일고여덟 겹은 됐고, 문을 차례차례 지나 내부로 들어갈수록 끝도 없이 요란뻑적지근해지는 건물들을 구경할 수 있었다. 다만 일반인이 출입 가능한 구역은 최외곽과 그 바로 안쪽 뜰까지가 전부였다.

사실 맹부요의 목적은 근방 전체를 자신의 세력 범위에 집어넣는 것으로, 대문에서부터 셌을 때 여섯 겹째에 해당하는 뜰의 방 한 곳에는 전북야의 비밀 거점으로 통하는 지하 통로가 숨겨져 있었다. 오늘 전남성의 초대는 사실상 또 한 번의 탐색전을 의미할 뿐이었다.

옷을 갈아입고 쪼르르 문을 나선 맹부요는 화원에서 종월을 맞닥뜨렸다. 앞을 가로막고 선 독설남이 가벼운 차림의 그녀를 위아래로 훑어보더니 말했다.

"또 사기 치러 가시나?"

맹부요는 하늘을 향해 뒷목을 젖혔다.

애는 언제쯤 말 좀 곱게 하려나. 풍기는 분위기가 아깝다, 분위기가.

"어차피 칠 사기라면 더 확실히 치게 해 주겠소."

종월이 자그마한 납환 한 알을 건네며 덧붙였다.

"틈을 봐서 안에 든 가루를 전남성의 소맷자락에 뿌리시오."

"아."

용도도 묻지 않고 물건을 받아 든 맹부요가 생각에 빠진 얼굴로 말했다.

"솔직히 전남성 자식, 그냥 확 죽여 버렸으면 좋겠어요. 토 나오는 거 참으면서 신경전 벌이기도 지긋지긋한데, 지난번 납치 사건 이후로 조심성만 늘어서 아무한테나 곁을 안 주는 게 아쉬울 따름이라니까요."

"지금은 죽여 봐야 무의미한 짓이오. 전남성이 죽으면 혼란이야 일겠지만, 태자를 비롯해 황영군을 움직일 권한을 가진 핵심 인사 셋이 존재하는 이상 대세를 반드시 흔들 수 있으리란 보장은 없소."

맹부요의 고뇌를 단칼에 쓸데없는 것으로 만든 종월이 그녀를 화원에서 내몰았다.

"말이 많군. 거기 서 있으면 약초밭에 햇빛이 안 들잖소!"

맹부요는 분풀이로 달맞이꽃 한 뿌리를 짓밟아 주었다. 화초를 목숨처럼 아끼는 종월이 자신을 잡아 죽이기 전에 화원을 빠져나가야 하는 위급 상황이었다. 그 와중에도 그녀는 창턱에서 싸움 구경 중이던 원보 대인에게 슬쩍 눈짓을 보내는 걸 잊지 않았다.

이제 종월이 밭을 비우기만 하면 원보 대인이 그녀 대신 귀한 약초들을 살뜰히 돌보아 줄 것이다. 오줌을 갈긴다든지 똥거름을 준다든지 하는 식으로.

대문 앞에서는 전남성이 보낸 마차가 기다리고 있었다. 마차를 타고 황궁 남쪽 악산岳山 어원에 당도하자 길을 따라 죽 펼쳐진 황실 의장과 금빛 지붕의 막사를 가운데 두고 산비탈에 빽빽하게 들어선 천막 무리가 눈에 들어왔다.

천막 앞에 모여 대기 중인 사람들을 자세히 뜯어보고 난 맹부요는 입꼬리를 씩 끌어 올렸다.

다 아는 얼굴들일세!

저게 누구야, 며칠 전 대전에서 나 죽으라고 칼 던져 준 도련님 아니신가?

저건 또 누구야, 어느 공주께서 자결을 시도하시자 '마마, 아니 되옵니다!'를 부르짖으며 눈치 빠르게 공주의 목숨을 구했던 그 장군이시구먼!

한데 모여 떠들고 있던 귀족들은 맹부요가 방긋 웃으며 등장한 즉시 입을 딱 다물고는 각자 수염을 만지작댄다든지, 하늘을 올려다본다든지, 말을 돌린다든지 등의 딴짓을 시작했다.

"어음, 나리, 오늘은 날씨가 참으로 좋습니다그려, 참으로 좋아요, 허허……."

"하하, 왕 장군, 오늘 장포에 힘 좀 주신 것 같습니다, 하하하……."

"이야, 장홍지 나리, 날씨 진짜 끝내주네요. 먹구름 아래로 잠자리 떼 날아다니는 모습이 아주……, 어이쿠! 머리에 쓰신 관에 잠자리가 앉았습니다, 쫓아 드려야겠는데……. 어휴, 사양하실 것 없습니다. 금방 쫓을 테니까……."

빡!

장홍지의 머리 위에 얹혀 있던 관을 한 방에 후려쳐 떨어뜨린 후 발로 밟아 박살 낸 맹부요가 덕분에 봉두난발이 되어 낯빛이 시퍼렇게 질린 상대를 향해 웃음을 보냈다.

"어쨌든 망할 잠자리는 떼어 냈군요."

장홍지가 눈썹을 치켜세우며 폭발하려는 참인데, 맹부요가 또다시 호들갑을 떨었다.

"세상에! 검이 진짜로 아름답네요. 그날 던져 주신 게 이 검이었다면 생긴 게 마음에 들어서라도 목을 그었을지 모르는데 말입니다. 절세 명검의 칼날 아래 목숨이 다한다면 귀신이 돼도 풍치 있는 귀신이 되지 않겠습니까……. 잠깐 구경 좀 해도 될까요? 아이고, 쩨쩨하게 굴지 마시고요. 한 번만 봅시다, 한 번만……."

까득!

'절세 명검'이 두 토막으로 부러지자 맹부요가 칼을 들고서 당황스럽다는 표정을 지었다.

"이거 가짜였나 봅니다!"

그러더니 뻣뻣하게 굳은 장홍지의 손에 칼을 공손히 쥐여 주고는 싱긋 웃었다.

"불편하셔도 원앙쌍검으로 쓰시는 수밖에는 없겠네요."

핏대를 시퍼렇게 세우고 덤벼들려던 장흥지는 조금 전 검을 가볍게 두 동강 낸 손아귀에 어깨를 꼼짝없이 제압당했다. 그런 그를 툭툭 치며 시원하게 웃어 젖힌 맹부요가 다시금 돌아서자 아까까지만 해도 주위에 둥그렇게 모여 있던 왕공들은 이미 뿔뿔이 줄행랑을 친 뒤였다.

맹부요는 어깨를 한 번 으쓱하고는 성큼성큼 중앙 천막으로 향했다.

전남성은 한참 전부터 천막 입구에 나와서 맹부요가 하는 양을 전부 지켜보고 있었음에도 특별한 반응 없이 그저 온화하게 웃음 지었을 뿐이었다.

"짓궂은 데가 있군. 하지만 그리 마음 내키는 대로 다 해서야 원한을 사기에 십상인 것을."

"소인은 무식한 놈이라서요."

맹부요가 원래 이런 걸 어쩌겠느냐는 듯 양손을 펼쳐 보이며 씩 웃는 표정을 지었다.

"어딜 가든 겉으로만 예의 차리면서 가식 떠는 꼴은 못 보겠더라고요. 좋으면 딱 좋고, 싫으면 딱 싫은 거지. 마음에 안 들면 주먹으로 이야기하고 말입니다!"

전남성은 그 소리가 마음에 들었는지 껄껄 웃음을 터뜨리고는 맹부요의 팔을 잡아끌었다.

"천하장사인 줄이야 알지만, 그 기운은 야수들을 손봐 주는 데 쓰는 편이 좋지 않겠는가."

각자 말에 오른 후, 전남성이 고삐를 채며 말했다.

"어원 서편에 맹수가 출몰한다던데, 맹 장군 같은 고수라면 그놈들 정도는 상대해 줘야 흥이 날 테니 가 보도록 하라."

"그보다는 폐하 곁을 지키고자 합니다."

맹부요가 싱긋 웃었다.

"소인은 어차피 태연국 사냥꾼 출신이니, 사냥의 흥취는 귀족분들과 장군들께 양보하렵니다."

그즈음, 사냥에 참가한 왕후장상들은 말을 달리고 매를 날리며 흙먼지와 함께 제각각 다른 방향으로 흩어지고 있었다. 곧이어 여기저기서 휘파람 소리와 환호성이 터져 나왔다.

맹부요는 어원 남쪽에서 진득하니 전남성의 호위대 뒤편을 지키며 작은 동물들을 잡는 데 만족했다. 어느 틈에 맹부요의 말 등에는 토끼며 노루가 주렁주렁 매달렸다.

슬슬 황혼에 가까워졌을 무렵, 전남성이 뒤를 돌아보며 웃음 지었다.

"이만 돌아가야겠다. 고단하구나."

고개를 끄덕인 맹부요가 말 머리를 돌리려다 말고 갑자기 멈칫하더니 말을 채찍질해 다급히 전남성 곁으로 달려갔다.

"바람에 심상치 않은 냄새가 섞여 있습니다. 소인이 뒤를 맡을 테니 서둘러 움직이십시오!"

"이쪽 구역에 있어 봐야 무엇이 있으려고?"

전남성이 피식했다.

"맹 장군, 염려가 지나치……."

말이 도중에 뚝 끊겼다. 등 뒤쪽에서 비릿한 바람이 불어오면서 숲이 요동치고 나무들이 눕기 시작한 탓이었다.

허둥지둥 도망치는 작은 동물들의 잔영이 진초록 일색이던 수림 사이로 흰색, 빨간색, 갈색, 황색의 선을 그려 냈고, 일행의 말들은 부들부들 떨다가 다리가 풀려 고꾸라졌다.

좀처럼 일어서지를 못하는 말을 향해 호통을 치고 고삐를 당겨 보는 사이, 나뭇잎 쓸리는 소리가 요란해지면서 누르스름한 무언가가 숲속을 휙 스치는가 싶더니 전남성의 뒤쪽에서 낮고도 위협적인 포효가 울렸다.

어흥!

비린내가 확 짙어지고 초목이 무더기로 쓰러졌다. 이윽고 숲속에서 줄무늬가 선명한 호랑이가 튀어나왔다. 큼지막한 머리통을 세차게 흔들어 젖힌 놈이 바로 앞에 있는 전남성을 향해 눈알을 부라렸다.

전남성의 말이 찢어지는 울음소리를 내며 앞다리를 접었다. 말도 안 되는 장소에 출현한 맹수를 보며 넋을 놓고 있던 전남성은 그 바람에 균형을 잃고서 호랑이 아가리를 향해 미끄러져 내려갔다. 시뻘건 아가리가 코앞, 비릿한 타액이 얼굴에 떨어지기 직전이었다.

전남성은 황급히 검을 뽑으려 했으나 자기 몸에 깔린 검은 도무지 검집에서 나오질 않았다. 무시무시한 호랑이 대가리를 목전에 둔 그는 비수처럼 섬찟하게 번뜩이는 이빨이 눈에 들어온 순간, 그만 눈앞이 캄캄해져 절망에 찬 비명을 내지르고 말았다.

"폐하를 보호하라!"

맑고도 우렁찬 외침이 칼날처럼 허공을 가르는 동시에, 짙은
그림자 하나가 공중으로 도약했다가 다음 순간 전남성 앞에 내
려섰다. 빛의 속도로 도래한 그자는 착지 직후 일말의 지체도
없이 호랑이에게 무기를 내리꽂았다.

번뜩!

새카만 광채를 뿜어낸 칼날은 정확히 놈의 미간을 파고들었
다. 분수처럼 솟구친 피를 온몸에 뒤집어쓴 맹부요가 눈을 호
랑이에게 고정한 채로 뒤에 있는 자들을 향해 외쳤다.

"이 등신들아! 폐하 챙기라고!"

얼이 빠져 있던 호위들이 그제야 허겁지겁 달려와 전남성을
둘러쌌다. 낯빛이 파리하게 질린 채로 미처 충격에서 헤어나지
못한 전남성의 눈앞에서, 맹부요가 팔의 각도를 바꿔 호랑이
미간에 꽂힌 칼에 힘을 가했다. 그러자 '까가각' 하고 뼈가 빠
개지는 소리가 나더니, 칼날이 호랑이의 코뼈를 관통해 오른쪽
눈으로 빠져나왔다.

호랑이가 하늘을 향해 울부짖자 숲 바닥이 우르르 진동했다.
놈이 끈적거리는 핏덩이를 털어 내겠다고 고개를 흔들어 대자
핏방울이 사방으로 튀었다.

전남성은 호위병들에게 에워싸여 뒤쪽으로 물러나는 중이었
다. 칼이 꽂힌 채 피범벅이 된 호랑이 대가리를 응시하던 그가
아직 혈색이 돌아오지 않은 얼굴로 어렵사리 웃어 보였다.

"맹 장군 덕택에……."

말이 채 끝나기도 전에 뒤쪽에서 천지를 뒤흔드는 포효가 울리더니, 숲이 갈라지면서 얼룩덜룩한 누런색 형체 하나가 역한 비린내를 몰고 뛰어나왔다.

한 마리가 더 있었을 줄이야!

후방에서 기습적으로 돌진해 온 호랑이는 단숨에 수 장 높이를 도약해 호위병들로 이루어진 보호 벽을 뛰어넘었다. 그러고는 부들부채처럼 큼지막한 앞발을 휘둘러 전남성의 양쪽에 있던 병사 둘을 날려 버린 뒤 곧장 전남성을 향해 달려들었다.

시야가 급작스럽게 어두워진다는 느낌을 받은 직후, 전남성은 뜨끈뜨끈한 열기와 숨 막히는 악취를 발하는 맹호의 몸뚱이가 어느덧 자기 머리 위에 와 있음을 발견했다. 이번에는 무사히 뽑혀 나온 칼이 번뜩 빛을 반사했다.

호랑이의 허리를 노린 전남성의 공격은 나쁘지 않았다. 그러나 호랑이는 몸통을 비틀어 칼날을 피하면서 꼬리로 그를 후려쳤고, 이어서 지면을 박차고 올랐다가 공중에서부터 덮쳤다.

땅바닥에 나동그라진 전남성은 끝을 예감했다.

아무리 운수가 사나워도 그렇지, 맹수라고는 얼씬도 안 하던 어원 남쪽에서 호랑이를 만날 줄이야. 그것도 앞뒤로 두 마리를 동시에!

그나마 믿을 데라곤 맹 장군뿐이거늘, 하필 앞서 나타난 놈의 눈에 무기가 꽂혀 있으니 무슨 수로 제때 도움을 주겠는가.

"폐하, 두려워 마십시오! 제가 갑니다!"

그 순간, 바람처럼 전남성 곁을 스쳐 앞으로 튀어 나간 검은색 그림자가 두말없이 주먹을 내질렀다.

퍽!

살가죽과 살가죽이 맹렬하게 맞부딪치는 소리는 둔탁하면서도 위협적이었다. 그 소리만으로도 양쪽이 뿜어낸 힘과 살기가 얼마나 무지막지했는지 능히 짐작하고도 남음이 있었다.

충돌음이 가시자 아까처럼 호랑이의 울부짖음이 터져 나왔다. 하지만 이번 울음은 입 안에 피를 머금은 듯, 고깃덩이가 목구멍을 틀어막은 듯, 어째 중간에 걸려 시원하게 나오질 못하는 느낌이었다.

가까스로 목숨을 구한 전남성과 호위들은 맹부요 쪽을 쳐다봤다가 다 같이 '아앗!' 하고 놀라고 말았다.

맹부요는 쩍 벌어진 호랑이의 입 속에 맨주먹을 욱여넣은 모습이었다. 날카로운 이빨 사이를 헤치고 들어간 주먹은 전남성을 물어뜯으려던 위턱을 떠받친 데에 그치지 않고, 갈고리눈을 한 맹호의 인후를 관통해 목덜미를 찢고서 밖으로 튀어나와 있었다.

주먹 한 방으로 호랑이를 때려잡다니!

범을 저런 식으로 죽일 수 있을 줄이야. 사람 주먹이 저렇게 무시무시할 수도 있을 줄이야.

저런 건 지금껏 듣도 보도 못했건만!

위기 상황을 맞아 호랑이 아가리에 맨주먹을 쑤셔 넣은 맹부요의 위용은 전남성에게는 감격이요, 전율이었다.

잠시 후, 맹부요가 호랑이 입에서 주먹을 빼냈다. 옷소매는 진작 너덜너덜하게 찢겼고, 아까 워낙 급하게 주먹을 내지른 탓에 팔뚝에는 호랑이 이빨에 깊게 긁힌 상처가 여럿 나 있었다.

그녀는 아무렇지 않게 소맷자락을 정리하고, 팔뚝에 흐르는 핏물은 호랑이 몸뚱이에 대충 문질러 닦았다. 먼저 처리한 놈의 사체로 다가가 칼도 회수했다. 그러고 나서야 창백하게 질린 전남성을 향해 돌아서서 허리를 깊게 숙였다.

"폐하, 많이 놀라셨습니까?"

"맹……, 맹 장군…… 고맙네……."

진한 감동이 배어나는 말투. 처참하게 죽어 널브러진 호랑이 두 마리를 훑어본 전남성이 이어서 맹부요의 팔뚝에 검붉게 남은 핏자국으로 눈길을 옮겼다.

"폐하, 당치 않은 말씀이십니다. 소인은 해야 할 일을 했을 따름입니다."

맹부요가 빙그레 웃음 지었다.

그녀는 천살지금이 사냥터 외곽과 천막 주변 경계만을 맡았다는 사실에 내심 기뻐하고 있었다. 덕분에 전남성 곁에는 무공은 출중할지언정 실전 경험은 별로인 어림시위뿐이었던 것이다.

거참, 실력 발휘를 하려니까 또 이렇게 기회가 오는구나. 아까 나 진짜 죽여줬지, 암.

전남성으로부터 감사의 눈빛을 받아 챙긴 뒤 '부상이 완쾌되지 않은 몸으로 힘을 과하게 썼더니 기력이 달린다'는 핑계를

댄 맹부요. 그녀는 주위의 부러움과 질투 어린 시선 속에서 공로의 상징이라 할, 이빨 자국 빽빽한 팔을 보란 듯이 흔들며 저택으로 돌아왔다.

막 대문 문턱을 넘은 그녀가 팔을 흔들면서 소리쳤다.

"수의사, 수의사, 고맙수다!"

홀연 새하얀 무언가가 시야 한복판을 휙 가로질렀다. 물체의 정체는 헐레벌떡 그녀 곁으로 튀어 온 털 뭉치 녀석.

이어서 수의사 선생이 백의를 휘날리며 등장했다. 표정은 언뜻 차분했으나 눈 속에서는 살기가 꿈틀거리는 것이, 그의 눈빛은 광명정대한 의원이라기보다는 밤의 암흑 속을 누비는 살수에 가까워 보였다.

뒤늦게야 외출 전 내린 지령을 떠올리고 아차 한 맹부요가 원보 대인을 달랑 집어 줄행랑을 치면서 물었다.

"무슨 짓을 했길래 잡아 죽이겠다고 저래?"

"찍찍!"

열심히 손짓 발짓을 하는 원보 대인을 묵묵히 내려다보며, 맹부요는 생각했다.

언제 애 주인한테서 원보어라도 배워야 하려나.

그때, 어디선가 뻗어 나온 손이 그녀의 팔을 붙잡아 방 안으로 끌었다.

"맹부요, 정녕 멀쩡히 나가서 멀쩡히 돌아올 순 없는 것이오?"

짐짓 놀란 표정으로 자기 몸을 이리저리 살핀 맹부요가 눈이 휘둥그런 채로 고개를 들었다.

"나 어디 안 멀쩡해요? 어디 없어진 부분 있나?"

괘씸스럽다 못해 실소가 나오는 모습.

피식 웃어 버린 장손무극이 이내 한숨을 내쉬면서 그녀를 걸상에 눌러 앉히더니 수납장 서랍 안에서 약상자를 꺼내 왔다.

그가 적당한 금창약을 찾느라 고개를 숙이고 있는 동안, 맹부요가 앉은 자리에서는 기다랗게 내리깔린 속눈썹과 그 속눈썹이 드리운, 유연한 호선을 그리는 그림자가 한눈에 들어왔다.

온화하고도 차분한 그의 눈빛 안에서 맹부요는 희미한 안타까움을 읽어 냈다.

이 순간의 장손무극은 어떻게 봐도 정치판에서 이름난 수완가라고는 생각하기 힘든 모양새였다. 차라리 이웃에 사는, 순박하고 조용한 소년이라 하면 믿을까.

소년은 과연 누구의 그림자에 마음을 빼앗겨 가슴 가득 감미로운 봄빛을 품었으려나. 답청 길에 복사꽃 붉게 만개한 봄 경치를 만나니, 향긋한 들풀 사이에서 느낀 바가 있어 미소 짓는구나.

멈춘 찰나의 시간 속 장손무극의 모습에 가슴이 설레는 즉시, 심장 밑바닥에서 통증이 올라왔다. 마침 팔뚝에 무언가 차가운 것이 닿기도 하여 그녀가 작게 숨을 들이켜자 장손무극이 곧바로 눈을 들어 그녀를 살폈다.

"아프오?"

아파. 당신 손이 누르고 있는 데가 아니라 거기서부터 혈맥을 따라 쭉 올라가면 나오는 근원, 내 심장이.

눈을 내리깐 맹부요가 웃어 보였다. 이를 악물고 짓는 웃음이었다.

"아오, 진짜. 지금 이게 치료예요, 분풀이예요? 손에 힘 들어가는 것 좀 봐!"

"명기고明肌膏는 힘줘 문질러야만 약효가 살갗 속까지 전달되어 흉터가 남지 않소."

장손무극은 그녀의 반응에 아랑곳하지 않고 팔뚝을 주물렀다.

맹부요가 느끼기에 그의 손가락은 닿는 곳마다 불씨를 옮겨 붙이는 화로나 다름없었다. 온몸에 이는 불길 탓에 이러지도 저러지도 못하던 그녀가 한계에 이르러 바둥바둥 그를 밀어냈다.

"됐어요, 됐어, 그만해요! 어차피 가진 거라고는 흉터밖에 없는 몸이고, 아마 앞으로는 더 늘어날 텐데 그 많은 걸 당신이 다 해결해 줄 건 아니잖아요."

"그렇소?"

장손무극이 위를 올려다보며 싱긋 웃었다.

그 웃음에서 불길한 무언가를 읽어 낸 맹부요가 재깍 자리를 박차고 일어나려 했다. 그러나 이미 늦어 버렸다. 하물며 팔까지 붙잡혀 있지 않은가!

팔뚝을 붙들고 있던 장손무극의 손이 스르르 미끄러지듯 이동해 맹부요의 손목 맥소를 짚었다. 그 즉시 맹부요는 온몸의 힘이 쭉 빠지면서 시야가 팽그르르 도는 걸 느꼈고, 다음 순간 장손무극이 그녀를 침상에 엎어뜨렸다.

기겁한 그녀가 빽 소리를 질렀다.

"원보, 원보! 빨리 튀어 와! 너 지금 와서 단속 안 하면 주인님 정조는 물 건너가는 거다!"

부리나케 달려오던 원보 대인은 장손무극이 뒤를 돌아보며 보낸 미소 한 방에 고대로 방구석으로 기어가 찌그러졌다.

"원보, 누구 옆에 오래 있더니 나날이 총기가 흐려지는구나."

원보 대인은 부끄러움을 이기지 못하고 고개를 떨어뜨렸다.

수행이 천 년인들 타락은 한순간이라더니, 한 번의 실수가 천추의 한으로 남았음이라. 아아, 떠올리기조차 싫은 과거의 행적이여…….

장손무극은 말 한마디로 원보 대인을 찍소리 못 하게 뭉개 버렸다.

맹부요는 가까이 오면 물어뜯어 버리겠다는 기세로 송곳니를 세운 채 눈을 부릅뜨고 있었다. 장손무극이 그녀를 내려다보며 싱긋 미소 지었다.

"남다른 영명함과 군계일학의 무용을 자랑하신다지요."

"엥?"

"장한밀림을 종주하고, 곤족 고분을 털고, 천살 황궁을 발칵 뒤집어 놓고, 운혼 월백과도 대결을 펼치셨다 들었습니다. 연전연패에도 앞니가 부러지고 온몸이 만신창이가 되도록 칠전팔기의 정신을 발양하시었다니, 그 호방한 기상에 쏠리는 마음을 어찌 가누오리까. 귀하의 활약상을 전해 듣고부터 솟구치는 앙모의 심정을 주체할 수 없어 오매불망 전전반측 홀로 애가 타 밤잠 설친 날이 얼마였던지요."

맹부요의 쩍 벌어진 입에서 침이 주르륵 흐르기 직전이었다.

뭐……, 뭐……, 뭐……, 뭐……, 뭐라는 거야?

호……, 호……, 혹시 지금 화내는 건가?

지……, 지……, 지……, 지금껏 멀쩡하다가 갑자기 왜?

화……, 화……, 화……, 화를 낼 거면 진작 냈어야지 왜 지금에야 이러는데?

장손무극은 여전히 웃고 있었다. 그야말로 고상하고도 다정다감한 웃음이었다.

"장군의 영웅적 업적이 기록된 상흔을 오늘 이렇게 두 눈으로 직접 볼 기회까지 주시니 소생, 실로 감격을 금치 못하겠습니다……."

무……, 무……, 무……, 무슨 뜻이지?

맹부요는 잘 안 돌아가는 머리를 어렵사리 세 바퀴쯤 굴리고서야 퍼뜩 정신을 차렸다.

"헉! 옷 벗기려고!"

"어허, 옷을 벗기다니."

장손무극이 변함없이 고상한 미소로 말을 정정해 줬다.

"그저 장군의 상흔을 견학하고자 함입니다."

"그거나 이거나……."

맹부요는 울고 싶었다.

"장손무극, 이 망나니 놈아! 내 옷에 손만 대 봐, 확 고자 만들어 버리……."

촤앗!

이참에 고자 하나 만들어 보겠노라 날뛰던 맹 장군은 그대로 얼음이 되어 버리고 말았다. 곧이어 그녀가 소리를 지르려 하자 상대방이 날쌔게 점혈을 해 버렸다. 소리도 못 내고 움직이지도 못하게 되었다. 이제 맹부요가 할 수 있는 일이라고는 베갯잇을 장손무극 삼아 입에 욱여넣고 잘근잘근 짓이기는 게 전부였다.

잠시 후, 다소 서늘한 손가락이 등에 닿았다. 연고를 묻혔는지 미끌미끌한 손끝이 깊이가 제각각인 흉터 위를 세심하게 쓸고 지나갔다.

창문을 통해 흐드러지게 쏟아져 들어오는 빛살 사이로 솜털 같은 먼지가 나긋나긋 춤추고 있었다.

몽환적이면서도 포근하고, 투명한 정경.

옷자락을 길게 늘어뜨린 남자는 아롱진 해무늬에 물든 채 오래된, 혹은 생긴 지 얼마 안 된 흉터 하나하나를 섬세하게 돌보고 있었다. 남자의 심원한 눈동자에 맺힌 상흔이 본래의 담홍색에서 아주 조금씩 핏빛으로 진해져 갔다. 가슴속 세밀한 아픔이 눈으로 옮겨 와 새겨지듯.

어색한 침묵에 짓눌린 맹부요는 공연히 불안하고 켕기는 기분인지라, 물고 있던 베갯잇을 얼결에 뱉어 냈다.

손가락이 천천히 상흔 위를 훑길 한참, 장손무극이 조용하게 말했다.

"부요, 그대가 통쾌하게 살고 싶다면 막지 않을 것이오. 그대가 무언가를 이루고자 목숨을 걸겠다면, 비록 원치는 않을지언정 그 역시 반대는 안 하겠소. 하지만 매사 끝장을 봐야만 직성이 풀리는 그 성정은 싫소. 다른 사람은 아낄 줄 알면서 자기 자신을 아낄 줄 모르는 것도, 전혀 그럴 필요 없는 일에 굳이 가장 극단적이고 강경한 방식으로 덤벼드는 것도, 나는 싫소. 오늘 사냥 건만 해도, 전남성에게 빚을 지우려는 것은 알겠으나 꼭 피를 봐야만 했소? 그에게 충격을 줘서 더 강렬한 인상을 남기고자? 그게 정녕 자신이 다치는 것도 감수할 만큼 가치 있는 일이었다 생각하오?"

맹부요의 눈에 억울함이 그렁그렁하게 차올랐다.

그냥 무기가 없어서였지 누가 거기까지 머리를 굴렸다고⋯⋯.

한데 듣다 보니 살짝 움찔하긴 했다. 맹부요가 눈을 깜빡이며 생각했다.

이거 어쩐지 다치지 않고도 끝낼 수 있었던 상황 같기는 하다만⋯⋯.

그나저나 남이 주먹질 좀 험하게 한 것까지 일일이 마음 쓰고, 사람이 저렇게 살면 안 피곤한가?

"부요, 용기에 기인한 분투라면 몰라도 분별없는 만용은 옳지 않소. 죽기밖에 더하겠냐는 둥 그런 소리 말고 앞으로는 조금 더 자신을 아끼길 바라오."

치료를 끝내고 약병 뚜껑을 닫은 장손무극이 느릿하게 말했다.

"그런 소리를 들을 때마다, 그대 몸에 난 상처를 볼 때마다, 내가 어떤 심정일지는 한 번이라도 생각해 봤소?"

장손무극을 차마 못 쳐다보고 눈 둘 곳을 찾아 헤매던 맹부요가 시선을 아래로 떨어뜨렸다.

알았어, 잘못했다고.

벗은 몸 본 건 뭐라고 안 할 테니까, 저기, 오라버니, 이제 옷 좀 입혀 주면 안 될까?

우아하게 일어나 약병을 정리한 상대가 옷소매를 가다듬으며 무심히 말했다.

"그 머리에 남이 하는 말이 쉬이 새겨질 리가 없다는 것쯤이야 잘 알고 있소. 하여, 기억을 돕기 위해 옷은 그대가 직접 입도록 두고 갈까 하오."

장손무극은 유유히 밖으로 향했고, 남겨진 맹부요는 울화통이 터졌다.

아니, 혈도 찍힌 사람이 옷을 무슨 수로 주워 입냐고!

이때 문간까지 갔던 장손무극이 문득 멈춰 섰다. 맹부요는 혈도를 풀어 주려나 보다 하고 쾌재를 불렀지만, 문틀을 짚고 선 그는 뒤늦게 생각났다는 듯 한마디를 덧붙였을 뿐이었다.

"아, 혹여 차후에도 본인 목숨을 함부로 하는 일이 있거든 오늘과 같은 방식으로 처리할 작정이오."

말을 마친 그는 허공에 손가락을 한 번 튕긴 것을 마지막으로 미련 없이 밖으로 사라졌다.

맹부요는 우거지상이 되어 천장을 올려다봤다. 장손무극이 풀어 주고 간 건 아혈뿐으로, 덕분에 말은 할 수 있게 되었다.

결국 아란주를 불러서 해결하라는 소리인데, 아란주의 성격상 이 꼴을 봤다가는 최소 보름은 놀려 댈 거다. 이래서야 기억을 안 하고 싶어도 안 할 수가 없지 않나.

그깟 입 한번 잘못 놀렸다고 치사하게⋯⋯. 분하도다!

악질도 아주 순 악질 같으니라고!

숨넘어가는 외침을 듣고 달려와 혈도를 풀어 준 아란주는 역시나 배를 잡고 한참을 깔깔거리더니, 웃음을 그친 뒤에는 맹부요의 어깨를 툭툭 치며 말했다.

"너도 참 염치없긴 한데 어쨌든 운 하나는 진짜 좋은 것 같아."

부럽다는 표정으로 돌아서는 아란주를 한 번 흘겨봐 준 후, 맹부요는 어두침침한 방 안에 홀로 오래도록 웅크리고 앉아 있다가 뒤늦은 한숨을 내쉬었다.

해 질 녘이 되어 몸을 일으킨 그녀는 어제 잔뜩 취해서 들어왔던 운흔을 떠올렸다. 알고 보니 운흔은 술이 안 받는 체질로, 아직껏 열에 시달리며 자리보전 중이었다.

맹부요는 운흔을 위해 연자육팔보탕을 끓이기로 했다. 처음 계획은 한 그릇이었으나 수의사도 고생했지 싶어 재료가 더 들어갔고, 그러고 났더니 의리 없게 남자들만 챙길 수야 없는 노릇인지라 혈도 풀어 준 아란주 몫도 늘었고, 조금 있다가는 단 거 좋아하는 원보 대인이 떠올라 양을 더했고, 마지막에는 몹시 내키지 않는 1인분이 마저 추가됐다.

그게 누구 몫인지는 모를 일이지만.

요리를 마친 그녀는 팔보탕이 찰랑찰랑하게 든 옹기를 받쳐 들고 이 방 저 방을 돌아다니기 시작했다.

운흔은 그때까지도 창백한 얼굴로 잠들어 있었다. 악몽이라도 꾸는지 다소 거친 숨을 몰아쉬면서 팔다리를 살짝씩 움찔대는 모습이었다.

이마에 송골송골 맺힌 땀방울을 본 맹부요가 그릇을 내려놓고 수건을 가져다가 땀을 닦아 주던 때였다. 운흔이 그녀의 손을 덥석 붙잡았다.

당황한 맹부요는 반사적으로 손을 빼내려 했다. 하지만 운흔은 마치 물에 빠진 사람이 나무토막에 매달리듯 손아귀에 필사적으로 힘을 주더니, 급기야는 진기까지 동원했다. 악몽을 꾸느라 진기가 불안정한 상태인 그와 섣불리 힘겨루기를 벌였다가 혹여 부상을 입히기라도 할까, 맹부요는 결국 반항을 포기할 수밖에 없었다.

두 사람은 상당히 애매한 자세로 대치 중이었다. 운흔은 침상에 누워 자기 쪽으로 맹부요를 끌어당기고, 맹부요는 엉거주춤하게 허리를 굽힌 채 안 끌려가려고 안간힘을 쓰고 있는 상황이었다.

하지만 특정 각도에서 보자면 마치 맹부요가 자발적으로 운흔의 위로 몸을 기울인 것처럼 보였다.

등불이 켜지지 않은 실내에 광원이라고는 방 안 절반까지만 들어와 있는 달빛이 전부였다. 침상의 위치는 빛이 들지 않는 그늘 쪽이었고, 둘은 숨결이 서로 얽힐 만큼 가까운 거리였다.

그림이 영 부적절하다 판단한 맹부요가 불을 켜 보겠다고 자유로운 쪽 손을 뻗어 주변을 더듬거리기 시작했으나 결과적으로는 잘 있던 양초만 툭 쳐서 바닥으로 떨궜을 따름이었다.

맹부요의 입에서 체념 섞인 탄식이 흘러나왔다.

그런데 이때, 어둠 속 상대방이 그녀의 손을 자기 얼굴로 가져가더니 손바닥에다 대고 뺨을 살며시 문질렀다. 즉시 뻣뻣하게 굳어 버린 맹부요는 더 잴 것도 없이 손을 뿌리치려 했지만, 그 순간 운흔이 나지막이 웅얼거렸다.

"어머니……."

맹부요가 흠칫한 순간, 귓가에 상대방이 한숨을 내쉬는 소리가 들려왔다. 뜨겁고 습한 숨결이 손에 감겨 드는가 싶더니, 열기는 금세 가셔 버리고 그 자리에는 싸늘한 물기만이 남았다. 가슴 밑바닥 암흑 속에 오래도록 묻어 뒀던, 심연처럼 어둡게 가라앉은 마음인 양.

"어머니, 거기서 나오셨어요? 나오신 거예요?"

무슨 소리지?

"저는 밀어 올려 주셨으면서……. 왜 어머니는 나오질 못하세요……. 그 진흙…… 비린내가 끔찍해……."

진흙?

맹부요는 어둠 속에 굳은 채, 연신 팔다리를 미세하게 움찔거리는 운흔의 창백한 낯빛을 내려다봤다.

항상 말없이 서늘하던 소년.

그 속내에 꾹꾹 눌러 둔 심사가 통제를 벗어난 것은 아마도 술에 취한 어젯밤, 골목에서 연경진을 만났던 때부터이리라.

연경진이 내뱉은 '아우야.' 그 한마디가 악몽의 심연에 잠겨 있던 고통스러운 기억을 불러냈고, 이제 그 기억은 느릿느릿 꿈틀거리면서 핏빛에 물든, 쓰라린 지난날로 돌아가고 있었다.

산 채로 땅에 묻힌 모자, 그 와중에 아들만 밖으로 올려 보낸 어머니…….

그랬던 걸까? 정말 그런 일이 벌어졌던 걸까?

맹부요의 손끝이 바들바들 떨리기 시작했다.

운흔의 과거를 미루어 짐작해 보지 않은 건 아니었다. 그 대단한 연씨 가문이 자기네 핏줄을 밖으로 내돌려 숙적의 의붓아들로 만든다는 게 정상적인 상황에서라면 가당키나 한 소리인가. 그 배경에는 분명 어두운 사연이 존재하리라 생각이야 했지만, 이토록 끔찍한 비밀이 감춰져 있었을 줄이야.

운흔이 그녀의 떨리는 손을 그러쥐었다. 마치 맹부요가 받은 심적 충격을 감지한 양, 그녀의 손가락 사이로 자신의 다섯 손가락을 집어넣어 강하게 손을 마주 쥔 그가 중얼거렸다.

"제가 끌어 올려 드릴게요……. 올라오게 해 드릴게요……."

그러고는 힘껏 그녀를 끌어당겼다.

충격에서 헤어나지 못한 채로 운흔의 과거를 더듬고 있던 맹부요는 그 힘에 순간적으로 휘청 딸려가 운흔의 가슴팍에 쓰러졌다. 그러자 운흔이 그녀를 옴짝달싹 못 하게 끌어안았다.

품에서 벗어나려 발버둥 치는 찰나, 뒤쪽에서 바스락 소리가 들렸다.

　운흔에게 안긴 상태로 고개만 틀어 뒤를 돌아본 그녀는 참으로 막장스럽게도, 문간에 서서 자신을 지긋이 응시하고 있는 장손무극을 발견했다.

바람을 몰고 깃발을 날리리라

운흔의 가슴팍 위에 어색하게 엎어진 채로, 맹부요는 '간통 현장을 덮친' 장손무극을 향해 배시시 웃어 보였다.

아무런 표정 없이, 그저 현실과 동떨어진 꿈의 한 장면처럼 어둠에 잠겨 있던 장손무극이 백치처럼 웃는 그녀를 보고 눈썹을 까딱 치켜세웠다. 그런 다음 문을 밀고 들어와 두 사람의 야릇한 자세를 한 번, 운흔을 한 번 훑어보았다.

손을 뻗어 운흔의 가슴께를 쓱 쓸던 그가 맹부요를 힐끔 쳐다보며 말했다.

"안 내려올 생각인가? 진흙 더미에 깔리는 악몽에라도 시달리게 하고 싶은 것이오?"

울상을 한 맹부요가 생각했다.

이자는 사람을 까도 참 남다르게 깐다고, 지금 나보고 진흙이라는 거야? 세상에 이렇게 예쁜 흙이 어디 있냐고…….

맞잡고 있던 손을 살며시 빼내자마자 운혼이 흠칫 놀라면서 허공에다 대고 팔을 허우적거렸다. 이에 장손무극이 손바닥을 뻗어 그의 움직임을 저지하고 민첩하게 혈도를 제압한 후 바로 맹부요를 저만치 들어다 놓으면서 말했다.

"음식도 가져다줬고, 땀도 닦아 줬고, 안겨 주기까지 하셨으니 이제는 소생도 그 탕 맛 좀 볼 수 있겠소?"

어째 말투가 묘하긴 한데 딱히 반박할 수는 없는 소리였다.

빛이 자잘하게 넘실거리는 장손무극의 눈은 얼핏 웃는 듯 마는 듯 감정이 읽히질 않았으나, 그럼에도 맹부요는 역시 부적절한 행동이었다는 생각에 휩싸였다. 경험으로 볼 때, 그녀 본인은 켕기는 게 없어도 장손무극이 부적절하다고 한다면 그건 그냥 부적절한 거다.

맹부요가 불퉁하게 대꾸했다.

"먹든가요."

내키지 않는 모양새로 그릇을 내미는 그녀한테 대고 장손무극이 또 횡포를 부렸다.

"여기서? 남의 처소에서 말이오?"

상전 나셨다. 뭐가 이렇게 까탈스러워?

그리고, 온몸에서 뿜어져 나오는 그 못마땅한 기운은 또 뭔데? 밴댕이 소갈딱지 같으니!

맹부요는 속이 터졌지만, 느긋하게 화원으로 향하는 장손무극 뒤를 옹기그릇을 든 채 졸졸 따라가는 수밖에 없었다.

화원에는 자귀나무 꽃이 활짝 피어 있었다. 소녀의 입술 같은 분홍 꽃술이 한 아름씩 모여 탄생한, 살짝 번진듯한 붉은빛과 하얀 석재로 만들어진 탁자의 조화가 기가 막혔다.

장손무극이 탁자 앞에 앉으며 말했다.

"여기가 좋겠소. 달빛 환하고 바람 맑고, 모든 것이 숨김없이 또렷하군."

맹부요가 눈을 흘겼다.

'으슥한 방 안에 미심쩍게 둘이 처박혀 있었던' 자신과 운흔을 돌려 까는 것이렷다. 아오, 무슨 남자가 저렇게 속이 좁아.

턱을 받치고서 그녀를 빤히 응시하던 장손무극이 한마디를 툭 뱉었다.

"눈으로 먹으라는 뜻이신지?"

콩 볶이듯 들볶이는 신세인 종놈 맹가가 팔보탕을 덜어서 '탁' 하고 사방으로 국물이 튀도록 밀어 놨다. 그러자 빙긋이 웃은 장손무극이 옹기 안을 넘어다보며 말했다.

"양을 보아 하니 남들은 다 계산에 넣고도 정작 본인 몫은 깜빡한 것 같군."

맹부요가 까칠하게 대꾸했다.

"박복한 부엌데기는 주인 어르신네들이나 챙겨야죠."

장손무극은 다시 한번 빙긋 웃고는 팔보탕을 한 숟가락 떴다.

"일부러 방해할 생각으로 찾아간 것은 아니었소."

맹부요가 침통한 투로 받아쳤다.

"그럼 왜 점잖고 분별 있게 '계속들 하시오, 난 아무것도 못 봤으니.' 하고 선뜻 돌아서지 않고요?"

장손무극은 뻔뻔한 무뢰한을 무시하고 자기 할 말을 이었다.

"보고를 받았소……. 봉정범이 죽었다는."

"에엥?"

맹부요의 턱이 툭 떨어지자 미소 띤 표정의 장손무극이 얼른 수저를 그녀의 입에 집어넣었다.

"우선 세상에서 가장 귀한 부엌데기에게 한 입."

꿀꺽, 요란한 소리.

품위와는 담을 쌓은 모양새로 음식을 삼킨 맹부요가 상대의 자상한 배려 따위는 아예 없었던 셈 친 채 황급히 장손무극의 소매를 붙들었다.

"죽었다고요? 진짜 죽인 거예요? 에이……, 아니죠?"

"천살국 변경 부산符山에서 세력 다툼을 벌이던 도적들과 맞닥뜨렸다가 혼란 와중에 우연찮게 화살을 맞았다는 보고요."

장손무극이 생각에 빠진 기색으로 천천히 팔보탕을 먹기 시작했다.

"사황자는요?"

"허둥지둥 도망치느라 여동생과 떨어진 모양이오. 나중에 시신을 찾으러 돌아오기는 했으나, 절벽 근처에서 발견한 신발 한 짝이 전부였다는군."

맹부요의 미간에 주름이 잡혔다. 듣다 보니 장손무극의 말투가 어딘지 싸했다.

"그러니까, 시신은 없다고요?"

"맞소."

장손무극이 탁자를 톡톡 두드리며 북쪽을 바라봤다.

"변수가 생겼소. 봉정범 암살 작전은 내 밑의 은위들이 직접 짰고, 그들은 암살 임무에 실패해 본 적이 없는 전문가요. 그런데 이번에는 아주 이상한 일이 일어났지."

"무슨?"

"은위들이 기억 일부를 잃었소."

"네에?"

장손무극이 눈길을 틀어 그녀를 응시했다.

"도적으로 변장해 충돌 상황을 연출한 데서부터 우연인 양 봉정범을 싸움에 끌어들이고, 봉정범이 화살을 맞아 절벽 밑으로 떨어진 데까지는 문제가 없으나, 그 직후의 일은 다들 제대로 기억하지 못하는 양상을 보였소. 상당수는 기억에 구멍이 났다는 자각조차 없는 상태였지. 봉정범이 절벽에서 추락한 시점과 임무를 완수하고 돌아와 내게 보고를 올린 시점 사이에 분명 공백이 존재하건만, 은위들은 이번 건을 지극히 정상적이자 성공적인 임무였다 여기더군."

"그럼 이상한 점은 어떻게 눈치챈 거예요?"

"마음이 놓이지 않는다며 직접 작전에 참여했던 은위 대장 덕택이었소. 아무래도 내 곁에서 오래 지내며 배운 게 있는지라 심상치 않은 낌새를 챈 게지. 그에게는 수시로 시간을 확인하는 습관이 있소. 나한테서 서역 금시계를 받은 후부터 생긴 습관인데, 시간을 확인하다가 반 각 동안 은위 전체가 아무런 움직임이 없었고 기억 또한 남아 있지 않음을 발견한 모양이오."

장손무극이 하늘 저 멀리로 눈길을 던졌다. 별빛이 쏟아져 내려 그의 눈동자 안에 맺혔다.

의혹, 그리고 지긋지긋한 피로가 뒤섞인 눈빛을 한 그가 황궁 비무 마지막 날에 등장했던 인물을 떠올리며 천천히 입을 열었다.

"어쩌면, 내가 끔찍이도 만나기를 원치 않는 인물이 마침내 모습을 드러낸 것인지도……."

맹부요가 고개를 갸웃하며 물었다.

"당신한테도 싫은 사람이 다 있어요? 정상인들이 느끼는 감정 같은 건 전혀 모르는 줄 알았더니."

"좋은 것이 있으면 싫은 것도 있을 수밖에. 그걸 알게 되었다는 사실에 기뻐하는 중이오."

빙긋이 웃은 장손무극이 형형히 빛나는 눈으로 그녀를 응시했다. 눈빛을 견디다 못한 맹부요가 고개를 반대쪽으로 틀다가 문득 생각난 게 있는 양 말했다.

"그리고 보니 당신, 그런 무공 할 줄 알잖아요. 기억을 지운다거나 사람 정신을 통제하는. 그럼 혹시……."

장손무극이 엷게 미소 지었다.

"부요, 가끔은 그대의 총기에 감탄할 때가 있다오."

짧은 침묵 끝에 맹부요가 입을 열었다.

"난 원래가 뭐 꼬치꼬치 캐묻고 그런 성미 아니에요. 그동안 당신 내력에 대해서도, 온갖 이상한 구석들에 대해서도 한 번을 캐물은 적 없긴 한데, 그렇다고 영영 아무것도 말 안 해 줄 셈이에요?"

그릇을 내려놓고 맹부요의 맞은편으로 와서 무릎이 맞닿도록 앉은 장손무극이 그녀의 손을 감싸 쥐며 조용히 말했다.

"부요, 그대가 알아야 할 것들은 모두 알려 줬소. 내가 알려 주지 않은 것이 있다면, 그는 앎으로 인하여 오히려 그대에게 해가 갈 수 있기 때문이오."

그의 입술 사이로 탄식이 흘러나왔다.

"아무래도 내 직접 부산에 다녀와야……."

"그럴 필요 없어."

아득히 차분한 여인의 음성이 날아들었다. 물결처럼 일렁이는 탓에 거리를 가늠할 수 없었다. 머리 바로 위에서 들리는 것 같기도, 저 멀리 하늘 끝에서 전해지는 것 같기도 한 목소리였다. 어딘지 텅 빈 느낌. 높낮이 구분이 전혀 없는 음절들이 한없이 막연하고 비현실적인 인상을 줬다.

돌연 눈빛이 변한 장손무극이 맹부요를 살짝 밀쳐 내면서 돌 탁자 위에 손을 올렸다. 다음 순간, 맹부요의 눈앞에서 탁자에 느닷없이 금이 갔다.

아무런 전조도 없이 탁자를 기습한 금은 처음에만 해도 한 오라기 달빛으로 보일 만큼 가는 실선에 불과했으나, 점점 줄기가 깊고 굵어지면서 나중에는 마치 검이 쏘아져 나가듯 장손무극을 향해 직선으로 뻗어 나갔다. 이제 조금만 있으면 팔보탕 옹기가 놓인 지점까지 달할 터.

허공에는 여인이 깔깔거리는 소리가 울려 퍼지고 있었다. 그 웃음소리에 정작 웃음기는 들어 있지 않았으니, 여인의 목소리에 아까보다 더해진 것이 있다면 그건 요염함이었다.

"사형, 호강하네? 멀리서 온 손님한테는 한 그릇도 대접 안 할 거야?"

장손무극이 손끝으로 탁자를 톡 건드리자 거침없이 뻗어 오던 금이 옹기그릇 가장자리에서 아슬아슬하게 전진을 멈췄다.

곧이어 그가 눈썹을 치키며 미소했다.

"태연太妍, 주전부리는 입에 대지 않는 줄 알았는데."

"어쩌다가 한 번이야 뭐. 대체 얼마나 대단한 음식이길래 속세에는 애착도 없고 인간적인 욕구를 탐하지도 않는 사형이 달밤 꽃그늘 아래, 속계 남녀같이 알콩달콩한 모습으로 앉아 있는지 궁금해서 그래. 사형이 먹여 줄래?"

말소리가 느릿느릿 이어지는 사이, 탁자 위 금이 약간 더 앞으로 나아갔다. 그러자 장손무극이 손가락으로 금 끄트머리를 문질러 지워 버리고는 무심히 말했다.

"평범한 속계 음식의 맛일 뿐이니 어차피 네 마음에는 차지도 않을 게다. 꽃과 이슬만 먹고 사는 그 고귀한 입맛만 공연히 버릴라."

"내가 아무리 고귀한들 사형만 할까. 박힌 돌쯤은 단숨에 빼내시는 그 놀라운 재주도 그렇고, 이 태연조차도 고개 들어 우러러볼 수밖에 없는걸."

여인의 목소리가 갑자기 차갑게 식었다. 요염함이 가신 대신

이번에는 은근한 빈정거림이 배어나는 말투였다.

"사형 입에는 들어갈 게 있는데 내 몫은 없다?"

맨 마지막 '없다?'에 이르러 폭발적으로 날카로워진 음성이 벽력처럼 솟구친 직후, '쩌적' 소리와 함께 옹기그릇이 갈라졌다. 그러나 그릇은 빠개졌을지언정 내용물은 쏟아지지 않았다. 여자가 성량을 키운 바로 그 순간, 장손무극이 옹기 윗부분을 살며시 덮듯 손을 뻗자 두 쪽으로 갈린 그릇 중간에서 요동치던 액체가 홀연 한군데로 뭉치더니 그대로 움직임을 멈춘 것이다. 조금 전과 완전히 똑같은 형태로, 단 한 방울도 흐트러짐 없이.

액체 덩어리를 쳐다보는 장손무극의 눈 안에 피로감이 스쳤다. 그가 저만치 앞쪽 처마 끝을 올려다보며 차갑게 말했다.

"못 먹을 거야 없지. 어디 이것뿐일까, 내가 가질 수 있는 것은 그게 무엇이든 너 역시 가질 수 있다. 벌써 여러 해 전에 스승님들께 드렸던 말이니 이만 가 보도록 해."

"내가 왜 가야 되는데?"

장손무극의 시선이 향한 처마 위에 조그마한 형체가 등장했다. 달빛에 녹아든 새하얀 형체는 밤의 자귀나무 꽃송이만큼이나 보들보들해 보였다. 조금 전 공허함과 날카로움, 요염과 냉소 사이를 오가던 여인의 성숙한 목소리와는 전혀 어울리지 않는 모습이었다.

그러나 지금 눈앞에 있는 사람은 분명 목소리의 주인공이 맞았다. 지금 그녀의 음성은 아까보다 한층 더 매서워져 있었다.

"장손무극, 내가 마음에 안 드는 건 바로 그 태도야! 양보 따위 필요 없다고 했을 텐데. 애초에 뭘 양보하고 말고 할 주제도 못 되면서!"

말이 끝나는 동시에 '쾅' 하는 소리와 함께 석제 식탁이 산산이 분쇄되면서 돌가루가 사방으로 흩날렸다. 느릿하게 허공에서 춤추던 돌가루가 느닷없이 회백색 뱀처럼 길게 뭉쳐 장손무극의 미간을 덮친 것은 바로 다음 순간의 일이었다!

장손무극은 자잘하게 날아다니는 돌멩이로부터 맹부요를 보호하기 위해 그녀 앞에 소맷자락을 넓게 펼쳤다. 그러고는 마치 살아 있는 뱀의 급소를 노리듯 손가락을 가위 모양으로 뻗어 '바위 뱀'을 가뿐하게 두 동강으로 절단했다.

하지만 아직 끝이 아니었다. 뱀을 이루고 있던 돌가루가 '촤아앗' 하고 허공에 펼쳐져 빠르게 대형을 재정비하더니 이번에는 커다란 부채 모양을 갖춘 것이다. 저만치 멀찍이서 여자가 나른하게 보낸 손짓을 따라 장손무극의 머리 위로 날아온 돌부채가 맹렬한 기세로 그를 후려쳤다.

장손무극이 한 손을 가볍게 휘두르자 사발 바닥에 남아 있던 팔보탕 국물이 알알이 영롱한 구슬 형태로 뭉쳐 공중으로 떠올랐다. 국물은 그의 손끝에서 염주처럼 한 꾸러미로 꿰어지더니 흡사 진짜 구슬이라도 되는 양 '차르륵' 소리를 내며 돌부채를 향해 돌진했다.

돌부채는 형체 없이 부서져 회백색 먼지 덩어리로 화했다. 장손무극의 입가에 희미한 호선이 그려졌다.

"그렇게까지 먹어 보고 싶다면야 맛보여 줘야지."

태연이 콧방귀를 뀌면서 손을 내저었다. 그러자 회백색 돌가루의 소용돌이는 나비로, 구름으로, 광풍에 휩싸인 바람으로, 심해의 교룡으로 변화했다.

돌가루는 때로는 사뿐하게, 때로는 기묘하게, 때로는 흉포하게, 때로는 교활하게 장손무극의 급소를 향해 전방위적인 공격을 찔러 넣었다.

하지만 장손무극은 팔보탕 구슬만 가지고도 모든 공격을 정확하게 막아 냈다. 현란한 변화를 구사하는 태연과 달리 그의 무기는 오로지 구슬뿐이었다. 구슬의 미세한 분산과 합치, 진형 변동이 곧 무궁무진한 변수로 이어졌기에 그의 손안에서 이뤄지는 타격, 상승, 하강, 배열 등 구슬의 움직임은 무한히 다양하다고 할 수 있었다.

섬세하면서도 살벌한 싸움 와중에도 변함없이 미소 짓고 있던 장손무극이 건조하게 말했다.

"축하한다, 사매. 어인 일로 속세에 다 나왔나 했더니 신공이 대성을 이루었군."

"맞아, 사형에 이어서 나도 해냈어."

목소리를 경쾌하고도 나긋하게 바꾼 태연이 거기에 혐오를 담아 대꾸했다.

"항상 사형에 이어서지. 그 소리 그만 들으려면 세상에서 장손무극이 사라져 줘야 할 것 같지 않아?"

말을 마친 그녀가 새끼손가락을 가볍게 튕겨 올렸다. 돌풍이 거센 울부짖음을 토하며 몰아닥쳤다. 자귀나무 꽃이 모조리 공중으로 휩쓸려 올라가더니 빙빙 돌면서 한 덩어리로 합쳐져 진홍빛 절굿공이 모양이 되었다. 꽃 뭉치가 곧바로 장손무극의 명치를 향해 돌진했다.

"그럼 내 뒤를 이어서 뭔가를 해낼 네가 사라진다면, 난 유일무이한 존재가 되겠군. 태연, 그렇지 않나?"

담담하게 말한 장손무극이 손가락을 튕기자 묵직한 반투명 구형으로 뭉친 '구슬'이 '절굿공이' 끄트머리를 향해 번개처럼 쏟아져 나갔다.

쾅!

꽃송이와 물방울이 만나서 나는 소리라고는 도저히 믿을 수 없는 굉음과 함께 과연 세상에 이토록 아름다운 싸움이 있을까 싶은 절경이 연출됐다. 하늘을 뒤덮었던 꽃잎 기둥이 팔보탕 구슬에 맞아 폭발하듯 산개하면서 온 허공을 자줏빛으로 물들인 것이다.

붉은 꽃송이로부터 바늘처럼 가느다란 꽃술이 무수히 흩뿌려져 나오는 광경은 바람에 너울거리는 미인의 치맛자락 같기도, 빛을 다스리는 구중천 선인의 깃발이 검푸른 하늘과 백옥색 달빛 아래에서 활짝 펼쳐져 화려한 아름다움을 뽐내는 모습 같기도 했으니, 시각적 전율 그 자체였다.

맹부요는 자리에 앉은 채로, 오로지 손가락 움직임만이 오고 가는 둘 사이의 대결을 한순간도 놓치지 않고 눈에 담는 중이었다. 그 미세하되 눈부신 변주를 지켜보고 있자니 피가 뜨겁게 끓어올랐다.

파구소는 6성부터 성급마다 단계가 셋으로 세분되며, 다음 성급으로 올라서려면 반드시 중간 단계를 차근차근 밟아야만 한다. 마침 6성 2단계 '두전斗轉'을 어찌 수련해야 좋을지 갈피를 못 잡고 있던 상황에서, 장손무극이 갑작스레 등장한 사매 태연과 대결을 펼쳐 그녀에게 깨달음을 준 것이다.

돌가루를 허옇게 뒤집어쓴 맹부요는 잔뜩 흥분한 표정으로 장손무극과 태연의 손을 뚫어져라 쳐다봤다. 그녀는 자그마한 변화 하나하나가 만들어 내는 다종다양의 변용 속에서 그 변천의 근원과 궤적을 더듬어 가고 있었다.

두 사람의 신묘한 동작을 따라 무의식중에 손끝을 살짝살짝 움직이면서도, 그녀는 관전에 너무 집중한 나머지 처마 위 태연의 눈길이 일순 자신에게로 향하는 것을 눈치채지 못했다.

그리고 다음 순간, 태연의 눈빛이 차갑게 식은 직후였다.

짝!

맹부요는 뺨에 홧홧한 작열감을 느끼는 동시에 얼굴을 후려갈긴 모종의 힘에 밀려 뒤로 기우뚱 넘어갔다.

지붕 위에서 태연의 싸늘한 목소리가 들려왔다.

"쥐새끼가 신공을 훔치려 들어? 망할 것 같으니!"

그러자 장손무극이 홱 고개를 틀었다. 그의 눈 안에서 불길이 타올랐다.

황급히 균형을 회복한 맹부요는 작열감이 느껴지는 얼굴로 손을 가져갔다. 벌써 불룩하게 부어오른 뺨이 만져지자 부아가

치밀었다.

따귀를 때려? 감히 내 따귀를?

두 번의 생에 걸쳐 수십 년을 살면서도 따귀는 맞아 본 역사가 없거늘! 얼굴만은 건드리지 말았어야지, 넌 이제 죽었어!

맹부요는 두말없이 지면을 박차고 올라 태연을 향해 돌진했다.

그런데 그녀보다 한발 빨리 움직인 사람이 있었다. 지금껏 쭉 자리를 지키고 앉아 있던 장손무극이 홀연 몸을 날린 것이다. 흩날리는 꽃비를 뚫고 전방 처마 위를 향해 쏘아져 나간 그가 허공에서 옷소매를 떨치자 처마 한 귀퉁이가 와르르 무너져 내렸다.

그 위에 앉아서 장손무극의 공격에 대비해 온몸을 긴장시키고 있던 태연은 설마하니 자신이 아닌 처마가 목표물이 될 줄은 생각지도 못한지라 곧장 아래로 추락했다.

물론 그대로 떨어질 태연이 아니었다. 태연은 떨어지는 도중에 버들개지처럼, 백양나무 잎처럼 사뿐히 자세를 바꿔 절묘하게 지면에 착지했다. '흥' 하고 콧방귀를 뀐 그녀가 공격을 위해 팔을 들어 올렸다.

그때, 잘려 나간 처마 끝에 올라서 있던 장손무극이 아래를 향해 소맷자락을 휘둘렀다. 흠칫한 태연이 반사적으로 뒷걸음질을 쳤다. 뜻밖에도 뒤편 벽면의 창살이 돌연 부러져 나가면서 창 전체가 '끼기긱' 하고 앞으로 쏟아져 내렸다.

태연은 다시 전방을 향해 몸을 날릴 수밖에 없었다. 그녀의 앞쪽에서는 맹부요가 돌진해 오는 중이었다.

소매를 걷어붙이고 돌격하던 맹부요는 자기 쪽으로 떠밀려 오는 상대를 보자마자 따귀부터 날렸다. 태연이 살짝 고개를 틀어 공격을 피했다.

바로 다음 순간, 어느새 맹부요의 등 뒤로 이동한 태연이 나른한 웃음을 흘렸다.

"네 주제에 내 몸에 손을 대겠다고?"

그러나 말을 채 맺기도 전에 연보라색 그림자가 그녀의 시야를 스쳐 지나갔고, 이어서 '철썩' 소리와 함께 날카로운 작열감이 뺨을 때렸다. 조금 전 본인이 날린 따귀만큼이나 매서운 손맛이었다. 귓가에 장손무극의 웃음기 섞인 목소리가 들려왔다.

"내가 때린 것이 곧 그녀가 때린 것이다."

"장손무극, 파렴치하게 협공이라니!"

태연은 뺨을 부여잡은 채로 입꼬리를 비틀어 올렸다. 기가 차서 나오는 웃음이었다.

"부끄럽지도 않아?"

"네 기습은 괜찮고 내 협공은 안 된다는 건가?"

장손무극이 차가운 눈으로 그녀를 쏘아봤다.

"태연, 나를 향한 그 지긋지긋한 적개심은 어쩔 수 없다 치겠다만, 경고하는데, 분풀이로 죄 없는 사람까지 해하려 든다면 그때는 아무리 동문이라 할지라도 너를 내 손으로 처단할 것이다."

"나도 확실히 말해 둘게. 장손무극, 네 목숨이 끊어지는 그 날까지 우리 싸움은 끝나지 않아."

홀연 태연이 요염한 미소를 지었다.

"대성을 이뤄 존사들께 속세행을 허락받은 이상 싸울 날은 이제 무진하거든. 네가 하는 일이라면 그게 뭐든 방해할 거고, 네가 지키려는 건 반드시 망가뜨릴 거야. 존사들께 누가 진정한 일인자인지 확실히 보여 드리겠어!"

그녀의 손가락이 맹부요를 가리켰다.

"이를테면 저거. 오늘 따귀는 시작에 불과한 줄 알라고. 앞으로 기분이 더럽거나 남는 시간이 생기는 족족 달려와서 뺨을 칠 테니까."

맹부요가 상대를 노려봤다.

이 극악무도한, 으음……, 난쟁이 같으니!

뭐……, 그래, 난쟁이치고 꽤 반반하게 생긴 건 인정.

태연은 열한 살에서 열두 살 정도밖에 안 되어 보이는 몸에 뽀얗게 젖살이 오른 얼굴을 하고 있었다. 성숙한 목소리와 날카롭게 반짝이는 눈만 아니었더라면 그저 하얗고 예쁘장하게 생긴 꼬맹이라 했을 것이다.

태연의 얼굴과 체형을 유심히 살펴볼수록, 시시각각 변하는 목소리를 들으면 들을수록, 사람 자체와 겉모습 간에 위화감이 너무 크다는 느낌이었다.

원래 저렇게 태어난 걸까, 아니면 후천적인 이유가 있었던 걸까. 그나저나 장손무극하고는 오래전부터 사이가 안 좋았던 것 같은데, 혹시 이 맹부요 님 따귀를 때리는 게 곧 장손무극 뺨 따귀 때리는 거라고 생각하나? 그러면 나만 억울한 거 아니야?

태연은 의아함이 담긴 맹부요의 눈길을 전혀 신경 쓰지 않는 눈치였다. 남들이 자신의 독특한 외모에 관심을 두는 걸 그다지 의식하지 않는 듯했다. 그녀는 그저 조금 전 맞은 곳을 명확히 파악하려는 양, 뺨을 더듬으면서 장손무극에게 냉소를 보내고 있을 뿐이었다.

그녀를 냉담하게 바라보는 장손무극의 눈 안에 감정이라 할 만한 것은 짜증과 피로가 전부였다. 맹부요의 앞을 무의식적으로 막아선 그는 태연과의 말싸움이 신물 난다는 기색이었다.

그러던 중 품 안에 잠들어 있던 원보 대인이 돌연히 고개를 쏙 내밀었다. 태연을 발견한 원보 대인은 경악으로 눈이 휘둥그레지더니, 이내 질겁하는 소리를 냈다.

"찍찍!"

"찍찍!"

두 번째 울음은 원보 대인이 아니라 태연의 소맷부리 안에서 느닷없이 등장한 동물이 낸 것이었다. 원보 대인과 똑같은 생김새에 몸매는 심지어 더 통통하고 온몸이 반드르르한 흑색 털로 뒤덮인, 토끼와 생쥐의 중간쯤 되는 동물은 원보를 보자마자 눈을 반짝 빛내며 앞발을 모으더니 당장 소매 밖으로 뛰쳐나오려 했다.

"찍찍!"

잽싸게 목을 움츠린 원보 대인은 장손무극의 품 깊숙이 죽자고 파고들었다.

나는 아무것도 못 봤다, 아무것도 못 봤다, 못 봤다……

그러나 '까만 원보'는 그에 굴하지 않고 통통한 다리로 소맷부리를 박차고 뛰어올랐다.

"찍찍! 찍찍찍!"

그런 녀석의 꼬리를 잡아채 도로 소매에 욱여넣은 것은 미간을 잔뜩 찌푸린 태연이었다.

"진주, 한심하게 뭐 하는 거야! 세상 수놈이 다 죽은 것도 아니고 왜 굳이 제일 못생긴 놈한테 이러냐고!"

분개한 원보 대인이 고개를 밖으로 내밀고는 그녀의 언사를 눈물로 규탄했다.

"찍찍!"

그러자 흑진주 역시 고새 눈물이 그렁그렁하게 차오른 눈으로 태연을 비난했다.

"찍찍!"

맹부요는 시끄러운 '찍찍' 소리 한복판에서 따귀 사건도 잊은 채 혼란한 머리를 부여잡았다.

맙소사, 세상사 요지경이로고. 설마하니 까만 원보가 존재할 줄이야!

마침내 태연이 흑진주를 붙잡아 소맷부리 깊숙이 쑤셔 넣었다. 주인님한테 대고 욕을 해 대, 그러고 나서는 가슴팍에 앞발을 모으고 사랑의 시를 읊기까지. 찍찍대는 소리가 시끄러워도 너무 시끄러웠던 것이다.

태연이 장손무극에게 냉소를 보내고 있을 때, 종월과 운흔 등이 소란을 감지하고 달려왔다. 그들을 발견한 태연은 미련

없이 뒤돌아섰다.

그녀의 뒷모습에 장손무극이 질문을 던졌다.

"봉정범은?"

"어디 다시 찾아내 죽여 보든가. 그럴 능력이 된다면 말이야."

입꼬리를 말아 올린 태연이 장손무극 쪽으로 불쑥 다가붙더니 그의 귓가에 속삭임을 흘렸다.

"역사에 전무후무한 기재로 불렸던 우리 사형, 어째 예전만 못해진 것 같네……."

깔깔거리고 웃음을 터뜨린 그녀는 장손무극이 뭐라 받아치기도 전에 소맷자락을 휘날리며 옆쪽 담장을 타고 올랐다. 걸음을 내디딜 때마다 담벼락에는 가지런한 발자국이 찍혔다.

뒷짐을 진 그녀는 마치 평지를 걷듯 담장과 지붕을 타고 넘더니 나중에는 허공을 유유히 걸어 저택을 빠져나갔다. 느리고도 안정적인 걸음걸이 탓에 멀쩡히 땅을 밟고 있는 사람처럼 보였다. 중력의 영향에서 완전히 자유로운 듯한 모습이었지만, 그녀가 밟고 지나간 벽돌은 발자국 모양이 찍힌 채로 하나둘 무너져 내리기 시작했다.

절정의 경공. 정상적인 인간의 한계와 물리 법칙을 한참 벗어난 그 비범함에 다들 눈길을 떼지 못하는 동안, 난데없이 바닥에 쭈그리고 앉은 맹부요가 돌멩이 하나를 주워 태연을 향해 집어 던졌다.

"어디서 개폼이야. 잘난 척은!"

퍽!

예상 밖에 돌멩이는 막 담벼락 꼭대기를 넘던 태연의 등판에 제대로 적중했다. '퍽' 소리와 함께 등에 허연 돌가루 자국이 피어났다.

맹부요의 염치없는 일격을 미처 대비하지 못한 태연은 비틀하면서 하마터면 담장 아래로 고꾸라질 뻔했다. 그러나 아슬아슬하게 평형을 회복해 고수로서의 체면을 간신히나마 유지할 수 있었다. 태연은 허공에 새하얀 궤적을 그리며 번개처럼 몸을 날려 사라졌다.

맹부요가 허벅지를 치며 파안대소했다.

"거기 아가씨, 그 경공 엄청 위험한 거 내가 딱 알아봤다고. 도중에 진력을 다시 끌어올려야 하는 순간이 바로 약점이지. 봐라, 꼴 우습게 된 거. 하하하!"

맹부요는 손을 뺨으로 옮겨 빨갛게 찍힌 손가락 자국을 문지르면서 눈썹을 치켜세웠다.

"벼르고 있는 건 이쪽도 마찬가지거든?"

❦

"이봐요, 장손무극 씨."

장손무극의 앞에 엎드려 뺨을 괸 맹부요가 그의 얼굴을 빤히 올려다봤다.

"번번이 억울하게 피 보는 사람 입장을 생각해서라도 갑자기 툭 튀어나온 사매에 대해서 설명할 필요가 있지 않겠어요?"

"태연은 사숙 어르신의 여식으로, 워낙 호승심이 대단한 성격이오."

피식 웃은 장손무극이 맹부요의 머리카락을 들춰 뺨에 남은 손가락 자국을 살폈다. 자국이 거의 사라진 것을 확인하고서야 만족한 그가 말을 이었다.

"내가 들어가기 전까지만 해도 어린 나이에 사문 최고의 기대주였지. 타고난 자질이 누구보다 뛰어났으니까. 훗날 내가 존사님의 눈에 들어 제자로 입문하자 태연은 나날이 적개심을 불태웠소. 그대도 보았다시피 기회만 났다 하면 시비지."

"키는 왜 그런 거예요? 선천적으로?"

"아니, 차녀공姹女功을 익힌 탓이오. 지고는 못 사는 성미인지라 어려서부터 뭐든 으뜸이어야만 했지. 차녀공은 체질을 해치기 때문에 본래는 열다섯 이후에 연마해야 하거늘, 태연은 일인자 자리를 차지하겠다는 집념으로 열두 살 때부터 수련을 시작했소. 그 결과 키와 체격 모두 영영 그 나이로 남게 되어 버렸지. 딱하게 된 일이오만, 본인은 그렇게 생각하지 않는다오. 자기보다 키가 큰 여인은 무조건 추녀 취급이거든."

맹부요가 '풉' 하고 웃음을 터뜨렸다.

"그럼 당신을 못 잡아먹어서 안달인 이유는 대체 뭔데요?"

맹부요는 눈을 뱅그르르 굴리며 생각했다.

혹시 좋은 걸 그런 식으로 표현하나?

어린 남자애들이 좋아하는 여자애 머리끄덩이 잡아당겨서 울리고 하는 건 지난 생에도 많이 보지 않았던가.

"그대는 잘 모르겠지만, 어려서부터 우리 사문에서 자란 이들은 대부분 세속적 욕구를 알지 못하오."

그녀의 속내를 대번에 읽어 낸 장손무극이 웃는 듯 마는 듯한 표정으로 말했다.

"처음 만난 날부터 온갖 방식으로 그대를 밀어내려 드는 사람이 있다고 한번 생각해 보오. 수련 장소에는 함정을 파 놓고, 잠자리에는 독물을 풀고, 비무를 하고 오면 다음 날 입을 의복 옷깃에 마춰 침이 꽂혀 있고, 외부로 수행이라도 나갈라치면 집요하게 따라붙어서 온갖 방법을 동원해 훼방을 놓는다고. 과연 그것을 호감이라 할 수 있겠소?"

어이가 없어진 맹부요가 말했다.

"무슨 빌어먹을 사매가 그따위예요? 그리고 아까 말하는 거 듣자 하니 당신하고 뭔가를 놓고 신경전 중인 모양이던데. 장손무극, 솔직히 나라님 정도 되는 위치면 오를 수 있는 데까지는 다 오른 거 아니에요? 어차피 그보다 귀한 자리도 아닐 텐데 그냥 양보해요. 성가시게 빽빽거리는 소리 그만 듣고."

"그 성격에 내가 양보한들 반길 것 같소?"

한숨을 내쉰 장손무극이 낮게 가라앉은 목소리로 말했다.

"이번 생에 그대 이외에 가장 손쓸 도리가 없는 이를 꼽으라 하면 그게 바로 태연이오."

맹부요의 동공이 사정없이 흔들렸다.

안 들린다, 아무것도 안 들린다…….

"눈 좀 붙이시오."

장손무극이 그녀를 토닥였다.

"잠이 안 오면 내가 곁에 있어 주⋯⋯."

"아이고, 졸려라!"

맹부요가 토깽이 내빼는 속도 뺨치게 후닥닥 방으로 달려 갔다.

덜렁 남겨진 장손무극과 원보 대인은 멀뚱히 서로를 쳐다봤 다. 잠시 후, 원보 대인의 입에서 장탄식이 흘러나왔다.

아아⋯⋯. 흑진주, 차라리 그 뒤룩뒤룩한 살에 파묻혀 죽어 버릴 것이지⋯⋯.

❀

태연이 한 말을 들어서는 장손무극에 대한 반발심으로 그녀 가 봉정범을 구해 낸 듯했다. 하지만 며칠 후 도성에 전해진 소 식은 세상을 발칵 뒤집어 놓았다. 선기국 공주 불련과 사황자 가 천살 변경에서 자객을 만난 결과, 황자는 가까스로 목숨을 건졌으나 공주는 화살에 맞아 절명했다는 것이었다.

선기국주는 상심을 금치 못했다. 슬하에 수많은 자식을 두고 도 여태껏 황위 계승자를 정하지 않은 그가 온화하고도 고상하 며, 대륙 전역에서 찬란한 명성을 얻고 있는 불련을 내심 여제 감으로 점찍어 두었음은 꽤 알려진 사실이었다.

드세기로 유명한 선기국 황후는 갑작스러운 변고를 접한 즉 시 그 자리에서 울고불고 한바탕 난리를 치고는, 당장에 의복을 갖춰 입고 마차를 대기시켰다. 천살로 달려가 전남성과 결판을 보려는 그녀를 막아선 것은 선기국주였다.

두 부부는 궁문 앞에서 한판 거하게 싸움을 벌였다. 선기국주는 얼굴에 날카로운 손톱자국이 줄줄이 그어지고 나서야 피와 살을 희생한 대가로 호랑이 같은 안사람을 겨우 진정시킬 수 있었다.

선기국주는 전남성에게 항의 서한을 보내 흉수를 당장 잡아들여 넘겨줄 것을 촉구했다.

하지만 전남성이 어디 가서 흉수를 잡아들이겠는가?

부산 오현鳥縣에 추포를 일임하였으나 시일이 한참 지나도록 흉수를 찾았다는 보고는 올라올 줄을 몰랐다. 미간에 근심이 잔뜩 어린 전남성이 궁 안에서 한숨만 푹푹 쉬어 대고 있을 때, 마침 맹부요가 문안 인사를 올리러 입궐했다. 근래 두 사람은 화기애애한 관계를 유지 중이었다.

맹부요는 군 정비와 관련해 적지 않은 의견을 내놓기도 했다. 전남성도 외부에 나갈 일이 있노라면 거의 항상 그녀를 동반했다.

거리감을 뒀던 것은 초기에나 해당하는 이야기가 되었다. 경계심이 차츰차츰 누그러진 전남성은 이제 맹부요가 아무 때나 찾아와도 알현을 허할 정도가 된 뒤였다.

이야기를 듣고 난 맹부요가 피식 웃으며 말했다.

"곤란할 것이 무엇입니까? 다리 셋 달린 두꺼비는 찾기 힘들어도 두 다리 달린 흉수쯤이야 널리고 널렸는걸요."

곧바로 호위들을 이끌고 수백 리 밤길을 한달음에 달려간 맹부요는 부산 근방 산적 무리들을 깔끔하게 작살냈다. 그러고는 머리통 몇 개를 달랑달랑 득의양양하게 들고 와 반도에서 추포 소식을 기다리고 있던 선기국 사신들 앞에 팽개쳐 놨다.

일부러 방부 처리를 하지 않은 머리통은 더운 여름 날씨에 벌써 형체를 알아볼 수 없게 썩어 문드러진 상태였다. 흉수의 얼굴을 확인하고자 대기 중이던 선기국 사황자와 사신들은 그 냄새에 질려 자리에 앉아 보지도 못하고 밖으로 뛰쳐나가서는 담벼락을 붙잡고 배 속에 든 걸 몽땅 게워 냈다.

맹부요가 머리통을 들고 쫓아 나가 외쳤다.

"어휴, 일단 자세히 좀 보시라니까요! 공주마마 한은 풀어 드려야 할 거 아닙니까."

그러자 옷소매로 얼굴을 가린 사황자가 눈을 질끈 감고 고개를 반대쪽으로 틀면서 손사래를 쳤다.

"됐어, 됐어! 됐다고……."

그리하여 상황은 일단락되었다.

잘 보래도 안 본 사람이 문제지 누구 탓을 하겠는가.

맹부요가 입궐해 결과를 보고한 뒤 서로 마주 보고 웃길 잠시, 전남성이 눈을 빛내며 물었다.

"맹 장군이 벌인 일인가? 우리 사이에는 솔직해도 괜찮네. 밖에는 절대 알리지 않을 터이니."

맹부요가 눈가를 접으며 웃음 지었다.

"부산에서 일이 터졌던 날 밤, 소인은 술자리에 있었음을 폐하께서도 모르시지 않으리라 믿습니다. 가능만 하다면야, 소인이 한 짓이었으면 좋았겠다는 게 솔직한 심정이지만 말입니다."

전남성은 껄껄 웃음을 터뜨렸다. 맹부요와 한층 더 허물없는 사이가 된 기분이었다.

바로 그때, 맹부요가 쪽지 한 장을 꺼내 은밀히 내밀었다.

"폐하, 대역무도한 물건을 발견하였습니다."

쪽지를 받아 든 전남성의 낯빛이 돌변했다. 삐뚤빼뚤한 글씨체로 적힌 내용은 '황야의 창룡이 바람을 몰고 깃발을 날리리라!'였다.

쪽지를 구겨 탁자에 내리꽂은 전남성이 뒷짐을 진 채로 실내를 초조하게 서성거리기 시작했다. 그는 고개를 반쯤 떨구고서 한참을 침음했다. 분노로 눈을 번뜩이는 모습이었으되, 그 분노에는 약간의 망설임 또한 함께 담겨 있었다.

말없이 생각에 잠겨 있는 그를 향해, 맹부요가 아무것도 모르는 양 천연덕스레 물었다.

"무슨 암어인지는 몰라도 시골 곳곳에서 노래로 만들어져 불리고 있었습니다. 폐하께는 들어 보셨습니까?"

"망령스러운 악인들의 농간일 뿐이다."

대꾸와 동시에 걸음을 멈춘 전남성이 맹부요를 빤히 응시하던 끝에 의미심장하게 말했다.

"맹 장군, 무극국에서는 능력을 발휘할 기회를 얻지 못해 불만이라 하였지. 그렇다면 이곳 천살에서 불세출의 공적을 한번 쌓아 보겠나?"

오오오! 드디어 그 소리를 해 주는구나!

맹부요는 울컥 밀려오는 감격을 애써 감추었다. 그녀는 짐짓 방정맞게 흥분한 표정을 지어 보이며 답을 올렸다.

"좋다마다요! 무극국 벼슬자리는 이미 내놓았으니, 이참에 폐하 휘하의 군졸로 들어가겠습니다! 소소하게 변경 수비군 대장부터 시켜 주시면 그거야말로 최고로 호쾌하겠는걸요!"

"그대 같은 인재를 어찌 일반 병사로 변경에 파견해 고생시키겠는가."

전남성이 손을 내저었다.

"일단은 황영 비표군飛豹軍 부통령직을 줌세. 무극국에서의 지위에는 미치지 못하는 4품이지만, 열심히만 하면 훗날 용호대장군龍虎大將軍 자리는 그대 것이네."

"명 받잡겠습니다!"

❀

천살 천추 7년, 음력 7월.

폭염이 가시고 선선한 바람이 돌기 시작할 무렵, 창룡이 황야에서 궐기했다. 반도에서의 일별 후 근 한 달간 감감무소식이던 전북야가 긴 침묵을 깨고 천하를 뒤흔들 포효를 토한 것이다.

7월 13일, 갈아에 당도한 전북야는 그 즉시 사막 깊숙이 숨겨 뒀던 군사들을 소집해 서북도 변경 수비군 부장 변홍우邊鴻

宇와 함께 수비군 주장 유힐劉擷을 제거하고, '황제의 무도함'을 명분으로 조정에 반기를 들었다. 그 도천지세의 병력과 웅장하게 나부끼는 깃발이 천살국 북부를 통째로 휩쓰는 데 걸린 시간은 찰나에 불과하였다.

그에 앞서 전북야가 갈아로 향하는 동안 조정, 군대, 시정에 오래전부터 뿌리내리고 있던 인력들이 미리 여론 공세에 돌입했다.

충심으로 나라를 위했던 열왕 전북야가 중상모략에 휘말려 장한산에서 토사구팽 조진궁장의 엄습을 당했다는 소문이 퍼져 나갔다.

여기에 더하여 공신을 박대하는 전남성의 부덕을 둘러싼 갖가지 항설이 반도에서 갈아까지 날개 돋친 듯이 번져 나갔다.

그뿐만이 아니라 언뜻 듣기로 상당히 신빙성 있는 전설까지 사람들의 입에 오르내리기 시작했다.

"황가를 상징하는 문양은 하늘이 내린 것이매, 전씨 집안의 선조가 말한 2대 아래 '황야의 창룡'과 열왕의 이름이 꼭 부합되므로 천명을 받은 제왕이 곧 세상에 나오리라."

하는 내용이었다.

이러한 식의 풍문이 들불처럼 천살국 대지 위에 번져 나가면서 황가의 정통성을 갉아먹고 있는 것이 현시점의 상황이었다.

7월 15일, 악성樂城 함락.

7월 17일, 운양雲陽 함락.

7월 20일, 규계奎溪 함락.

7월 24일, 태경부太京府 총부 금언金彦이 성곽 바로 밑까지 밀려온 창룡기 앞에 자진 투항.

7월 26일, 천살 남북부 경계선 목전의 마지막 보루 금수성金水城 함락, 3천 군사 전원 투항.

7월 27일, 명륜明倫 수부 투항.

8월 3일, 파죽지세의 진격 끝에 마침내 처음으로 대규모 저항에 부딪혔다.

창룡대군이 임시 군영을 세운 곳은 기강沂江 기슭이었다. 천살국 최대의 젖줄, 남북 강토를 가르며 도도하게 흐르는 강물을 사이에 두고 양 진영이 대립했다.

군사들의 외침과 말 울음소리가 수면 위 물안개를 뚫고 아득히 울리고 있었다. 날 선 살기가 강줄기 상공에 몰려 새카만 먹장구름으로 화했으니, 거대한 전투가 코앞이었다.

8월 3일, 밤.

물결이 세차게 굽이치는 강가, 험준한 바위투성이 땅 위에는 검은 옷을 입고 검은 말을 탄 사내가 미동도 없이 남쪽을 응시하고 있었다. 달빛 아래 그의 윤곽은 강철처럼 단단했다.

강바람이 울부짖으며 허공을 가로질러 와 흑색 옷자락을 말아 올리자 어두운 색조 일색인 안개 속에서 새빨간 무늬가 불꽃처럼 빛났다.

하늘에 홀로 걸린 달이 남들보다 월등히 검은 눈썹과 눈동자를, 기나긴 행군길에 뒤집어쓴 흙먼지를, 천살국 중심부에 우뚝 솟은 성채를 향해 눈빛을 비추고 있었다.

이 순간, 깊게 가라앉은 그의 눈동자를 가득 채운 것은 다름 아닌 염려와 그리움이었다.

부요……. 최대한 속도를 내 이곳 천살 내륙, 네게서 가장 가까운 곳까지 들어오는 데 두 달이라는 시간이 걸렸다. 잘…… 있는 것이냐?

열왕 전북야가 사나운 불길과도 같은 기세로 성채를 하나하나 함락하면서 7국을 충격에 몰아넣는 동안, 반도성은 반도성대로 역도들의 공세에 대비해 병마며 군량과 마초를 화급하게 끌어오느라 눈코 뜰 새 없이 바삐 돌아가고 있었다.

이렇듯 치열하고 긴박한 전시 상황에 고작 한두 사람의 지위 변동 따위가 크게 두드러질 일은 아니었다. 예를 들어 무공은 있으나 머리는 없기로 유명한 어느 진무대회 우승자가 번듯한 무극국 장군 감투를 내버리고 천살국 경군 황영에서 고작 부통령 자리를 맡았기로서니, 그게 어디 신경 쓸 건더기나 됐겠는가.

한쪽은 온 세상을 발칵 뒤집어 놓은 격변, 다른 한쪽은 별것 아닌 무관직 임용.

언뜻 봐서는 하등의 관계가 없는 두 사건이었으므로, 이를 연결해서 생각하는 사람은 없었다. 어느 누구도 둘 사이에 숨겨진 책략과 불가분의 연계성을 꿰뚫어 보지 못했다.

천하라는 바둑판은 너무도 변화무쌍하니, 언뜻 무심히 놓인 바둑알 하나로부터 일국 정세의 종착점을 유추해 내기란 불가능한 일이었다.

8월 3일, 밤.

반도는 풍파를 앞두고 있었고, 강물 위에 달이 홀로 밝았다.

❀

맹부요는 새 직장에서 돌아오는 길 내내 나무를 끌어안았다가, 담벼락에 붙었다가, 길가 도랑을 향해 실실거렸다가 하며 비틀비틀 구시렁대는 중이었다. 오늘도 술을 거하게 한턱낸 결과였다.

신임 부통령께서는 사람이 참 통이 크면서도 어수룩한 데가 있어, 살살 비위만 몇 마디 맞춰 주면 대번에 입이 귀에 걸려서는 술턱을 내곤 했다. 덕분에 만난 지 며칠 되지도 않아 한 번씩은 다 공짜 술을 얻어 마신 동료들은 벌써 그와 호형호제하는 사이였다.

전세가 급박한 와중에 헛짓했다가 황제 폐하의 노여움을 살게 걱정되지만 않았어도, 아마 부통령 대인께서는 군영 형제들을 몽땅 끌고 기루에 납시셔서 질펀하게 판을 벌였을 것이다.

오늘 밤도 만취인 맹부요는 나무를 들이받노라면 '예쁜 언니'를, 담장에 머리를 처박노라면 '멋진 형님'을 불러 댔고, 양옆에서는 철성과 요신이 그녀의 괴력을 감당하지 못해 쩔쩔매고 있었다.

저택까지 가려면 좁은 골목길이 구불구불 얽힌 민가 밀집 지를 지나야만 했다. 좁은 길을 능숙하게 누비며 스쳐 지나온 건물 그림자의 수를 웅얼웅얼 세던 맹부요는 어느 골목 모퉁이에 이르러 맞은편에서 오던 이와 정면으로 부닥쳤다.

"어이쿠, 아리따운 분!"

콧잔등을 부여잡은 맹부요가 눈을 질끈 감은 채로 사과를 건넸다.

"오라버니가 그쪽 가슴에 작정하고 뛰어든 건 절대로 아니고……."

"부요, 도망쳐!"

지극히 낮은 목소리. 한 오라기 달빛만큼이나, 한 줄기 실바람만큼이나 가느다란 음성이 문득 맹부요의 귓가로 흘러들었다.

몸을 움찔 굳힌 그녀가 다소 흐리멍덩한 눈길을 들었을 즈음, 상대는 곁을 스쳐 갈지언정 그 자리에 머물지는 않는 바람처럼 그녀를 지나쳐 골목 끄트머리로 사라진 뒤였다. 남겨진 것은 희미하지만 익숙한 향기뿐. 그 안에는 그녀가 한때 미련을 뒀던 햇빛 내음이 희미하게 섞여 있었다.

순간, 맹부요의 눈동자가 검게 침잠했다.

그녀는 오늘따라 밤공기가 후덥지근함을 느꼈다. 금방이라도 비가 쏟아질 듯한 날씨였다. 공기 중을 떠도는 습기 찬 안개가 비좁은 골목 안 공간을 숨 막히게 짓누르면서 두꺼운 철판처럼 주변 하늘을 가리고 있었다.

머리 위를 어스름하게 비추던 달빛이 사라진 건 언제부터였을까. 돌연 맹부요가 지면을 박차고 올랐다.

그녀는 도약과 동시에 요신부터 걷어찼다. 빼빼 마른 요신은 불의의 일격을 당해 내지 못하고 연처럼 맥없이 날아가는 듯하다가, 비범한 경공의 소유자답게 금세 허공에서 자세를 고쳐 잡았다.

하지만 그대로 담장을 넘어 골목을 빠져나가려던 그의 시도는 실패로 끝나고 말았다. 안개가 넓게 펼쳐지면서 하늘이 일순 암전했다가 밝아진 직후, 사방에서 회색 섞인 누른빛 연기가 피어나더니 마치 거대한 비단 휘장처럼, 천지를 집어삼킬 기세로 일행을 덮친 것이다.

좌앗!

천상과 지상

연살!

썩을 늙은이 같으니, 부상에서는 회복된 건가? 한밤중 골목
길에 매복이라, 체면 따위는 개나 줬군.

맹부요의 눈에 경멸이 스쳤다.

나머지 십대 강자들은 아무리 성정이 괴팍해도 어디까지나
개성에 해당할 뿐 대가로서의 풍모는 잃지 않았거늘. 연살은
그들 사이에 끼어 있을 자격도 없는 쓰레기였다.

쓰레기는 치워 버려야지.

연무가 점점 짙어지면서 몹시도 거북한 웃음소리가 날아들
어 신경을 긁자, 눈썹을 치켜세운 맹부요가 쏘아붙였다.

"어느 집 까마귀 새끼가 오밤중에 닭 우는 흉내를 내는 거야,
못 들어 주겠네, 진짜!"

"어린 계집애가 번번이 건방을 떠는구나."

연살이 낄낄거리는 소리는 지난번과 마찬가지로 가까워졌다가 멀어지기를 반복하고 있었다.

"그간 잡다한 일들로 분주했던지라 오늘에야 네 하찮은 목숨을 거두러 올 짬이 났다. 차라리 시원스럽게 자진할 테냐?"

"시원, 좋지!"

눈썹을 꿈틀한 맹부요가 거나하게 취기가 오른 모양새로 벽돌 한 장을 집어 던졌다.

"시원하게 이 벽돌로 본인 머리통이나 확 까 버리시지."

"흥!"

잠시 짙어졌던 연기가 원래 농도를 회복하면서 허공에 넓게 펼쳐지더니 돌연 봉 형태로 뭉쳐져 공기를 갈랐다.

쐐액!

그러자 사막 모래와도 같은 빛깔의 회오리바람이 자욱하게 일었다. 절반은 하늘에서 내려오고 절반은 땅에서 상승한 바람이 천지를 삼키고도 남을 크기의 양탄자 형상을 이뤄 맹부요와 그녀 뒤쪽에 있던 호위병들을 맹렬히 덮쳐 왔다. 근방 수백 장을 뒤덮은 '양탄자' 앞에서 호위병들은 한낱 개미 새끼에 불과했으니, 도망치고 싶어도 도저히 벗어날 재간이 없었다.

맹부요는 그 상황에서도 태연히 자리를 지키다가 문득 고개를 들어 묘한 웃음을 지어 보였다. 순간, 그녀의 눈이 번뜩였다. 눈에서 강렬한 광선이 쏘아져 나와 흐리터분한 연무를 덩어리째 썰어 버릴 듯했다. 취기에 절어 해롱대던 조금 전과는 눈빛이 완전히 딴판이었다.

"걸려들었구나, 늙다리!"

외침이 끝나기도 전에 그녀의 주먹이 옆쪽 담벼락에 꽂혔다. '쾅' 하는 충격음과 함께 담장 표면에 붙어 있던 벽돌이 우르르 쏟아져 내렸다. 안쪽의 흑색 무쇠가 모습을 드러냈다.

이어서 다리를 들어 지면을 박차자 발밑 땅이 쑥 꺼지는 동시에 깊숙한 구덩이가 입을 벌렸고, 맹부요는 호위들과 함께 아래로 뛰어내리며 깔깔거렸다.

"제 발등 찍으셨구먼!"

미리 파 놓은 구덩이 밑바닥에 안착한 그녀가 발동 장치를 당기자 '끼릭끼릭' 소리가 울리면서 골목 안 담벼락에 칠해져 있던 석회가 일제히 떨어져 나갔다.

칠이 벗겨진 담장은 놀랍게도 철판을 이어 붙여 만들어진 모습. 기관이 작동함에 따라 무쇠 담장 한 면 한 면이 각도를 바꿔 뒤집히면서 빠르게 사각형으로 합쳐졌고, 골목 한가운데서 운공 중이던 연살은 그 안에 꼼짝없이 갇히고 말았다.

연살이 귀가 따갑게 노호했다.

"파렴치한 것!"

맹부요는 파렴치하게 입꼬리를 휘면서 구덩이 안에 준비되어 있던 장창을 꼬나들고는 호위들과 함께 위쪽으로 뛰어올랐다. 철판이 연살을 붙잡아 둘 수 있는 시간은 찰나에 불과할 터, 놈을 끝장내려면 서둘러야만 했다.

철판과 철판 사이 연결 부위를 통해 내부에서 명멸하는 안개를 볼 수 있었다. 연살이 빠져나오는 건 시간문제!

구덩이 가장자리를 발판 삼아 허공으로 도약한 맹부요가 목표 비거리의 절반을 날았을 때, 뒤쪽에 있던 철성이 쩌렁쩌렁한 기합과 함께 창을 휘둘러 그녀의 신발 밑창을 밀어 올렸고, 맹부요는 반발력을 이용해 회오리바람처럼 휘돌면서 다섯 장 높이를 솟구쳤다. 그러고는 무쇠 상자 상단에 내려서면서 장창을 번개처럼 밑으로 찔러 넣었다.

요신과 철성을 비롯한 호위대도 달려와 지면에서 장창을 던졌다. 모두 동일한 형태의 창 자루들은 서로 교차하며 날아가 무쇠 상자를 뚫고 들어갔다.

그 순간, 연살이 맹렬한 고함을 내질렀다. 그러자 돌연 안개가 짙어지더니 상자가 굉음을 내며 폭발, 무수한 흑색 쇳조각으로 화해 어둠 속에 흩날렸다.

쿠르릉!

급작스럽게 밤하늘에 새겨진 섬광이 시커먼 층운 위에서 뱀처럼 춤을 췄다.

구름층이 움찔 떨면서 산발적인 빗방울을 떨궜다. 자잘하게 시작된 보슬비는 금세 추적추적 굵어지더니 바람결에 이리저리 밀려다니면서 온 하늘에 영롱한 반짝임을 흩뿌렸다.

땅바닥 곳곳에 널브러진 채 비를 맞은 쇳조각이 흡사 무언가의 눈동자인 양 기괴한 광택을 발했다. 비의 장막 아래 흠뻑 젖은 지면에는 금세 작은 시내가 여럿 만들어졌으니, 사방팔방으로 번져 나가는 물줄기 중 하나는 희미한 붉은빛을 띠었다.

그 물줄기의 발원지에는 연살이 서 있었다. 어깨는 창에 뚫려 시뻘겋게 물들었고 무릎에서도 피가 울컥울컥 솟구쳐 황톳빛 장포를 탁한 색으로 물들이는 중이었다.

연살은 분노로 새파래진 얼굴을 한 채 숨을 몰아쉬고 있었다. 호흡에 따라 얼굴을 덮고 있는 연무의 색이 밝아졌다 어두워지기를 반복하는 게 보였다. 어둡게 침잠했던 색채가 다시금 환해질 때마다 연무는 조금씩 농도를 더해 가고 있었다.

어린 계집애 손에 벌써 두 번이나 피를 봤으니 머리끝까지 열불이 났을 게 뻔했다. 이쯤 되면 아마 필살기가 나오리라.

하지만 맹부요는 상대에게 필사의 일격을 허할 생각이 없었다. 그녀가 나지막이 웃음 지은 직후, 번뜩 반사광을 발하나 싶던 시천이 은은한 월백색 광채와 격동하는 강풍을 끌고서 연살을 덮쳤다.

풍기風起, 일승日升, 월영月盈!

대풍, 일승, 월백의 진력을 하나로 합친 공법을 실전에서 사용하기는 진무대회 결승 이래로 이번이 처음이었다.

그간 피나는 수련을 거치면서 한층 더 긴밀하게 융합된 삼대 진력은 이제 샘물과도 같은 흐름과 강해와도 같은 광막함을 갖추었다. 요란한 바람 소리나 눈을 찌르는 섬광은 없어도 압도적인 기백과 서릿발 같은 빛을 발하였다. 연결 동작과 공격 초식 하나하나가 보통 사람의 한계치를 훌쩍 뛰어넘는 속도를 자랑했다.

쾌快!

무공의 정수는 빠르기에 있음이라. 적이 나보다 웅혼한 진력의 소유자라면 달빛을 따라 바람결을 디디듯 움직임에 시시각각 변화를 주어 동선이 간파당하는 걸 피해야 한다.

맹부요는 빛과 그림자로, 찰나에 천만리를 내달리는 질풍으로 화해 주변을 어지러이 선회했다. 그녀의 출발점은 무한의 광활이었으나 목표하는 곳은 오직 하나, 연살의 급소였다!

부상 탓에 운신이 자유롭지 못한 연살은 그녀와 속도 경쟁이 안 되는 처지였다. 그중에서도 맹부요가 어깨에 가한 맹격은 실로 위력적이었다. 연살이 그저 그런 무림 고수였다면 일찌감치 관통상을 입고도 남았으리라.

더욱 중요한 것은 창끝에 독을 먹여 뒀다는 사실이었다. 조금 전 빠르게 이동해 사각으로 합쳐지던 철판 네 귀퉁이에도 독극물이 뿌려져 있었다.

독에 당한 데다 부상까지 입은 상태에서 부득불 맹부요와 일전을 치러야 하는 게 지금 연살이 처한 형편이었다.

이때 철성 등 일행이 싸움에 가세하려 하자 맹부요가 눈을 부라리며 타박을 놨다.

"이깟 뒤처리도 혼자 못할 정도면 나가 뒈져야지, 왜 살겠냐?"

긴박하게 돌아가는 상황 중에 문득 맹부요의 눈길이 맞은편 건물 처마 끄트머리를 스쳤다. 거기에는 한 인물이 느긋한 자세로 앉아 연보라색 옷자락을 휘날리고 있었다. 여유롭게 우산까지 펼쳐 든 모습. 그런 그의 무릎 위에서는 어느 대인께서 새하얀 털을 날리며 웅크리고 앉아 싸움 구경이 한창이셨다. 둘은 움직일 의도가 전혀 없는 양 그저 미소 띤 표정으로 그녀를 지켜보고 있었다.

그녀를 자유로이 날게 해 주면서도 단 한 순간조차 보살핌의 눈길을 거두지 않는 사람.

빙긋이 웃으며 고개를 원위치한 맹부요는 편안한 마음으로 적의 숨통을 끊으러 걸음을 옮겼다. 처마 꼭대기에 올라앉은 둘 역시 편안한 마음으로 팔짱을 끼고서 그녀가 적의 숨통을 끊으러 가는 모습을 지켜보고 있었다.

연살은 비 내리는 밤을 틈타 급습을 꾀했으나 도리어 본인이 함정에 빠져 세가 꺾였다. 예상 밖의 독공에 당한 데다 부상까지 입어 몸이 망가졌다. 넘치는 기운과 치밀한 사전 작업을 바탕으로 흉맹한 공세를 퍼붓는 맹부요를 만나 힘이 고갈됐다.

제아무리 강력한 고수라도 한계는 존재하는 법. 이미 세, 몸, 힘이 바닥을 쳤으니 곧 기氣가 다할 것은 정해진 결과였다.

어느덧 삼백이십팔 수째.

연살의 손바닥에서 길게 뻗어 나온 띠 모양의 연무가 점차 가늘어지던 시점에 맹부요가 현란한 손동작으로 허초를 전개했다. 장손무극과 태연의 싸움에서 영감을 얻은 움직임이었다. 연살은 눈길을 어지럽히는 공세를 저지하고자 손을 뻗었으나 결과는 헛손질에 그쳤다.

맹부요가 뒤로 물러서면서 몸을 반 바퀴 틀었다. 검은 비단 폭 같은 흑발이 빗줄기 사이로 아름답게 펼쳐졌다가 내려앉는 찰나, 연살과 같은 방향을 보고 선 그녀가 유성처럼, 광풍처럼 등을 날려 상대의 가슴팍을 들이받았다!

간이 배 밖으로 나왔다고밖에 할 수 없는, 괴상한 공격이었다. 서로 마주 보고 싸우던 상황에서 돌연 등을 고스란히 내보인 것만도 모자라 나 잡아 잡수라는 식으로 적을 향해 뛰어들다니.

연살은 당혹했다. 심장이 멎을 만큼.

쑤컹!

검은 칼날이 비의 장막 속에 극광 같은 빛을 던졌다.

맹부요가 곧 적의 몸에서 칼을 뽑아냈다. 칼날에 딸려 나온 핏줄기가 한밤중 가랑비를 뚫고 놀란 기러기가 날아오르듯 쏘아져 나가 어둠을 가로지르더니, 곧바로 덮쳐 온 빗발에 희석되어 서서히 투명해지면서 모습을 감췄다.

밤의 암흑 속에서 소리 없이 막을 내린 생명의 무도. 일찰나 전율의 화려함을 뽐냈으나 끝내 소멸하고 만.

조용히 내리는 빗속에서 두 사람은 물과 피에 흠뻑 젖은 채였다. 맹부요는 연살의 가슴과 맞닿은 등을 통해 그의 몸이 빠르게 식어 가는 것을 느끼고 있었다. 줄곧 그를 진득하게 휩싸고 있던 안개도 복부를 관통한 상처를 통해 깡그리 빠져나가 버린 듯했다.

눈썹을 꿈틀 치켜세운 맹부요가 냅다 뒷발길질을 하자 마대 자루 같은 몸뚱이가 '쿵' 하고 저만치 나가떨어졌다. 연살의 묵직한 육신은 비 젖은 땅바닥에서 족히 수 장 거리를 밀려간 뒤 물웅덩이에 처박혔다.

담홍색 물줄기가 지면 위를 구불구불 기어 넓게 퍼져 나갔다. 평범한 사람의 피와 다를 게 없는 붉은빛. 망자의 신분이 비범하다고 해서 피까지 특별하지는 않은 모양이었다.

십대 강자 중의 1인으로서 30년간 천하에 이름을 날렸던, 전설이자 전기적 인물 연살. 그가 어느 비 내리는 밤, 좁은 뒷골목에서 고작 열여덟 살짜리 소녀의 손에 목숨을 잃은 것이다.

누구라도 이 장면을 봤다면 자신의 눈을 믿지 못하겠다 했으리라.

실제로 이곳에서 일어난 모든 일을 똑똑히 지켜본 이가 있었다. 앞쪽 그늘 속에서 연경진이 천천히 고개를 틀었다. 연살이 맹부요를 기습할 때부터, 반대로 본인이 함정에 걸렸다가 맹부요와의 싸움 중에 절명하기까지, 모든 과정을 목도한 그는 어둡게 가라앉은 눈을 하고 있었다. 멍하니 그 자리에 서서 도저히 믿을 수 없다는 듯 텅 빈 어둠을 응시하고 있는 그는 아무것도 보지 못한 사람 같기도, 혹은 운명의 냉혹함과 자애로움을 동시에 본 것 같기도 한 모습이었다.

연경진은 고개를 약간 들어 빗속의 소녀를 바라봤다. 장창으로 땅을 짚고 다른 손에는 칼을 든 채, 소녀는 어딘가를 향해 미소 짓고 있었다.

긴 옷자락과 머리카락이 바람결에 나부끼는 가운데, 가늘고 수려하면서도 꼿꼿한 그림자는 마치 천상의 여신을 보는 듯했다. 따사로운 온기와 날 선 치열함이 공존하는 여인. 주위를 우습게 아는 오만함 없이도 너무 눈이 부셔 똑바로 응시하기 힘든, 그 앞에 서노라면 자신이 부끄러워져 감히 다가갈 수 없는.

감히 다가갈 수 없는……, 한때는 그의 것이었던 맹부요.

진무대회에서 그녀가 파구소를 전개하는 순간 느꼈던 아득한 거리감과 인연의 야속함이 다시금 연경진의 가슴을 파고들었다.

저 여인, 환한 빛 속에 서 있는 저 여인은 까마득한 높이에 걸려 있는 화폭으로, 바람에 한들거리는 등불로 그의 삶 속에 남을 것이다. 높고도 멀리 있는 그 아름다움을 바라볼 수는 있어도 손이 닿을 날은 영영 오지 않으리라.

이미 너무 멀리 가 버린 사람.

제 몸을 내버린들, 오물 구덩이에 뛰어든들, 가진 전부를 희생해 전력으로 뒤쫓은들, 끝내 그녀의 옷자락조차 만져 볼 수 없는 것이 바로 그의 주제였다.

그녀는 세상의 정점에서 아래를 굽어보며 천하를 호령하도록 태어난 존재였다. 현원산에서 나눈 연정은 운명이 그에게 잠시 베풀어 준 적선에 불과했고, 더 이상의 욕심은 허락되지 않았다. 언제나 그랬다. 멀찍이 뒤처진 그 혼자 그리움에 발목을 붙잡힌 채였다.

연경진은 느리게 눈길을 옮겨 비 젖은 골목 바닥 연살의 시체를 내려다봤다. 자신의 스승이자 은인이고, 또한 원수인 자였다. 새까만 밤의 우울하고 더러운 고통으로부터 일생 자유로워질 수 없듯이, 연살의 강요와 속박에서도 영영 벗어날 수 없으리라 생각했건만, 오늘 그는 그녀로 인하여 해방을 맞이

했다.

그녀가 어떠한 마음 씀씀이로 지금 이 해방의 순간을 만들어 줬는지, 연경진은 잘 알았다. 그의 악몽을 제거함으로써 그의 처를 죽인 빚을 갚은 것이다. 은원이 분명한 보상이되, 그 기저에 깔린 것은 연민이었다.

이제 그는 어찌해야 할까. 계속 미련에 매여 괴로워할 것인가, 아니면 다 털어 내고 잊을 것인가.

연경진은 흠뻑 젖어 빗속에 선 채로 맹부요가 창을 내려놓는 모습을, 고개를 드는 모습을, 자신에게는 한 번도 보여 준 적 없는 미소를 담은 그녀의 눈빛이 골목 건너편 처마 위에서 싸움을 지켜보던 남자에게로 향하는 모습을 지켜봤다. 그녀가 웃자 기쁨에 온유하게 물든 눈빛이 영롱하게 반짝였다.

우산을 받쳐 들고서 살짝 허리를 숙여 아래를 향해 미소 짓는 남자는 고요하되 무한한 포용력을 가진 눈으로 그녀를 바라보고 있었다.

서로를 응시하는 두 사람 앞에서, 연경진은 한없이 작아지는 느낌이었다. 이대로 형편없이 쪼그라들어 허공에 날리는 먼지가 되어 버릴 것만 같았다.

말없이 비를 맞고 서 있던 그는 한참 만에야 천천히 연살의 시체를 향해 걸어갔다. 중간에 맹부요와 어깨를 스쳤으나 그는 돌아보지 않았고, 그저 조용히 무릎을 접고 앉아 연살을 안아 들었다.

노쇠한 육신이 그의 품 안에서 축 늘어졌다. 더는 그에게 어떠한 고통도 주지 못할 몸. 그간의 집착과 애증도 이 늙은 몸뚱이와 함께 모두 흙으로 돌아가리라.

연경진은 연살을 안고 일어섰다. 어쨌건 한때는 사제 관계였으니 장사 정도는 지내 줄 의무가 있었다. 한 걸음 한 걸음 골목길을 벗어나면서, 연경진은 처음부터 끝까지 뒤를 돌아보지 않았다.

맹부요는 제자리에 서서 어둠 속으로 사라지는 그의 뒷모습을 가만히 바라보고 있었다. 빛나는 눈동자로, 차분하게.

연경진, 우리의 은원은 오늘로 정리되었으니 부디 남은 길을 잘 걸어가길.

그녀의 등 뒤에서는 철성 일행이 쇳조각을 치우고 있었다.

맹부요가 이 일대 민가를 모조리 사들인 건 벌써 시일이 꽤 된 일이었다. 그 뒤에는 외곽에 사람의 출입을 금하는 담을 치고 밤을 틈타 개조 공사를 진행해 널따란 길에 철판으로 된 가짜 골목을 들여놓았다.

이곳 골목은 그 자체로 하나의 거대한 기관이라 할 수 있었다. 술에 취한 척 담벼락에 달라붙고 나무에 기댔던 것도 실상은 기관을 작동시키는 과정에 불과했다.

연살이 반도성 교외 산지에서 몸을 추스르고 돌아오자마자 맹부요는 곧바로 그의 소재를 파악해 냈고, 그때부터는 탕아 흉내를 내며 기회가 오기만을 기다렸다.

천시天時, 지리地利, 인화人和, 셋 중 무엇 하나 얻지 못한 연살이 패배한 것은 당연한 일이었다.

청자색 종이우산이 그녀의 머리 위로 스르르 옮겨 와 젖은 하늘을 가렸다. 우산을 든 이의 부드러운 미소가, 그 온화함이, 스산한 어둠을 밝히고 있었다.

고개를 든 맹부요는 그를 향해 홀가분한 웃음을 지어 보였다.

천살 천추 7년, 8월 3일, 밤.

천살국 장군 점극기占克己가 창룡대군을 기습할 목적으로 밤 중에 도강을 시도했다.

그러나 잠은커녕 완벽한 전투 태세를 갖추고 대기 중이던 전 북야에게 허를 찔리고 말았다. 강을 헤엄쳐서 건넌 별동대가 기슭에서 머리를 내밀자마자 흑풍기의 검고도 싸늘한 창날이 날아든 것이다.

8월 3일, 밤.

십대 강자 연살이 살해당했다는 소식이 천하를 발칵 뒤집어 놓았다.

부음을 전해 들은 나머지 강자들은 경악을 금치 못했으나, 38년의 술래잡기를 끝낸 한 쌍의 연인만은 서로 미소를 교환하 며 낙봉산에서 만났던 강인한 소녀를 떠올렸다.

은발의 미남자가 앞으로 두고두고 세상 사람들 사이에 회자 될 말을 읊조렸다.

"이는 시작에 불과할지니, 십대 강자가 천하에 군림하던 시대는 지고 마침내 새로운 초월자가 탄생하리라."

다음 목표는 전북항이다!

천살국 선제는 슬하에 많은 아들을 보았으나 장기간의 정치적 알력 다툼 과정에서 요절한 수가 적지 않았다. 이황자, 사황자, 팔황자, 구황자가 바로 그러했다. 만약 귀신 같은 선견지명을 지닌 외조부에 의해 머나먼 갈아사막으로 보내지지 않았더라면 지금쯤 전북야 역시 백골조차 남지 않았을 것이다.

삼황자 전북기까지 장한산에서 절명한 결과, 현재 전남성 곁에 남은 형제는 전북항이 유일했다. 전남성 옆에 마지막까지 남아 상당한 신임을 얻고 있다는 건, 전북항이 겉으로 보이는 것처럼 무능한 범부는 절대 아니라는 이야기였다.

지금껏 맹부요가 지켜보기로 전북항은 속이 검고 간교하며, 심계가 대단히 깊은 자였다. 게다가 질릴 만큼 참을성이 좋기도 했다.

본래 그는 아란주와 정혼했던 사이였다. 아란주가 혼약을 걷어차고 전북야를 쫓아다니면서 세상 사람들의 웃음거리로 사는 동안 전북항이라고 수모를 안 당했을까.

하지만 항왕은 이름처럼 일관된 항심의 소유자였다. 아무런 내색 없이 혼약을 파기하는 데 합의했을 뿐만 아니라, 그 이후 아란주를 다시 마주쳤을 때도 그저 낯선 사람 대하듯 대했다.

진무대회에서 맞닥뜨렸을 때 역시 심기 불편한 기색은 전혀 없지 않던가.

그런 자를 그냥 남겨 둔다면 언젠가는 화근이 될 것이었다. 전북항이 살아 있는 상황에서는 전남성을 죽여 봐야 남 좋은 일만 시켜 주는 꼴이 될 수 있었다.

맹부요는 전남성을 제거하기 전에 전북항부터 손봐 주기로 마음을 먹은 지 오래였다.

방법인즉슨, 차도살인!

현재 맹부요는 엄밀히 말해 전북항 휘하의 무장이었다. 전북항이 천자 예하 병력을 대리 관리 중이기 때문이었다. 맹부요에게 그는 직속 상사의 직속 상사가 되는 셈이었다.

황제의 지극한 총애를 받는 그는 주변에 꼬이는 사람 또한 많아 항왕부는 일상적 방문객을 비롯해 연줄을 대고자 찾아오는 이들로 항상 문전성시였다.

각지에서 몰려온 벼슬아치들이 알현 차례를 기다리며 하도 기대고 만지작댄 탓에 대문 앞 돌사자상이 번지르르하니 시커멓게 때가 타자, 항왕은 사자상을 아예 무쇠 재질로 바꾸었다. 그리하여 철사지문鐵獅之門의 왕공이라는 호칭을 얻기에 이르렀다. 그런 그가 어디 수하의 수하 정도에 지나지 않는 맹부요 따위를 만나 줄 만큼 한가하겠는가.

맹부요는 세 번을 찾아갔다가 세 번 모두 전북항은 구경도 못 한 채 오만불손한 문지기 대장 놈에게 명첩만 남기고 돌아서야 했다. 하지만 그녀는 조바심을 내지 않았다.

저택에 돌아와 장손무극에게 전북항 이야기를 꺼내면서 총애도 그 정도면 특별한 경우가 아니냐고 묻자 그가 말했다.

"근래 전남성이 유독 더 전북항을 아끼는 듯하지 않소?"

잠시 머릿속을 더듬던 맹부요가 답했다.

"맞아요."

"지금은 비단 위에 꽃이 더해지고 타오르는 불길에 기름이 끓어오르는 격이나, 본디 무엇이든 차면 기울기 마련이지."

장손무극이 미소 지었다.

"자고로 영원불변의 군신 관계란 존재하지 않으니, 전남성이 아우를 경계하기 시작했음이오."

그러자 눈치를 슬슬 살피던 맹부요가 장손무극의 무릎 아래에 털썩 엎어지더니 자못 순진무구한 눈망울로 올려다봤다.

"소인 맹부요, 끝까지 주군께 충심을 다할 것이옵니다. 오늘날 천살에 의탁함은 목적을 위한 임시방편일 뿐, 무극국을 배신할 생각은 추호도 없사온데 근래 전하께서 과하게 총애를 베푸시는 것이 영……. 혹여 소인도 죽을 날이 머지않았는지요? 전하, 부디 그 총애를 거두어 주소서, 거두어 주소서……."

식탁에 둘러앉아 있던 모두가 밥풀을 뿜어 낸 직후, 아란주가 쏘아붙였다.

"맹부요, 얼굴만 두꺼워서는!"

이때 장손무극이 맹부요를 툭 차는 시늉을 하며 웃음을 흘렸다.

"썩 꺼지지 못할까! 이제 꼴 보기도 싫다만, 아무튼 욕먹을 짓 많이 했으니 목숨은 질기겠구나.”

맹부요는 깔깔거리면서 그대로 휘적휘적 대문을 넘어 도합 네 번째로 전북항을 찾아갔다. 이번에는 명첩이고 뭐고 내밀 것도 없이 항왕부 근처 골목에서 문지기 대장을 붙잡아 한바탕 쥐어 패고는 매찜질이 끝난 다음에야 대화로 들어갔다.

“그러게 누가 사람 우습게 보고 문전박대하래? 넌 이제 내 눈에 띌 때마다 처맞는 거다.”

문지기가 울상을 했다.

“통령 어르신, 그……, 그건…… 소인이 마음대로 할 수 있 는 일이 아니어서…….”

“이 몸이 하찮다? 오냐, 어디 손재수 좀 당해 봐라.”

까칠하게 한마디를 내뱉은 맹부요가 이어서 문지기에게 분 부했다.

“이따 내가 가서 명첩 주면 아주 공손히 대기실로 모시고 들 어가서 차도 내오고 두런두런 말도 붙이고 그래. 명첩은 항왕 전 하께 올릴 거 없으니까 시중만 잘 들고, 나중에도 내가 왕부에 나타나면 매번 똑같이 해라. 그럼 처맞을 일은 없을 테니까.”

명첩도 올리지 말라면서 왕부에는 왜 오는 건데? 고작 대기 실에서 차 마시고 수다 떨려고?

문지기는 도통 이해 불가였지만, 어쨌건 본인 입장에서는 생 각 외로 일이 쉽게 풀린 상황인지라 냉큼 알겠다고 답했다.

잠시 후 맹부요가 빈손으로 어슬렁어슬렁 왕부 앞에 나타나 자 명첩을 내밀기도 전에 대문이 벌컥 열리더니, 문지기가 인파 사이를 뚫고 후닥닥 달려 나와 허리를 깊게 숙이고는 극진한 예의를 갖추어 손님을 안으로 모셨다.

문 앞 땡볕 아래 서 있던 벼슬아치들의 고개가 일제히 맹부요 쪽으로 돌아갔다.

저거, 저거, 난놈일세! 모가지 뻣뻣한 항왕부 하인들이 누굴 저렇게 알뜰살뜰히 챙기는 모습을 본 적이 있던가? 그렇다면 십중팔구는 항왕의 최측근이겠구나!

문지기 대장의 정중한 배웅을 받으며 건들건들 밖으로 나온 맹부요가 큰 소리로 말했다.

"갑자기 급한 일이 생각나서 그것부터 처리하러 가야겠구나. 왕부에는 이따가 다시 들르마!"

그 소리를 들은 사람들은 한층 더 감탄했다.

가고 싶으면 가고, 오고 싶으면 오고 그러는 건가? 필시 항왕과 보통 막역한 사이가 아니겠구나!

왕부 문턱 한 번 못 넘어 본 게 한인 벼슬아치들은 맹부요가 대문 앞을 몇 걸음 벗어나기도 전에 우르르 달려가 그녀를 겹겹이 에워쌌다. 흠모 섞인 표정으로 어떻게든 점수를 따 보고자 맹부요에게 얼굴을 바짝 들이민 이들이 저마다 침을 튀기며 한마디씩 떠들어 대기 시작했다.

"장군께서는 존함이 어찌 되시는지요?"

"제현齊縣 수부의 유劉 아무개가 장군을 뵙습니다."

"장군의 늠름한 기개와 비범한 자태를 보고 첫눈에 흠모하게 되어 간곡히 드리는 말씀이온데 혹시 오늘 밤에 잠시 짬이 나

실지요? 남문 밖 망경루望瓊樓에서 연회를 열고자 하니 부디 왕림해 주시길……."

맹부요가 싱글벙글 웃으며 말했다.

"햇볕이 따가우니 한쪽으로 가서 얘기합시다, 한쪽으로."

그리하여 한쪽으로 가서 이야기를 이어 가게 되었으니, 얼마 지나지 않아 맹부요의 양손에는 선물 보따리가 그득그득 들렸다. 대부분 '항왕 전하께 말 좀 잘해 주십사' 하는 부탁과 함께 건네받은 것들이었다.

그런가 하면 몇몇 벼슬아치들은 그녀의 소매를 붙잡고 눈물을 찔끔거리기도 했다.

"제가 얼마나 불쌍하냐면, 도성에 온 지가 벌써 언제인데 아직껏 전하 코빼기도 못 뵌 신세입니다. 번듯한 자리 하나 얻어 보려 했으나 그 전에 여비부터 바닥나게 생겼습니다요. 맹 대인, 좀 도와주십시오! 도와주십시오……."

"내 한번 힘써 보겠소이다."

선물을 넙죽넙죽 다 받아 챙겨 양 소매를 금은보화로 불룩하게 채운 맹부요는 벼슬아치들의 기대에 찬 눈빛을 한 몸에 받으며 왕부 앞을 훌쩍 떠나왔다.

이튿날, 시간대를 바꿔 다시 나타난 그녀는 똑같은 과정을 거쳐 전날처럼 선물을 한 아름 안고 왕부 앞을 떴다.

그다음 날에도 선물 수거는 계속되었으니, 이날 맹부요는 무려 광주리를 등에 짊어지고 등장했다…….

항왕부 입구에서 선물을 받아 챙긴 지도 어언 수 일째, 한바탕 매찜질을 당한 후로 줄곧 공범 노릇을 해 왔던 문지기 대장이 왕부 앞에 나타난 그녀를 보더니 황급히 달려와 말했다.

"맹 장군, 왕야께서 화원 접빈실에서 기다리십니다."

시원하게 웃어 젖힌 맹부요가 뒤를 돌아보며 지시했다.

"선물 전부 들고 따라와!"

호위들이 맞들고 따라온 커다란 광주리에는 요 며칠 맹부요가 쓱싹한 선물이 그득했다.

화원 접빈실에서 기다리던 전북항이 광주리를 보더니 실소를 터뜨렸다.

"맹 장군, 대단하시구려. 왕부 대문 앞에서 본 왕의 물건을 가로채다니."

맹부요가 광주리 쪽으로 팔을 뻗어 보였다.

"물건이라면야 고대로 돌려 드립지요."

그러고는 싱긋 웃음 지었다.

"이렇게라도 안 했으면 저를 만나 주셨겠습니까?"

그 말에 둘은 서로 마주 보고 껄껄댔다. 전북항이 시종에게 차를 들이라 명했다.

"세인들은 맹 장군이 무예만 무쌍한 줄로 알지 이토록 머리가 잘 돌아가는 줄은 상상도 못 할 것이오."

맹부요가 피식 웃고는 말했다.

"왕야께 웃음이나 한번 드리고자 한 일입니다. 휘하에 널린 게 비범한 재주꾼들일진대 평범하게 놀아서야 무슨 수로 왕야의 눈에 들겠습니까? 하여, 부득불 세상이 놀랄 만한 행각을 벌일 수밖에 없었습니다."

전북항이 바늘 끄트머리만큼이나 가느다랗게 눈을 좁혔다. 웃음기라고는 한 점도 찾아볼 수 없는 얼굴이었다.

"맹 장군이야 폐하께 신임받는 총인이 아니오. 귀하를 위해 용호대장군 자리도 비워 놓았다던데, 딱히 쓰이는 곳도 없는 황자 따위가 장군에게 무엇을 줄 수 있다고 이런 수고까지 해 가며 줄을 대려는지?"

"무릇 장수 된 자라면 누구나 천하를 집어삼킬 포부를 가지기 마련입니다. 청운의 길을 가는 데 있어 도움을 줄 사람과 그러지 못할 사람이 누구인지야 제가 가장 잘 알지요."

꿀꺽꿀꺽 찻잔을 비우고 난 맹부요가 씩 웃었다.

"왕야께서는 줄 게 없다 하시나 저는 왕야께서 누구보다 많은 것을 주시리라 믿습니다."

"못 하는 소리가 없군!"

순간적으로 눈빛이 싸늘하게 식은 전북항이 그녀를 뚫어져라 응시했다.

"내가 무엇을 줄 수 있다는 말이오? 귀하가 원하는 것은 또 무엇이고?"

"자기는 아무런 성의도 보이지 않고 대뜸 요구 사항부터 들이미는 법도 있답니까?"

맹부요는 상대의 뱀 같은 눈빛을 못 본 척, 태연하게 웃음을 머금었다.

"제가 원하는 것을 말씀드리기에는 아직 때가 이르지 싶습니다. 손톱만큼의 기여도 하기 전부터 이것 내놔라, 저것 내놔라 할 수야 없는 일 아닙니까? 우선 소소한 성의부터 보여 드리도록 하지요."

의자에서 일어나 전북항에게 가까이 다가붙은 맹부요가 그의 귓가에 얼굴을 바짝 붙이고 미소 지었다.

"왕야의 목숨이 촌각에 달려 있습니다!"

✽

"그때 전북항 꼬락서니를 봐야 했는데."

뼈다귀에 붙은 살점을 발라 먹으며, 맹부요가 득의양양하게 말했다.

"궁둥이 밑에 갑자기 바늘이라도 솟은 것처럼, 하마터면 펄쩍 뛰어서 내 턱을 들이받을 뻔했다니까."

듣고 있던 종월이 느긋하게 차를 한 모금 넘겼다. 맹부요가 말을 시작했다 하면 무조건 밥그릇 들고 피신하는 인물답게, 그는 입을 열면서도 고개 한 번을 들지 않았다.

"뼈 뜯을 때는 거기에만 집중하시오. 그 앞니 또 깨지면 그때는 나도 어찌해 줄 재간이 없으니."

맹부요가 썩은 표정으로 눈을 부라렸다.

"돌팔이 선생, 사람 상처 좀 그만 후벼 팔래요?"

"어차피 온몸이 다 상처인데 하나쯤 후벼 파면 또 어때서."

찻잔을 내려놓은 종월이 물었다.

"눈연꽃과 함께 술에 담가 놓은 월백의 구슬 반쪽은 어떻게 했지?"

맹부요는 흠칫했다.

그러고 보니 언젠가 장손무극이 가져갔던 것 같다만, 가져가서 어떻게 했는지야…….

그녀 자신이 워낙에 물건에 대한 집착이 없는 성격이기도 하거니와 하물며 상대가 장손무극이니 얼마든지 들고 가시오, 했지 가져간 곳을 캐물을 생각 같은 건 해 본 적도 없었다.

자기도 모르게 장손무극에게로 향하려는 눈길을 도중에 잽싸게 돌린 그녀가 코끝을 내려다보며 대꾸했다.

"어음……. 아, 그거! 쥐가 훔쳐 먹을까 봐 다른 데 치워 뒀어요."

"여기 쥐는 한 마리뿐이오."

종월이 냉소하자 원보 대인이 눈을 흡떴다.

쥐 아니랬지? 쥐 아니라고! 몇 번을 말해!

"내게 있소."

물론 장손무극의 입에서 나온 말이었다. 그가 평온한 표정으로 덧붙였다.

"약성을 살피고자 가져왔소."

"약성을 살핀다?"

그를 향해 휙 고개를 튼 종월이 코웃음을 쳤다.

"재주가 대단한 분이신 줄은 알았지만, 약리에 밝기도 천하제일인 줄은 몰랐습니다."

"천하제일의 의술이야 물론 종 선생의 것이겠소만."

장손무극은 여전히 차분했다.

"의술이 천하제일이라 해서 약을 쓰는 데도 반드시 천하제일인 것은 아니지."

"무슨 뜻입니까?"

의자에 앉아 있던 종월이 등허리를 꼿꼿이 곧추세웠다. 낯빛이 눈서리를 맞은 것처럼 새하얬다. 이 순간, 종월은 온화하고 정결하던 평소 분위기와는 딴판으로 안개 낀 밤의 어둠 같은 눈을 하고 있었다.

"제가 약을 잘못 써서 부요의 몸을 해하고 있다는 말입니까?"

장손무극은 아무 말 없이 차를 마시기 시작했다.

상황이 이쯤 되자 옆에서 듣던 맹부요도 머리가 멍해졌다.

저게 뭔 소리야? 종월이 약을 잘못 썼다고? 그럴 리가! 그간 무수히 다칠 때마다 매번 종월 덕을 봤는데?

원기가 상할 수밖에 없을 만큼 심각한 부상에도 근원이 흔들리기는커녕 도리어 체질의 밑바탕을 굳건히 다질 수 있었던 것 또한 다 종월의 솜씨가 좋아서 아니었던가. 그사이 놀라운 속도로 파구소의 새 경지를 달성했고, 대풍과 월백의 진력도 순조롭게 융합했건만.

만약 뭔가 문제가 있었다면 벌써 죽어도 천만 번은 더 죽었어야 맞지 않나?

종월을 쳐다보는 그녀의 눈빛에 우려가 섞여 들었다. 언뜻 온화해 보여도 실상은 자존심이 엄청 센 성격인데. 의술 영역에서 긴 세월 독보적인 존재로 군림하며 세인들의 존경을 한 몸에 받던 사람이 의원으로서의 정체성을 정면으로 공격당했으니 타격이 얼마나 클 것인가. 이 정도면 8척 거한을 놓고 사내구실 못한다고 타박하는 것과 같은 짓이다.

"저기, 그만하죠……."

맹부요가 장손무극의 소매를 잡아당겼다.

"거, 뭐냐, 우리 이만 자러 가는 게……."

말을 뱉은 직후 혀를 콱 깨문 그녀는 '어억.' 하면서 입을 틀어막았다.

정말이지 울고 싶었다. 재수 털리려니까 마음 좀 급하다고 헛소리가 아주 빵빵 터지는구나. 수준 떨어지게 뭐라고 지껄인 거야…….

아니나 다를까, 빈틈을 절대 놓치는 법이 없는 상대방이 재 깍 그녀를 바라보며 미소를 보냈다.

"좋소. 이야기 끝나면 같이 자러 갑시다."

"……."

이때, 제자리에 서서 장손무극을 똑바로 응시하고 있던 종월이 낮게 가라앉은 목소리로 말했다.

"태자 전하, 제 질문에 대한 답이 아직이십니다."

그러자 눈을 내리깐 장손무극이 이내 미간을 좁히며 입을 열었다.

"종 선생, 부요를 해칠 마음이 없기는 우리 둘 다 마찬가지일 테니 이 이야기는 적정선에서 정리하는 것이 좋겠소. 피곤한지라 먼저 일어나야겠군."

자리에서 일어난 그가 막 돌아서던 때였다.

스르릉!

새하얀 빛이 허공을 길게 그은 직후, 유려하게 구부러진 곡도가 장손무극의 가슴 앞에 위협적으로 가로놓였다.

느리게 눈을 떨궈 자신의 명치 앞에 놓인 칼날을 내려다본 장손무극이 이어서 칼을 든 종월의 무표정한 얼굴을 쳐다보더니 소맷자락을 조용히 내저었다. 그 손짓에 맹부요를 비롯하여 막 달려들 준비를 하던 주변인들이 제자리에 우뚝 멈춰 섰고, 밖에 잠복 중이던 은위들도 움직임을 중지했다.

장손무극이 희미한 미소를 머금었다.

"종 선생, 칼은 벗에게 들이대라고 있는 것이 아니오."

"제가 태자 전하의 벗씩이나 될 수 있겠습니까."

종월이 건조하게 말했다.

"게다가 저는 태자 전하의 몇몇 버릇에 불만이 아주 많은 사람입니다. 말을 끝까지 맺는 법이 없고, 항상 상대를 본인 발밑으로 보며, 번번이 적선을 베푸는 척이시지요. 그 적선의 대상은 자기가 왜 동정받는지 알지도 못하는데 말입니다."

맹부요는 조용히 생각했다.

약을 잘못 썼다는 식으로 넌지시 저격해 놓고 아무런 설명 없이, 해명할 기회도 주지 않고 자리를 뜨려던 장손무극. 덕분에 종월은 분을 고스란히 홀로 삼켜야 할 상황이었으니 그의 입장에서는 화가 날 만도 했다.

생각이 거기까지 미치자 얼굴에도 자연히 장손무극의 행동에 대한 의문이 드러났다. 아란주와 운혼의 표정도 그녀와 크게 다르지 않았다.

딱 한 분, 원보 대인만은 후닥닥 뛰쳐나와 손발을 허우적거리며 빽빽 난리를 부렸다. 원보 대인을 물끄러미 쳐다보던 맹부요가 녀석을 잡아채 소맷부리에 욱여넣었다.

"정신 사납게!"

장손무극이 눈길을 틀어 그녀를 바라봤다. 눈빛이 다소 묘한 게 체념이 담긴 것 같기도, 탄식이 섞인 것 같기도 했다. 잠시 침묵하던 그가 문득 손가락을 뻗어 칼날을 가볍게 밀어내더니 천천히 자리에 앉았다.

"꼭 들어야만 직성이 풀리겠소?"

"말 못 할 이유가 있습니까?"

종월이 차분히 대꾸했다.

"그러하다면 우선 몇 가지 물으리다."

마음을 정하고 난 장손무극은 더 이상 망설이지 않고 담담히 말을 이었다.

"낙봉산에서 운혼과의 싸움으로 체내 진기가 한 차례 크게 요동친 이후로 부요의 진기가 불안정한 모습을 보이지는 않았소?"

"그랬습니다."

종월이 깔끔히 즉답했다.

"하지만 그때의 부상은 당연히 제가 치료했습니다. 어혈을 제거하는 데 천불령초千佛靈草까지 썼지요. 제 치료에 잘못된 부분이 있다 보십니까?"

확연한 시비조였지만, 장손무극은 상대의 어투에 개의치 않고 말했다.

"좋소. 하면, 진무대회 3차전에서 무리하게 무공의 경지를 높이려 진력을 끌어올리다가 무대 위에서 피를 뿜으며 죽을 뻔한 것을 운 공자가 음한의 내력을 사용하여 가까스로 진정시켰음도 알고 있겠군."

일순 눈빛이 흔들리는가 싶던 종월이 고개를 끄덕였다.

"알고 있습니다. 비무 이후 혈행을 가라앉히고 막힌 맥을 뚫었을뿐더러 부요의 것이 아닌 음한의 내력을 제거하는 조처도 취했습니다. 한데, 대체 무슨 말이 하고 싶으신 겁니까?"

"한 가지만 더 묻겠소."

장손무극이 빙긋이 웃었다.

"부요가 무슨 수로 자신과 대풍, 월백의 진력을 그리 쉽게 하나로 융합시켰다 생각하오?"

대답을 내놓으려 입술을 달싹이던 종월이 갑자기 무언가 깨달은 게 있는 듯 표정을 확 굳혔다.

"그 무렵 부요는 연거푸 심각한 부상을 입고 제대로 몸을 추스르지 못했소만, 그 와중에도 진력은 지극히 빠른 속도로 증진했고, 상승의 진력 셋을 융합하는 데 성공한 시기 역시 비상식적으로 이르오."

장손무극의 말에 속도가 붙었다.

"사람의 기력에는 한계라는 것이 있소. 모든 방면을 동시에 완벽히 돌보기란 불가능한 일이지. 어딘가가 성하면 다른 어딘 가는 반드시 쇠하기 마련이거늘, 진력이 급속히 강해지는 동안 부요의 경맥은 어찌 되었을 것 같소? 손상된 경맥을 회복할 시 간이나 있었던가? 경맥이 소철나무쯤 되어서 도검에 잘리고 베 이고도 멀쩡히 다시 자라는 줄 아오? 아무리 생명력이 강한 소 철이라 해도 그만큼 쉴 새 없이 위해를 당했다면 근본이 상하 고 말았을 것."

그가 말을 이었다.

"그래서 종 선생에게 묻고자 하오. 그토록 기적에 가까운, 진력의 성장과 흐름에 관한 법칙에 정면으로 위배되는 성취를, 부요는 대체 어찌 이룬 것이오?"

그러고는 덧붙였다.

"종 선생, '알묘조장'[15]이나 '과유불급'[16]에 얽힌 고사는 못 들 어 보았소?"

종월은 아무런 말이 없었다. 그사이 낯빛만 몇 차례고 바뀌 어, 본래의 눈서리 같던 흰색에서 이제는 더 창백해져 투명에 가까워지고 있었다.

희미한 등불 아래, 그의 눈동자는 어찌 보면 맑은 듯, 또 어 찌 보면 몽롱한 듯했다. 등불을 받아 반짝이며 일렁이는, 말갛

---

15 揠苗助長. 곡식의 싹을 뽑아 빨리 자라게 하려다가 오히려 죽이게 된다는 뜻으 로 서두르다가 망치는 것을 의미하는 고사성어로 《맹자》에 나온다.

16 過猶不及. 지나침은 미치지 못하는 것만 못하다는 뜻으로 《논어》에 나오는 고 사성어이다.

고 서늘한 빛깔의 한 잔 술처럼.

맹부요는 다시 한번 멍해졌다.

어쩐지 의아스러울 정도로 성취가 빠르다 싶더라니. 세상에 둘도 없는 기재 소리를 듣던 망할 도사 영감도 파구소 6성을 달성하는 데는 자신보다 무려 6년이 더 걸렸다지 않던가.

줄곧 진력이 불안정한 느낌이었던 것도, 성급이 오르고 나면 수련보다 더 긴 시간을 진기 안정화에 투자해야 했던 것도, 왜였는지 이제야 납득이 갔다.

그간 부상이 끊이지 않았던 데다가 그것도 항상 심각한 수준이었다. 보통 사람이라면 회복에 꽤 시일이 걸리고 그동안은 몸이 자연스럽게 경맥을 보호하는 쪽을 택하여 성취가 정체되기 마련이었을 것이다.

그런데도 자신은 회복 기간에 진기가 상승하는 것이 영 이상하더라니. 종월이 약으로 경맥 손상을 무마시킴으로써 그녀의 신체로 하여금 내부 장기 보호가 아닌 수련을 택하도록 한 것이다.

하지만 그렇다 치기에는 또 이해가 안 되는 게, 정말 경맥이 손상된 채로 계속 방치되어 있었다면 사달이 나도 진작에 났어야 정상이거늘 어떻게 지금껏 별다른 이상을 못 느꼈을까?

어찌 되었든지 간에, 종월이 자신을 해할 의도로 그랬을 리는 절대 없다는 게 맹부요의 생각이었다.

다 자신을 보호하기 위해서가 아니었겠는가. 만약 진무대회 기간에 파구소 6성을 달성하고 삼대 진력을 융합시키지 못했더라면 초반 탈락을 피할 수 없었을 것이다.

침묵 속에서 모두가 거친 숨을 내쉬며 종월을 주시하고 있는 가운데, 정작 종월은 차츰차츰 평정을 되찾더니 잠시 후에는 싱긋 입꼬리를 끌어 올렸다.

"예, 태자 전하. 옳은 질문을 하셨습니다. 하지만 제게 해결책이 없다고는 어찌 확신하시는지요?"

"물론 종 선생에게도 나름의 생각이 있었으리라 믿소. 부요를 해칠 마음이 없다는 것 또한 알고. 그래서 오래전부터 의구심을 품었음에도 입 밖으로 내지는 않았던 것이오."

장손무극이 고개를 들어 창밖에 비스듬히 늘어져 한들거리는 꽃가지를 내다봤다. 온유한 눈빛이었다.

짧은 시간 뒤, 그의 입에서 차분한 음성이 흘러나왔다.

"하오나 종 선생, 대책이 있든 없든 그 방법은 위험한 것이 사실이오. 선생이 곁을 비운 동안 부요에게 변고가 생기기라도 하면 그때는 어찌하겠소? 부요가 언제나 아슬아슬한 상태여서는 내 마음이 놓이지 않소."

"그보다는 부요의 무공이 충분히 고강하지 못한 것이 더 마음 졸일 일이지요!"

종월이 즉각 반박했다.

"저 성미를 좀 보십시오. 사고 치는 데는 선수에, 무모하게 여기저기 덤벼 대는 통에 부상은 아주 달고 살지 않습니까? 수시로 몸조리며, 단계별 수련 과정이며, 그걸 꼬박꼬박 다 챙겨서야 거듭 닥쳐 오는 위기를 무슨 수로 넘기겠느냐는 말입니다. 하물며 지금까지는 아무런 문제없이 조절이 잘되어 왔습니다. 미리 준비해 둔 방법을 쓸 필요도 없을 정도로……."

흠칫 말을 멈춘 종월이 서서히 눈을 부릅떴다. 언제나 온화하고 침착하던 독설남의 얼굴에 처음으로 경악에 찬 깨달음이 서리는 순간이었다.

"당신……. 당신이……."

재깍 그의 말을 자른 장손무극이 자리에서 일어나 밖으로 향하다가, 두 사람의 어깨가 스치듯 교차하는 순간 고개를 살짝 틀면서 말했다.

"이해를 못 하겠군. 선생처럼 진중한 인물이 왜 이 문제에 있어서만큼은 유독 마음이 급해 보이는지."

그 가벼운 한마디에 종월은 마치 벼락이라도 맞은 사람처럼 반응했다. 실내를 그득히 비추고 있는 등불 아래에서 그대로 뻣뻣하게 굳어 버린 것이다.

빠르게 변화를 거듭하던 종월의 낯빛이 이내 파리하게 퇴색됐다. 푸르스름과 창백 사이, 얇은 서리를 한 겹 뒤집어쓴 그의 모습은 등불 아래에서 보자니 흡사 급작스럽게 불어온 북풍에 얼어붙은 종이 인형 같았다.

공간 가득 정적이 들어찼다. 장손무극이 무심히 던진 말 한마디가 대체 어디를 건드렸기에 저 온아한 인물의 얼굴색이 저토록 급격하게 변한 걸까.

그 답은 방 안 누구도 알지 못했다.

멍하니 있던 맹부요는 옆에서 아란주가 소맷자락을 잡아당기고서야 퍼뜩 정신을 차렸다. 이러니저러니 해도 언쟁의 발단을 제공한 사람으로서 그녀에게는 사태를 수습할 의무가 있었다. 슬며시 걸어가 종월을 붙든 그녀가 나지막이 말했다.

"다 내 생각 해서 그런 거 알……."

순간 종월이 가차 없이 소매를 휘둘러 맹부요를 떨쳐 냈다. 아무런 대비가 없었던 맹부요는 그 무지막지한 힘에 밀려 세 걸음가량 비틀비틀 뒷걸음질을 치다가 운흔과 아란주의 부축 덕에 균형을 잡았다.

운흔이 일갈했다.

"종 선생, 왜 애먼 사람한테 화풀이입니까!"

창밖에서 대기 중이던 철성이 다짜고짜 안으로 뛰어들어 칼을 날렸고, 그 광경을 본 맹부요가 연거푸 소리를 질러 댔다.

"그만둬! 하지 말라고……."

종월이 재차 휘두른 소맷자락에 철성이 떠밀려 휘청하는 찰나, 그의 손을 떠난 칼이 아란주 바로 옆 걸상으로 가서 꽂히는 통에 실내는 또다시 난장판이 됐다.

그 틈에 종월은 창문 밖으로 몸을 날렸다. 순백의 신형이 서리 맞은 버들잎처럼 사뿐하고도 민첩하게 하늘을 가로질러, 휘영청 밝은 달빛 속으로 금세 모습을 감췄다.

맹부요가 쫓아 나갔을 때 그는 이미 사라져 버린 뒤였다.

그녀의 발이 지면을 툭툭 찼다. 멀쩡히 밥 잘 먹다가 이게 대체 무슨 사달인지.

뒤로 돌아선 그녀는 당연히 주인을 따라갔을 줄 알았던 원보 대인이 땅바닥에 웅크리고 앉아 자신을 빤히 올려다보고 있는 걸 발견했다.

맹부요는 녀석을, 녀석은 맹부요를 쳐다봤다. 그녀가 녀석을 피해 가려고 왼쪽으로 걸음을 옮기자 녀석도 왼쪽으로 꼬물꼬물 자리를 옮겼다. 이번에는 그녀가 오른쪽을 노리자 녀석도 즉시 오른쪽으로 옮겨 왔다.

결론적으로, 원보 대인은 맹부요가 반드시 지나야만 하는 길목을 떡 가로막고서 강경히 자신의 존재를 주장하고 있었다. 어떻게든 맹부요로 하여금 그 순진무구한 눈망울을 들여다보게 함으로써 제 주인에 대한 미안함을 불러일으키려는 것이다.

맹부요같이 파렴치한 동물은 누가 콕 짚어 주기 전에는 부끄러움을 모르는 법이니까.

견디다 못한 맹부요는 녀석을 걷어차 날려 버린 후 성큼성큼 장손무극의 처소로 향했다. 대문에서 하나, 둘, 세 번째 원락으로 들어가서 방 안에 숨겨진 비밀 통로로 내려간 뒤 통로를 지나 다른 원락으로 빠지면……

아오, 번거롭게 진짜!

그러나 진정한 용자는 자신의 과오를 당당히 직시하는 법. 그녀, 맹부요는 언제나 용자였다.

그녀가 문도 한 번 안 두드리고 건들건들 안으로 들어섰을 때, 장손무극은 이미 잠든 듯한 모습이었다. 불이 꺼져 어둑어둑한 실내에서는 침상에 누운 그의 어렴풋한 윤곽밖에는 분별이 되지 않았다. 모로 누워 팔로 얼굴을 받친 자세, 듣고 있자면 저도 모르게 넋을 놓고 빠져들 만큼 나른하니 녹진한 숨소리가 방 안 전체에 떠돌고 있었다.

덩달아 차분해진 맹부요는 어둠 속에 가만히 서서 그 숨소리에 귀를 기울였다. 마음이 고요하게 가라앉는 느낌. 평화로운 순간이었다.

문득, 그녀의 입꼬리가 말려 올라갔다.

해명이고 사과고, 그게 다 뭐 중요할까. 장손무극은 그녀를 알고 그녀도 장손무극을 아는데, 무슨 말이 구구절절 더 필요하겠는가.

돌아서서 살그머니 밖으로 나가려던 때였다. 등 뒤에서 웃음기 섞인 나른한 음성이 들려왔다.

"야심한 시각에 남의 침실에 쳐들어와 놓고 아무 짓도 안 하고서 나가기요?"

맹부요가 뒤로 돌며 픽 웃었다.

"아리따운 미인을 차마 더럽힐 수가 없어서."

이만 엉덩이 툭툭 털고 자리를 뜨려는데 몸을 일으킨 장손무극이 작게 한숨을 내쉬었다. 그 한숨 소리가 사슬이 되어 맹부요의 발목을 붙잡았다. 문틀을 짚고 선 그녀는 한 발은 문밖에, 한 발은 안에 둔 채로 어렵사리 고개를 틀었다.

침상 위의 장손무극이 자세를 바꿔 그녀 쪽을 보면서 팔을 내밀었다.

"이리로. 안아 주시오."

맹부요는 냅다 내빼려 했으나 그녀를 휘청하게 만드는 말이 곧바로 이어졌다.

"사람을 그리 억울하게 만들었으면 위로의 포옹 정도는 해 줄 수 있는 것 아닌가?"

아니, 진짜 서러운 척은 왜 저렇게 잘하냐고. 그리고 맹부요, 너는 어쩌자고 양심이란 것을 키워서는.

장손무극의 손짓과 동시에 모종의 부드러운 힘이 양심의 가책에 시달리던 어느 분을 휘감아 침상 앞으로 데려왔고, 그는 자연스럽게 상대를 끌어당겨 품에 안았다. 이어서 그가 손을 뻗어 맹부요의 비녀를 빼내자 윤기 흐르는 흑발이 두 사람의 몸 위로 쏟아져 침상을 뒤덮었다.

그녀의 머리카락 사이에 얼굴을 묻고 만족스러운 양 부비적 거리던 그가 잠시 후 나지막이 말했다.

"어찌 여기 올 생각을 다 했소?"

맹부요가 한창 바둥거리다 말고 웅얼웅얼 대꾸했다.

"원보 등쌀에 못 이겨서요."

"호오, 본인은 오고 싶은 마음이 추호도 없었다?"

장손무극이 웃었다. 막 봉오리를 터뜨리기 직전의 꽃송이처럼 보드라운 눈빛이 어둠에 잠겨 있었다.

"뭐 좀 물어볼게요."

가까스로 호흡을 확보한 맹부요가 고개를 젖히고 숨을 크게 들이쉬었다.

"지금껏 경맥에 문제를 못 느낀 거, 혹시 당신이 줄곧 신경 써 줬기 때문이에요?"

대답 없이 웃기만 하던 장손무극이 잠시 후 느릿느릿 손을 뻗어 그녀의 머리카락 한 줌을 감아쥐더니 엉킨 부분을 빗어 내리며 말했다.

"머리 올리기 전에 빗질부터 하면 안 되겠소? 보시오, 풀어 놓으니 다 엉켜 있지 않소."

맹부요는 입술을 잘근 깨물었다.

본인이 무엇 무엇을 해 주었다 내색 같은 건 절대로 할 줄 모르는 사람. 그를 응시하고 있자니 눈시울이 뜨거워졌다.

요즘 얼굴이 항상 핼쑥하다 하면서도 그저 나랏일 보기가 힘들어서겠거니 생각했건만, 이유가 따로 있었을 줄이야.

아니 그런데, 남의 경맥을 돌봐 주는 게 아무리 힘들다 쳐도 장손무극 정도 되는 인물이 이렇게까지 핼쑥해질 일인가?

그녀가 눈썹을 찌푸리며 무언가 물으려던 찰나, 멀리 어딘가에서 묵직한 악기 소리가 은은히 들려왔다. 고풍스럽고도 애달픈 곡조였다. 수수한 음색에서는 속된 치장을 모두 내려놓은 여인과도 같은, 꾸밈없는 아름다움이 느껴졌다.

눈발 흩날리는 옛길, 바람결에 희미한 침향 실려 오고 음산陰山 눈보라는 얼굴을 때리는데, 보이는 것은 단지 아득한 사막, 지평선과 하늘이 맞닿은 광경뿐이라. 목하 강남江南 땅의 따사로움을 돌이켜 보매, 양주揚州의 버드나무도, 권문세가 화려한 단청에 깃든 제비도, 아담한 다리 아래 복사꽃 얹고 흐르던 강물도, 옛 기억 아득하니 전생의 일이었는가 하노라.

퉁소도 피리도 아닌 음색. 퉁소처럼 청아하거나 피리처럼 또렷하지는 않으나, 여운이 길게 맴도는 소리였다.

씁쓸한 차를 입 안에 오래 머금고 있다 보면 인생을 아는 이만이 느낄 수 있는 은근한 풍미가 혀끝에 남아 가시지 않듯, 지금 울려 퍼지는 악기 소리는 듣는 이의 가슴 깊숙이 파고들어 차 맛처럼 씁쓰름하고도 파란만장한 운명과 인생을 떠올리게 했다.

마주 안은 두 사람은 조용히 악기 소리에 귀를 기울였다. 그렇게 한 곡이 끝난 후, 눈가가 촉촉이 젖은 맹부요가 중얼거렸다.

"훈壎……. 훈으로 연주하는 곡을 직접 들어 볼 날이 올 줄이야……."

생각에 잠긴 표정으로 있던 장손무극이 이내 그녀를 살짝 밀어내며 말했다.

"가 보시오."

몸을 일으킨 맹부요는 그를 향해 싱긋 한 번 웃어 준 후 밖으로 나섰다.

소리를 따라 마당을 가로질러 꽃밭을 지나자 정자가 나왔다. 정자 꼭대기에서 달을 보며 훈을 불고 있는 이는 눈처럼 흰옷을 입은 사내였다. 운룡 문양으로 장식된 황적색 훈이 그의 손안에서 화려하고도 중후한, 세월이 느껴지는 광택을 발하고 있었다.

처마 아래로 길게 늘어진 순백의 옷자락이 제비가 날갯짓을 하듯 바람을 타고 나부꼈다. 그는 오랫동안 묻어 뒀던 심사를 차마 말로는 전할 수가 없어, 대신 이 순간의 손짓에 담아 묵묵히 꺼내 놓고자 하는 듯 보였다.

정자 지붕으로 뛰어오른 맹부요가 말없이 곁에 자리를 잡고 앉으면서 무심코 옆을 쳐다보자 종월이 화들짝 고개를 틀어 그녀를 외면했다. 바로 그 찰나의 순간, 맹부요의 눈에 포착된 것은 종월의 뺨을 따라 희미하게 반짝이는 반사광이었다.

저건…… 눈물?

가슴이 덜컥 내려앉았다.

종월이 울고 있었다고?

언뜻 온화한 듯하나 그 내면은 대쪽처럼 곧고 단단한 남자. 그런 그가 눈물을 보이는 순간이 있으리라고는 상상조차 해 본 적이 없는 그녀였다.

종월이 찬찬히 입을 열었다.

"오늘은 여함汝涵의 기일이오……. 어느덧 일곱 해가 흘렀군."

〈부요황후〉 6권에서 계속